EL VIEJO TERRORISTA

por

ANTONIO DE LOPECEGUI

"*Él es el gran terrorista. Se alimenta del terror, y del terror vive. Él es quien lo siembra, lo abona, y lo cultiva, pero son ustedes quienes lo cosechan...*"

Mastema

"*Ve, pues, hiérelos; destruye todo lo que tienen, y no te apiades de ellos. Mata hombres, mujeres y niños, aun los de pecho, y las vacas, las ovejas, los camellos y los asnos...*"

Elojim

Muy lentamente, con extrema delicadeza, con un cuidado casi infinito, como si hubiera estado manejando las más finas y frágiles figurillas de cristal, colocó la arrugada bolsa plástica debajo del asiento del pasajero, y con una meticulosidad aún mayor la empujó hacia adentro, hasta que estuvo seguro de que nada se vería de ella desde el exterior del vehículo. "Uno nunca sabe", se advirtió a sí mismo parsimoniosamente, "este país está repleto de entremetidos." En el baúl del auto había acomodado, la noche anterior, diez paquetes similares, doce en total, si incluimos en nuestra cuenta los otros dos, éste bajo el asiento y el otro adherido a su cuerpo. "Just in case", había pensado al ajustarse la faja de vinilo, en una lengua que no conocía muy bien; pero era una frase que había oído en innumerables ocasiones, por lo que entendía su significado. Doce emisarios. Doce ángeles de la muerte. Doce, como las doce tribus de Israel, como los doce imanes chiitas, como los doce apóstoles, como sus doce amigos en un obscuro calabozo judío. "Doce", murmuró inaudiblemente, a la vez que levantaba la cabeza para mirar el aire frente a sus ojos, "la edad que tenía Ismael...", pero apartó bruscamente de sus pensamientos conscientes los tristes recuerdos, la blanca cama del hospital, la línea roja en la pantalla del monitor, el pequeño libro sobre la mesita de noche, junto al avión de juguete, el desfigurado rostro de su hijo. Recuerdos. Angustia. Culpa. Pero, sobre todo, cólera, ira inagotable, ira inmensurable, como un ardiente sol interno que quema las entrañas sin consumirlas.

No encendió inmediatamente el automóvil. Aguardó, sentado en el asiento del conductor, como si hubiera sido otro de los tantos choferes de taxi de la ciudad, lo que en efecto parecía ser, pues se trataba de un extranjero, de aspecto más o menos semita, detrás del volante de un auto compacto de fabricación japonesa, color amarillo, de los que abarrotaban las calles de la ciudad desde que la tercera crisis del petróleo obligara a las compañías de transporte público a reemplazar sus flotillas de autos americanos grandes y pesados por otros como éste, más ágiles y eficientes. Ibrahim no había llegado aún, y, aunque en realidad no necesitaba de su ayuda, y de todos modos no la recibiría, le había prometido que lo esperaría, tal vez porque era su único pariente vivo aparte de su esposa, su primo hermano; o quizá porque necesitaba de él, de su consejo, de su apoyo y, sobre todas estas cosas, de su fe, la misma fe que de pequeño él también abrazó, la fe de sus padres, la que le permitió seguir con vida y luchar, aquella fe que, si hubiera sido cierto lo que de él se escribió más tarde en algunos periódicos sensacionalistas, y adviértase que no lo era, le hubiese abierto de par en par los ocho portones del Jardín; la fe que ya no tenía pero que ahora necesitaba desesperadamente. A través del cristal delantero del auto, miraba despreocupadamente los alrededores, sin temor ni recelos. Una extraña calma se había apoderado de él, como si en vez de aprestarse a hacer lo que de hecho se proponía hacer, hubiera estado esperando a un amigo para ir a almorzar. No estaba allí, dentro de su cuerpo; se había marchado lejos, vagaba por otros senderos, por otros tiempos, como un viajero galáctico que se hubiera equivocado de sistema planetario. Su mirada, fija en un punto indeterminado más allá del parabrisas, delataba la ausencia de la chispa vital en este caparazón antropomórfico. Si es cierto lo que escribió el poeta, eso de que los ojos son las ventanas del alma, a través de las suyas no parecía entrar ya más la luz, ni la fresca brisa de la mañana.

Durante toda la semana había intentado comunicarse con su primo. Lo llamó a todos los lugares en los que acostumbraban encontrarse, desde distintos teléfonos, a fin de evitar que se rastrearan sus llamadas, a diferentes horas del día y de la noche. Omar era insistente, incansable. Presentía, o simplemente sospechaba, que Ibrahim lo esquivaba, que huía de él, que se escondía. Mas si asombrosa parecía su capacidad para evadirlo, más admirable era la tenacidad de Omar, su espíritu indomable, su perseverancia. Haría falta mucho más que un hermano pacifista para persuadirlo de que abortara su fatal misión. Finalmente había logrado contactarlo, o más bien Ibrahim se comunicó con él, no a través del teléfono sino por medio de un correo electrónico, un intermediario que Omar detestaba e intentaba eludir, porque dejaba rastros que más tarde podían presentarse como evidencia. Leyó el mensaje superficialmente, pero en lugar de contestarlo procedió a borrarlo inmediatamente. ¡Cómo si no hubiera sabido que aun borrado el mensaje permanecería allí, en algún lugar inmaterial de un espacio virtual! Llamó nuevamente a su casa, la de Ibrahim, y esta vez corrió con mejor suerte, pues una voz conocida lo saludó con las palabras acostumbradas, *al salamu alaikum*. Era la hija de Ibrahim, Mashal, la primogénita, la única que lo acompañó al exilio tras el rompimiento de su matrimonio. "La paz sea contigo", contestó Omar, con una voz cariñosa que al mismo tiempo delataba cierto desencanto. No era cosa de que no le agradara hablar con ella, todo lo contrario, pero en este momento con quien necesitaba hablar urgentemente era con su padre. "¿Se encuentra tu papá?", preguntó, ahorrándose unas cuantas etapas del protocolo usual en las conversaciones telefónicas. Las noticias fueron buenas: Sí estaba, esperando, casualmente, esta llamada. Ibrahim tomó el teléfono. "Intenté llamarte", le dijo, "pero tu teléfono parecía ocupado. Por eso te envié un mensaje a tu computadora. Espero que lo hayas leído." "Lo recibí", contestó Omar, "pero no recuerdo lo que decía." "Llegaré un poco tarde a nuestra cita", le informó Ibrahim. "Tengo que llevar a mi nieta, la hija de

7

Mashal, al nuevo Centro, para que tome la lección semanal de árabe. Pero en cuanto la deje allí, iré enseguida a verte. ¿Dónde nos encontramos?"

Una minúscula dosis de la rabia acumulada durante varios años se asomó a los ojos de Omar. La sangre subió a su rostro. Descargó un poco de su furia contra el volante del automóvil, golpeándolo varias veces con el pobre teléfono móvil que de nada era culpable. Pero rápidamente recuperó su compostura. Respiró hondo. Se serenó. Y con un amago de sonrisa, un mero intento que no llegó a materializarse, movió levemente sus labios: "En el lugar de siempre, frente al viejo almacén de alfombras, antes de los parquímetros." Le costaba un gran esfuerzo sobreponerse a su frustración. Si no salía a tiempo, su simple pero calculado plan culminaría en risible fiasco, en un hazmerreír del que, en el futuro, sólo se recordaría la torpeza de su autor. Necesitaba atenerse rigurosamente al itinerario pautado, como lo había hecho siempre en su vida. "Tal vez esto sea un aviso proveniente del cielo", pensó. "Quizá ni siquiera deba hablar con él sobre mis planes. Si me voy ahora, sin verlo, sin decirle, sin recibir su bendición, quién sabe, quizá así lo salve de la venganza venidera, del odio de estos malditos perros que seguramente matarán a diez de los nuestros por cada uno de los suyos que mate yo." *Malditos perros*, injusta metáfora para aludir a los mercenarios del imperio; ofensiva, evidentemente, para los perros, los mejores amigos de nuestra especie, incapaces de mentir, odiar o torturar, tan ocupados en menear sus alegres colas que jamás se les ocurriría construir campos de concentración, ni hacerse fotografiar mientras vejan y humillan a su enemigo caído. Porque, perdónesenos esta brevísima divagación, una de las muchas que encontrarán en estas páginas, hasta donde alcanza nuestro escasísimo acervo histórico canino, no hemos sabido nunca de un perro que haya hecho explotar alguna bomba, ni de las convencionales ni de las atómicas, ni de las llamadas *patrióticas*, ni de las guiadas por láser, como tampoco nos ha llegado noticia de alguno que contra sus congéneres haya lanzado algún tipo de gas neurotóxico, agente anaranjado o torrencial vendaval de balas y granadas desde un helicóptero. No señor. Aparte de uno que otro ladrido y, lo admitimos, alguna mordida esporádica, los perros son, por regla general, animales muy decentes y respetuosos, para nada merecedores del epíteto *malditos* que Omar les ha endilgado en su desacertada analogía. Los mercenarios sí son malditos, y también ésos a quienes algunas veces, no siempre, depende de qué lado están, llamamos terroristas, sin importar para quién trabajen ni el ser en cuyo nombre llevan a cabo sus actos, malvados asesinos, aunque tengan licencia para matar, aunque los medios noticiosos los declaren héroes y el vulgo los reciba como semidioses cuando regresan a casa.

"Si lo atrapan luego de mi muerte", continuó pensando con sincera preocupación, "de seguro lo torturarán, y lo obligarán a decir mentiras y a ensuciar su alma, y él no es como yo, él es débil, su fe lo hace débil, es fuerte ante la vida pero débil frente a sí mismo, incapaz de esgrimir su orgullo y su soberbia contra la avasalladora arrogancia de nuestro enemigo. Él cree que para los humildes existe un mundo mejor que éste, y que, por eso mismo, no vale la pena sacrificarse por éste. La vida verdadera no se encuentra aquí, según él, sino en ese otro mundo, después de la muerte. Es un hombre de paz, ciertamente, y ni sus manos ni su lengua han dañado nunca a nadie. Pero a él sí le harán daño. Lo atraparán cuando menos se lo espere. Se sentirá seguro, confiado en su inocencia, pero para ellos no hay inocentes; todos somos igualmente culpables, terroristas o cómplices de terroristas, conspiradores, enemigos de la paz y de la democracia, meros delincuentes que se niegan a integrarse al mundo moderno. ¡Ibrahim no es un delincuente! ¡Yo doy testimonio de que no lo es! De no haber sido por él, hace mucho que yo hubiera destruido a cientos de esos perros, mas él me enseñó a controlarme, me pidió que perdonara, me dijo que la venganza pertenece a dios, y que él la llevará a cabo más perfectamente que cualquiera de nosotros. Ibrahim sabe amar. Yo, yo sólo puedo sentir odio en mi corazón, pero el suyo está inmaculado, como si de él un ángel hubiera extirpado un negro coágulo de sangre semejante al que hace tantos siglos unos serafines extrajeron del tierno corazón del apóstol. Su ingenuidad será su perdición. Lo atraparán, y lo torturarán, lo obligarán a desnudarse y a mirar a sus compañeros desnudos, le darán carne de cerdo para que coma y no le permitirán postrarse cinco veces; hasta que admita que lo sabía, que lo supo todo el tiempo, que ayudó a planificarlo, que proveyó esto o aquello, que ocultó a éste o a aquél, que se alegró cuando se enteró, que bendijo a Alá por lo acontecido, que exclamó '¡Dios es grande!'. Y entonces lo encerrarán para siempre, lejos de los que ama, en una isla desconocida, en un edificio sin ventanas, donde no pueda ver el sol, donde no sepa en cuál dirección se encuentra la ciudad santa. Morirá, no por la tortura ni por los abusos, él es fuerte frente a sus enemigos, sino por la soledad, y porque se sentirá culpable, porque le harán creer que de alguna manera él sí tuvo algo que ver, y creerá que su castigo es merecido, enviado por dios, porque por mi muerte, al menos por *mi* muerte, él se sentirá responsable.

Sí, lo mejor será que me marche, antes de que llegue él; seguramente entenderá. Él me conoce bien, sabrá que no le he fallado, que si no lo esperé no fue por la prisa, sino por el amor que por él siento. Él lo sabe, a nadie más amo, y tal vez ni siquiera a él lo amo. Ya no sé lo que es el amor, ni si de verdad el amor existe, o si alguna vez existió. Pero a él, bueno, creo que a él sí lo amo. Me preocupo por él, pienso en él, lo escucho, abro mi corazón a sus consejos, lo respeto como un buen hijo debe respetar a su padre, como Ismael me respetaría a mí si estuviera vivo. Y me duele traicionarlo, hacer justamente lo que le prometí que no haría. Pero él me entenderá, porque él me ama, de eso no puede haber duda."

Mas no se marchó.

Continuó allí, sentado, casi acostado, en el asiento reclinado del viejo automóvil, mientras veía pasar a los transeúntes, ansiosas hormigas entregadas a sus pueriles preocupaciones, carritos locos que no podían evitar chocar unos con otros. Los detestaba, a todos, sin excepción, por lo que representaban, pero más que nada por lo que eran, signos y símbolos de un estilo de vida negador de la vida, de un sistema nihilista que, cual descomunal agujero negro, se traga todo lo noble y digno que pudiera quedar en este mundo, prisioneros de una nueva yajiliya, más densa y obscura que aquélla que durante dos milenios y medio arropó a la humanidad tras la muerte de Abraham. "Son repugnantes", balbuceó, "si fuese posible, los mataría a todos ahora mismo, tal como ustedes mataron a Ismael, tal como me mataron a mí. Pero es mejor esperar, hacer las cosas como deben ser hechas, que mi proceder no se confunda con un simple acto de revanchismo, que a nadie se le ocurra pensar que se trató solamente de un loco desajustado que perdió la chaveta. Es mejor esperar. Lo importante es el mensaje."

Y esperó.

Esperó, porque sabía muy bien que Ibrahim le traería la única herramienta que en realidad necesitaba para derrumbar los muros del castillo de impiedad, su máquina de asedio infalible, su invisible catapulta. Municiones había de sobra en la mochila, y tenía la certeza de que los paquetes no fallarían. Pero no se vence al imperio sólo con armas materiales, se le vence con valor, valor que nace de la fe, de esa profunda convicción de que al actuar hacemos lo correcto, o, mejor dicho, lo inevitable, lo fatal, aquello que, aunque no sepamos cómo ni por qué, constituye la razón misma de nuestra existencia, nuestro destino. Fe en uno mismo y en la vida, en el propósito por el que estamos aquí, en el presente y en el futuro, sobre todo en el futuro, aunque nosotros no estemos en él. Cualquiera que muere en la fe, había dicho el mensajero, entrará al paraíso... Cierto es que él mismo ya no creía estas cosas, o creía no creerlas, perdónesenos la jerigonza, pero Ibrahim sí las aceptaba, y eso bastaba. Si él, Omar, en su fuero más interno, conservaba aún un trozo de la fe que en su corazón fue implantada temprano en la vida, es algo que está por verse, y lo veremos, al final de este relato, pero en el ínterin, sería otra fe, fe vicaria, su sostén.

La fe de Ibrahim lo sostendría también a él, tal como sostuvo al otro Abraham, cuando salió de su tierra a brujulear sin saber a dónde iría. ¡Hermoso mito! Un cuento, seguramente, pero muy útil, como todos los mitos, para animar y alentar, para servir de guía y estrella polar, para inspirar al de menguado valor. Un don nadie que fue escogido por el altísimo, un perfecto desconocido llamado por dios, un adúltero y embustero que, para salvar su pellejo, estuvo dispuesto a prostituir a su esposa; un simple mortal, imperfecto, pecador; pero, por otro lado, un hombre de fe salvado por la fe, y por ella elevado al rango de padre de multitudes; el antepasado común de su pueblo y el pueblo odiado; el padre de la fe. Y esa fe, la de Abrahán, salvó también a los que amaba, como si se tratara de una póliza que, aunque pagada por uno, cubre a muchos. Por eso, seguramente, siguió allí, esperándolo, no al Abraham patriarca, sino a su homónimo, este primo-hermano que no había podido llegar a tiempo. La bendición que amparaba a Ibrahim lo cobijaría también a él.

Mientras esperaba, empapado en sudor, no por el nerviosismo sino por el insoportable calor que hacía dentro del auto, contemplaba de vez en cuando, absorto, ido, el azul grisáceo del cielo cercano y los obscuros nubarrones cargados de lluvia en la distancia, que lentamente se acercaban para cubrir de luto la ciudad. "Será más negro el luto que cause este auto", reflexionó, "y más duradero." Cavilaba sin cavilar, inconscientemente, enajenado, como si su alma se hubiera marchado a otra parte, como si solamente su cuerpo hubiera estado allí. Otros nubarrones, más grandes y densos que aquéllos que veía a través del parabrisas, cubrían cual negro manto su corazón. De repente se sintió triste, melancólico, embargado por una peculiar e inusitada tristeza cuyo contenido y razones, de tan profundos, no podía ni ver ni entender. No era cosa, claro está, de que Omar deseara entender las causas de esa inesperada melancolía, pues de intentar descifrar los porqué de la vida ya estaba hastiado. Pero si hubiese querido hacerlo, si por última vez hubiera acariciado en su mente el secreto o palmario deseo de comprender, tan solo esta vez, la razón detrás de su estado de ánimo, aun así, aun queriéndolo, no le hubiera sido posible. Melancólico siempre había sido, introvertido, taciturno; encerrado, casi siempre, en su propio mundo interior, como si el otro mundo, el de afuera, ni siquiera existiera. En ése mandaban otros, en el suyo sólo él daba las órdenes. El de afuera era un infierno, construido a la medida y al gusto de esos íncubos que habían secuestrado los cuerpos de los infieles. El suyo, esto lo admitía, también era un infierno, tan horrible y repugnante como aquél, pero, y he aquí la ventaja, era *su* infierno, el que él controlaba a su antojo…o al menos creía controlar. En su mundo interior, pues, se sentía razonablemente seguro, en un infierno, ciertamente, pero creado por él mismo, a su imagen y semejanza, como un hogar, como un nido en el que el ave encuentra refugio. Y su averno era su cielo, sin Iblis y sin dios, excepto él mismo, creador y corruptor de sí mismo, dueño y señor, eso creía, de su propia vida y su destino. "Mi vino es amargo", dijo el poeta, "pero es mi vino." Es uno de los narradores quien esto añade. A Omar jamás le gustó mucho la poesía.

Pero el episodio de melancolía que ahora experimentó no era igual a los de siempre, no se sentía igual, no oprimía con la misma intensidad. No era la vieja amiga que regresa para saludar, como lo hace todos los domingos en la tarde, sino una intrusa, una nueva bruja que había llegado para asustarlo. Melancolías hay de muchas índoles, desde la más leve hasta la más aplastante. Ésta, la que embargaba su corazón mientras esperaba por Ibrahim, se parecía demasiado a la melancolía que nace del adiós definitivo.

Sin darse cuenta de que lo hacía, encendió el radio del automóvil, sin siquiera mirar los botones que oprimió y giró al hacerlo, con su mirada fija, mesmerizada, clavada en los relámpagos que allá a lo lejos iluminaban intermitentemente las obscuras siluetas de los enormes barcos que flotaban en el aire. Cierta canción llamó su atención por dos o tres minutos. Casi no entendía la letra, pero el ritmo era atrayente, contagioso, como uno de esos perfumes que se untan las mujeres infieles antes de salir a pavonearse por la calles en busca de sus presas.

Cuando la música se detuvo, por breves instantes, para dar paso a los comentarios de un locutor que parecía hablar español, los pensamientos de Omar regresaron en el tiempo. Pensó de nuevo en su hogar, o mejor dicho, en la casa de ladrillos techada con madera en la que transcurrieron los primeros años de su vida, pues *hogar*, en el sentido profundo y abarcador del término, nunca había tenido, y el destartalado edificio en el que había nacido, y donde meramente pernoctaba durante su niñez tardía y temprana adolescencia, no merecía tan precioso nombre, excepto si abusáramos imperdonablemente de las licencias concedidas a los narradores de historias. Llamémosla entonces, como ya hemos hecho, *casa*, así, secamente, con un vocablo que no evoca nostalgia, añoranzas, ni, mucho menos, sueños de un retorno. Era, en las palabras de cierto historiador inglés, la típica casa campesina de techo rojo, repetida infinidad de veces en toda la región que una vez, más de tres mil años atrás, fuera poblada por los filisteos. ¿Por qué pensó en ella ahora? Probablemente porque en dicho edificio no se permitía la música, y lo único comparable a ella hubiera sido, en atroz maltrato de las leyes que gobiernan el diseño de las analogías, el ruido arrítmico de las ametralladoras, cada atardecer, hasta bien entrada la noche, cuando cesaba no por cortesía militar sino por el mero cansancio de quienes apretaban los gatillos.

La música la había vedado su padre, a quien, a pesar de mil prohibiciones tan estólidas como ésa, amó entrañablemente, más que a nadie en la vida, si bien no se lo demostró sino hasta poco antes de su muerte. Sólo en una ocasión se abrió una brecha pasajera en ese amor. Tendría ocho o nueve años cuando ocurrió. Allí estaba su padre, un poco ebrio, pues la abstención era uno de los pocos mandamientos musulmanes que solía obviar, aunque no a menudo; allí estaba, repetimos,

15

cabizbajo, agachado, en actitud de sumisión, frente a un soldado judío que sostenía un rifle en sus manos. Lo oyó cuando balbuceó una breve frase: "Sí, señor", en un tono dócil y resignado, como si estuviera convencido de que merecía una reprensión o un regaño, como un humilde perrito que baja la cabeza en espera del manotazo que le propinará su insensible dueño. Y el niño Omar sintió repugnancia, bochorno, vergüenza ajena. Por un instante lo odió, y durante varios días; pero con el tiempo entendió la sensatez y la prudencia de su padre, (La hormiga, si supiera, esperaría a ser tan grande como el elefante…), y el amor floreció nuevamente en su corazón, esta vez para siempre, ininterrumpidamente, hasta el mismo día de su muerte, la de Omar, pues la del viejo no aminoró en nada ese amor. Sólo Ismael recibiría un amor tan intenso, mas por breve tiempo también, pues si a aquél le demostró el amor tardíamente, a éste la vida no le permitió amarlo por largos días.

¿Qué razones tuvo su padre para poner en vigor tan extraña prohibición? Omar nunca lo supo a ciencia cierta. Supuso, las pocas veces que pensó en el asunto, que se trataría de alguna excentricidad inexplicable, o de un vestigio doctrinal arrastrado desde la secta a la que el hombre perteneciera cuando era más joven. A Omar no le importaba, y tampoco le molestaba la imposición. De hecho, muy pocas cosas le causaban molestia en esa época. Cuando nuestros vecinos son las balas, todas las demás circunstancias, independientemente de su irracionalidad aparente o relativa, resultan perfectamente tolerables. Las detonaciones de los proyectiles, por otro lado, su padre nunca pudo prohibirlas, aunque mucho le hubiera gustado hacerlo, y pese a que lo intentó sin descanso, junto a muchos de sus vecinos, con la ayuda y asesoramiento de decenas de bienintencionados voluntarios que llegaban de varias partes del mundo. Eran las señales del poder, uno de los mecanismos usados por los crueles usurpadores para imponer y hacer valer el odiado toque de queda sempiterno y así impedir, según ellos, las salidas nocturnas de los terroristas y aspirantes a terroristas. El poder corrompe, afirmó otro historiador británico, y quienes lo poseen lo usarán, tarde o temprano, para mantener en la servidumbre a todo aquel que pudiera rebelarse contra su corrupción. Empero, dado que los seres humanos hemos sido bendecidos con una capacidad casi infinita que nos permite acostumbrarnos aun a las condiciones más duras, con el correr del tiempo Omar y su familia se habituaron a los disparos, a los de sus enemigos, y a los de sus hermanos refugiados también, los pocos valientes, o ignorantes, que se atrevían a responder con fuego el fuego, uno que otro fedayim errabundo, algún revolucionario idealista, un huérfano amargado que nada tenía que perder. "¿Para qué dispararles?", preguntaba su padre. "En primer lugar, no los alcanzaremos; en segundo lugar, aun si los hiriéramos o los matáramos, nada bueno lograríamos al hacerlo; por último, agradezcamos a Dios que ni los alcanzan nuestras balas ni los hieren nuestras bayonetas. ¿Por qué ofrecerles en bandeja de oro el pretexto para nuestro exterminio? No olvidemos que para ellos nosotros no somos más que leñadores y poceros, gente sin valor, vecinos indeseables. Utilizarían cualquier pretexto, hasta el más insignificante, para justificar sus acciones."

De modo que, de niño, Omar se quedaba dormido al arrullo del silbido de las balas, sin nanas ni tiernas canciones de cuna, sin música suave y serena que tranquilizara su espíritu y sembrara en su corazón el tipo de sueños que deben soñar los niños. Quizá por eso, ahora, medio siglo más tarde, la música lo movió a evocar aquella época y aquel lugar. No era, valga aclarar, música hermosa la que los parlantes del auto emitían, ni él, como ya se dijo, le prestaba atención. Pero las memorias despertadas en su mente sirvieron para disipar cualquier incertidumbre que pudiera quedar en su espíritu. Muchas veces, los recuerdos se desvanecen, pierden sustancia, huyen de sus cuerpos, como los personajes de una antigua serie de ciencia ficción que entraban a un tele-transportador y en unos segundos se desintegraban, para aparecer entonces, enteritos, en un escenario lejano. Cuando esto ocurre, cuando los recuerdos se deshacen, las emociones atadas a ellos corren el riesgo de evanescerse también, pierden su razón de ser, se olvidan sus raíces, o éstas se separan del suelo del que se nutrían. Ante una desgracia nemónica de esta naturaleza, es menester retroceder en el tiempo, volver atrás, re-transitar los senderos antiguos, desenterrar los episodios olvidados, precisamente para no olvidarlos permanentemente. Hay que atizar de vez en cuando el fuego del odio, mover los leños, añadir leña nueva si fuera necesario, re-encender la llama trémula. Un simple saludo puede lograr esto, el olor de un perfume, el uniforme de un soldado, una canción que ni siquiera se entiende. La clave no está en el recurso nemotécnico, sino en el poder almacenado en la memoria, en esa chispa inapagable poseedora del potencial que se requiere para aglutinar fuerzas, odios y sedes de venganza.

Apagó el radiorreceptor. Bajó un poco más los cristales. Enderezó su asiento, pero no el del pasajero. Miró en todas las direcciones, excepto hacia atrás, por lo que no se percató del policía que se fijaba con suspicacia en este carro que, aunque no era un taxi, parecía tener un destino. Encendió un cigarrillo, pero lo colocó en el cenicero sin haberlo probado. Hasta el mes pasado nunca había fumado, y la verdad es que ni siquiera le gustaba. Fumar había sido otra de las prohibiciones de su padre, de las que jamás le molestaron, quizá porque tenían algún sentido, no como las que imponía a sus hermanas, las que siempre le parecieron absurdamente machistas (Nos referimos a las prohibiciones, no a las hermanas.). Tomó el cigarrillo, aún encendido, y lo arrojó a la acera, pensando, tal vez, que la inminente lluvia se encargaría de extinguirlo. Pero la lluvia estaba lejos, y el policía allí al lado. Luego de observar detenidamente el vehículo y de anotar el número de tablilla, se movió por el lado del pasajero, por la acera, y desde allí, agachándose, miró fijamente a Omar, con severidad en la mirada, como mira quien tiene el poder y sabe que lo tiene, y le preguntó, mientras señalaba hacia el suelo: "¿Es suyo ese cigarrillo?" (Señor oficial, un cigarrillo abandonado no pertenece a nadie, es, en lenguaje jurídico, *res nullius*, cosa de nadie. Sea usted más cuidadoso al expresarse.) Omar no se puso nervioso, su temple era admirable, (Además, ya era un viejo, y, por misteriosas e inexplicables razones, nadie sospecha de los viejos. Uno de los tantos estereotipos de la sociedad.), pero titubeó antes de contestar. No le preocupaba la infracción, ni la multa que suponía inevitable, sino el paquete bajo el asiento y la faja ajustada a su cintura. Vaciló. Realizó un movimiento impensado con su mano izquierda, como si se hubiera propuesto alcanzar la cartera que tenía en el bolsillo trasero del pantalón, pero intuitivamente se detuvo. "Este policía", seguramente pensó, "no me ha pedido mi licencia ni el registro del vehículo. Sólo está molesto por lo del cigarrillo. Se parece a los soldados que se enojaban porque dejábamos tiradas las latas de pintura en aerosol, luego de pintar los grafitis en los muros que ellos elevaban." Con una sonrisa forzada, con la que intentaba manifestar una simpatía más fingida aún, contestó finalmente: "Perdóneme, oficial, lo arrojé sin querer", y acto seguido abrió su puerta, nos referimos a la del auto, pues Omar no tenía puertas, excepto las del alma, y ésas estaban cerradas

19

herméticamente, y se bajó rápidamente, con la evidente intención (evidente para nosotros, que ya conocemos el desenlace de los acontecimientos y el modus operandi de este personaje secundario que, hasta ahora, parece ser nuestro protagonista) de atraer la mirada del agente hacia su persona, lejos del interior del vehículo, pues la faja era, en su opinión, menos visible que el sospechoso bulto que reposaba bajo el asiento del pasajero. Lo logró. El policía se irguió cuan alto era y alejó su torso del carro. Ya no miraba hacia dentro del auto, sino a Omar. "¡Recójalo!", le ordenó innecesariamente, en un tono más severo que su propia mirada. Los agentes del orden público son así, en todos los países. Les agrada dar órdenes redundantes, mandar a hacer lo que ya se hace, exigir procederes iniciados voluntariamente. Es cosa de orgullo, o de soberbia, de sacar satisfacción de la humillación ajena. Esta vez Omar no titubeó. Hubiera preferido matarlo allí mismo, pero se controló perfectamente. Más tarde se encargaría de él… y de muchos otros. Con apenas dos grandes zancadas llegó hasta la acera, se inclinó velozmente, tomó el cigarrillo y lo mostró al energúmeno, como quien exhibe un trofeo, mientras lo miraba con una mezcla de odio reprimido y falso respeto. "No volverá a suceder, se lo aseguro", le dijo, mientras a la misma vez caminaba hacia un bote de basura verdoso y sucio, con arena en la tapa superior, colocado a propósito en el lugar por las autoridades sanitarias de la ciudad. De nuevo funcionó la estrategia. El policía se alejó del auto y siguió a Omar. Le faltaba pronunciar el sermón de rigor. Dicen que la ópera no se termina sino hasta que canta la mujer gorda, y un buen agente policiaco no guarda su cuaderno antes de pronunciar su cívico discursito. "Recuerde", le dijo, "es deber de todos conservar limpia la ciudad, y la multa es de cincuenta dólares. La próxima vez no seré tan indulgente." "Imbécil", pensó Omar, "no habrá una próxima vez." "No lo olvide", añadió el gendarme, no sin cierto aire de condescendencia, "si este país lo acogió con los brazos abiertos, a pesar de su raza, está usted en deuda con nosotros. Debe ser más agradecido y no ensuciar las calles por las que transita." ¿Acaso hace falta añadir esto, que de allí se marchó el guardia con el pecho inflado y el esfínter dilatado, sintiendo, creyendo, que el mundo entero estaba en deuda con él?

Así suelen ser los grandes, aunque su grandeza sea, inevitablemente, relativa. Siempre se creen que nos hacen un favor, y que nuestras vidas serían miserables de no ser por su presencia e intervención. ¡Y ay de nosotros si no nos inclinamos con explícito agradecimiento ante ellos! Son como los dioses, insaciables. No les basta con hacer palpable nuestra necesidad de ellos, con estrujarla en nuestra cara. Demandan genuflexión, abierta gratitud y sometimiento, como el presumido Amán del viejo cuento judío, indignado, herido en su orgullo cuando Mardoqueo le negó la deferencia que reclamaba.

"A pesar de su raza…" Ésta fue la frase que avivó el fuego del odio que ardía en el corazón de Omar. "Son todos iguales", comentó para sí mismo en voz muy queda, "éstos y aquéllos, los de mi infancia y los contemporáneos, los que hablaban hebreo y los que hablan inglés, los de antes y los de ahora, los judíos y los cristianos. Matones todos, los verdaderos terroristas, los invasores. Aquéllos escupían balas, éstos lanzan misiles, desde lejos, escondiéndose en la distancia. Otros, como este perdedor, tienen que contentarse con dar órdenes nimias para hacernos sentir nuestra condición de inferioridad. ¡Cobardes! Se merecen lo que les hicimos, todos ellos, los que se van y los que se quedan, los que disparan y los que rezan por ellos, sus padres y sus hermanos, sus amigos y sus ministros. ¡Cobardes! Ninguno es inocente. Ninguno merece ser dispensado. Alegan que nos persiguen porque ése es su derecho, legítima defensa, lo mismo que haría cualquier nación amenazada. ¡Embusteros! Se inventaron lo de los aviones, mataron a sus propios hijos, ¡a los suyos!, a fin de tener un pretexto para su insaciable imperialismo. Ya lo habían hecho, con barcos anteriormente, el Maine y el Lusitania, y los del muelle en Pearl Harbor, pero esta vez usaron sus propios aviones..." Recapacitó. Pensó: "Bueno, en realidad no fueron *ellos*, pero lo sabían y lo permitieron. Quizá hasta lo facilitaron, o al menos se hicieron de la vista larga, para que ocurriera. ¡Y luego simularon sentir horror ante lo que había pasado! ¡Hipócritas!" Tampoco estaba totalmente en lo correcto cuando pensó en el Lusitania; pero estas páginas no son el lugar más apropiado para darle a este pobre hombre atormentado una lección de historia británica.

El agente del orden público regresó a su patrulla, azul y blanca, con un pegadizo en la tapa del baúl: *if you see something, say something*. Dicen que los policías, además de abusadores, suelen ser brutos, por eso son policías, porque no pudieron ascender más alto. Nosotros, los recitadores de esta historia, no tenemos evidencia de que así sea, pero este policía en particular, este guardia que vino a asustar a Omar, ciertamente lo era, bruto queremos decir. ¿Cómo no se le ha ocurrido mirar atentamente el interior del automóvil? ¿Cómo es posible que no se haya percatado del corsé alrededor de la cintura de Omar? ¿Por qué ni siquiera le preguntó qué hacía allí? ¿Por qué no le pidió una identificación? ¿Fue el suyo el proceder indicado en situaciones como ésta? Se fue tranquilamente, sin darse a sí mismo el tiempo suficiente para que germinara en él la sospecha. Cuando el orgulloso oficial desapareció de su vista, ese escombro de ser humano que era Omar, ese fantasma viviente, ya más sosegado, dirigió su mirada hacia el norte, donde años atrás se elevaban, soberbias, imponentes, dos torres de acero y cristal opaco, mucho más hermosas que las actuales. Las nubes que presagiaban lluvia se desintegraban. Por encima de ellas vio la fina estela dibujada en el lienzo celeste por un avión a propulsión. Una vez más vez recordó aquellos justicieros aviones, los que derribaron los rascacielos, con el permiso del imperio.

Omar había emigrado a Estados Unidos, procedente de Chile, la tierra de promisión para tantos de los suyos desplazados por el imperialismo sionista, justo a tiempo para presenciar, como si hubiese estado sentado en primera fila, el derrumbe de las dos torres, símbolos del poder y de la prepotencia del imperio. No sería justo afirmar que se alegró por lo sucedido, pues la *alegría*, en el sentido ordinario del término, era una emoción contra la que había sido inmunizado irreversiblemente el día de la muerte de su hijo Ismael. Con Ismael, reconocía él mismo, había muerto también su corazón, no el músculo cardiaco con el que, según los médicos, la sangre se bombea a las venas y las arterias, ése todavía latía, sino el otro corazón, el espiritual, el figurado, el órgano intangible con el que sentimos y soñamos, el que frecuentemente nos duele, el que a veces llora, el que palpita con latidos musicales, el que más que latir danza, salta y vuela. Éste ya no funcionaba en su interior, y no era posible reemplazarlo, pues para este tipo de dolencia no se realizan trasplantes. De modo que no sería correcto afirmar que se alegró, pero cierto fulgor de ilusión, o de esperanza, apareció aquel día en sus ojos. "A pesar de todo, el enemigo tal vez no es invencible", especuló. "Apenas un par de aviones y una veintena de valientes, un poco de entrenamiento, y una pequeña dosis de suerte. Nada más es necesario."

"El imperio es grande y fuerte, pero vulnerable, como todos los imperios de la historia", le dijo a su compañero invisible. "Su invencibilidad era sólo un mito, creado y alimentado por sus publicistas, y creído y aceptado ciegamente por tantos de nosotros, cobardes y pusilánimes, hombres de paja, que lo creímos, quién sabe, para justificar nuestra cobardía y nuestro quietismo. Apenas un par de aviones, sí, y casi veinte valientes, como David contra Goliat, primero la honda y luego la espada, ¡la del mismo gigante! ¡Genial idea! ¡Matar al engendro con sus propias armas, con *su* espada o con *sus* aviones! Herirlo allí donde más le duele. Humillarlo. Verlo de rodillas. Y todo en su propio suelo, en la mismísima sede de su poderío, con *sus* aviones, *su* combustible, *su* tecnología, en *su* espacio aéreo, y gracias a *su* tan cacareada libertad. ¡Entrenados en sus propias escuelas! ¡Ja! ¡Con certificados de aviación expedidos en inglés! ¡Alaju Akbar! ¿Quién rió entonces, malditos? ¿Quién celebró? ¿De quién fue la victoria? ¡Alaju Akbar!" (La verdad es que Omar casi no conocía la lengua árabe. Hablaba español, y sabía algo de inglés, pero el árabe que aprendió en la niñez corrió la misma suerte que su fe. Ambas estaban allí, la lengua y la fe, hibernando dentro de esa obscura y gélida caverna en que se había transformado su pecho. Su lengua materna no regresaría. Su fe, eso está por verse. Dios es grande.)

"Esta vez no serán tantos", añadió en su pensamiento. "¡Qué lástima! Pero yo no soy piloto, y, al fin y al cabo, no es el número lo que importa, sino el valor simbólico del acto. Yo no soy ni héroe ni mártir, soy solamente un anciano sediento de justicia, destinado a nivelar la balanza. Diez por uno. Cien por uno. Ojalá que sean más."

***** *MAHMUD* *****

Las leyendas pueden ser inspiradoras. A menudo lo son. Ésta que ha recordado Omar, la del jovenzuelo que derrotó al cíclope, venerada por las tres principales religiones occidentales, es sólo una entre muchas de las que anuncian la debilidad de los poderosos y la fortaleza de los débiles. Todas ellas se han repetido, oralmente al principio, por escrito posteriormente, con el propósito de recordarnos que, en última instancia, la victoria no pertenece siempre ni al más alto ni al más musculoso, sino a aquél – o a aquélla – de cuyo lado está la justicia. Probablemente nunca tuvieron lugar los hechos en ellas relatados, y, más decepcionante aún, seguramente sus moralejas son pura ensoñación utópica. Pero nadie puede negar su potencial inspirador.

Cuenta otra de ellas, una muy antigua leyenda árabe, que en cierta ocasión, el año del nacimiento del profeta, un rey abisinio llamado Abraha – que nada tenía que ver, entiéndase, con Abrahán, a pesar de la similitud de sus nombres – invadió Meca, la ciudad sagrada de los árabes, con la intención de destruir el viejo templo que allí se encuentra desde tiempos inmemoriales, la Kaaba, construido, precisamente, según otra leyenda, por Abrahán y su primer hijo, Ismael. Conocedor de la valentía y el arrojo de los coraixíes, los miembros de la tribu a la que pertenecía el apóstol, encargados de la custodia del altar, este Abraha, el de la nariz cortada, como lo apodaban, decidió intimidarlos llevando consigo un ejército de elefantes, comandados éstos por Mahmud, un gigantesco paquidermo cuya sola presencia podía infundir pavor aun en el corazón más osado y temerario. Desde su reino, este villano y estos elefantes, escoltados por miles de soldados de a pie, marcharon sin pausa hacia su objetivo, resueltos, convencidos de la certeza de la victoria. Mas cuando entraron a la santísima ciudad y se acercaron a la Kaaba, el corpulento elefante se detuvo. Se detuvieron también sus compañeros de especie, negándose a marchar contra el sagrado recinto. Los hombres del rey los golpearon cruelmente con varillas de hierro y de madera, los azotaron, les gritaron, pero todo fue en vano, de sus lugares no se movieron. Parecía que una voz misteriosa, inaudible a los oídos humanos, les ordenaba hacer un alto y respetar el antiguo santuario. Entonces, mientras la batalla terrena aguardaba, aparecieron en el cielo unas aves, similares a las golondrinas, cientos de ellas. En sus picos y en sus garras traían, cada una, varias piedras, no piedras comunes de río, sino rocas de fuego, enormes pelotas de granizo que parecían hechas de puro ácido. Cual modernos bombarderos, estos misteriosos pájaros lanzaron sus terribles misiles, sus flechas incendiarias, contra los despavoridos soldados invasores, cuyos cuerpos se cubrieron con una llagas parecidas a las viruelas que incendiaban su piel y la corroían hasta los huesos. Huyeron, ellos y los elefantes, y el mismo Abraha, el de la nariz cortada, quien jamás se atrevió a atentar nuevamente contra la casa de dios.

Que se tenga memoria, esas aves fueron los primeros aviones usados por dios para castigar a sus enemigos, lo que demuestra inequívocamente su disposición, la de dios, a usar cualquier medio que considere apropiado para defender a los suyos y destruir a sus opositores.

Ignoramos, sin embargo, la identidad y el nombre del dios que se valió de las portentosas aves para dar un escarmiento al invasor de la cortada nariz, pues para esa fecha eran trescientos sesenta los dioses residentes en la Kaaba, y ninguno de ellos reclamó el homenaje merecido por la sobrenatural intervención relatada.

Se cuenta otra leyenda, igualmente de origen árabe, o tal vez chino, los expertos en la materia no se han puesto de acuerdo, no tan interesante como la de los pájaros milagrosos que ahuyentaron al gran Mahmud, pero digna también de ser mencionada. Versa sobre un tal Aladino, un muchacho pobre natural de una provincia arabizada de China, si tal cosa alguna vez existió, quien, engatusado por un malvado hechicero árabe del norte de África – Los caminos del señor son misteriosos, ¡un mago africano en el corazón de China! – fue a parar a una cueva ubicada en algún lugar del desierto del Magreb, donde debía hallar, para beneficio y provecho del perverso encantador, una portentosa lámpara de aceite, habitada desde siempre por un fabuloso ser mitológico, un genio capaz a conceder al dueño del utensilio todos los deseos que su alma pudiese acariciar y su boca expresar. Aladino encontró la lámpara, pero en lugar de entregarla a su patrono, que ya había enseñado sus colmillos cuando encerró al joven en la cueva, la llevó consigo de vuelta a su patria, donde la obsequió a su madre, quien, obsesionada, como casi todas las mujeres, con la limpieza casera, la frotó para sacarle brillo. De ella, es decir, de la lámpara, no de la mujer, surgió el bondadoso *jinn*, un ser sobrehumano creado del fuego, superior a estas defectuosas criaturas que somos nosotros, creadas del vulgar barro, ansioso por hacer feliz a sus liberadores. A Aladino regaló un palacio, más majestuoso que ningún otro, y mil cosas más, entre ellas una mullida alfombra, tan habilidosa que podía volar. Gracias a ella escapó el muchacho de las garras del villano, gracias a ella conoció a su futura amada, y, también gracias a ella, logró convertirse en un príncipe respetado y amado por sus súbditos. Ahora bien, si cierto es que hemos añadido a la historia algunos detallitos confeccionados por nuestra propia imaginación, no deja de ser cierta la moraleja del cuento, entiéndase, que el arte de volar, y las naves aéreas, ya sean pájaros, aviones o alfombras, siempre han sido, desde que el mundo es mundo, valiosos e imprescindibles instrumentos en la vieja guerra entre los buenos y los malos, y que sin ellos aquéllos estarían en clara desventaja.

Nosotros, que no somos ni chinos ni árabes, tenemos también nuestras propias leyendas aeronáuticas, muy distintas de las reseñadas en los párrafos precedentes, mucho más prosaicas; es más, podríamos incluso tildarlas de plebeyas, pero dignas de ser mencionadas en este ficticio relato. Está bien, lo admitimos, ni siquiera son leyendas, en el correcto sentido del término, pero no podemos prescindir de ellas salvo a riesgo de que esta trama que apenas comienza a hilvanarse resulte incomprensible para ustedes, nuestros generosos lectores.

Podemos mencionar, a manera de ejemplo, la leyenda de los dos hermanos campiranos de Carolina del Norte, Wilbur y Orville Wright, quienes, en el año 1903, construyeron el que fue, aparentemente, el primer avión funcional registrado por la historia, y en el que uno de ellos logró volar una ruta de casi trescientos metros, no una gran distancia, si la comparamos con la recorrida por los aviones modernos, pero, tratándose de un inicio, nada despreciable tampoco. Un tal Simón, el mago, lo había intentado anteriormente, en los días de los apóstoles del señor, usando su propio torso a modo de fuselaje y sus brazos como alas. Pero sus huesos descoyuntados desalentaron a los inversionistas llamados a aportar capital para la producción en masa del aparato. Una segunda leyenda occidental nos informa que el gran genio italiano Leonardo da Vinci, genio de verdad, no de los que penan encerrados en botellas sepultadas en la arena, diseñó su propia y peculiar versión del aeroplano en los días del segundo renacimiento, inaugurado precisamente por él; sin embargo, que sepamos, su nave nunca llegó a fabricarse. Más recientemente, en 1927, un norteamericano acaudalado de apellido Lindbergh cruzó el Atlántico sin hacer escalas, en un avión rudimentario no más grande que uno de los antiguos taxis neoyorquinos, al que puso por nombre *Espíritu de San Luis*. Seis años más tarde, uno de los primeros terroristas norteamericanos secuestró a su hijo, a quien nunca más volvió a ver. Finalmente, mencionamos la historia de otro magnate norteamericano, un excéntrico californiano, quien en el año 1947 fabricó un gigantesco avión, el más grande que jamás haya surcado los cielos, al que llamaron *Spruce Goose*, y fue capaz de hacer que el descomunal leviatán despegara, si bien sólo unos cuantos metros (veinticinco, si no nos traicionan los recuerdos), ante la mirada incrédula de cientos de espectadores.

Nada del otro mundo, ¿verdad? Simplemente aviones. Vehículos motorizados, como ese carro amarillo estacionado unos metros más abajo de la calle, pero con alas, como las de las palomas, como las de las gaviotas, como las que tienen los ángeles, aun los que fueron expulsados del cielo junto con Lucifer. Aviones, nada extraordinario. Carrozas voladoras, como la de Ícaro, ¡pobre diablo!, volantines con motor, un poco más grandes y sofisticados, capaces de volar porque son, perdónese la perogrullada, aviones, fabricados para que lo hagan. Maravilloso es que una alfombra vuele, y que vuele un caballo, pero a nadie debería asombrar el vuelo de un aeroplano. Aviones. Unos transportan pasajeros, otros, sin enterarse de ello, transportan cargas explosivas; en unos se acortan distancias, otros nunca llegan a sus destinos; unos son abordados por los turistas, en otros viaja la muerte.

Durante la segunda guerra mundial, los soldados kamikaze del imperio del sol estrellaban sus aviones del tipo monomotor contra objetivos enemigos, en un intento fallido de ganar una guerra en la que ni siquiera debieron intervenir. Casi al final de ese conflicto armado, en el mes de agosto de 1945, otro avión, apodado *Enola Gay* por su piloto, en honor a su santa madre, dejó caer su carga de maldad, su pequeño niño, sobre cierta ciudad japonesa. Dicen que más de cien mil personas murieron instantáneamente, y que otras cien mil murieron posteriormente, lentamente, deshaciéndose en vida, como las momias en las películas de horror, que se desintegraban pedazo a pedazo, jirón a jirón, ante el conjuro que servía de antídoto a su vieja maldición. Tres días más tarde, en otra ciudad nipona, el experimento fue corroborado. Seguramente no era necesaria la verificación, nosotros no tenemos forma de saberlo a ciencia cierta, afortunadamente no estábamos allí, ni siquiera habíamos nacido, pero los amos del cielo habían fabricado una segunda bomba, y otro avión estaba preparado. Quizá fue redundante, pero hubiera sido un desperdicio no aprovecharlos.

Al comienzo de este milenio, apenas quince años atrás, un lluvioso mes de septiembre, preámbulo del otoño, dos aviones comerciales besaron sendas torres, tan altas como montañas, altísimas, magníficas. Aviones semejantes a ése de Hiroshima, y al de Nagasaki, pero fabricados para uso civil, transformados en misiles mortíferos, en modernas naves kamikaze, con el fin de mostrar al mundo el tenebroso poder del fanatismo religioso. Casi una veintena de locos, tan fervientes y ciegos como los tripulantes del Enola, dos altos edificios, tres mil seres humanos, muchos de ellos inocentes, el odio, el suicidio, la muerte. Luego vino la venganza, en nombre de otro dios, tan terrible como el dios de aquellos fanáticos. Más aviones, esta vez militares, docenas de ellos, cientos de ellos, enviados a azotar a dos naciones que nada tuvieron que ver con el derrumbe de las torres. Pero nos caían mal, nos atemorizaban, porque son pueblos orgullosos, gentes acostumbradas a retar a los poderosos. Así que hicimos llover fuego sobre ellos, para que aprendieran la lección, para que entendieran de una vez y para siempre cuál es su lugar en el orden político del mundo y quiénes son los que mandan. Fuego y azufre, como en las dos ciudades de Lot, que osaron desafiar el poder prepotente de otro antiguo soberano. Los improvisados tripulantes de los dos aviones eran, la mayoría de ellos, saudíes, pero Arabia Saudita nunca fue invadida. Los señores de los cielos suelen ser muy selectivos.

Los dos aviones se derritieron, como se derrite una figura de cera arrojada al horno, pero antes de derretirse encendieron una infernal hoguera que ardió como un pequeño sol, o como dos pequeños soles, uno en cada torre. Entonces, los arrogantes edificios también comenzaron a disolverse, y a desmoronarse, como se desencajaron las alas del carruaje de Ícaro cuando se acercó imprudentemente al verdadero sol. Resistieron, al menos por unas cuantas horas, valientemente, si es que se nos permite atribuir valentía a unas estructuras que no sentían ni padecían. Pero finalmente cedieron, agobiadas por el peso de sus sufrientes cabezas. Se desplomaron sobre ellas mismas, la del sur primero, la del lado norte después, como los blancos cisnes de los que cantó el poeta, uno herido mortalmente por el cazador, el otro que voló desde la rama a protegerlo y fue atravesado también, por la última bala asesina. Esta vez no fueron las trompetas, como en Jericó, sino un par de aviones. Pero igual se derrumbaron, vencidas por la fe, o por el fanatismo, todo depende de la ubicación de quien juzga. Quienes no tuvieron tiempo para emitir sus juicios fueron los que quedaron atrapados en el mar de fuego, los hombres y mujeres que resbalaron hasta el borde de las ventanas, aferrados a sillas y escritorios, y de allí cayeron, o se arrojaron, al vacío, los bomberos y policías que dejaron de respirar por causa del humo que inflaba sus pulmones, los buenos samaritanos de los que nunca se escribirá una parábola en la Biblia. Casi tres mil personas murieron a destiempo, cuando las torres naufragaron en un turbulento océano de escombros retorcidos y vidrio molido. ¿Cuántas veces nos hemos preguntado, Omar, cuántas veces nos hemos preguntado, quiénes son los terroristas? ¿Ustedes o nosotros? ¿Aquéllos o éstos? ¿Los japoneses o los norteamericanos? ¿Los palestinos o los judíos? ¿Los musulmanes o los cristianos? ¿Los que matan en nombre del emperador o los que lo hacen en nombre de la democracia? ¿Los que obedecen las órdenes de un general o los que acatan los mandatos de un dios? ¿Alaju Akbar? ¿Alaju Akbar, Omar? ¿En qué consiste la grandeza de dios, Omar, en qué consiste? ¿En su poder o en su amor? ¿Es aún el dios de los ejércitos o ya ha evolucionado hasta convertirse en el dios de los pacificadores? ¿Tu dios, Omar, o el de tu primo Ibrahim?

****

Antes de regresar al automóvil, Omar recordó otro avión, una pequeña avioneta de juguete que él había regalado a su hijo muchos años atrás, cuando ya residían, temporeramente, en América del Sur. Se trataba de un modelo a escala del aeroplano que pilotaba cierto autor francés cuando se extravió en el desierto de Sahara. Su avión se averió, y este señor, un tal Saint Exupéry, tuvo que aterrizar de emergencia en las soleadas arenas del desierto, donde, mientras intentaba reparar el aparato, fue visitado por un extraño y enigmático niño que se creía príncipe. El encuentro con él cambió radicalmente la vida de ese autor, en tal medida que, en memoria del principito, escribió un hermoso cuento, tan dulce y conmovedor que Ismael lo leía todas las noches antes de retirarse a dormir. No fue Omar quien le obsequió el breve folleto, pues no era más que un folleto, de unas noventa páginas, sino su esposa, la madre del niño, de quien algo más sabremos en este otro libro de cuentos que sostenemos en nuestras manos, pese a que muy poco tenemos para informar, debido a que, por razones desconocidas, luego de la muerte de Ismael, Omar nunca más habló de ella. El principito de la historia escrita por el aviador se parecía al Ismael de la vida real. Formulaba muchas preguntas pero jamás respondía una sola, se quejaba constantemente de que su mundo era muy pequeño y estaba siempre amenazado por unos enormes árboles a los que era necesario podar cada mañana, porque si se los dejaba crecer terminarían por destruirlo; añoraba otro mundo, en el que crecía un rosal presumido; y los adultos lo decepcionaban. Tal vez por estas similitudes Ismael disfrutaba su lectura, una y otra vez, cada noche, especialmente el capítulo que describía el encuentro del principito con el zorro, pero no leyó más de una vez el final, porque, le confesó a su padre, tenía miedo de marcharse como aquel niño se marchó. "Nárrame algo del libro", le dijo Omar un atardecer, obligándose a sonar paternal y tierno, "una parte que no sea triste." No se equivoque el lector, Omar era un padre excelente, tan bueno como el que más. Pero su papel de padre carecía de un cierto toque sentimental, como si los golpes que da la vida hubieran curtido y endurecido su piel en buena medida, al punto de que le resultaba trabajoso mostrar afecto y ternura. El amor estaba allí, desbordante, al menos en aquellos días, pero las expresiones de cariño se resistían a asomarse a la superficie. Ismael hojeó el breve tomo, pasó algunas páginas de aquí para allá, y luego de cerrarlo y apretarlo contra su pecho, miró a su padre y, de memoria, le repitió: "Lo que embellece al desierto es que esconde un pozo en cualquier parte…". De desiertos Omar sabía mucho, de los arenosos y de los otros, hechos de ausencias y de adioses. De lo que muy poco sabía, aparentemente, era de la fértil imaginación de un niño, capaz de transformar mágicamente una sucinta frase en una epopeya repleta de coloridos personajes y héroes indomables. Oyó la oración repetida por su hijo, las palabras, las sílabas, pero no fue capaz de ver las imágenes que él veía en su mente, ni de comprender, en ese instante, que ese principito acostado junto a él era el pozo, el oasis refrescante en su propio desierto. Quizá no debemos acusarlo, lo esencial, según dijo el zorro, es invisible a los ojos.

Tres años más tarde, en otro desierto, el más árido de su vida, en el cuarto de un hospital, Omar colocó el pequeño libro y el avión de juguete sobre la mesita de noche ubicada al lado de la camilla. La mañana siguiente el libro continuaba allí; el avión había despegado.

***** SAMUEL *****

Hola. Mi nombre es Samuel, Samuel González, idéntico al nombre del profeta bíblico, excepto por el apellido, obviamente, ya que en su época no se usaban. El nombre significa, probablemente, "a quien dios escucha", contenido semántico que resulta irónico, pues, sin intención alguna de ofender a alguien, mucho menos a la divinidad, debo protestar que a mí, desde que tengo conciencia de mi existir, dios jamás me ha escuchado. Bueno, tal vez lo ha hecho, pero, de ser así, yo no me he enterado. Lo he buscado incesantemente, cada día y cada hora de mi vida, de mil maneras y en mil lugares. Pero él, o *ella,* si de verdad existe, siempre me ha dado la espalda, como hizo con Moisés en el monte de la revelación. "Permíteme ver tu rostro", le he implorado con vehemencia, y él, bajo el manto de la más fría indiferencia, me ha ignorado como se ignora a una hormiga de las que no muerden. (Las hormigas no pican, porque no tienen picos, muerden, o simplemente aprietan con sus diminutas tenazas.) Ésta que les narro ahora es la historia de esa búsqueda, de mis peregrinaciones, de mi fracaso. También es el relato de mi venganza, contra él y contra aquéllos por cuya culpa he perdido la fe en él.

Soy de ascendencia puertorriqueña, pero criado en esta enorme ciudad. Mi padre, que detestaba a Puerto Rico, inmigró aquí para conseguir empleo, cinco o seis años después de mi nacimiento, y una vez lo consiguió nos mandó a buscar, a mí y a mis dos hermanas mayores, y, por supuesto, a mi madre, sin la que no hubiera podido resistir un segundo más en esta abominable ciudad, una mujer santa y abnegada que jamás, que yo recuerde, se atrevió a contradecirlo. No me malinterpreten, no hablo de sumisión ni de abyecto servilismo. Mis padres se amaban, profundamente, y se respetaban como pocos cónyuges se respetan el uno al otro. Si mi madre nunca contradijo a mi padre (ni él a ella), no era por miedo ni por sumisión, sino debido a un amor embriagador que siempre los movía a resolver sus diferencias mediante el diálogo, casi siempre en la alcoba, luego de que todos los demás nos retirábamos a dormir.

Mi papá era ministro independiente del evangelio, *part time*, diríamos en inglés, un predicador itinerante que se sabía la Biblia de memoria, al menos la mayor parte de ella. Nunca cursó estudios formales en teología, y por lo que se vio, no tuvo necesidad de hacerlo. Siempre decía que su maestro era dios, y que, dado que la Biblia ya había sido traducida al español, cualquier diletante podría leerla y entenderla sin necesidad de profesionales asalariados que la glosaran para él o ella. Jamás pidió, ni aceptó, un solo centavo por su ministerio. "Un pastor genuino", afirmaba, "debe ganarse el sustento mediante un trabajo secular, como lo hacía Saulo, el de Tarso, el apóstol de los gentiles. Es un sacrilegio vivir de la predicación, equivale a vender las buenas nuevas, en lugar de regalarlas, como debe ser. Es simonía." Afortunadamente, no necesitó de los diezmos o las ofrendas de quienes lo escuchaban. Con sus diversos trabajos, ganaba más de lo que necesitábamos para vivir cómodamente, sin tener que recurrir a la generosidad, o al temor, de los feligreses. Sin embargo, un mal día se quedó sin empleo, como ya les dije, y no tuvo más remedio que emigrar al norte, a la metrópolis, en pos de una mejor calidad de vida para él mismo y para nosotros.

Nací, según me han contado, un lluvioso y húmedo mes de octubre del año 1958, el mismo año en el que un revolucionario antillano recuperaba para su pueblo la isla que mi nación adoptiva había transformado en prostíbulo y casa de juegos. Es cierto, lamentablemente, que al poco tiempo la transformaría en un presidio de máxima seguridad, tan custodiado como la prisión de Alcatraz en sus peores días, pero durante unas cuantas semanas floreció en ella la esperanza. Octubre es un mes bochornoso y asfixiante en esas islas del Caribe, preñado siempre de malos augurios. Nadie debería nacer durante ese mes. El mismo dios haría bien en prohibirlo. Por razón de la maldita fecha, soy libra, aunque yo jamás he creído en las estupideces de la astrología. Mis padres, los dos, me enseñaron que "sólo un poder controla nuestros destinos, el de Dios" (Y tratándose de una cita, y del dios de ellos, lo escribo con "D" mayúscula, como muestra de respeto a su memoria.), y que las estrellas son solamente enormes esferas de helio e hidrógeno, impotentes, por su propia naturaleza, para regir las vidas de unos seres que fueron creados nada menos que, atiéndase bien y no se olvide, a la ipsísima imagen del mismísimo dios. Mi madre también era cristiana, dato que seguramente ya habían colegido, pero no seguía a mi padre. Ella era católica y apostólica, aunque no romana, pues en

Roma nunca había estado, y me crió a mí en esos caminos, bautizado, confirmado y comulgado; cada domingo en el templo, cada viernes santo en ayunas. De modo que yo también fui, por herencia y por crianza, casi siempre, creyente, religioso, aunque con una inclinación innata al escepticismo, a la duda, aun a la filosofía de corte iconoclasta. Supongo que la tensión entre el rebelde protestantismo paterno y el deprimente fatalismo católico de mi madre tuvo mucho que ver con mis posturas religiosas. Con el paso del tiempo cambiamos de secta, todos, incluso papi, que no estaba formalmente afiliado a ninguna denominación religiosa. No recuerdo cuándo fue, pero sí recuerdo que a nuestro apartamento llegaron unos misioneros a vender o a obsequiar unas revistas; eran jóvenes, muy bien vestidos y educados, quienes enseñaron a mamá que el día del señor no era el domingo sino el sábado, que la carne de cerdo no sólo hacía daño a la salud de nuestros cuerpos sino, principalmente, a la de nuestras almas (Más tarde aprendimos, de ellos mismos, que el alma no existía.), que el papa era el anticristo disfrazado, y que Jesús regresaría pronto, muy pronto, a destruir a todos los falsos cristianos que mostraran en sus manos y en sus frentes la marca de la bestia. Mi mamá fue persuadida en breve tiempo, y ella se encargó de convencer a papi, que se lamentaba a voz en cuello de no haber visto antes la verdad. Así que nos convertimos y nos bautizamos, por segunda vez, ahora como era debido, sumergidos totalmente en el agua, en el nombre del padre, del hijo y del espíritu santo. Eso fue cuando tenía yo unos doce o trece años y todavía era virgen, por lo que no sentí pérdida alguna, salvo por las chuletas que en la cocina de la casa se freían antes, los viernes y días feriados. En efecto, ni siquiera noté un gran cambio en mi vida, ni la urgente necesidad de arrepentimiento que otros prosélitos afirman experimentar. Yo, a la verdad, no me percibía como un gran pecador, ni siquiera como uno de talla mediana, y mi conversión fue más una de índole intelectual que esa metamorfosis vital de la que tantos santos y místicos han escrito. Para mí, la conversión fue cosa de cambiar una empresa por otra, y de hacer ciertos ajustes menores en la dieta y en la agenda de los fines de semana. Yo iba adonde mis progenitores me llevaran; mi padre, especialmente él, era mi norte en cuestiones religiosas.

Durante dos o tres años, todo marchó sobre ruedas. Mi padre tenía un buen trabajo, decentemente remunerado; salud no nos faltaba; las necesidades básicas de la existencia eran satisfechas, y hasta sobraba lo suficiente para satisfacer uno que otro capricho, algún lujo innecesario y superfluo. En nuestra nueva fe vivíamos, como decía el ministro de la congregación, el "primer amor", con el fervor y la esperanza propios de esa hermosa etapa, semejante, imagino, a la que disfrutaron los discípulos de Jesús desde su entrada triunfal a Jerusalén hasta poco antes de su arresto. Creíamos que el fin del mundo estaba cercano, a las puertas, que el mesías regresaría a rescatar a sus escogidos (entre los que nos encontrábamos nosotros, claro está) de este mundo de impiedad y de maldad, y que cualquier sacrificio, por grande y difícil que pareciera en el momento, sería nada en comparación con la gloria venidera que nos regocijaría en breve. Pero entonces todo se vino abajo. Mi madre murió, víctima de un cáncer del que no se enteró hasta que ya no tenía remedio. No se lo merecía, créanme, no se lo merecía. Acepto que tenía que morir tarde o temprano, como todos morimos, buenos, malos y peores. Pero ella debió morir apaciblemente, de vejez, en su casa, en su cuarto, en su cama, satisfecha y orgullosa de sus logros y de una vida dedicada al amor. No fue así. Murió desgastada, destrozada, por la enfermedad y por los tratamientos a los que fue sometida por la esperanza. Mi padre la siguió, cuatro años más tarde, consumido y disecado por una temible enfermedad que la ciencia ha llamado mal de Alzheimer, un insidioso ladrón que despoja a sus presas de sus memorias y, paulatinamente, de su propia identidad. ¡Cuán cruel puede ser la vida! Minutos antes de que mamá muriera, en un frío e impersonal cuarto de hospital, papi le juró que jamás la olvidaría. Apenas dos o tres meses más tarde, esa enfermedad se apoderó de su cerebro, y borró de él todos los recuerdos recientes, con inclusión de los cincelados durante los últimos años que vivió junto a ella. Sus postreros días los pasó en el olvido, abandonado, no por sus hijos sino por sus memorias. El olvido no olvida, es un océano desalmado en el que naufragan nuestros recuerdos.

Treinta y seis años estuvieron juntos. En cada uno de ellos, a veces con esfuerzo sobrehumano, cultivaron la amistad, el amor, y, finalmente, un compañerismo inquebrantable. Amigos primero, esposo y esposa luego, y en la madurez, ya aquietada la pasión y la superficial ilusión, en lo que debió haber sido un apacible otoño compartido, tronchado a destiempo por la muerte de ella, compañeros. Treinta y seis años de memorias borradas, como se borra el disco de una computadora con el simple toque de un botón, como se desvanecen las palabras grabadas en la arena cuando son acariciadas por las olas, y sólo queda, entonces, lo que nunca se dijo, lo que jamás ocurrió, la ausencia, la amnesia, la nada. A mami siempre le molestó que él la llamara *compañera*. "¡Esposa", decía, "soy tu esposa, no tu compañera! ¡No me trates como a una simple amiga!" Él la regañaba tiernamente, con una sonrisa pícara, y la corregía: "Tú no sabes nada. Una compañera es mucho más que una esposa." "¡No!", ripostaba ella, "una compañera es cualquiera, en la iglesia, en la oficina, en el club o en la trinchera, pero esposa sólo yo, la que te lava y te plancha." Lo que mi madre quería decir, valga la aclaración, es que lavaba y planchaba su ropa, no a él, aunque en no pocas ocasiones también lo bañó a él, y él a ella, especialmente los primeros días, cuando aún ardía con violencia la llama de la pasión, cuando el cuerpo era más importante que el alma (ésa que en definitiva no existía) y el sexo nunca cedía su turno a una amena conversación. A veces, muy pocas, algún día de cobro, cuando llegaba a casa un poco tarde, y, en mi opinión, medio ebrio, aunque se suponía que no bebía, mi padre me llamaba aparte y me contaba cosas como ésas, detalles íntimos de su historia marital, gratos y excitantes recuerdos. "Aquéllos eran tiempos buenos", me decía, "la lozanía que sólo viene con la juventud, las miradas hipnotizadoras, la fatua ilusión, las agradables mentiras blancas, el crudo deseo disfrazado de amor, y el sexo, sobre todo el sexo, viril, firme, duro, apasionado, hambriento, inmisericorde, a veces sucio e inmoral, pero siempre caudaloso, como un río, como un aguacero torrencial, como una catarata, culminando siempre en espuma, como aquélla de la que nació Afrodita, semilla vital, esperma blanco y viscoso que se transmuta en vida con el solo propósito de auto perpetuarse. Cuando el amor llame a tu puerta, hijo mío, asegúrate de que la encuentre abierta de par en par, y, por lo que más quieras, permítele que te arrebate, como embriagaba a las legendarias bacantes de Dionisio." ¡Ah, mi padre!, apasionado poeta, erudito autodidacta que no pasó de escuela secundaria, amante celoso de la filosofía, del mito griego y de las fábulas, las de Esopo particularmente, las que solía contarme de pequeño, a mí solamente, pues mis hermanas ya comenzaban a cultivar otros intereses.

Casi cuatro décadas de compañerismo, de amor y de fidelidad; Treinta y seis años juntos, o, más que juntos, *unidos*, desde el día de su boda, desde la noche de su luna de miel, cuando, según me contaron ambos en cuanto se atrevieron a hablarme de sexo, mi padre descubrió que su esposa no era virgen, que nunca lo fue. ¡No!, no se trataba de un cuento para incautos. Mi futura madre realmente había nacido sin himen, esa absurda e inútil membrana con la que la naturaleza dio inicio al fastidioso ideal de la virginidad, tan astutamente aprovechado y explotado por el gremio eclesiástico desde tiempos inmemoriales, para su sádico beneplácito y para desdicha inenarrable de incontables millones. Sin himen, *nunca virgen*, la exacta antítesis de la llamada bienaventurada, la siempre virgen, la escogida para la cópula divina desde la eternidad, la humilde doncella que el paso del tiempo transformaría no en esposa sino en madre, y madre, según cierta extraordinaria superstición, ¡del eterno dios!

Pero mamá no fue ni llamada ni escogida, al menos no por algún consorte divino, ni con el propósito de convertirla en su esposa ni para metamorfosearla posteriormente, en una suerte de mito de Edipo invertido, en su madre putativa. La escogió mi padre (aunque a la sazón no lo era), y la amó más que a su propia madre, y más, mucho más, que cuanto se ama a una esposa. "Esposa", solía afirmar, "además de ser un vocablo feo que suena a policías y arrestos, es una mera figura jurídica, un artificio notarial, legal o eclesiástico, producto de un papel, de un certificado firmado y sellado por algún estúpido burócrata que no logra ganar en todo un día de trabajo siquiera la mitad de lo que yo gano en dos o tres horas."

No alardeaba. Papi no era rico, pero tampoco era pobre. Había trabajado duro desde su infancia, y había sabido ahorrar. Además, había heredado alguna cantidad de dinero de su padre, o de su abuelo, no recuerdo, o más bien creo que

41

nunca me lo dijo. Conversaba conmigo a menudo, pero no era costumbre suya hablar sobre su dinero, ni de su fuente ni de los innumerables mecanismos y artilugios que usaba para multiplicarlo, todos ellos honestos, sobra decir. Me hablaba, esto sí, de lo que tenía, pero no lo hacía para vanagloriarse ni para presumir. De hecho, siempre he creído que su propósito era darme seguridad, hacerme sentir que nunca nada me faltaría, y que mi futuro estaría asegurado. ¡Asegurado! ¡Cómo si el dinero fuese capaz de asegurar algo de valor en este mundo! Mi seguridad era él mismo, mi fortaleza, mi refugio. Me sentía y me sabía protegido cuando estaba junto a él, y cuando él me hablaba, incluso en las pocas ocasiones cuando lo hacía para reprenderme. Aunque no hubiese tenido un solo centavo, aun en el caso hipotético de que hubiera sido un pordiosero, su estoica presencia, su talante, la serenidad que brotaba a raudales de su ser, y esa insondable paz de su mirada, hubieran bastado para construir un escudo capaz de guarecerme de todo peligro y de toda amenaza. Él era mi luz, en un sentido figurado; y también lo era en sentido literal.

Papá siempre aborreció la obscuridad. De lo poco que recuerdo sobre nuestra casa en Puerto Rico, la que él mismo diseñó, se destaca el hecho de que en ella había ventanas por doquier, altas, anchas y, por supuesto, blancas, pues "esas otras ventanas, las que imitan el color de la caoba, absorben ellas mismas la luz y no dejan entrar la claridad. Luz, más luz es lo que necesitamos, como dijo Goethe antes de expirar". Ésas eran sus palabras, las que repetía a menudo, en el tono didáctico que casi siempre tenía su voz. Detestaba, por las mismas razones, los llamados en mal español "screens", es decir, las grises mallas formadas por delgados hilos de metal, inventadas para atrapar el sucio y mantener a los seres humanos alejados de los mosquitos. Insistía en no permitirlas, y si finalmente accedió a ello lo hizo por respeto a mi madre, a quien a regañadientes delegó finalmente todas las decisiones relativas al funcionamiento y la decoración de la casa. "Con los mosquitos y otros insectos se puede convivir", solía decir, "pero la obscuridad es el heraldo de la enfermedad." Dado que era electricista, realizó él mismo toda la instalación eléctrica del edificio. Ahora que lo pienso bien, tal vez fue su amor por la luz el que lo movió a escoger esa otra profesión. Adornó las paredes con decenas de receptáculos, enchufes e interruptores. Todos los colocó en perfecto orden, a la distancia y la altura exactas, en la posición lógica, con absoluta simetría. No escatimó en gastos. Compró solamente los mejores, de ésos que no hacen ruido al ser accionados, y se iluminan como por encanto al anochecer. Entrada la noche, luego de acostarnos, si cualquiera de nosotros se levantaba para ir al baño o a la cocina, era escoltado por un pequeño ejército de cucubanos electrónicos, apostados a ambos lados de los pasillos, que vigilaban con amor vicario nuestros pasos.

Del techo de la casa, y de la parte superior de varias paredes, colgaban lámparas de todas clases, en su mayoría fluorescentes, "pues alumbran más y economizan energía", decía él. Además, le salían más baratas, pues las importaba él mismo como parte de su negocio de venta de equipo eléctrico al por mayor y al detall. En la sala y el comedor colocó, no obstante, enormes candelabros con bombillas incandescentes, asombrando a todos con esa decisión. Mi padre era, ante todo, un hombre pragmático, enamorado perdidamente de las cosas útiles. Odiaba las cortinas y los cuadros, los ornamentos y las figuras de barro o de cerámica, las flores de plástico y los manteles. "¿Para qué sirven esas cosas?", preguntaba irritado, "¿para ocupar espacio y coger polvo?" Pero si enamorado estaba de todo aquello que tuviera un uso práctico, más enamorado estaba, mil veces más, de mi mamá, y su amor por ella lo ayudaba a tolerar de algún modo las estatuas de yeso y las cortinas. Los candelabros, sin embargo, fueron idea de él, algo así como un lapsus en su idiosincrasia pragmática. Recién instalados, por él mismo, no podía ser de otro modo, eran bellísimos, nadie en casa lo negó. De sus brazos de bronce pendían decenas de aretes de cristal, de los que, a su vez, colgaban decenas de gotas de agua, cristalizadas y translúcidas, que al ser golpeadas por la luz de las lumbreras la fraccionaban en miles de haces luminosos que bañaban con un aguacero de claridad todo el aposento. Seguramente era esta apoteosis lumínica la que él esperaba de sus candelabros, y la razón por la que traicionó con ellos a sus queridas lámparas fluorescentes que de otro modo hubieran ocupado su lugar. Pero el encanto y la pasión de la infidelidad fueron efímeros. Cuando él emigró, las arañas descubrieron esos grandes hoteles flotantes y construyeron en ellos sus residencias, cubriendo sus brazos, las velas y las lágrimas con sus pegajosas telas. El polvo comenzó a acumularse sobre ellos. Las bombillas se apagaron, una tras otra, cuando sus filamentos carbonizados fueron quebrados por el tiempo. Mi padre se tuvo que marchar a la gran urbe, y la cascada de luz se interrumpió. Sólo quedó un pequeño, sencillo y solitario candelabro de dos lágrimas pegado a la pared. Los otros fueron finalmente reemplazados. Aquél sobrevivió, tal vez, porque era el más accesible, y, por lo tanto, el más fácil de limpiar. De hecho, era el único que se limpiaba. Además, se encontraba en una pared lateral junto a la puerta, y quedaba escondido cuando ésta se abría. Parecía un hada del bosque que se oculta detrás de los árboles cuando algún intruso se aproxima. Desde su apartado rincón, tímido, arrojaba a veces su luz, melancólica, tenue, suave, tibia como la caricia de un rayo de sol matutino. Su inocencia lo protegió.

Mi padre siempre fue un hombre feliz, hasta la muerte de su compañera. Reía frecuentemente y nos hacía reír a nosotros con sus ocurrencias. Aficionado a las artes culinarias, preparaba las famosas "sopas eclécticas", así las llamábamos, que no eran otra cosa que albercas repletas de fideos, vegetales, trozos de carne y embutidos, arroz, huevos hervidos y cualquier otro producto que encontrara en el refrigerador. Las cocía hasta por dos horas y luego llamaba a todo el mundo a la mesa, debajo del menor de los candelabros, a disfrutar del banquete de un solo plato compuesto por cien. Mientras comía, desparramaba cucharadas de sopa sobre el mantel, adrede, para ver cómo reaccionaba mamá, que en cuanto se dio cuenta de la travesura la ignoró totalmente. Finalizada la cena, se sentaba en su sillón reclinable a leer y releer sus libros y revistas, la enciclopedia que me regaló, los compendios de medicinas y vitaminas, la Biblia y los libros de teología, y el periódico, del que no dejaba una sola página sin leer. Leía hasta las tirillas cómicas, y luego me las comentaba, con anotaciones y exégesis humorística. Cuando regresé a Puerto Rico a estudiar, encontré, en un viejo baúl, cientos de recortes de periódicos y copias fotostáticas de las tirillas que él consideraba más filosóficas e ingeniosas, las que usaba para entretenerme y alentarme, alimentando en mí el deseo de aprender y pensar por mí mismo. Para leer, usaba unos ridículos espejuelos con marco de mujer que mandó a hacer en la óptica. "Los espejuelos no tienen sexo", afirmaba, "lo que importa es el aumento." Los guardé hasta que ingresé al ejército. No sé qué habrá sido de ellos posteriormente.

Lo extraño, demasiado. En la sala de cuidado intensivo del hospital, mientras los doctores luchaban para salvar su vida, yo, que había entrado furtivamente, sin que me vieran, le pedí a dios, lleno de rabia y de dolor, pero con una fe mirífica, que le diera a mi padre los años que me quedaran por vivir a mí, y que me permitiera morir en su lugar. Sé que no he sido el único hijo que tal cosa ha suplicado, y también sé que a ninguno se le ha concedido su deseo. Pero yo me resistía a aceptar la idea de su muerte, pues comprendía que su ausencia vaciaría mi vida de tantas y tantas cosas que le daban significado. Si aún viviera, estoy seguro de que a pesar de su avanzada edad sacaría tiempo para preguntarme cómo me ha ido, cómo me siento, y cuáles son mis planes para mañana. Se preocuparía por mí y me esperaría cada tarde con un dulce de chocolate en el refrigerador. Permítanme explicarles. Papá era diabético, y de manera seguramente inconsciente había tomado la decisión de endulzar la vida de su único hijo varón, como compensación por su forzado exilio del mundo del azúcar. Cuando yo llegué a escuela secundaria, solía comprar, a la hora del almuerzo, una barra de chocolate con almendras que era muy popular en esa época. A veces, por el apuro y la presión de los estudios, no tenía el tiempo para comérmela, y llegaba a casa con ella. Papá se dio cuenta de mi debilidad por el dicho dulce y se propuso comprarme uno cada día. Lo colocaba en la puerta de la nevera, en la gaveta de la mantequilla, de donde yo lo tomaba, le ofrecía, por cortesía, una porción a él, y luego lo degustaba con satisfacción, a pesar de que se trataba de un dulce adocenado y ordinario. Sin proponérselo, papi había convertido la cena diaria en una misa, y la golosina de chocolate llegó a ser la hostia en la que se materializaba cada atardecer el milagro de la transubstanciación del amor paterno. Cuando él murió, la magia terminó; en vano he abierto una y otra vez la puerta del refrigerador con la esperanza de encontrar el postre que tanto me gustaba. Pero sólo encuentro el frío, el mismo gélido aliento que escapa cuando me asomo a mi propia alma.

46

Él era un perfecto caballero, como los de antes, como los imaginados, como el hidalgo español de la triste figura, y tan valiente como él. En sus expresiones, sus ademanes, sus gustos y sus preferencias, se manifestaba siempre, sin excepciones, ese donaire, esa inefable cualidad característica de quienes, por natura o por cultura propia, se han elevado algunos centímetros sobre el nivel de la manada. Siempre me he dicho a mí mismo que era un dinosauro, el último representante de una especie ya extinta o en peligro de extinción, una suerte de anacronismo viviente. Mi mamá era una dama, fina, educada, grácil, como una de esas mariposas que al posarse sobre la flor ni siquiera la turban. Tal para cual, Blimunda y Baltasar, el siete soles de Saramago, Salomón y la sulamita, el Chá Jaján y Mumtaz Majal. No he conocido a otro hombre como él, ni a otra mujer así. Sé lo que están pensando, que siendo yo el hijo menor, y su único varón, mi opinión debe estar parcializada. Seguramente lo está, mas no lo suficiente para impedirme juzgarlos objetivamente. No es mi intención idealizarlos, a ninguno de los dos. ¿Por qué habría de hacerlo si sé que no me creerían? Además, ésta no es su historia, la de ellos, sino la mía, o parte de ella, y si de mis padres les cuento algo no es para que en un pedestal los coloquen, como lo he hecho yo, sino para que me entiendan mejor a mí, mis gustos y mis prejuicios, mis resentimientos, el acto que estoy a punto de ejecutar en contra de todo lo que ellos me enseñaron. A ningún otro hombre he conocido comparable a mi padre, y sólo otra mujer llegó a cautivarme tanto como lo hizo mi madre, aunque era, en muchos sentidos, el negativo de su fotografía. Pero de ella les hablaré cuando llegue el momento oportuno. Por ahora, excúsenme que les diga sólo una cosa más sobre mis padres, – aunque les advierto que tan pronto como el siguiente párrafo volveré a presumir de ellos – algo que constituía una marca especial, una especie de pacto secreto (¡No tan secreto!) entre ellos, la clave de su amor: el mutuo respeto. En la actualidad, esta virtud ha desaparecido, sepultada bajo un alud de chabacanería, vulgaridad e irreverencia. Pero el respeto con que mis padres se trataban mutuamente era impresionante, a veces exasperante. Ni una palabra soez, ni un grito, ni siquiera el idiosincrásico *¡carajo!* típico de los maleducados puertorriqueños. Ella lo idolatraba, él la trataba respetuosamente siempre, incluso cuando estaban enojados, pues, decía, "un caballero que sólo lo es a veces, no es caballero de verdad". Ya no los hay como él, quizá porque tampoco hay damas, o tal vez porque las pocas que quedan ya no dejan caer sus pañuelos.

Pero murieron, prematuramente, a mi entender, hacia el final de mi adolescencia. (En la opinión de los hijos agradecidos, los buenos padres siempre mueren prematuramente. Muy, muy adentro, en contra de toda lógica, de la ciencia y del orden natural de las cosas, deseamos infantilmente que nos duren eternamente.) Su muerte a destiempo, especialmente la de mi padre, instaló en mi ser una imborrable sensación de carencia, una ausencia punzante que experimentaba bien adentro de mí, y yo no pude aceptarla, ni siquiera entenderla. No era justo. ¡No podía ser! Tenía que tratarse de una triste pesadilla. ¡Eso! Sólo una angustiante pesadilla de la que mamá me despertaría con un beso leve en la frente. Pero los días transcurrieron, lentos, pesarosos, y mi sueño no fue interrumpido providencialmente por el ósculo maternal, porque ya estaba despierto. Comencé a dudar, a cuestionar, a negar; o más bien intensifiqué mi dudar y mi negar. Las explicaciones que me daban los amigos, familiares y hermanos de la iglesia no eran satisfactorias, y en lugar de apaciguar mi ira la exacerbaban. "¿Por qué, dios mío, por qué?", me preguntaba una y otra vez, sin obtener respuesta, o sólo la respuesta de la resignación. Durante un tiempo, me rebelé contra la iglesia y contra todo aquello que oliera a religión. "¿Para qué sirve dios", me interrogaba a mí mismo, "si no es capaz de cuidar a los que se someten a él?" Necesitaba respuestas, y las quería inmediatamente.

Un año después de la muerte de papá me fui a estudiar, pues para ese entonces ya había cumplido diecinueve años y había terminado la escuela superior. Me matriculé en un colegio administrado por la iglesia, ubicado en Puerto Rico, la única institución de educación superior, aparte del seminario católico, en la que era posible estudiar teología, la madre de todas las ciencias, como era llamada en épocas remotas. No estaba dispuesto a permanecer aquí, rodeado de tantos dolorosos recuerdos, y el único lugar en el que tenía otros contactos y amistades era esa isla, mi propia cuna. Yo exigía respuestas, y creí que la teología me las daría. Aprendí griego y hebreo, lo que me permitió leer la Biblia en las lenguas originales; estudié la historia del judaísmo y la de su hija malagradecida, el cristianismo; escudriñé el pasado para conocer los capítulos más tenebrosos en la historia de mi religión: el concubinato con Roma, la intolerancia, las persecuciones de herejes, las cruzadas, la inquisición; dominé a la perfección diversas disciplinas teológicas, las que todo erudito debe conocer: la hermenéutica y la soteriología, el análisis textual y la escatología, así como muchas otras que no es necesario mencionar aquí. De todas ellas, la que con mayor fuerza me atrajo fue la teodicea, la apología de dios, el intento racional de defender, con argumentos lógicos o de otra índole, la existencia de un dios bueno, pese a todo el mal que inunda el universo. Todavía recuerdo el viejo dilema griego con el que el profesor del curso dio inicio al semestre, buscando despertar en sus alumnos la sana inquietud intelectual que daría pie a sus complejas elucubraciones mentales. Olvidé su nombre, me refiero al nombre del filósofo que lo propuso, pero el dilema es el siguiente: ¿Puede dios ser, al mismo tiempo, bueno y omnipotente? La respuesta, según el anónimo pensador, sólo podía ser una: No, no puede, y, por esta razón, es obvio que dios no existe. Su discurso era, más o menos, como sigue: Nadie puede negar la realidad de la maldad, el sufrimiento y el dolor que vemos por doquier. El mundo, y quizá el universo entero, es un gris hospicio para desahuciados, un sanatorio en el que nadie se sana y del que todos salimos camino a la morgue. Ante este cuadro de horror que es la vida, ¿Qué hace nuestro supuesto dios? Nada. ¿Por qué no hace nada para aliviar el dolor de sus criaturas? Una de dos, o *no puede* hacer nada, o *no quiere* hacer nada. En el primer caso, si nada puede hacer, estamos ante un dios impotente, muy lejos de ser el todopoderoso objeto de la fe religiosa. En el segundo, si el problema consiste en que puede pero no quiere ayudarnos, entonces, peor aún, observamos anonadados el retrato de un dios perverso que se niega a prodigar amor. En un caso no es omnipotente, en el otro no es amor. En cualquier caso, no es dios. Lo repito, tantos años más tarde, y todavía se me eriza la piel; aún siento los escalofríos que pasaron por mi cuerpo cuando capté, en *shock*, el callejón sin salida al que el heleno dilema arrojaba de pronto mi tambaleante fe. Yo no me había matriculado en esa escuela con el propósito de encontrar un pretexto para mis dudas. ¡Por el contrario! Buscaba un salvavidas, una soga lanzada a último minuto a mi zozobrante fe. Y heme allí, inerme ante la irrefutable lógica aristotélica que declaraba imposible la existencia de dios. Había desperdiciado mi tiempo al enojarme con él. Si no salvó a mis padres, si no intervino oportunamente, no fue porque no quiso, ni porque no pudo, sino porque no existe. Ocioso resulta afirmar que el profesor de la clase, ministro él, representante de ese dios cuya existencia había sido puesta en entredicho, realizó todos los esfuerzos imaginables a fin de persuadirnos de la posibilidad de una tercera alternativa, de una salida triunfal al dilema. Satanás, el libre albedrío, los caminos de dios son misteriosos, el crisol del sufrimiento, la escuela del dolor, la paciencia de los santos, el castigo por el pecado, la purificación del alma, la recompensa final. Por algún tiempo creí estas teorías, necesitaba creerlas. Creer o morir, ése es el verdadero dilema. Yo intenté seguir creyendo, pero finalmente claudiqué.

Luego de cuatro años repletos de sorpresas me gradué, experto teólogo, primero en mi clase, colmado de información. Pero las dudas seguían allí, en mi cerebro y, sobre todo, en mi corazón. Una cosa es silbar en la obscuridad, otra, muy distinta, es estar convencidos de que el tigre se ha marchado. De modo que una vez más volví a preguntar, y a incomodar a las autoridades de la organización. Al comienzo, intentaron ignorarme, luego me dieron de codo, me trataron como a un paria, y finalmente me expulsaron. No me importó. No me importaban ellos. Sólo me obsesionaba dios. Pero él, si acaso existía, para mortificación del atrevido filósofo dilemático, tampoco tenía respuestas, o, si las tenía, no parecía dispuesto a informármelas. ¿Curioso, no, que yo estuviera obsesionado con él mientras él ni siquiera reconocía mi existencia?

Regresé entonces a mi casa (Sin mis padres allí, no sería correcto llamarla *hogar*.), con la intención de repetir la biografía de mi papá: conseguir un buen empleo o abrir un negocio similar al suyo, reunir algún dinero, establecerme, asentarme, y, posiblemente, iniciar mi propia familia, pensamiento aterrador para mí. Pero la situación económica del país ya no era la misma que prevalecía en los tiempos cuando papi había emigrado aquí desde Puerto Rico, por lo que los buenos empleos eran escasos, y las mujeres de mi edad no parecían estar muy interesadas en los buenos hombres, especialmente si habíamos estudiado teología en lugar de Derecho o Medicina. Machos, eso querían, hombres que pudieran mantenerlas y preñarlas tres o cuatro veces, aunque no las amaran y ni siquiera las tomaran en cuenta para nada. Así que decidí transitar el camino tomado por muchos de los jóvenes norteamericanos en iguales circunstancias, e ingresé al ejército, o, para usar las típicas sarcásticas palabras de mi padre, al "glorioso ejército de la nación". Yo no había nacido para ser soldado, lo sabía muy bien. (Nadie ha nacido para eso; De hecho, la vida me ha enseñado que ninguna criatura ha nacido para algo en este Universo, salvo para morir eventualmente y regresar a la nada.) Si me enlisté, no lo hice movido por un espíritu patriótico, sino para ganar algún dinero, viajar gratuitamente por el mundo y conseguir la aceptación y el respeto de los demás. Pero la experiencia me agradó y ciertamente me ayudó mucho a transformarme en un adulto más maduro y responsable. Claro, el hecho de no haber tenido que participar en un escenario de guerra tuvo mucho que aportar en ese sentido, pues no es lo mismo jugar al mercenario que jugar al cocinero, ni, supongo, se siente igual disparar a un ser humano que mondar y cortar papas. A mi padre le hubiera agradado mi decisión. No se trata de que él aplaudiera la milicia (Todo lo contrario, la condenaba sin ambages.), pero sí elogiaba el altruismo, la valentía, el trabajo duro, el sacrificio y, sobre todas las virtudes, la disciplina, tan comúnmente asociada al mundo castrense. Una espantosa falacia, vaya, pero sus efectos los tiene. Mi padre siempre decía que los suyos, los puertorriqueños, eran unos "cavernícolas maleducados y sin modales", "orangutanes en *fourtracks*", incapaces de conducirse con al menos una pizca de disciplina y autocontrol, a quienes mucho hubiera ayudado el ejército si los hubiese reclutado automáticamente cuando alcanzaban la mayoridad. Si emigró a la gran urbe, no lo hizo solamente porque se quedara sin trabajo en su patria, sino, además, porque estaba hastiado, "hasta la coronilla", decía él, de lo que llamaba "el infierno boricua", "la chusma", compuesta por tantos y tantos de sus compatriotas sin clase, sin honorabilidad y sin respeto. Sé que sus palabras parecen duras, incluso ofensivas. Permítanme salir en su defensa, de mi padre quiero decir. En la isla de Puerto Rico, él estaba fuera de lugar, ya que era muy distinto a las hordas puertorriqueñas. Mi papá era un Alonso Quijano en la aldea del Toboso, la Gioconda de da Vinci en un pulguero, una Lisa Simpson dentro del circo de Springfield. Según ya les indiqué, él era un perfecto caballero, un intelectual, un hombre comedido, educado y respetuoso; un amante de los libros, de la poesía y del arte; un romántico apasionado; un enamorado del saber. Leía, leía constantemente, vorazmente. Escuchaba música clásica, Beethoven, Mozart, las cuatro estaciones de Vivaldi, las serenatas de Schubert, y sus predilectas, las danzas húngaras de Brahms. Creo que era la única persona en la isla que disfrutaba este tipo de música. Trabajaba duro, aun durante el periodo en que se quedó sin empleo. Buscaba en qué ocupar su tiempo, inventaba, improvisaba, creaba cosas con sus manos y sus herramientas, las que acumuló con el paso del tiempo, una a una, incluso sin necesitarlas en realidad. Siempre se negó, aun cuando perdió su primer empleo sin culpa de su parte, a recibir ayudas gubernamentales. A mí me enseñó, desde muy temprano, a amar también la lectura y la buena música, a superarme, a luchar contra el destino, a diferenciarme de "esos parásitos del mantengo" (palabras suyas) que nos rodeaban por doquier. En nuestro hogar, mientras él manejaba el timón, siempre imperaron el respeto, la limpieza, la quietud y el orden. Todos trabajábamos, todos cooperábamos. Todos aprendimos el valor del esfuerzo y el sacrificio. Nunca un vecino nuestro tuvo ocasión de quejarse de nosotros. De hecho, nuestros nuevos vecinos aquí en la metrópolis, aunque los nuevos no eran ellos sino mi padre y su familia, solían exclamar, especialmente en ocasión de las festividades nacionales, que nosotros "no parecíamos puertorriqueños", una expresión un tanto xenofóbica, pero no malintencionada, destinada, seguramente, a resaltar las diferencias entre nuestra familia y otros compueblanos inmigrantes que habían conocido. Quizá esas diferencias, junto a tantas otras, les ayuden a entender la actitud de mi padre frente a nuestros compaisanos. Él jamás fue capaz de comprenderlos, ni ellos a él.

Por todas estas razones, estoy seguro de que no odiaba a sus hermanos, pero ciertamente los despreciaba, movido por ese profundo abismo que de ellos lo separaba; huía de ellos como si intentara evitar el contagio de una peligrosa enfermedad, como si todos los demás puertorriqueños hubieran padecido de una suerte de plaga bubónica del carácter para la que no existiera vacuna ni remedio. En parte tenía razón, casi siempre la tenía. Pero la suya era una generalización ligera, incompatible con las exactas leyes lógicas que solían gobernar su pensamiento analítico. Aun su religiosidad tenía innumerables matices racionalistas que superponía a la fe, como hacía el doctor angélico del catolicismo, pero sin motivaciones ocultas, sinceramente. Era, y es, cierto que la mayoría de nuestros hermanos puertorriqueños son una partida de brutos neandertales, incultos e incivilizados, genéticamente predispuestos al desorden, el alboroto, la vagancia y el parasitismo, pero cierto es también que no todos son así. Además, estos vicios no son exclusivos de ellos. Al parecer, en todos los pueblos, ocho o nueve de cada diez seres humanos son más cavernícolas que el hombre de Cromañón. Sin embargo, con el tiempo y las experiencias he aprendido que siempre queda, aun en la sociedad más descompuesta, un remanente, un *resto* formado por unos pocos escogidos que han aprendido a comportarse con los requisitos mínimos exigidos por la sociedad civilizada. Él mismo, mi padre, era uno de éstos, y yo también, incluso desde antes de unirme a las fuerzas armadas. Si ya no lo soy, no es mía la culpa, sino de la vida, o de dios, o quizá del destino. Son todos ellos la misma cosa. Me avergüenzo de mi deterioro, créanme, me abochorno. No me complace el haberme convertido en uno más. Pero no he podido evitarlo. Si de mí hubiera dependido, sería todavía el hijo irreprochable que mi padre crió. Mas no dependió totalmente de mí. La vida me ha obligado a ser quien ahora soy.

En resumen, y retomando el hilo de esta trama donde lo dejé, pertenecía yo al ejército de la nación más poderosa del planeta, o una de las dos más poderosas, pues para aquella época la extinta Unión Soviética aún aparentaba detentar algún poder. Me sentía orgulloso de ello. Era uno de los "few, the proud", como nos llamaba cierto anuncio publicitario, con el temple para ser un mercenario. Me sentía como Josué cuando fue investido por Moisés: "Mira que te mando que te esfuerces y seas valiente, no temas ni desmayes, porque tu Dios estará contigo…"; o como uno de los caballeros de la mesa redonda, sir Lancelot, o cualquiera de los otros. Explosiva mezcla la que en mí se horneaba, el orgullo de mis raíces genéticas, abonadas por mi padre, mis creencias religiosas exclusivistas y triunfalistas, mi incipiente ateísmo, tan altanero como el de Nietzsche, todo esto combinado con la soberbia y el elitismo del espíritu militar. Tarde o temprano tendría que estallar. Tarde o temprano habrá de estallar.

Lo mejor que saqué de la experiencia militar no fue el haber aprendido a cocinar patatas y a brillar botas negras, sino la milagrosa oportunidad de conocer a Raquel mientras participaba, yo, en un entrenamiento especial en una base aérea en Israel. De esa tierra, considerada santa por millones de seres humanos, me enamoré perdidamente, de sus desiertos y sus mares, de sus monasterios ortodoxos y católicos, de su cultura y de su historia, la que yo conocía parcialmente gracias a mi preparación teológica previa; pero más aún me enamoré de ella, la protagonista de todos mis sueños desde que mis sueños retornaron, tras la pesadilla de la orfandad, la única mujer que logró amortiguar, al menos un poco, el dolor de la ausencia de mamá y papá.

*****RAQUEL*****

Raquel estudiaba en la Escuela Koret de Medicina Veterinaria, una de las facultades de la Universidad Hebrea, en Rejovot, la ciudad de la ciencia y la cultura, a veinte kilómetros al sur de Tel Aviv, justo en el distrito central del país. Fue admitida en 1984, un año antes de la inauguración oficial de esa Escuela, y el mismo año en el que la HUJI otorgara al célebre Frank Cross el grado de Doctor en Filosofía. Además, cursaba estudios en arqueología en la misma Universidad, en el campus de Jerusalén. Los animales y la arqueología eran dos de sus pasiones vitales. Dios era la otra, su heterodoxa, iconoclasta e inflexible versión del dios de Abrahán, Isaac y Jacob, al que sería más apropiado invocar "dios de Raquel, Raquel y Raquel", pues a mil leguas podía notarse que el suyo era un dios nuevo, diferente, pariente lejano del dios al que los judíos apellidan "de nuestros padres". A los seres humanos vivos los detestaba, por lo menos a la mayoría de ellos, con un odio tan intenso como el que yo mismo había comenzado a sentir hacia mis congéneres, pese a que aún no tenía, yo, suficientes razones para justificar mi odio. Ella sí las tenía, o creía tenerlas, como ya verán ustedes. "Los únicos seres humanos decentes son los seres humanos muertos", repetía con cierta malévola satisfacción a todo aquel dispuesto a escucharla, "aquéllos de los que solamente permanecen los huesos enterrados en una tumba o empacados en un osario." "Dios nos hizo buenos y buenas, Satanás nos corrompió irremediablemente." "Dios se equivocó al exceptuar a nuestro padre Noé. Debió matarlo también luego de que terminara el Arca, y salvar solamente a los animales." "Dios creó el mundo en seis días. Ése fue su único error; debió concluir su obra el quinto día." ¡Cuánto me asombraba cuando decía esas cosas! Era tan irreverente, tan incisiva, tan punzante. Me recordaba a los antiguos profetas de Israel, y a sus heroínas, Judit, Débora, Ester, y la valerosa y sanguinaria Yael, mi preferida, la esposa de Heber, el ceneo. No tenemos forma alguna de saber quiénes fueron esas mujeres, ni si de verdad existieron, eso aprendí en la escuela de teología, pero sus historias son fascinantes y, a veces, inspiradoras. Digo "a veces" porque, en vez de inspiradoras, varias de ellas son espeluznantes y aterradoras historias de horror, *a la* Alfred Hitchcock. Piensen ustedes, por ejemplo, en lo que se dice de Yael en el libro bíblico de los Jueces. "Los hijos de Israel", escribió el autor, "volvieron a hacer lo malo ante los ojos de Dios." ¡Cuándo no!, si en resumidas cuentas la crónica veterotestamentaria es casi toda ella la relación de los desaciertos y los desvaríos del pueblo dizque escogido por dios y de los consecuentes castigos impuéstoles por él. Novedoso hubiera sido que el autor admitiera, candorosamente, que el señor volvió a hacer lo malo ante los ojos humanos, admisión impensable que le hubiera costado una expedita lapidación. En el relato canónico, la escasa novedad parece ser que esta vez la paciencia del señor se agotó más rápidamente que de costumbre, y sin pensarlo dos veces envió a un tal Sísara, el villano del cuento, a castigarlos severamente. Los israelitas clamaron a dios, y éste, olvidando que era él mismo quien los había entregado en manos de los cananeos, dio marcha atrás a sus planes, y en lugar de sancionar a su pueblo duro de cerviz, decidió a último minuto concederles la victoria sobre el ejército del mencionado individuo. Así que Sísara, habiendo perdido la batalla, salió huyendo, a pie, y llegó a buscar refugio en la tienda de nuestra heroína, la mujer del mencionado Heber, la que, con la perspicacia y la astucia características del sexo femenino, lo invitó a entrar, prometiéndole que ella lo ocultaría de sus enemigos. ¡Y ciertamente lo ocultó! ¡Pobre, pobre Sísara! Dado que no era hebreo, no estaba enterado de la doctrina talmúdica – No podía enterarse, ¡ninguno de los dos talmudes había sido escrito para su época! – que define al hombre inteligente como aquél que sabe cómo ponerse a salvo de las artes y artimañas femeninas. Una vez dentro de la tienda, Yael lo cubrió con una de sus mantas, lo arropó como una madre tierna arropa a su pequeño hijito antes de apagar la luz y desearle felices sueños, como hacía mami conmigo, pero antes le ofreció una taza de leche tibia, el somnífero por excelencia. El ingenuo Sísara, desgraciado, infeliz, desconocedor de las ocultas intenciones de la taimada mujer, bebió de un sorbo la poción hípnica que lo sumió en un profundo sueño, estado que aprovechó Yael para sacar una de las estacas de su tienda, tomar un pesado mazo en su mano derecha y, acercándose calladamente, meterle la estaca por las sienes y enclavarlo a la tierra, en una especie de empalamiento prototípico. "¡Bendita sea entre las mujeres Yael, mujer de Heber ceneo; sobre las mujeres, bendita sea en la tienda!", cantó la jueza Débora, en un himno a la violencia y al desquite, tan inspirador, según el torcido pensamiento religioso, que los grandes eruditos judíos

58

decidieron unánimemente incluirlo en el canon de sus escrituras sagradas. Evidentemente, a las mujeres dios no les había ordenado amar a sus prójimos como a sí mismas. Ésta es una de las pocas ventajas que poseen ellas, la de pertenecer a alguna religión cuyo libro sagrado haya sido escrito por varones y para varones.

Pues bien, a mi entender Raquel se parecía mucho a Yael, igual de valiente, osada, e inteligente, y tan fiel a sus convicciones como ella. Si hubiera podido, Raquel también habría clavado muchas estacas en muchas sienes. Pero poseía algo que, aparentemente, la vengadora hebrea no tenía, al menos el texto no lo establece. Esta fiera e indómita mujer que podía expresar, en el lenguaje más virulento imaginable, un odio sin remisión hacia sus congéneres, era capaz, al mismo tiempo, de manifestar un romanticismo más acendrado que el de Julieta. No cabe duda de que por eso me enamoré de ella tan pronto la conocí, porque era la perfecta combinación del dulce y el amargo que casi todos los hombres buscamos inconscientemente en una mujer.

Su meta era convertirse en la mejor doctora veterinaria de Jerusalén, y acumular el dinero suficiente para dedicarse entonces a tiempo completo a escarbar la tierra en busca de esos huesos que les mencioné hace un rato, y de otros artefactos que la ayudaran a entender cómo vivían los donantes de dichas osamentas. "La arqueología no deja mucho dinero", protestaba. "La independencia financiera no se consigue en esa profesión." Soñaba, según me lo repetía ad infinitum, con rescatar el pasado y sembrar el futuro, usar el dinero que ganara en la práctica de la medicina veterinaria para desenterrar huesos y sembrar semillas, comprar tierras para impedir que otros las cubrieran con cemento y ladrillos, abrir albergues para animales desamparados, y desamparar, intencionalmente, a otros animales, humanos esta vez, o cuasi humanos, en su opinión. Sólo con el paso del tiempo logré comprender, aceptar y, más fácilmente, compartir esa misantropía recalcitrante de la mujer separada para mí por el destino.

Era cinco años menor que yo, más delgada, radiante, hermosa, pero la exposición continua al sol y el aire seco del desierto habían tostado un poco su piel, de modo que no parecía tan joven. Su corazón, no obstante, estaba intacto, repleto de una energía que parecía inagotable, como uno de esos relojes de muñeca automáticos que se dan cuerda a sí mismos sin necesidad de baterías, con el simple movimiento del brazo. Yo la comparaba con Antígona, la incansable defensora de la justicia en el mito de Sófocles, y con Rosa Luxemburgo, la rabiosa socialista judía. No obstante, una gruesa pared la separaba de esas dos mujeres: dios. Antígona se rebeló contra sus leyes, Rosa lo negó rotundamente. Raquel lo moldeó, como hacen todos los devotos, pero continuó creyendo en él. Necesitaba de su fe y de su dios para preservar su esperanza. A pesar de que su privilegiado cerebro era un volcán en erupción del que brotaban las ideas a borbotones, muchas de ellas tan radicales como las de los forjadores de nuevas religiones, dependía de una base para hacerlo funcionar, y, para ella, esa base era su peculiar dios. Todo deseaba saberlo, incluso las explicaciones a problemas inexistentes o baladíes, temas en los que nadie más se interesaba, todo quería glosarlo, interpretarlo, descifrarlo, de alguna manera, a menudo forzadamente. Muchas veces, las únicas respuestas disponibles se las proveía su exégeta divino. Sus teorías las apuntalaba él.

Me topé con ella por primera vez en el anfiteatro del Museo Rockefeller en Jerusalén, conocido previamente como el PAM, es decir, el Museo Arqueológico Palestino, rebautizado con el apellido Rockefeller debido a que sobrevivía gracias a una gran dotación fruto de la filantropía del millonario estadounidense. Mis compañeros soldados, haciendo gala de esa inmadurez propia de chiquillos pequeño-burgueses que piensan que la guerra es simplemente otro juego de nintendo, solían llamarlo el "museo resbaloso", debido a que el acrónimo les recordaba cierto producto culinario usado en sus hogares para impedir que los alimentos se pegaran al sartén. Era un gran museo, uno de los más importantes del mundo, y yo me sentí privilegiado al poder entrar en él. Fue un día como hoy, viernes en la mañana, día de preparación espiritual tanto para ella como para mí, que aún respetaba, externamente, algunas de las doctrinas de la iglesia a la que mis padres me condujeron del brazo. El viernes es un gran día. Lo fue aquél. De seguro lo será el que viene, *mi* gran día.

No fui al museo a una actividad que formara parte del mencionado entrenamiento. Al ejército poco le llama la atención la arqueología, a no ser que se le pueda demostrar que tiene alguna utilidad castrense para la conquista y el dominio del enemigo. A mí sí me interesaba, por lo que fui allí a escuchar una conferencia que sería dictada por el gran erudito judío Yigael Yadin, quien había sido la cabeza del servicio secreto israelí, jefe de su estado mayor y más tarde uno de los más famosos arqueólogos del país, viejo ya, y jubilado, pero poseedor de un conocimiento extraordinario de la materia. Yadin era el vivo retrato de uno de mis antiguos profesores de teología, un español que siempre presumía de haber nacido en Francia, rebelde y pendenciero, jocoso y burlón, amante ardoroso del buen vino, a escondidas, por supuesto, más cínico que el mismo Sócrates. Teníamos necesidad, sus estudiantes, de un intérprete para poder entenderlo, porque hablaba el español típico de Castilla la Vieja, en un tono sofocado, marcado por las *zetas*

61

en lugar de las *eses* y las *eses* donde deberían haber estado las *des*. Lo queríamos mucho, a pesar de que nueve de cada diez de sus alumnos reprobaban sus cursos. A Yadin yo tampoco lo entendí, pues no hubo un intérprete para su ponencia, y no puedo decirles mucho más sobre él. Lo vi solamente esa mañana, de lejos, y nunca más supe de él, excepto que murió esa misma semana. Pero a mí no me interesaba el mensajero sino su mensaje. La arqueología, la ciencia de los principios, o *de las cosas viejas*, como solía definirla Raquel, me atraía como un potente magneto, como el arbusto fascinaba a Moisés, porque ardía pero no se consumía. En uno de mis cursos de bachillerato había oído hablar sobre las cuevas de Qumrán, con sus valiosísimos rollos de papiro y cuero, repletos de enigmas y secretos capaces de transportar a quien pudiera descifrarlos ante la misma presencia de dios. En una nota mucho más mundana y materialista, había leído también algo acerca de unos rollos de láminas de cobre, unas antiguas listas de los tesoros que los valientes zelotes extrajeron del templo de Jerusalén días antes de que fuera demolido y arrasado por las tropas del general Tito en el año setenta, y que luego escondieron en decenas de cuevas esparcidas a través del desierto de Judea. No sé cuál me atraía más, si la posibilidad de hallar nuevos tesoros espirituales y sapienciales en algún manuscrito pasado por alto por los eruditos traductores, o la posibilidad de encontrar una cueva repleta de jarrones llenos de siclos y monedas de oro y plata. Ya no tiene importancia, por supuesto. Mi curiosidad por la arqueología me permitió toparme con otro tesoro, más valioso que cualquiera de los otros dos, aunque lamentablemente tan efímero como ellos.

De la conferencia no entendí nada, pues fue dictada en hebreo, y para la fecha yo sólo conocía la versión bíblica de esa lengua, es decir, el texto plasmado en las páginas de la

Biblia Hebrea, editada para lectores de otras religiones, con sus diminutos puntos y rayitas haciendo las veces de vocales. Si leía un texto hebreo sin vocales, estaba perdido, y más perdido estaba si en lugar de leer, *oía* un discurso en ese idioma. Para mí, era chino. Al finalizar la conferencia, sintiéndome y sabiéndome tan ignorante como cuando entré al salón, vi a aquella hermosa joven judía, que no se parecía a ninguna de las tantas que rutinariamente veía salir de las sinagogas cercanas a mi casa. Yo no sabía que era judía, lo averigüé en cuanto me presenté y ella me habló, primero en hebreo e inmediatamente en inglés, al percatarse de que yo no había entendido su saludo, exceptuando el protocolario *shalom*, tan repetido allí como nuestro hola en el mundo hispano. En ninguna de las dos lenguas alcancé a entender lo que me dijo, de tan absorto que estaba, no en *mis* propios pensamientos, sino en el destello de su mirada.

Cuando logré reponerme, le mencioné mi nombre y pregunté por el suyo. Hasta allí me sirvieron las palabras, pues una afasia inesperada, desacostumbrada e ilógica, se apoderó de mis labios, los cuales ni siquiera intentaron luchar contra ella. No era, en realidad, una condición específica que me afectara exclusivamente a mí. El lenguaje, las palabras mismas parecían haberse escondido, las mías, las de ella y las de todo el planeta. Algo extraño ocurría, como si el lenguaje hubiera cesado, como si el mundo hubiera regresado, por un breve lapso, al silente éter de la afonía primordial que lo cubría antes de que dios *dijera* y todo emergiera a la existencia. Uno más de los tantos yerros divinos, hablar. Debió callar, como calló Jesús ante el tetrarca, y preservar la inefable perfección de la nada.

Me sentí transportado al paraíso, no sólo por la presencia de Raquel sino, además, por ese repentino silencio que, cual espesa niebla, arropaba al mundo con su impenetrable manto de oquedad. El silencio, no se los había dicho, siempre ha sido uno de mis grandes amores, o mejor dicho, una escurridiza amante, pues no vive conmigo y sólo la veo de vez en cuando. A él recurro a menudo en busca de refugio, cansado y hastiado de la interminable andanada cacofónica de huera palabrería con la que nuestros congéneres acostumbran disfrazar la insustancialidad de sus pensamientos. "Las palabras", solía afirmar mi padre, "son la trinchera de la hipocresía. Sólo en el silencio habita la verdad." Yo nunca he sido muy dado a hablar mucho, y les confieso que detesto a las cacatúas humanas que intentan aturdirme con su insoportable carga de cuentos de nunca acabar y su incesante parloteo acerca de todo y de todos. ¡Viejas parlanchinas! ¿Es que no tienen algo más útil que hacer con sus lenguas? Prefiero escribir, pues de esta manera no obligo a nadie a escucharme. Quien decida leer mis palabras, estupendo, aquí están, quiera dios que alguien se interese en ellas. Mas, si no le gustan, no me ofende, doble el papel y póngalo a un lado, yo no insistiré. Ésa es la belleza de la palabra escrita: invita, enamora, seduce, pero no coacciona, no grita, no hace escándalo. No me molestan las palabras, me molestan los seres humanos que las denigran. La palabra, a pesar de todo, es vida, como han escrito los poetas, es ilusión y manantial, es savia, es tierra fértil de la que germina y se nutre el espíritu humano, es juez. "Por tus palabras serás juzgado, y por ellas serás condenado", afirmó Jesús, quien era, él mismo, la palabra de dios, el verbo encarnado. La palabra es dios. Ella nos creó. Es por eso que odio a tantos de mis congéneres, por ésa y por muchas razones más, porque no respetan el valor y la santidad de las palabras. Los odio, a todos aquellos que manosean las palabras, a quienes las ensucian y afrentan, a quienes con ellas ultrajan el silencio.

Yo sé que no escribo bien, no me educaron para ello. Pero lo intento. Si poseyera el talento, el poder, la magia, el toque de Midas, transformaría cada una de mis palabras en sentimiento y en pasión. En lugar de este cuaderno de bitácora hubiera escrito un libro, quizá tan breve como el de Job, o tan enigmático como el de Ezequiel, e igualmente pletórico de esas palabras que poseen la capacidad para describir la angustia de la existencia, de modo que pudieran ustedes comprender más fácilmente mi condición, mi desesperación, y el abismo al que esta congoja me ha empujado. Mas no soy Midas, ni Camus ni Hess; tengo que valerme del léxico que conozco, y éste no es siempre el más idóneo para expresar mis emociones. Les pido que me perdonen, y que miren a través de mis expresiones, que intenten llegar hasta mi alma, donde verán la aflicción que da sentido a estas oraciones.

"Raquel", me dijo finalmente, "me llamo Raquel", y su nombre, ¿o fue su voz?, me invitó a ir hasta ella. Quietamente, como una ligera pluma llevada por la suave brisa, fui acercándome a ella, como en cámara lenta, como si supiera, y de hecho lo sabía, que ese fugaz instante no habría de repetirse nunca más y, por esa razón, intentara desesperadamente dilatarlo, extenderlo, eternizarlo. En algún momento me detuve, obviamente, o ella me detuvo, no lo recuerdo. Permanecí así, inmóvil, petrificado, no sé cuánto tiempo. Presenciaba, por primera vez en mi vida, maravillado, la epifanía del amor erótico. Los otros dos tipos de amor de los que hablaron los griegos, el *ágape* y el *filia*, los conocía bien, o creía conocerlos, pero éste, el *eros*, el de un hombre por una mujer, no lo había disfrutado previamente. Había salido con muchachas anteriormente, había experimentado con el sexo; pero enamorado, lo que se dice *enamorado*, a primera o a segunda vista, nunca lo había estado. Mis ojos, humedecidos por un llanto insospechado que brotaba espontáneamente de una fuente desconocida escondida hasta ese entonces en algún resquicio de mi alma, contemplaban borrosamente la imagen del querubín enviado por el cielo para anunciarme la redención por la que había implorado tantas veces. El aire dejó de entrar a mis pulmones. En mi pecho, el corazón se detuvo, o el lapso de tiempo transcurrido entre cada latido se había tornado infinito. Infinito me parecía también el espacio que me separaba de Raquel, a pesar de que ella estaba allí, frente a mí, tan cerca que podía sentir su aliento. Ella parecía cabalgar sobre una ola en el inmenso océano del tiempo, y cuando estaba a punto de tocar las arenas de mi playa, retrocedía hasta diluirse nuevamente en las saladas aguas.

Entonces, una voz rompió el silencio, una voz semejante a la de un náufrago que pide auxilio. Era una voz lejana, perdida en la distancia, tenue y mustia, como la de un niño en la otra acera, que observa con tristeza a su madre que se aleja. La escuché como en un sueño a punto de concluir, como la voz que se oye cuando se encuentra el durmiente justo en la frontera entre el sueño y la vigilia, y no es capaz de descifrar a cuál de los dos mundos pertenece el sonido. El náufrago, no hace falta decirlo, era yo mismo, que desde hacía tiempo había comenzado a hundirme en el abismo de la soledad y la melancolía que años más tarde me llevarían, desesperado y rendido, a esta encrucijada en la que me encuentro hoy, buscando para mí mismo una última oportunidad de felicidad. Desperté súbitamente del trance hipnótico que me mantenía paralizado. Vi frente a mí a Raquel con sus brazos extendidos y sus manos abiertas, con las palmas en dirección al cielo, recogiendo las lágrimas que todavía caían de mis ojos, como recogen las hojas las gotas de rocío. Sonrió, con una sonrisa pequeña, casi imperceptible, que parecía decirme, telepáticamente, "Todo está bien; aquí estoy, no busques más".

No se burlen de mí, por favor, no es mi intención ser cursi; de hecho, la cursilería me causa náuseas. ¡Lo digo en serio! Detesto las baboserías romanticonas que no son otra cosa que joyería de fantasía vendida al precio de diamantes genuinos. Sin embargo, si he de transmitirles efectivamente lo que sentí y siento por Raquel, no tengo otra alternativa que echar mano de cierto lenguaje romántico, poético y, a veces, un poco cursi. Una vez más les ruego que me disculpen, y que entiendan mi posición, ya que para mí el amor sentimental comenzó y terminó con ella. Si no logran entender este amor, si la empatía no les alcanza para sentir un poco lo que yo he sentido, no podrán, por más que lo intenten, comprender la locura a la que se abalanza este mísero ser que les cuenta su historia.

En realidad, mi amor por ella no se inició ese día. Comencé a amarla mucho antes de conocerla. La había llevado, sin saberlo, por siempre en mi corazón, desde mi nacimiento, o posiblemente desde antes, desde una época anterior al tiempo, en otro lugar, cuando yo no había recibido por nombre Samuel y ella no había experimentado aún el dolor que siempre acompaña al amor. No tuve que buscarla, ella estaba allí, esperándome, llamándome, escondida tras la penumbra de mi propia alma, aguardando una señal, una invitación para poder entrar a mi mundo consciente. La reconocí desde el primer instante en que la vi. Comprendí inmediatamente que la amaba, que siempre la había amado, que *necesitaba* amarla. Y aunque no lo sabía entonces, habría de amarla por siempre, incluso después de la tragedia, de aquella desgarradora y violenta despedida con que la vida quiso poner fin al capítulo más hermoso de mi historia. Continué amándola en secreto, cada día, cada instante, con

67

cada latido de mi corazón, con cada suspiro y con cada mirada. Ella vino a llenar mi vida, y aunque se marchó hace más de quince años, todavía está aquí conmigo, mirándome con dulzura, tal como lo hizo esa fresca mañana de un viernes en la ciudad de David.

No hablamos mucho ese día. Ella tenía no sé cual compromiso. Yo debía regresar al campamento. Señaló con su dedo índice una sinagoga en la distancia, ubicada frente a otro templo, una grandísima iglesia cristiana que parecía desear engullirla. Me dijo que estaría allí, en la sinagoga, al día siguiente, y me invitó a acompañarla. Me pidió, específicamente, que no olvidara cubrir mi cabeza con una yarmulka. El recordatorio era innecesario. Con tal de estar junto a ella, yo habría estado dispuesto a colocar un cilicio alrededor de mi cuello, atado a una pesada piedra de molino.

Ese sábado, llegué antes que el rabino a la sinagoga, emocionado, nervioso, podría decirse que incluso ilusionado, como un niño en su primer día en la escuela. No lo sabía entonces, pero el rabino resultó ser su padre. Miré a todos lados, pero ella no había llegado aún. Me senté en la esquina más remota de uno de los bancos más alejados del altar, pero tuve que cambiar de asiento al percatarme de que en esa sección sólo había mujeres, que, por cierto, se reían tímidamente, seguramente a costa de mi ignorancia. "Las mujeres, con las mujeres", pensé, "los hombres con los hombres", tal como lo prescribió dios. ¿Cómo pude olvidarlo? "No es bueno que el hombre esté solo", eso dijo, pero si la mujer está muy cerca nos contamina. "Juntos pero no revueltos", decía mi madre, hablando de otros temas.

El servicio comenzó y concluyó. Mientras se llevaba a cabo no vi a Raquel; estaba convencido de que ella estaba allí, la sentía, pero yo no me atrevía a mirar hacia el área reservada para las mujeres. Mi único deseo era que terminara pronto ese aburridísimo culto que yo no entendía y en el cual, francamente, no estaba interesado. ¡Tantos años buscando a dios y ahora que me encontraba en su casa lo ignoraba por una mujer! ¿No es eso lo que hemos hecho los hombres desde los tiempos de Adán? El rabino paseó el rollo de la Torá alrededor de los bancos y todos los buenos judíos lo tocaron, lo besaron o, al menos, se inclinaron ante él. Yo también lo hice, por cortesía y respeto. Se trata, según la fe judía, de la palabra de dios, santa y perfecta, eterna, dictada a Moisés, resumida en cinco libros, el fundamento del universo, por lo que merece cierta deferencia, ¿no? Tan pronto colocó el pesado rollo en su nicho, comenzamos a salir, ordenadamente, los hombres primero, como dios manda, luego las mujeres, de manera semejante a la creación de Eva, que vino después, como resultado de las protestas de Adán. Unos y otras me saludaban, más hospitalariamente de lo que esperaba, más cortésmente que aquellos judíos que pasaban frente a nuestro apartamento camino a sus sinagogas o de regreso de ellas. Salí yo también al reducido atrio, mirando a todas partes, buscándola, llamándola sin abrir mis labios.

Estaba allí, parada frente a mí, vistiendo un traje blanco con encajes en el ruedo que la hacía lucir inocente y seductora a la misma vez. Detrás de ella, la enorme cruz de cemento que anunciaba al insolente templo cristiano arrojaba su sombra sobre la sinagoga, como si quisiera decirle "tarde o temprano te tragaré". Algunos feligreses, muy pocos, los que extendieron por su cuenta el culto de adoración, quizá dialogando con el rabino, salían atropelladamente del edificio, como si algo allí adentro los hubiera aterrorizado. Si el sermón de la mañana, que, como acabo de decir, yo no entendí, versó sobre la paz, la caridad o la serenidad mandadas por la fe, de seguro no lo habían escuchado. La turba de creyentes rodeaba alborotadamente a Raquel, como gaviotas que se arremolinan en torno de un pedazo de pescado, como si quisieran empujarla, como si su sola presencia condenara tácitamente su desenfreno. O tal vez no la empujaban; quizá intentaban protegerla, como hacen esos gorilas amaestrados que velan por la seguridad de los altos dignatarios de una nación, colocando sus cuerpos a manera de escudo humano para interrumpir con ellos el paso de las balas dirigidas a sus amos. Sí, seguramente la protegían, porque sabían que ella era su más preciado tesoro. No era una de ellos, pero estaba entre ellos. Por años los había bendecido con su presencia, les había regalado sus canciones y había perfumado la congregación y el templo con la fragancia de su ingenuidad. Sabían cuán frágil e indefensa era, y, evidentemente, presagiaban el dolor y el sufrimiento que este nuevo intruso traería a su vida sin proponérselo. Actuaban, sin saberlo, como una especie de Cuasimodo colectivo que protege a su amada de las egoístas intenciones de su pretendiente. La rodeaban y la empujaban de un lado a otro no porque quisieran deshacerse de ella sino, por el contrario, porque querían impedir su rapto, porque no se resignaban a perderla. Estaban en pie de lucha y pelearían hasta el fin por su Helena. Se cerraban alrededor de ella como se cierra sobre su perla la ostra cuando se siente amenazada. Aquello que los había aterrorizado no se encontraba dentro del templo, sino afuera, en el atrio.

Raquel, no obstante, cruzó el patio y caminó hacia mí, como si flotara entre ellos. Ni guardaespaldas, ni héroes ni jorobados hubieran podido detenerla, sin importar su fuerza o su número. Había escuchado por primera vez el llamado del amor, el canto de la sirena solitaria, y respondía a él hipnotizada. Como por encanto, su séquito desapareció. El atrio de la sinagoga se hizo enorme y transparente. Sólo quedó en su lugar la enorme cruz de cemento, pero ahora, en perspectiva, parecía simplemente un pequeño e insignificante crucifijo, como los que suelen llevar colgados de sus cuellos muchos cristianos supersticiosos, para que les sirvan de amuletos y los preserven de todo mal y peligro. En el viejo campanario del templo cristiano las campanas sacudieron las telarañas, e iniciaron su reglamentario baile en honor a los enamorados. Repicaban con tal intensidad que parecía que fueran ellas las que habían conocido el amor por vez primera. La siguiente semana no pude evitar reírme de mí mismo, cuando me di cuenta de que el enorme y antiguo edificio religioso no tenía una espadaña.

*****COINCIDENCIAS *****

¿Qué es la vida sino una enredada madeja de coincidencias? Se encuentra una persona en algún sitio. (En algún lado tiene que estar, a no ser que haya muerto.) A ese mismo lugar llega, más o menos coetáneamente, otra persona. Nunca se habían visto. Ninguna sabía nada sobre la existencia de la otra. Eran, hasta que entrecruzaron sus miradas, dos perfectos, o imperfectos, extraños, dos haces de luz provenientes de fuentes distintas y, probablemente, distantes, dos gotas de lluvia que cayeron desde diferentes nubes. Una de ellas, hablamos ahora de las personas, a nadie esperaba, la otra había estado esperando toda su vida por alguien que no conocía pero que, estaba seguro, reconocería tan pronto la viera. No hablan ambas el mismo idioma, aunque una de ellas domina la lengua principal de la otra y ésta es capaz, con mucho esfuerzo, de entender una que otra oración escrita en el vernáculo de aquélla. De las dos, una es mujer, joven, hermosa, aventurera, creyente, a su manera, ávida de nuevas experiencias, repleta de un odio injustificado, hambrienta, no de pan sino de conocimiento. El segundo es varón, joven

71

también, por fuera, mas envejecido por dentro, apuesto, en un sentido lato del concepto, incrédulo, o por lo menos escéptico, agnóstico o dubitativo, igualmente sediento, no de agua mezclada con vinagre, como el crucificado, sino de justicia, o de venganza, que es exactamente la misma cosa, excepto que denominada con el primer sustantivo eufemístico suena más moralmente aceptable. Ella estudia, en una gran y prestigiosa universidad, dos concentraciones al mismo tiempo; es buena estudiante, excelente, de ésas que llamamos de cuatro puntos. Se graduará suma cum laude, aunque no entienda latín. Él ya se graduó. Estudió en un colegio desconocido, donde aprendió, entre clases de hebreo y clases de griego, entre cursos de historia del cristianismo y cursos de homilética, que *conocimiento* no es sinónimo de *sabiduría*, y que la mejor maestra es la vida, de la que todos nos graduamos, unos más temprano, otros más tarde, no al son de la marcha triunfal de Aida sino al compás del Ave María de Schubert. Ella aún juega con sus amigas, como si fuera una adolescente adinerada y superficial, ya veremos que no lo es. Él juega al soldado, pero nunca ha disparado un arma, salvo en los entrenamientos de mentirillas. En dos años, él ha recorrido el mundo, de base en base, de estación en estación; ella es un fragante arbusto plantado en un jardín, firmemente arraigado al suelo mediante raíces profundas. Su mundo es relativamente pequeño, una estrecha faja de tierra por la que todo el mundo se enemista y pelea. No ha visto más desierto que el suyo, ni otra ciudad que no sea ésta en la que nació, salvo esa otra a la que acude a estudiar dos días a la semana. Sueña con viajar, pero no le alcanza el dinero; además, y es éste un detalle sumamente importante, tiene miedo a los aviones, la atemorizan como si se tratara de gigantescas y feroces avispas dispuestas a lanzarse contra ella en picada, acompañadas por un zumbido aterrador, como el que producen los abejones amarillos, pero magnificado

72

mil veces. Si para llegar al cielo fuese indispensable montarse en avión, y no una escalera grande y otra chiquita, como dice la canción, esta joven jamás llegaría allí, a pesar de su fe y su religiosidad.

Todos nosotros tenemos, o hemos tenido, un sueño recurrente, una pesadilla obsesionada con nuestros subconscientes, que nos persigue cada noche, como si fuera un cazador que se niega a perder la huidiza presa que corre despavorida, herida y sangrante. Algunos soñamos que nos caemos, sin saber de dónde ni hacia dónde, una caída larga y dilatada, sin destino visible, sin paracaídas, el viento golpeándonos el rostro, el cabello despeinado, hasta que despertamos sobresaltados, con un brinco en la cama, como si, efectivamente, ésta hubiera sido el blanco de nuestro acrobático salto. Otros sueñan convertirse en cucarachas, como Kafka, o en serpientes sinuosas que se enroscan sobre sí mimas, o alrededor del tronco de un árbol frondoso, como la amiga de Eva en el jardín. Pero esta joven de la que hablamos aquí, la que, por pura y simple coincidencia ha conocido hoy al protagonista de esta historia, no sueña con insectos ni con reptiles, sueña con aviones, con uno en específico, blanco, o tal vez grisáceo, es imposible distinguir el color desde la distancia, enorme, pesado, tan pesado que no se explica cómo puede mantenerse en el aire y volar, tan grande que tapa al sol, tan blanco como la muerte. En su pesadilla, ella no viaja en este avión, no entró a él como pasajera, con su boleto en la mano. Esta nave viene hacia ella, velozmente, como un bólido, como un candente meteorito que atraviesa la atmósfera guiado por una fuerza misteriosa, impersonal, pero consciente de sus actos. Ella lo ve venir, a través del vidrio de una ventana ubicada en el piso más alto de un alto edificio, como en un sueño. ¡Es un sueño!, una pesadilla, pero el avión parece tan real como nuestro sosias en el estúpido sueño en el que nos vemos con la urgencia de orinar y despertamos sobre un colchón mojado. Sabe que el enorme avión se dirige hacia ella. Suda, se estremece, tiembla como seguramente tiembla el conejo herido cuando oye los pasos del cazador sobre la hierba mojada, aproximándose sigilosamente. Intenta escapar, ¡despertar!, pues de alguna manera subconsciente se da cuenta de que se trata de un sueño, que nada de esto es real. Mas no despierta. Corre hacia la puerta más cercana, intenta abrirla, la empuja, la hala, le da lastimeros puñetazos con sus delicadas manos, la patea con sus diminutos pies, lanza contra ella su frágil cuerpecito. Pero la puerta no cede. Agotada, se da por vencida y camina hacia la ventana con la esperanza de no ver ya al otro lado el ominoso aparato, o de verlo girar hacia el Oeste, o hacia el Este, da igual, con tal de que gire y se aleje. Pero el avión sigue allí, cada vez más grande, como el planeta observado a través de un telescopio de potencia variable, como un globo que se infla rápidamente, a punto de explotar, como el silencioso tiburón de la película, acechando, acercándose inexorablemente, abriendo su boca, mostrando las interminables hileras de sus afilados dientes. Es un sueño, la música dramática no acompaña la escena para otorgarle la esperada atmósfera de terror, como sucede en los filmes de Hollywood, cuando la silueta del asesino en serie se dibuja sobre la cortina de baño, cuando la mano derecha del cadáver del monstruo, dejado por muerto sobre la camilla en la morgue, comienza a moverse, un dedo primero, otro después, y la orquesta invisible interpreta, in crescendo, suavemente al comienzo, más alto el volumen poco a poco, la tenebrosa melodía, sombrío augurio de un mal que se aproxima. Mira hacia atrás nuevamente, la puerta está en el mismo lugar en el que estaba hace unos segundos, e igual de cerrada, como si un empleado disgustado del departamento de bomberos la hubiera clausurado con una enorme tranca desde el exterior. Ora, reza, implora, desesperada, demente. "¡No quiero morir así!", exclama a viva voz, pero ésta se apaga en un llanto profundo, infinito, en un mar de lágrimas que nos dan ganas de llorar a nosotros, meros lectores de la narración de este extraño sueño. Cae de rodillas al piso duro e insensible. Golpea las frías losas con sus manos. "No, por favor, no permitas que muera de esta forma, tan lejos, tan sola." Arrastrándose, gatea en dirección a lo que parece ser un ancho escritorio hecho de madera, con el tope de metal. Bajo él se esconde, en el reducido espacio reservado para la silla secretarial con cinco patas en forma de estrella y un asiento cosido en cuero. ¡Pobre ingenua! ¿Acaso se ha creído que este viejo mueble de oficina, diseñado para aguantar leves papeles, un teléfono, y media docena de lápices y bolígrafos, podrá ahora, milagrosamente, como Sansón cuando le creció de nuevo el cabello, resguardarla de esa mole alada que se le viene encima con una cólera de mil demonios? Allí está, más pequeña de lo normal, en la penosa posición fetal que asumimos cuando la tristeza nos aplasta, o cuando sentimos uno de esos miedos que nos visitan, si somos afortunados, dos veces en la vida, al regresar del entierro de nuestros padres a su casa vacía y cuando oímos, incrédulos, una o dos décadas más tarde, la noticia anunciada por el médico, en la que nos explica los resultados de los exámenes de laboratorio. El escritorio tiembla, solidario con ella, el edificio completo se estremece; pero son temblores diferentes; éste lo provoca la cercanía del Goliat volador, las vibraciones de sus motores, la turbulencia del viento. Quizá, sin que lo sepamos, el edificio tiene miedo, tanto como el que tiene la indefensa niña anegada en llanto bajo el escritorio de la esquina; el otro, – nos referimos ahora al otro temblor, pues ya aclaramos las posibles causas de la agitación estructural – el de la inerme doncella atrapada

75

dentro del castillo, acorralada por el infame dragón que llega desde su remota y fétida cueva a acosar a su oveja sacrificial, nace en el abismo más profundo y obscuro de su alma, en la zona inexplorada al otro lado de la frontera, donde reside el más viejo de los temores humanos, la matriz de todos los demás temores, el terror ante la muerte. Su cuerpo trémulo es solamente superficial síntoma de un alma espantada que se asoma al vacío y experimenta, ahí, en el borde de la escarpada y abrupta cima, un episodio más de la antigua fobia que atormenta a nuestra especie desde que dejamos de ser inmortales. La indiferente nave ya toca a la puerta, su fría nariz exhala el vaho de la podredumbre que trae en sus entrañas. En los pisos inferiores, el edificio se ha incendiado, no sabemos cómo, quizá de puro pavor. El humo dificulta la respiración. Casi la asfixia. Se cuela subrepticiamente por el espacio abierto entre la puerta y el suelo, por las rejillas del sistema de acondicionamiento de aire, a pesar de que están cerradas, hasta por las cajas de metal de los receptáculos eléctricos. La oficina misma parece inhalarlo, como si se tratara de un fumador empedernido que no puede romper con el hábito, aunque bien conoce el daño que le está causando. Las llamas se acercan velozmente, cerrando el cerco, invisibles, delatadas por el intenso calor. Es un infierno impaciente que se rehúsa a esperar a que las almas lleguen a él después de la muerte del cuerpo. Su rostro es el rostro de Agni, el hambriento dios hindú que devora las ofrendas de sus adoradores.

En la oficina de al lado se oye un golpe, como el que produce un objeto al romper un cristal. Es una silla, similar a ésta que la onírica Raquel ha rodado para hacer espacio bajo el escritorio. Golpea tres y cuatro veces el cristal de una de las ventanas, hasta que lo demuele completamente. Un hombre saca su cabeza a través del hueco recién abierto. Era él quien blandía la silla. Es un hombre joven, no más de treinta años, un abogado que inicia su carrera, un corredor de bienes raíces, un ayudante ejecutivo, o, tal vez, un humilde mensajero encargado de traer y llevar la correspondencia diaria. Quizá sea éste su primer día en el empleo. Hoy trabaja por el salario mínimo fijado por ley, pero ya sueña con un mejor futuro, o soñaba, hasta que la llamarada tocó a la puerta. Ahora se asoma al exterior mientras se aferra al marco desnudo de la ventana. Con una de sus manos, la izquierda, ondea un pañuelo blanco, como si intentara llamar la atención de alguien allá afuera. Pero nadie puede venir a ayudarlo. Su mano derecha, humedecida por el sudor, continúa apretando el marco de la ventana, que se calienta como el mango de la sartén colocada sobre la hornilla. De repente, retrae el brazo, lo lleva hasta el pecho, y cae. El pañuelo blanco flota en el aire, acompañado de cientos de hojas de papel, algunas escritas, otras vírgenes, como flores de roble sopladas por la brisa.

La Raquel del sueño, la que se aprieta y enrosca sobre sí misma debajo del escritorio, la que ya no llora porque sus ojos se han secado, lanza una última mirada hacia la puerta de la esperanza, y ora, también por última vez. Para su sorpresa, la puerta se entreabre, irresolutamente, apenas unos centímetros, como se separan los labios de un moribundo que, en sus postreros segundos de agonía, realiza un final y heroico esfuerzo para despedirse de un hijo, de una madre, de la esposa a quien ama. Intenta levantarse; su cabeza se hiere al chocar contra el tope de su improvisado refugio; comienza a caminar pero cae al suelo; continúa la marcha sobre sus manos, a gatas, tratando de erguirse aquí y allá, cayendo cada vez al piso, como un bebé que, hambriento o emocionado, puja por llegar hasta su madre que le espera con los brazos abiertos y una sonrisa de orgullo en sus labios. Por fin la alcanza, a la puerta nos referimos, y de un insignificante empujoncito, que no requiere ni la mitad de las fuerzas que usó para intentar abrirla la primera vez, la puerta se abre… y el infierno aparece ante ella. Una marejada de fuego, un tsunami de llamaradas flameantes, tan altas como gigantes y tan ardientes como el mismo sol, se abalanza sobre ella desde el otro lado de la puerta abierta, como si otro dragón, hermano de aquél que se aproxima a la ventana, hubiera estado dormitando dos pisos más abajo, a la espera de una señal de su pariente volador para regurgitar en una sola bocanada el averno acumulado durante eones en su estómago. De un salto, pues esta vez no había tiempo para gatear, cae junto al escritorio, pero ahora no se esconde debajo del mismo; ha decidido esperar, con cierta inusitada serenidad, resignadamente, su fatal destino. Una interrogante reclama contestación: ¿A las fauces de cuál de los dos dragones debe arrojarse? La respuesta es irrelevante, obviamente, pues un depredador es un depredador, y da lo mismo que nos espere al otro lado del río o sumergido en él. Pero en éstos, sus últimos minutos de sueño, o de pesadilla, la Raquel onírica sueña, un sueño dentro de otro, con una leyenda que le contó a su contraparte real uno de sus profesores el primer día de clases, a manera de advertencia contra la deshonestidad y el plagio académico. Era una fábula árabe, por lo que la Raquel del mundo real no le prestó mucha atención. Si sus prejuicios siguen atravesándose en el camino, poco ha de ser el conocimiento que entre a su cuaderno de notas. Se titulaba, la leyenda, "el juicio por fuego", y hablaba de una caverna en la región que hoy en día llamamos Yemen, en el sur-suroeste de la península arábiga. Funcionaba, la portentosa caverna, o lo que en su interior se hallaba, como una especie de foro judicial para dirimir las controversias de los nómadas. A ella acudían los litigantes siempre que no les resultaba posible llegar a un acuerdo sin la ayuda de un mediador. Carentes de un árbitro humano, bajo solemne juramento, cada una de las partes exponía sus alegaciones a la entrada de la cueva, y allí aguardaban pacientemente por el veredicto. Entonces, sin previo aviso, sin el duro golpe del mallete sobre el facistol, del fondo de la gruta salía una llamarada que consumía al litigante, demandado o demandante, que no tenía la razón, como si lo declarara, perentoriamente, ¡culpable! Un tanto draconiana la cueva esa, achicharrar a una persona que tal vez se limitaba, por simple olvido o mundano despiste, a reclamar el pago de una pequeña deuda ya saldada, exigir la mudanza de un lindero mal colocado por ella misma, demandar el desahucio del inquilino que creía moroso. "Yo estoy libre de toda falta", razona la Raquel del sueño, y acto seguido se aboca a su propio tribunal de fuego, en el preciso instante en que el hocico de la terrible fiera resquebrajaba el cristal de la ventana con sus colmillos.

Ése es, en apretada síntesis, el repetido sueño de esta joven judía. No sabemos si la pesadilla es la causa de su fobia o el efecto de ésta, pero, independientemente de la relación causal, lo cierto es que ella no quiere saber de aviones. Por esta razón la vida se vio obligada a enviarle hasta las puertas de su hogar a su príncipe, porque si de un viaje de ella hubiera dependido, el encuentro no se hubiera materializado jamás, y nosotros no hubiéramos tenido una historia para contar.

El otro partícipe de la coincidencia, pues para coincidir se necesitan, por lo menos, dos, no sueña con aviones, pero, sin que él lo sepa, tres de ellos aguardan por él. El tres es un número importante, casi tan sagrado como el mítico siete bíblico. Tres eran las formas supremas en el mundo de las ideas, según Platón, y tres las partes de su alma. Tres eran, también, los tipos de ánimas aristotélicas, no divisiones de una sola y exclusivamente humana alma, sino tres ánimas diferentes, una en las plantas, otra para los animales y la tercera dentro de los seres humanos. Tres son, de acuerdo con la mitología cristiana, las personas de la deidad, sin ser, téngase claro, tres dioses separados y distintos, tres… no-se-sabe-qué en un mismo ser divino. Tres eran las parcas, tres los crucificados en el Gólgota, de los que uno, sólo uno, resucitó, sí, al tercer día. Tres son las categorías en las que dios agrupa a los seres humanos, calientes, tibios o fríos, y tres veces ora, él mismo, dios, por aquéllos que repiten la bendición sobre Mahoma, lo que demuestra que esta afición divina por el número que sigue al dos no es exclusiva del dios cristiano. En tres ocasiones apretó el ángel Gabriel al futuro profeta, dejándolo casi sin aire, cuando vino a escogerlo a la cueva donde oraba, en el monte Hira. Aun el diablo, en persona y en efigie, ha sido alcanzado por los efluvios del embrujo de este número, siendo un tercio del total la cantidad de colegas que logró convencer allá en el cielo, y tres las lapidaciones a las que es sometido por los fieles durante la sagrada peregrinación. Tres son, pues, los aviones con los que el destino escribirá el libreto sobre la segunda mitad de la vida de Samuel. Con uno se ganará la vida, o mejor dicho, el pan nuestro de cada día, pues la vida no hay que ganársela, nos la regalan, nos arrojan a ella gratuitamente, sin consentimiento nuestro, pero el pan, aunque recemos "dánoslo hoy", no nos lo dan, y es menester trabajar muy duro para tener con qué pagarlo en la panadería; otro avión se la destrozará, a su vida aludimos, no a la panadería; y en el tercero se convertirá en héroe, o en villano, todo es según el color del cristal a través del cual miramos. Aviones. Ya hablamos de ellos.

Sueña nuestro Samuel, quien, a decir verdad, no es nuestro ni de nadie, con dios. Sueña con él mientras duerme, lo busca al abrir sus ojos, y ya despierto sigue soñando con él. Pero no lo encuentra, ni en sus sueños ni en la vigilia. Quizá por eso lo odia, porque aunque de él se predique que está en todas partes, no aparece por ninguna, porque se esconde; porque se siente traicionado por él. También él, Samuel, ha sido visitado innumerables noches por su propia pesadilla recurrente, que no versa, como imaginarán nuestros lectores, ni sobre caídas al vacío ni sobre vejigas hiperactivas desbordadas. Es dios el protagonista de esta pesadilla, pero no el dios al que Samuel persigue. Tal vez sea ése el verdadero, en cuyo caso lo habrá encontrado, sólo será menester realizar las modificaciones teológicas correspondientes.

En su sueño, Samuel se ve a sí mismo frente a una escarpada montaña, en lo que imagina ser el borde de un interminable desierto, tan extenso como el que lleva dentro. Allá arriba, a lo lejos, en la parte más alta de la montaña, al final de un sinuoso sendero, se divisa lo que parece ser una cueva tallada en la ladera, una gruta semejante a la covacha en la que Mohamed ed Dhib, el lobo, un beduino pastor de cabras, halló los primeros rollos de Qumrán, ocultos en vasijas de barro. Más hacia el norte pueden verse las siluetas de una ancestral ciudad, aquélla cuyos muros cayeron ante el rugido de las trompetas, según otra leyenda, no árabe sino judía. Samuel conoce estos parajes. Despierto, los ha visitado varias veces. Dormido, no sabe cómo ha llegado allí; pero allí está, ansioso, inquieto, desesperado.

No es joven el Samuel que entra a escena en medio de la neblina artificial producida por su cerebro adormecido, no es el niño que ha visto otras noches, jugando con su mamá en una pequeña alcoba pintada de azul. El de este sueño es un hombre mayor, de cincuenta o sesenta años, la espalda un poco curveada, el cabello canoso, la piel fina y manchada.

Luego de un rato dedicado, aparentemente, a deliberar, a sopesar alternativas, comienza a ascender, lentamente, con gran esfuerzo, víctima del cansancio y de los años, por el lado sur de esta meseta, por un camino llamado de la serpiente, o por lo que de él queda, rodeado por un paisaje similar al de otro monte cercano, la colina de la joroba, o colina de la luna, según la traducción. Lastrado por la pesadez de sus piernas, se detiene en el ascenso, extenuado, y se aparta un tanto del camino, hasta llegar a una negra roca sobre la que recuesta su espalda. Sus pies le duelen, sus párpados caen, sus ojos se cierran, su cansancio se transforma en sueño, y se queda dormido. Sueña el segundo Samuel con unas ruinas, con los restos de una antigua construcción, o mejor escrito, con los remanentes de una antigua *destrucción*, con lo que queda de un templo, tan majestuoso, otrora, como el de Salomón, tan impresionante como el de Herodes. Al frente, lo saludan las mitades inferiores de dos altísimas columnas, que en sus tiempos, cuando se erguían completas, debieron ser tan altas como los rascacielos de una ciudad moderna. Detrás de las columnas, una puerta maciza, construida en madera noble, ahora petrificada, de dos hojas, tan anchas, cada una, como obesos elefantes, revestidas con el oro más puro, sujetas a los postes por decenas de goznes de bronce bruñido, se abre de par en par, invitándolo a pasar. Ya adentro, a uno y otro lado de la puerta, hay dos fosos, negros como el betún, tan profundos como el tártaro. Es obvio que este lugar no es virgen, ni incógnito. Por el contario, resulta evidente que ya muchos otros expedicionarios lo habían visitado antes que Samuel, dato que salta a la vista por las inscripciones que pueden leerse en dos de las paredes de la cueva, algunas muy solemnes, como aquélla que anuncia "porque de tal manera amó dios al mundo...", otras insolentes, verbigracia, "Dios está muerto, Federico lo mató", y media docena de grafitis estultos e inmaduros, como "José estuvo aquí".

El tercer Samuel se detiene durante unos instantes antes de entrar, con el mayor sigilo posible, a lo que parece ser una bóveda, inmensa, que se abre sobre las fosas, con un enorme confesionario debajo de ella, esculpido en la roca viva. Más que unos breves instantes, parecen, literalmente, años, como si una vez más el tiempo se hubiese detenido, o con mayor precisión, como si el tiempo ya no existiera, como si se hubiese desvanecido para fundirse en un momento interminable. Recuerda las palabras del Fausto, dirigidas al instante fugaz: "¡Detente! ¡Cuán bello eres!", y piensa que ese instante, esa porción de tiempo que se ha congelado de misteriosa manera, no es hermoso sino pavoroso. "No es el tiempo el que se esfuma", piensa, "somos nosotros". Se encuentra inmóvil, paralizado por una extraña mezcla de sentimientos, entre los que se destacan el temor y la incertidumbre, entumecido por una embriagadora sensación de impotencia ante un encuentro que supone inevitable. Gruesas gotas de sudor se precipitan desde su frente, sobre la que ruedan pesadamente en ruta hacia el suelo pedregoso del derruido templo.

Nada se oye, excepto el monótono golpe de las que parecen ser unas viscosas gotas de líquido que salieran de alguna fisura en la roca y cayeran sobre otro peñasco, rítmicamente, como un viejo metrónomo mecánico, insistente en su tic tac. El golpeteo es decidido, incesante, interminable, y prontamente se vuelve molestoso a sus oídos. Se asemeja al impertinente martilleo de uno de esos relojes de cuerda que tienen una especie de péndulo para marcar el paso de los segundos. Tic tac, tic tac, tic tac, tic tac. Obstinadamente. Tic tac. Burlonamente. Tic tac. Hasta que despiertes. Mira a todas partes con la intención de identificar el lugar exacto de procedencia de ese ruido fastidioso, pero no ve nada, ni una gota de agua, ni el charco que debería estar allí si algún intermitente hilo de líquido se derramara sobre la tierra por varias horas. Piensa que, tal vez, se trata de un aviso, una señal enviada por alguien para decirle "El reloj de tu existencia ya marca tus últimos minutos; apresúrate; te queda poco tiempo". Intenta dar media vuelta y huir, pero es demasiado tarde. La suerte ya está echada. "Alea jacta est", murmura sin querer, en uno de los idiomas muertos que su contraparte real había estudiado en los años de su temprana adultez, y que siempre le ha parecido romántico, o más bien filosófico, idóneo para exteriorizar aquellos sentimientos, *aquel sentimiento*, que inexorablemente le ordena avanzar hacia el abismo, hacia lo desconocido, hacia el *mysterium tremendum et fascinans* del que había hablado cierto teólogo del siglo pasado. Conoce muy bien la identidad de quien lo llama sin palabras, como también sabe que de nada valdría resistirse. Está atrapado, como la mosca pegada a la telaraña, como uno de esos codiciosos primates que introducen su brazo en una trampa y luego no pueden sacarlo, porque el puño cerrado con el que sostienen el cebo es demasiado grande para la abertura.

Sin moverse, osificado por el silencio sepulcral que, cual densa atmósfera, arropa la caverna, espera con obligada paciencia por un aviso, una señal de salida indicativa de que se le ha permitido proseguir. Llama: "¿Hay alguien ahí? ¿Me escuchan?" El eco del silencio es la única respuesta. Insiste, en vano, "Hola, ¿se puede pasar?". Sobrecogido de pavor, eleto, se da cuenta de que sus piernas han comenzado a temblar sin cesar, violentamente, como se sacuden las copas de cristal y tintinean al chocar unas contra otras durante un terremoto. Avanza paulatinamente hacia la obscuridad, lentamente, con la más desesperante cautela, esperanzado con la idea de encontrar a algún emisario que le ordene detenerse, con voz como de trompeta, con la autoridad inherente a su excelso cargo. Supone, erróneamente, que una escolta siempre le acompaña, un escogido séquito digno del eximio habitante de la gruta, formado al menos por dos o tres de sus más cercanos querubines, arcángeles y serafines, presididos por Gabriel, el ángel de la anunciación y de la noche del destino. Presiente que aquél a quien siempre ha buscado está allí, en el fondo de una de las fosas o en la garganta de la cueva. Pero no lo ve, y teme proseguir.

Sin embargo, lugar común es que la curiosidad puede más que el miedo, máxime si la curiosidad en cuestión se alimenta de la necesidad, si más que necesidad es ardiente sed, hambre, y desesperación. Así que coloca una de las trémulas piernas delante de la otra, y luego aquélla frente a ésta, y sigue andando hacia el fondo de la caverna. Pasa bajo la cúpula, deja atrás los fosos, se interna en la noche obscura. Sus ojos para nada le sirven, de modo que acata, porque no le queda más remedio, la sugerencia del apóstol, "por fe andemos, no por vista", aunque tropecemos tarde o temprano. Y, efectivamente, tropieza. Algo obstaculiza la marcha, una barrera de algún tipo, un portón, una reja metálica herrumbrosa. La abre sin pensar. Malos narradores seríamos si olvidáramos mencionar el agudo chirrido producido por los mohosos goznes al girar. La vista, que ya se ha adaptado en mínima medida a la obscuridad, así trabajan los miles de bastoncitos que flotan en las retinas, le informa que ha entrado a un segundo aposento, más espacioso que el primero, casi vacío. Su nariz, sin bastones ni pupilas, le susurra, figuradamente hablando, que han entrado, él y ella, a un matadero, pues el hedor a sangre descompuesta comienza a provocarle náuseas. Piensa que la distancia hasta el fondo no debe ser larga, pese a no ser mucha la ya recorrida. Y tiene razón. La pared del fondo de la caverna puede verse desde el lugar donde está parado, justo al lado de otro portón, tan oxidado como el anterior. Mirando por encima de éste, es posible ver un último objeto, una descomunal mesa de piedra, como un altar para sacrificios, manchado con lo que parece ser tinta negra, en medio de un estanque, un gran mar lleno de roja sangre. Pero no es ése el último objeto. Samuel mira con atención, sin pestañear. Detrás de la mesa, y por ella ocultada, hay una gran caja de madera, similar al arca fabricada por el carpintero y orfebre de Moisés, pero mucho más grande. Samuel observa con aprensión. Su mirada escruta cada detalle. Sus fosas nasales captan el olor a sangre coagulada, y otro olor, más agradable, a *maale achán*. Esta vez se detiene totalmente, de alguna manera sabe que no le está permitido continuar. Sigue esperando por una señal, un llamado como del *shofar* que le advierta "quita tus zapatos de tus pies…", un rugido resonante, grave y sordo que anuncie su cercanía. Nada le informan sus oídos. Decepcionado, a punto de dar media vuelta para regresar por donde vino, vislumbra una figura que se ha movido detrás de la caja de madera, una sombra, como una nube obscura, amorfa, sin confines ni líneas definitorias, como un espectro que vaga, desconsolado, en el ático de una vieja mansión. Sabe qué es. Sabe *quién* es. Es su destino.

El peregrino cae de rodillas en tierra, abrumado por la expectación. Estruja sus ojos con los nudillos de sus dedos, incrédulo, como si quisiera asegurarse de que aquéllos no lo engañan. Afina su mirada y la clava fijamente en él. No está seguro. No se parece a él, o, mejor dicho, a aquel *él* alojado en su imaginación, a la caricatura suya que muchos cargan en el bolsillo de su religiosidad, a la imagen de él que durante incontables milenios ha sido dibujada en la mente de los fieles por los astutos profetas del culto oficial. (Si algo han sabido hacer bien los mercaderes de hielo es promocionar sus retocados retratos de dios.) Ése que está detrás de la caja se ve envejecido, cansado, deshecho, como si el peso de una culpa infinita reposara sobre su corazón; como si toda una eternidad de decepciones y desaciertos hubiera depositado sobre él la insoportable carga de un pasado imposible de olvidar. Su pasado. Su presente. Su eterno presente, pues para él, el tiempo no existe. Cada momento fugaz, cada instante, cada ayer, es hoy, es ahora, es siempre, como su dolor, como su soledad. Dichosos nosotros, que olvidamos.

Lo examina visualmente de arriba a abajo, con los ojos del rostro, con la mirada incrédula y escrutadora de quien se enfrenta a lo inesperado, pero más atentamente con los ojos del alma, con el par de potentísimos telescopios espirituales por los que ha observado durante años el firmamento interior, intentando descubrir a ése que ahora se materializa frente a él. Lo ve, pero nada le dice. Había llegado allí para implorar su ayuda, pero no le costó mucho trabajo caer en cuenta de que era él quien necesitaba de la suya. ¿Ayudarle? ¿La criatura al creador? ¿El vasallo al señor? ¿Samuel a dios? ¿Ayudar a dios? ¡Imposible! Aunque ésa hubiera sido su intención – y recalcamos que no lo era – no hubiera sido capaz de ayudarle; ni él ni un ejército de sus clones, ni toda la multitud de seres angélicos, incluida la tercera parte que se rebeló, podría auxiliar a este pobre pordiosero divino que parece clamar por un mendrugo de perdón. Su sufrimiento está mucho más allá del alcance de la comprensión humana; ninguna de nuestras palabras, ensayadas, desgastadas, hueras, palabras humanas, imperfectas e impotentes, hubiera servido de bálsamo a su fatigado corazón. Además, ninguno de estos Samueles es más su amigo. Todos ellos, los tres, el aparentemente real y los dos soñados, se han convertido en sus jueces. Su misión, la que el Samuel de carne y huesos les había impuesto, era encontrarlo, acusarlo y condenarlo. Serán ellos, en sus respectivas imaginaciones, fiscales, jueces y verdugos, todo en uno, como dios mismo en otros tiempos. Y en este preciso instante no le tienen miedo, a pesar de que no ignoran su indecible poder.

Al Samuel soñado se le antojó patética, incluso irrisoria, la imagen que tenía ante sí. ¿Por qué se había escondido? (Pues era obvio que trataba de esconderse.) ¿De qué – o de quién – huía? ¿Dónde estaban los demás, sus huestes, sus ejércitos de querubines y serafines, las miríadas de refulgentes hoplitas siempre a sus órdenes? ¿Cómo podría siquiera imaginar, él, que podía esconderse? ¿Por qué estaba solo? Muy en breve obtendría las respuestas para esas preguntas, y para muchas otras que habían revoloteado por décadas dentro de su cabeza; pero en ese instante, en esos breves segundos que transcurrieron desde que sus ojos encontraron los suyos, en ese brevísimo intervalo de tiempo en el que su corazón se detuvo y las lágrimas amenazaron con irrumpir impertinentemente, sólo una duda emergió: ¿Era de verdad él?

Y entonces despertó. La tierra en derredor de la negra roca está mojada, pero no se apresuren a formular conclusiones. No se trata de orín, el sueño no ha sido ése. Es llanto, ralo, salado, incoloro. El durmiente original no ha llorado, el que descansaba sobre la roca sí. Es el Samuel soñado el que ha despertado, el que lo soñó continúa durmiendo, y a decir verdad, no creemos que despertará.

¿Curioso, no? Intrigante. Que este hombre que sueña con dios, y esa mujer acosada por la pesadilla de un avión, hayan convergido ambos en la antesala de un exquisito museo, a unos cuantos pasos de donde vive ella y a miles de kilómetros de donde vivía él. No, este hecho, en sí mismo, no es ni curioso ni intrigante. Miles de seres humanos, millones, debido a la asfixiante sobrepoblación de nuestro planeta, tropiezan unos con otros cada día, en sus patrias o lejos de ellas, en museos y en iglesias, en la playa o en la campiña, frente al mausoleo de un patriarca o junto a un viejo almacén de alfombras, en una ceremonia nupcial o en un funeral. Las hormigas también lo hacen, si bien no en funerales y bodas, que sepamos, y las abejas, tanto dentro como fuera de la colmena. El mundo, al fin y al cabo, no es nada más que una interminable sucesión de encuentros casuales y aleatorios, totalmente desconectados, de los que nada nace jamás. Lo que debe dejarnos perplejos, casi atónitos, es la coincidencia, y ésta no consiste en el haberse encontrado los dos en el mismo lugar a la misma hora; eso, como ya se dijo, es un simple tropiezo. La coincidencia estriba en la necesidad, es decir, que este hombre sea indispensable para el desenvolvimiento del destino de esta mujer, y que ella sea la parca designada desde siempre por una misteriosa fuerza para dar las puntadas culminantes al tejido del suyo. Si ella no hubiera llegado a su vida, él no estaría a punto de montarse en ese avión camino a la perdición. Si él no hubiese llegado a la suya, ella sería una arqueóloga más en la tierra llamada santa. Una más, pero viva.

*****OMAR*****

Ibrahim no cumplió su palabra. No pudo llegar a la cita con su primo, o, quizás, *no quiso* llegar. "¡Qué bueno!", exclamó espontáneamente Omar luego de concluir que ya no vendría. "¡Gracias a dios!". Vayamos poco a poco, un paso a la vez. No constituye esta frase, "gracias a dios", evidencia

89

circunstancial irrebatible de una fe subyacente, en estado latente. Se trata simplemente de una conocida expresión culturalmente adquirida, repetida a menudo aun por aquéllos que no creemos en dios, como las veces en que un protestante, evangélico, pentecostal o presbiteriano, exclama "¡Ave María!", pese a no creer que ella, María, no el ave, sea la madre de dios y reina de los cielos. Su fe, la de Omar, sí andaba por ahí cerca, no era difícil notarlo, rondando por los meandros de su corazón, pero no era una realidad que hubiera podido inferirse de una frase tan trillada y comunera como "si dios lo permite", "dios mediante", "a quien dios se lo dio, san Pedro se lo bendiga". El sustantivo *dios* parece ser, en el lenguaje común, más ubicuo que el mismo dios en el mundo, y seguramente es repetido más a menudo que el principalísimo verbo *ser*; mas su enunciación no delata necesariamente la fe religiosa del parlante.

La mañana comenzaba a morir, a ceder su espacio al glorioso mediodía, cuando el antiguo dios, el primero de todas las deidades, ocupa orgullosamente su resplandeciente trono en lo más alto del firmamento. Pasado el meridiano, la oportunidad habría escapado; la celebración terminaba justo a las doce, y los gringos suelen ser puntuales. "Se me hace tarde" pensó, "debo salir ahora mismo o no podré llegar a tiempo. Con tránsito liviano, no demoraré más de quince o veinte minutos. Será suficiente. Adiós hermano, me duele no haberte visto. Espero que creas las cosas que escribí en la carta que dejé sobre mi cama. Hasta nunca."

Cuidado, Omar, nunca digas nunca.

Arrancó el motor del auto y aceleró. En vano. No bien dobló la esquina más próxima, tuvo que detenerse en seco. Una descomunal congestión de tránsito, un embotellamiento, como lo llaman en ciertos países de Latinoamérica, erróneamente, pues no son botellas las que pegan parachoques a parachoques, impedía el paso. Todos los carriles, tanto los de la derecha como los de la izquierda, los de ida y los de regreso, estaban ocupados por vehículos detenidos, algunos incluso apagados por sus conductores, resignados ante la obviedad de lo inevitable. Supo más tarde, por el noticiario nocturno, que un largo camión de arrastre, un segmentado gusano motorizado, se había volcado en medio de la avenida, por culpa o por negligencia de su chofer, otro gusano, probablemente, algún ebrio irresponsable de malas con su mujer, o uno de estos conductores que andan siempre apurados, tratando de recuperar el tiempo perdido. ¡Tarados! ¿Cuándo entenderán lo que ya ha comprendido el Samuel del sueño, que no es el tiempo lo que se pierde, sino nosotros? La vida se nos escapa sin que nos demos cuenta, desperdiciamos neciamente la cuota de latidos de corazón que se nos asigna al nacer, perdemos nuestra biografía, nuestra vida, y a último minuto, cuando ya es tarde, pretendemos recuperarla, pisando el acelerador, caminando más rápido, comiendo mientras conducimos. Pero la vida que desperdiciamos no regresará, y tampoco se nos ofrecerá una nueva oportunidad para hacer bien aquello que hicimos mal, o no hicimos, en ésta.

Como era el último en la fila, recién llegado, pudo, ejecutando media docena de piruetas y acrobacias ilegales, dar marcha atrás, regresar a la arteria secundaria de la que había salido, y de ésta, muy a pesar suyo, proferidas las maldiciones correspondientes y realizadas dos o tres acrobacias adicionales, salir en otra dirección, rumbo a su apartamento, en este humilde carro compacto con ínfulas de taxi citadino, cargado de extraños paquetes y siniestras intenciones. Dos inesperadas sorpresas – las sorpresas siempre son inesperadas – le darían la bienvenida cuando al apartamento regresara, ignorantes de estos acontecimientos que hemos narrado; una fue agradable, un breve oasis que tomó la forma de una persona querida, la otra fue infeliz, un pasado que al fin lo alcanzó. Siempre es así, allí donde va dios el diablo invariablemente lo acompaña. ¿O será a la inversa?

Llegó rápidamente a la calle en la que vivía, solo, acompañado solamente por sus recuerdos. Estacionó el camaleónico coche frente a la casa del vecino, intencionalmente, para irritarlo, y, quién sabe, por si acaso... Subió las empinadas y estrechas escaleras que conducen a su modesto apartamento, malolientes a orina y heces fecales, cubiertas de latas vacías y colillas de cigarrillos, obscuras, no las colillas sino las escaleras, semejantes a las fosas de los elevadores, que en ese destartalado edificio nunca funcionaban. En el maltratado buzón clavado a la pared había una carta, otra, distinta de la que él mismo escribió el día anterior para Ibrahim y colocó, según nos ha dicho, sobre la cama. Cierta excitación se apoderó de su sistema nervioso. Hacía mucho que nadie le escribía; facturas sí, pero nada de cartas personales. Ésta, la que se asomaba desde el interior de la caja postal, venía desde muy lejos, había cruzado todo un continente y la mitad de otro, y traía consigo una dolorosa encomienda, la de despertar al ángel de la culpa que durante tantos años había dormido en la conciencia de Omar. Sobre los hombros de todos los seres humanos atalayan dos ángeles, uno que susurra a nuestros oídos: "Hazlo, qué importa", y otro que instila el sentimiento de culpa en nuestras conciencias luego de que hemos hecho, si lo hacemos, lo que su compinche sobre el otro hombro nos sugirió. En el caso de Omar, este ángel, el de la culpa, había dormitado apaciblemente por más de dos décadas. Ya iba siendo hora de que despertara.

Dios tiene ángeles para todo, para cada ocasión y cada necesidad. Algunos se especializan en matar primogénitos, otros blanden filosas espadas para impedir el acceso a un jardín; varios de ellos compiten por el honor de ser escogidos para anunciar una buena nueva, un embarazo virginal, una resurrección, una vocación profética, una nueva fe, una cruzada; otros dedican su infinito tiempo a advertir, regañar, proteger, custodiar o salvar. Siete de ellos sostienen en sus transparentes manos igual número de copas, rebosantes del odio divino, listos para derramarlas sobre el mundo cuando dios les dé la señal. Y hay otros que se disfrazan, de mendigos, de pastores, de magos orientales, e incluso de carteros y oficiales postales, con el propósito de entregar oro, incienso y mirra, o una simple carta cargada de rencor.

La había enviado, la epístola, una tal María, con apellido, pero no es imprescindible que sepamos cuál es éste. María era todavía, cuando escribió la carta en cuestión, la esposa de Omar. Vivía en Chile, donde todas las mujeres se llaman María, como las discípulas de Jesús, excepto Marta, cuya hermana también tenía por nombre María, y la mujer junto al pozo, que por ser samaritana no fue nombrada por los evangelistas. Quién sabe si también respondía a este nombre propio. María la aún esposa jamás había salido de su país natal, y no había visto a su aún esposo ni una sola vez en los pasados veinticinco años, ni habría de verlo nunca más. Por esa razón le escribió esta extensa carta, para despedirse de él, aunque él de ella se despidió, en su corazón, cobardemente, hace casi tres décadas. Treinta años, o veinticinco, para dar la cifra exacta, parecen mucho tiempo, pero pasan en un abrir y cerrar de ojos. Por otro lado, para quienes aman, y para los que odian intensamente, ni siquiera pasan. Piénsese en una madre, o en un padre amoroso, en la forma en que perciben y tratan a sus hijos. No importa cuánto tiempo transcurra, el hijo seguirá siendo un *nene,* una criatura, tan frágil y desprotegida como aquélla que acunaron cuarenta años atrás. En el reloj de esta María sucedió algo similar, el tiempo se detuvo, y no fue sino hasta hace dos o tres semanas que decidió despedirse definitivamente de un hombre que la abandonó cuando tenía, él, casi la mitad de la edad que tenía cuando lo conocimos.

María era una mujer culta y educada, superior a su esposo en este sentido, y en muchos otros. Trabajaba en una universidad del mencionado país, como profesora de literatura y, cuando surgía la necesidad, filosofía. Hasta hace unos años, era una mujer de fe, religiosa devota, convertida del catolicismo supersticioso latinoamericano al islam diluido importado del exterior, proveniente principalmente de la diáspora palestina. Debió cambiarse el nombre luego de pronunciada la confesión, "no hay más Dios que Dios…", pero lo conservó para no causar más heridas a sus padres, quienes pensaban que en el registro demográfico celestial los ángeles sólo anotan nombres como José y María, o los dos juntos: José María; Juan y Juana, Pablo y Magdalena, Pedro y Jesús. Como se ve, también hay ángeles especializados en las cuestiones onomásticas. Dio el salto a esa nueva fe antes de conocer a Omar, a quien le presentaron unas amigas, no en la mezquita sino en la biblioteca del colegio en el que para esa fecha ella estudiaba. En aquélla, o sea, en la mezquita, no hubieran podido conocerse, pues él no solía frecuentarla, y ella, mujer, tenía que sentarse lejos de los varones, rezagada, marginada, en un banco de madera colocado dentro de un bochornoso zaguán techado con planchas de zinc, un verdadero horno en los meses de verano, adjunto al edificio de la casa de postración. Él asistía a otra escuela, en la que se había matriculado con el propósito de prepararse para ingresar eventualmente a una

Facultad de Derecho; Ella soñaba con llegar a ser escritora, él desperdiciaba su inteligencia tratando de identificar su verdadera vocación. Sus sueños, los de él, no se encarnaron en viviente realidad. Los de ella tampoco, pero al menos llegó un poco más alto, y gracias a sus evidentes talentos y su destacada inteligencia fue contratada por una buena institución educativa para que dictara cátedra, como asociada, sobre literatura y otras materias.

Entre ellos dos, el amor fue casi siempre una autopista de una sola vía. Ella lo amaba, él fingía amarla a ella. No era un mal esposo, proveía todo lo necesario para el hogar, cuidaba de ella, la trataba con la debida ternura y, cosa extraña e inusitada, que sepamos jamás le fue infiel. Pero no estaba enamorado de ella. Al principio lo estuvo, como suele suceder, mas con el paso de los años el amor se había desvanecido, y junto con el amor, la pasión. Volaron hacia el sur, o hacia el norte, quién puede saber sus rumbos, pero el hecho es que emigraron, o huyeron, que no es lo mismo, como huyen del frío las aves al madurar el otoño. El invierno se instaló permanentemente en sus almas, particularmente en la de él, y en sus cuerpos, cuando las golondrinas del amor abandonaron el nido. Y ese amor se transformó en paja, en hierba seca, en un vacío y solitario montón de hojarasca. Se casaron apremiados por las demandas de la costumbre, y porque ella estaba encinta. Son ustedes los primeros en enterarse de este rumor irrelevante y baladí. Así que, muy probablemente, dejó de quererla tan pronto supo de su embarazo, como sucede a tantos hombres cuyo único vínculo con sus parejas es el deseo y no el amor. En su defensa puede argumentarse que él nunca quiso tener hijos, quizá porque su propia infancia lo traumó a tal extremo que lo aterrorizaba la idea de exponer a otro niño a los sufrimientos que él mismo había tenido que aguantar. Sin embargo, irónicamente, cuando recibió la noticia de la preñez de María no volcó su irritación y frustración sobre la criatura, como también hacen esos hombres ya mencionados, sino sobre la pobre María, la que se vio privada inmediatamente, desde antes de que el niño naciera, del amor de su futuro esposo, sin merecerlo, pues no había sido preñada por obra y gracia de dios, sino por el mismo Omar.

Entre sus pocos méritos, Omar contaba con el hecho de haber permanecido junto a ella durante diez años, hasta que Ismael fue, en su opinión, lo suficientemente mayorcito para sacarlo del nidal y alejarlo del seno materno. Ya habían transcurrido más de veinticinco años desde aquel triste día, y lo menos que esperaba Omar, a esas alturas, era recibir la carta que ahora sostenía en su mano, enviada por una mujer que él había sepultado en el olvido largo tiempo atrás.

Entró al caluroso y obscuro apartamento. Encendió una de las pocas bombillas que todavía servían. Se sentó en el raído sofá mientras abría con su mano el borde derecho del sobre. Casi todos nosotros desgarramos los sobres postales por el lado derecho. Extrajo varios de los papeles escritos por ambos lados, y comenzó a leer, como por obligación, sin interés alguno aparente.

"Hola, ¿Cómo estás?" Así comenzaba la inesperada epístola, con un saludo muy poco original. "Es una pregunta estúpida, sé que estás bien, Ibrahim me lo ha dicho, así como me ha informado, a regañadientes y tras una lucha interna, tu dirección postal. No le digas que lo he delatado. ¡El pobre! Es tan bonachón y generoso que no pudo hacer frente a mis súplicas.

Quiero despedirme de ti, escribirte esta carta para explicarte lo que haré, aunque no creo que te importe, y para decirte que aún te amo, y que siempre te he amado, incluso en los momentos cuando supuse que te odiaba. ¡Qué irónico! Ahora comprendo que era entonces cuando más intensamente te quería. Intenté escribirla anteriormente, varias veces, pero siempre algo se interponía entre el papel y yo, me faltaba el tiempo, me paralizaba la indecisión, el miedo me aturdía, y la carta quedaba allí, sobre el escritorio, tan triste como yo, tan solitaria, y tan vacía como mi corazón. Conservo en la gaveta de la izquierda una docena de borradores, truncos, meros ensayos, hojas de papel apenas tocadas por el lápiz, casi en blanco, estrujadas por el mucho manejarlas, humedecidas por alguna furtiva y traicionera lágrima. Las arrancaba de la libreta que tú mismo nos regalaste, una a mí y otra idéntica a Ismael, hace tantos años, cuando insistías en tu idea de que yo llegaría a convertirme en una insigne escritora, tan famosa como Gabriela o Isabel. Te fallé. Lo sé. No he llegado a ser escritora ni, mucho menos, famosa; sigo siendo la ignorada y desconocida profesora de instituto, aspirante a poetisa, mártir por elección ajena. Pero guardé la libreta, hasta hace unas semanas, y de ella he tomado estas hojas, las últimas que quedaban, para grabar en ellas, lo mejor que pueda, las quejas reprimidas de mi alma. Aquí están, frente a mí, sobre el sucio cristal del viejo escritorio, a la espera de alguna frase, de una palabra al menos, de un parco "adiós, perdóname". Quizás sea ésa, *adiós*, la única palabra que logre añadir antes de rendirme, y entonces el viento entrará por la ventana abierta y llevará lejos estos folios. El otro término, *perdóname*, no lo escribiré, yo no he sido culpable de nada.

¡Pero no, no esta vez! Habré de concluir esta carta, aunque me tome toda la noche. Mañana tengo una cita con el mar.

Te alegrará saber que ganaste. Si te proponías hacerme sufrir, lo conseguiste. Desde que te marchaste, y hasta el momento presente, he sufrido la peor crisis emocional, psíquica y existencial imaginable. Nada me atrae, nada me entusiasma, nada me motiva. Soy como un barco sin timonel, a la deriva, en medio de una cruenta y virulenta tempestad. No exagero, sabes que nunca he sido dada al dramatismo; ha sido, y es, peor de lo que el lenguaje puede describir. Incluso la muerte ha dejado de ser temible, y ahora la veo como a una amiga. Un colega del instituto, catedrático de psicología, me ha dicho que se trata de una depresión clínica. Creo que se equivoca. Es la muerte, la muerte en vida. Sin ti, y sin mi Ismael, esto es un desierto, como el que tú me describías las pocas veces que hablabas de tu patria, un cementerio desolado, la única tumba es la mía.

Tiempo atrás, cuando tú me conociste, mi vida estaba llena de esperanza, fe y energía espiritual. Recién me había convertido a tu religión – sí, ahora la llamo *tuya*, porque ya nada siento por ella – y, pese al rechazo de mi familia, me sentía segura, acogida, coprotagonista de una historia hermosa que comenzaba a desarrollarse. Hoy soy tan solo un caparazón huero, una vagabunda que no tiene dónde refugiarse. Soy infeliz, y estoy tan decepcionada, tan amargada, que ni siquiera extraño la felicidad que una vez pensé tener. No puedo entenderlo, y créeme que lo he intentado, con todas mis fuerzas, ¡hasta llegué a acariciar la idea de salir a buscarte, sin saber por dónde empezar! Pero no es tu partida lo que no entiendo, ésa me la explicaste en tu carta, ¡la única en más de veinte años! Querías realizar la peregrinación, y llevar a nuestro hijo para que conociera los santos lugares. Lo entendí, lo acepté, hasta me alegré de ello, aunque debiste decírmelo antes de partir. Lo que nunca pude entender…"

Omar permaneció sentado en el desgastado sofá, mientras leía indolentemente las líneas escritas por María. Con una expresión de fastidio en su rostro, interrumpió momentáneamente la lectura, a fin de pensar, de recrear eventos, o tal vez simplemente para descansar sus agotados ojos. Ninguna de las palabras de su esposa había logrado conmover su espíritu. Indiferente, podría afirmarse que incluso frío, levantó la mirada y pensó que, efectivamente, María decía la verdad en estas oraciones que le había escrito. Recordó el momento de la partida, aquella mañana cuando, luego de que ella se fuera al trabajo, empacó las maletas, fue al colegio a buscar a Ismael, llamó a Ibrahim, y se fue para siempre. Ni siquiera una llamada, una nota pegada a la puerta del refrigerador, una tarjeta colocada en la mesa del recibidor, donde ella la viera tan pronto regresara en la tarde. Creía que ése era su derecho, como hombre y como musulmán, de acuerdo a la sharia y a la venerable tradición. En su mente, su unión era solamente un matrimonio temporal, autorizado por las leyes religiosas y morales de su fe. No tenía por qué alegar razones, no estaba obligado a ofrecer explicaciones, podía disolver el vínculo matrimonial, de facto inexistente, según su forma de ver las cosas, cuando se le antojara, sin necesidad de procedimiento judicial alguno. Por supuesto, su interpretación de la ley y la costumbre había sido errónea, pero eso ya no tenía importancia. Lo hecho, hecho estaba, y de nada vale lamentarse a posteriori.

Tenía, entonces, cerca de treinta y tres años, una esposa a la que, duele repetirlo, no amaba, una casa que no era suya, y un empleo aburrido y monótono que compartía con colegas aburridos y monótonos que hacían hasta lo imposible por cumplir al pie de la letra las órdenes aburridas y monótonas de sus supervisores superfluos, incompetentes y mediocres. Su trabajo en la universidad, institución de inferior categoría a la de su esposa, que por su propia naturaleza debía ser excitante y hasta divertido, había sido trocado en una tediosa ópera de títeres por la burocracia de los gnomos pseudo-intelectuales que la administraban. Desde hacía varios años había comenzado a notar cómo una marcada ansiedad se apoderaba de su sistema nervioso a medida que se aproximaba a Abdera, la olvidada e insignificante ciudad en la que estaba ubicado el campus de la institución. Y una vez allí, las horas se estiraban, y en vez de estar en una universidad le parecía que cumplía una larga condena en un obscuro presidio vigilado constantemente por los esbirros de algún régimen dictatorial. Nada en su trabajo, ni en su vida, le producía satisfacción o placer. Lo mismo podía decirse de todas aquellas cosas y actividades que suelen llenar de felicidad la existencia de un ser humano ordinario. Casi toda su familia había muerto. Algunos habían quedado atrás, en el desierto, hacía ya muchos años. Sólo le quedaban, cerca de él, Ismael, su primogénito y único hijo, e Ibrahim, su primo y hermano. Su padre había muerto justo cuando al fin Omar comenzaba a mostrarle su amor como él se merecía, y Omar no lograba hallar el mecanismo adecuado para dejar de sentirse culpable por su muerte. La enfermedad de su hermano mayor, desconsoladora e irremediable, condición que lo condujo finalmente al suicidio, se había convertido en una densa catarata ocular que obscurecía aun los pocos días soleados de su vida y ocupaba la mayor parte de sus pensamientos conscientes, mezclándose en éstos el dolor de la empatía fraternal, el sentimiento de una impotencia paralizadora, al ver que nada podía hacer para ayudarle, y, más que los anteriores, el odio y la ira que sentía hacia un universo tan cruel y despiadado que se deleitaba en infligir semejante agonía a una de sus propias criaturas indefensas.

De modo que, sintiéndose vacío y desesperanzado, presa de la depresión, desencantado con todo, sin mucho que lo atara a su hogar adoptivo, harto de su empleo y de la rutina cotidiana que lo halaba al fondo cual pesada y oxidada ancla, se fue sin anuncio previo, sin decírselo a ella, sin renunciar formalmente a su puesto. Se llevó consigo a su hijo, y convenció a su primo de que lo acompañara a esa nueva aventura, a ese retorno a la raíz, a un viaje cuyo destino hubiera sido, si otro destino no se hubiese interpuesto en el camino, la tierra en la que todo comenzó. Sin ellos, sin su hijo y su primo, nunca se habría atrevido a marcharse, pues eran ellos dos sus únicos asideros, sus precarias fuentes de algo remotamente similar a la felicidad. Su meta era llegar a la ciudad sagrada a tiempo para la peregrinación, con la esperanza de revitalizar allí su moribunda fe, pero primero quería visitar otros lugares, a fin de que Ismael tuviera la oportunidad de conocer la grandeza de su herencia religiosa. Se fueron a Europa, a España primeramente, el país más agraciado y bendecido de todo el continente, tanto por dios como, también, por innumerables aportaciones musulmanas, y que él conocía porque allí dio inicio a sus frustrados estudios en Derecho. Visitaron la gran mezquita de Córdoba, construida por el más insigne de los emires, Abd al Rahman, el eterno inmigrante, convertida bochornosamente en templo cristiano por los que tanto Omar como su primo llamaban los "envidiosos católicos españoles". (Acá entre nosotros: Lo que Omar ignoraba, y sus compañeros de viaje también, era que la famosa mezquita había sido anteriormente un templo cristiano, antes de que el emir la transformara en casa de postración, por lo que eso de *envidiosos* quizá estaba fuera de lugar. No deben arrojar piedras a la casa del vecino aquéllos cuyas casas están techadas de cristal.) Viajaron a Palestina, de pasada, pues Omar no deseaba revivir tristes recuerdos, desde donde incursionaron, a pesar de todos los obstáculos e inconvenientes impuestos por los israelíes, a tierras controladas por los judíos, y desde éstas, a los lugares

101

santos, sagrados para todas las religiones del libro. De ellos, sólo dos les interesaban. El primero era al Aqsa, la mezquita remota, edificada junto al domo de la roca, construida por órdenes del califa Omar sobre el monte del templo de Salomón, en la planicie conocida hoy día como la explanada de las mezquitas, para disgusto y enojo de los judíos. ¿A quién se le habrá ocurrido llamar así al lugar más sagrado de la religión de los rabinos? El otro santuario era mucho más antiguo, ubicado en la cueva de Macpela, en Hebrón, donde se encuentran los restos del gran patriarca Abrahán y de su hijo primogénito, el primer Ismael, la raíz del árbol genealógico del que ese otro Ismael, el hijo de Omar, era fruto reciente. Ninguna de las dos grandes tradiciones religiosas afirma que Ismael haya sido sepultado allí, junto a su padre. Pero, ¿qué importa? Huesos son huesos, y sin pruebas de ADN no es posible diferenciar unos de otros. Si esta trinidad de peregrinos prefería creer que frente a ellos, en una antiquísima tumba, estaba el fémur, o la tibia, del primer hijo de Abrahán, el que tuvo con la criada, ¿quiénes somos nosotros para corregirlos?

No obstante, la visita a la tumba de los patriarcas fue decepcionante. El lugar estaba repleto de judíos y turistas maleducados, muchos de ellos cristianos norteamericanos, insensibles a la santidad del recinto. Sólo uno de ellos les llamó la atención de manera positiva, probablemente porque actuaba de forma diferente a los demás, con cierta solemnidad, con seriedad, como si buscara algo, o a alguien, como si hubiera estado imbuido del temor reverente que el sacro mausoleo merecía. El extraño visitante ya iba de salida, esta otra sagrada familia compuesta por Omar, Ibrahim y el niño, iba entrando. El gringo – pues gringo parecía ser – se fijó en ellos, sabrá dios por cuál misteriosa razón. Ismael le sonrió, como si lo conociera, como si confiara en él. El turista que no actuaba como turista – ni siquiera traía una cámara colgada al cuello, ni pantalones cortos, y no masticaba goma de mascar – se acercó a ellos, extendió su brazo derecho y acarició tiernamente la cabeza del niño. "Dios te bendiga", le dijo, en español, como si hubiera sabido que esta gente entendería el idioma. Mas no se detuvo a esperar una respuesta. No estaba apurado, iba despacio, acompañado de una hermosa mujer, pero continuó su meditabundo andar, hacia la salida, como si no hubiera comprendido cabalmente la importancia del amable gesto que él mismo acababa de realizar. Ismael no volvería a verlo en los pocos días de vida que le restaban. Omar hablaría con él nuevamente, en un lugar muy distante, sin recordarlo, debido al transcurso del tiempo, exactamente siete días antes de que el extraño turista fuera a recoger a Ibrahim en su avión.

La visita a la mezquita remota, por otra parte, fue mucho más edificante. La Kaaba, en Meca; la mezquita del profeta, en Medina, la antigua Yathrib; y el templo de al Aqsa, en Jerusalén, son los tres santuarios más sagrados de la mayoría de los musulmanes. La Kaaba fue, según ellos, edificada por Adán, el padre de la humanidad, luego de que fuera desterrado para siempre del paraíso terrenal. Fue él, Adán, quien colocó la piedra negra en una de sus paredes, y el primero en adorar allí al único dios verdadero, aquél que lo formó del barro y sopló en su nariz el hálito vital. Con el paso del tiempo, la estructura se deterioró, por lo que dos mil años más tarde Abrahán tuvo que restaurarla, con la ayuda de su hijo Ismael, como ya dijimos. La mezquita del profeta, como bien su nombre indica, fue edificada por el apóstol, su segunda edificación cultual durante la hégira, cuando se estableció definitivamente en Yathrib, desde donde puso en marcha la imparable maquinaria de la nueva fe. La tercera, la mezquita remota, al Aqsa, la debemos al genio creador del segundo califa, tocayo del actor secundario de este drama, quien decidió transformar el lugar más sagrado del pueblo judío en una casa de postración para los adeptos de la religión más joven del planeta. Se dice que en ese sitio, antes de la construcción de la mezquita, Mahoma inició su viaje místico a través de los siete cielos, cabalgando su portentoso caballo alado al Buraq, medio asno y medio mula, según las descripciones de los comentadores.

De acuerdo con el mensajero de Gabriel, una plegaria hecha en la mezquita de Meca es cien veces más valiosa que una hecha en Medina, pero una oración rezada en la mezquita remota tiene apenas la mitad del poder de aquélla que se eleva desde la mezquita del profeta. Tras rezar en al·Aqsa, Ismael preguntó, "Dime, papá, ¿cuánto poder tiene una oración recitada en la mezquita de Husayn?"

Lo que ocurría era que, a pesar de la majestuosidad de la casa de adoración edificada sobre el monte del templo, era otra, menos conocida por los occidentales, la que el niño Ismael deseaba visitar, una que le llamó la atención mientras hojeaba viejos libros de historia musulmana, en uno de los cuales leyó algo acerca de una batalla de un camello, un califa llamado Alí, su hijo, Husayn, asesinado salvajemente por otro califa sediento de poder absoluto, y un cruento festival, celebrado con látigos, cuchillos y sangre. Siendo un niño de apenas once o doce años, Ismael no estaba muy interesado en los pormenores históricos, en las intrigas políticas, ni en la legitimidad de las sucesiones al califato. Otros asuntos le fascinaban, un nombre, un título, una batalla, la del camello, y una procesión, un ceremonial llamado *achura*. "¿Contra quién luchó ese camello?", preguntó a su padre, "¿contra otro camello o contra los hombres? ¿Cuál prevaleció? ¿Por qué pelearon? ¿Era un solo camello, o más de uno? ¿Por qué se hieren a sí mismos? ¿Por qué se flagelan? ¿Por qué se cortan la piel con sus cuchillos?" Fue Ibrahim quien tuvo que contestar sus preguntas, porque Omar, pese a todo lo que sabía sobre la historia de su religión, ignoraba los detalles de la crucial batalla, tanto como seguramente los ignorábamos nosotros.

La batalla del camello se peleó cerca de la ciudad de Basora, y hasta donde sabemos sólo un inocente camello participó en ella. De hecho, ni siquiera tuvo una parte activa en el encuentro, más bien fue un mero espectador del mismo. Sobre él se sentó Aisha, la esposa más joven del apóstol, ya viuda, para arengar y dirigir a un ejército de rebeldes que impugnaban la autoridad del califa Alí, el último de los cuatro sucesores justamente guiados. La historia es larga, pero la abreviaremos aquí, tal como lo hizo Ibrahim al contársela a su sobrino postizo.

Alí era el primo de Mahoma, uno de sus primeros discípulos, y uno de los musulmanes más respetados y venerados por la comunidad de creyentes. Además, era yerno del profeta, pues se había casado con la hija más cercana al corazón del mensajero, Fátima, la querendona del padre. Cuando Mahoma murió, muchos esperaban, y deseaban, que su yerno fuese proclamado primer califa, pero no sucedió así, por varias razones, entre ellas porque tenía innumerables enemigos que no estaban dispuestos a obedecer sus órdenes, y porque, aparentemente, otro discípulo de Mahoma, Abu Bakr, era quien contaba con el apoyo de la mayoría. Alí tuvo que esperar pacientemente su turno en la fila de aspirantes al califato, hasta el año 656, veinticuatro años después de la muerte del profeta. Pero ni siquiera entonces sus opositores lo dejaron gobernar en paz. Aisha, la hija de Abu Bakr, la bien amada, la niña desposada por Mahoma cuando tenía, ella, apenas seis o siete años, era una entre los muchos enemigos del nuevo califa, a quien odiaba desde los días de las campañas militares de su insigne esposo. De acuerdo con ciertos cronistas, su odio nació cuando Alí, aún vivo su primo, la acusó de infidelidad, a causa de un nebuloso incidente ocurrido cuando ella regresó a casa muy tarde en la noche, demasiado tarde, acompañada de un apuesto y sensual joven, y, a fin de justificar la tardanza, alegó que se había retrasado porque andaba buscando un hermoso collar de nácar de Zufar que se le perdió en el camino, con la ayuda, preocupante, del mancebo mencionado. Mahoma nunca puso en tela de juicio la fidelidad de su niña-esposa, pero otros sí lo hicieron, entre ellos Alí, como ya se dijo, eje de la disputa que provocaría el primer gran cisma del islam. Aisha no pudo perdonarle sus imputaciones, ¿desde cuándo han aprendido a perdonar las mujeres?, y, por ello, muchos años más tarde, cuando Alí fue escogido califa, tras la muerte de su antecesor, Utmán, se encargó de organizar la oposición política, religiosa y militar contra aquél, que cristalizó en la mencionada batalla, la que dirigió desde una litera armada sobre el lomo de su camello. Aisha fue vencida. La guerra culminó con la derrota del ejército rebelde y el triunfo de Alí. Pero su victoria fue efímera. Cuatro o cinco años más tarde, un zelote separatista jariyí clavó una daga en su corazón, y sus enemigos lograron apoderarse del poder. Un nuevo dirigente se autoproclamó califa, estableció en Damasco la capital del naciente imperio, construyó hermosas mezquitas, consolidó el poder en sus manos y, a la usanza de todos los poderosos, persiguió y mató a sus opositores y enemigos, incluidos muchos de los partidarios del primo de Mahoma y sus hijos. Murió veinte años más tarde, y a su muerte el partido de Alí volvió a la carga, intentando, fútilmente, hacer de su hijo menor el siguiente sucesor de Mahoma. Desde Medina, la ciudad del profeta, escoltaron al joven Husayn camino a Kufa, la ciudad

106

que su padre había hecho su capital. Pero en el trayecto, los soldados de Yazid, el hijo del califa cuyo nombre no hemos mencionado, por ser de difícil escritura y pronunciación, lo atraparon, lo encerraron durante diez días en un calabozo en la ciudad de Karbala, luego lo decapitaron, y enviaron su sangrante cabeza, a manera de trofeo, como la de Medusa, a Damasco, al palacio de Yazid. Sus seguidores rescataron el cuerpo, y lo enterraron en Karbala, donde posteriormente se construyó una mezquita, la más sagrada de los chiitas, los miembros del partido de Alí. Éstos son los hechos, en muy apretado resumen, que dieron origen al festival del *Achura*, celebrado anualmente por los dichos fieles en conmemoración del vil asesinato de Husayn, legítimo heredero, según ellos, del califato musulmán. En esa ciudad, que, según algunos textos chiitas es el lugar más bendito y sagrado de la tierra, escogido por el mismo dios veinticuatro mil años antes de la construcción de la Kaaba y visitado todas las noches por los arcángeles Gabriel y Miguel, se reúnen anualmente miles de los seguidores del bando de Alí, para conmemorar los hechos descritos, en el festival del duelo, *achura* en árabe. Es un ritual espeluznante, conmovedor, aterrador, perfectamente sintonizado con el suceso que lo engendró. En puridad, no deberíamos llamarlo *festival*, pues si de un elemento carece es, precisamente, de un espíritu festivo. Miles y miles de hombres en ayunas, penitentes, trasnochados, semidesnudos, descalzos; una interminable procesión de *sometidos* a Alá, con látigos en sus manos, auto-flagelándose, hiriendo sus cuerpos, cortando su piel, hasta que brota la sangre, a chorros, a borbotones, y cae a tierra, donde se transforma en un río carmesí que corre impetuoso hacia un mar de rencor. Es un auto de fe gravísimo, solemne, sin lugar a dudas fúnebre y sombrío. Y era ése el ceremonial que Ismael quería ver. ¿Simple curiosidad infantil? ¿Natural atracción hacia lo morboso, lo

107

sádico, lo masoquista? ¿O misterioso presagio? No pudo verlo el hijo de Omar, no pudo participar del mismo, y tampoco pudo rezar frente a la tumba del hijo de Alí. Llegaron en fecha inoportuna, meses después de su celebración, y se detuvieron en el lugar equivocado a esperar el autocar. Pero, dado que Ismael no pudo participar del *Achura*, el destino le preparó otro morboso festival, más sangriento y cruel que aquél. Según cierta leyenda chiita, en vida de Mahoma un vidente profetizó que su nieto y su familia, o sea, Husayn y los suyos, serían asesinados en Karbala. La muerte que no previó fue la de Ismael.

Aunque perdieron el festival, el niño insistió en visitar la mezquita de Husayn, el lugar más sagrado y simbólico de la rama chiita del islam. Si estos peregrinos pertenecían a esa secta musulmana, no lo sabemos, pero sí sabemos que en uno de ellos, el más joven, no habían nacido aún los odios sectarios tan comunes en todas las religiones. Dos caminos conducen a la ciudad de Karbala. El más corto se inicia en Bagdad. Llegaron a esta ciudad el día siguiente al de su visita a al Aqsa. De allí saldrían hacia la tumba de Husayn, junto con muchos otros peregrinos. Pero he aquí que, mientras esperaban el autobús, contentos, entusiasmados, contagiados del fervor religioso característico de estas ocasiones, especialmente Ismael, porque al fin vería el magnífico santuario, oyeron los agudos graznidos de unos enormes pájaros que volaban sobre ellos. Aparecieron en el cielo, llegaron de la nada, sin previo aviso, pero no eran aves, eran aviones, veloces, más rápidos que el viento, más grandes que Mahmud, y esta vez nada los detendría. También había tanques, pero no los vieron, porque se habían quedado en el desierto. Los aviones sobrevolaron la antiquísima ciudad dos o tres veces, como si realizaran una misión de reconocimiento, como si buscaran un objetivo.

Emitían misteriosos rayos de intensa luz, haces luminosos concentrados que golpeaban, irritados, las paredes de los edificios. La sagrada familia estaba allí, en una plaza, el padre Omar, el primo Ibrahim, y el hijo primogénito, el único, Ismael. A quien no los conocía, le parecían simples turistas que visitaban estas ancestrales regiones, ávidos de aventuras para calmar su tedio vital. Pero no se trataba de tales. Eran peregrinos que andaban buscando a dios. Iban de camino a la gran ciudad santa, a ver el santuario que otro Ismael construyó junto a su padre. Hicieron parada aquí con el propósito de complacer los inocentes caprichos de un niño que había leído algo sobre un camello guerrillero y una procesión de mártires que se mortifican a sí mismos. Estaban en esa plaza, asombrados, sorprendidos por los inesperados fuegos artificiales, aguardando un autobús que no llegaría. ¡Si tan solo hubieran escuchado los noticiarios! Dicen que en guerra avisada no muere gente, pero en ésta al menos uno murió, un niño curioso que no debió salir de Chile. Quizá el deceso se debió a que no fue ésa una guerra, en el cabal sentido del término, sino una despreciable invasión, una simple tormenta; no la proverbial tormenta en el vaso de agua, sino una tormenta del desierto.

Algo asustó a Ismael, el silbido agudo y penetrante de una flecha que se acercaba velozmente, partiendo el aire como parten las aguas las embarcaciones en el mar. Frente a él se levantaba un edificio sin ventanas, no muy alto, pero bastante ancho, cerrado por una gruesa pared del color de la arena. Una brillante lucecita se encendió justo en el centro de esa pared, como una estrella tempranera. Ismael se soltó del brazo fuerte del primo de su padre y corrió hacia ella. Era un niño, los niños corren, juegan, se dejan atraer por cualquier cosa, un insecto, una moneda, el reflejo de un rayo láser. De repente, una explosión, un ruido ensordecedor, escombros, polvareda, gritos, llanto, y el estruendo producido por los motores de los aviones que se alejaban...

Omar aún estaba en su apartamento, sentado en el sofá. Todo esto lo había visto detrás de sus párpados cerrados, en su mente, en su memoria. Para nosotros son detalles de una historia, para él eran recuerdos desgarradores. La carta todavía estaba en sus manos, pero no la veía. Miraba nuevamente, sin pestañear, un punto, no luminoso, que flotaba frente a él, en algún lugar entre sus ojos y el infinito.

El timbre del teléfono lo trajo de vuelta a este mundo. Timbraba obstinadamente, como si estuviera enojado, si bien, en correcto español, no cabe en esta oración el término *timbre*, pues los aparatos telefónicos modernos emiten otros sonidos, notas musicales o insoportables ruidos que describen atinadamente a sus portadores. Llámese como se llame, la voz del teléfono lo despertó, afortunadamente para él, porque su cuerpo se estremecía de angustia mientras revivía aquellas escenas.

No contestó. ¿Para qué? A esas horas ya debía estar muerto. Permaneció sentado varios minutos, barajando opciones. Se sentía muy cansado, exhausto de cuerpo y espíritu, pero no se decidía a tumbarse en la cama para intentar dormir. Llevaba cuatro o cinco noches sin poder conciliar el sueño, manteniéndose alerta durante el día a fuerza de bebidas energizantes y píldoras estimulantes. El teléfono se oyó de nuevo, y nuevamente lo ignoró. La carta seguía en sus manos, clamando, más insistentemente que el celular, por su atención. "Es mejor salir de esto ya", dijo, como si hablara con alguien, "terminar de leerla y arrojarla al cesto de la basura."

Omar nada tenía contra la mujer que aún era, cuando la misiva fue escrita, legalmente su esposa. Si pudiéramos preguntarle acerca de ella, con sinceridad nos diría que era una mujer estupenda, merecedora de alguien mejor que él. No que él fuese malo, añadiría, pero había dejado de quererla, y ni siquiera podía sentir lástima por ella. Veinte años no pasan en vano, aunque el cantor de tangos haya dicho otra cosa. Desde que se marchó, no pensó más en ella, excepto cuando le escribió la breve postal para informarle sobre su decisión de no regresar. De Ismael no le contó; no la amaba, pero tampoco deseaba destruir su corazón. Así que María no se había enterado de la catástrofe, y hasta cierto punto había conseguido acallar ese sexto sentido, esa voz que sólo las madres oyen, que intentaba hablarle de la tragedia.

Presionó el botón rojo de su teléfono hasta que la pantalla de cristal líquido se apagó. No permitiría más interrupciones. Buscó en los papeles el último párrafo ya leído, y reinició el silencioso estudio.

"…Lo que nunca pude entender", leyó nuevamente, "a pesar de lo mucho que lo intenté, fue la muerte de tu amor, que ocurrió tan súbitamente, tan de repente, como esos golpes de agua al finalizar la tempestad. Nos disponemos a cruzar el río, apacible, en calma, tan sereno, aparentemente, como de costumbre, y justo cuando nos encontramos entre las dos orillas, a mitad del camino, oímos el premonitorio y aterrador rugido, como un grito tardío de advertencia, y antes de que podamos hacer algo, ¡zas!, el golpe mortal, la corriente que nos arrastra, nos empuja, nos hala y nos zarandea, como si fuéramos ligeras plumas de ave, y luego nos sumerge, sin que podamos hacer nada, hasta el fondo; y entonces, burbujas, el aire que escapa de nuestros pulmones, lo único que de nosotros logra escapar.

Pero no, seguramente no fue así. A pesar de que no tengo forma de verificarlo, pienso que tu amor murió despacio, lentamente, no como un golpe de agua sino como un riachuelo que se seca poco a poco, pausadamente, un día a la vez, gota a gota, como se marchita una flor expuesta al candente sol del verano, cerrándose sobre ella misma, arrugando un pétalo tras otro, y yo no me di cuenta sino hasta que fue muy tarde. ¡Me maldigo yo misma!, por haber tenido la cabeza siempre en las nubes; enajenada, ciega frente a las realidades más importantes de la vida. Tal vez tu amor comenzó a desfallecer el mismo día de su nacimiento, hace tantos años, o la mañana siguiente al día en el que me juraste amor eterno... ¡Eterno! Eterna es la muerte, la única amiga fiel que he tenido, la única que cumple sus promesas, en las buenas y en las malas, en la salud y en la enfermedad, en esta vida y, sobre todo, al final de ella. Tal vez por eso estoy tan fascinada con ella, con la muerte, con la dama vestida de púrpura. Sé que ella nunca se olvidará de mí como lo has hecho tú, que allí estará siempre, al dar la vuelta a cualquier esquina, con la afilada guadaña en su mano derecha, esperándome, y que una vez me abrace no me dejará ir, y juntas viviremos, la muerte y yo, por toda la eternidad, sin ti y sin tu fingido amor.

'Te amo', me dijiste alguna vez, pero estaba tu amor solamente en tus palabras, y las palabras, ahora bien lo sé, son tan sólo accesorios en el atuendo de los hombres, como sus relojes y sus zapatos, como las corbatas que se cuelgan del cuello, hoy negras, mañana azules, para que combinen con sus calcetines, para ocultar la ausencia de color en sus almas. Palabras, palabras de amor y de compromiso, de entrega y dedicación, de ilimitada devoción. 'Te amo. Siempre te amaré, aunque dejes tú de amarme a mí.' No era cierto, nunca lo fue. Quizá te engañabas a ti mismo, ciertamente me engañaste a mí. ¡Tantos años de mentira! ¡Tantos años de infundada felicidad!

Me costó un gran esfuerzo, las ilusiones son duras de matar, pero mi corazón comprendió finalmente algo que mi cerebro ya sabía: El amor no funciona. Debí entenderlo mucho antes, pues la evidencia era contundente, pero soy lenta, mi corazón es lento, y generalmente se niega a respetar los dictados de la razón; llevo la fe en los huesos, y siempre espero, obstinadamente, estar equivocada, encontrar la prueba ignorada que demuestre fehacientemente la validez de la ilusión en la que he decidido creer, en la que *necesito* creer…"

Al leer estas palabras, Omar, sin inmutarse un milímetro, recordó que María era una poetisa nata. ¿No es Chile el gran vivero de los poetas y las poetisas? Incluso sin proponérselo, escribía prosa romántica, sentimental, como si no se percatara de las evidentes diferencias entre el género epistolar y la poesía. Sus palabras casi siempre eran hermosas, escogidas, y no pocas veces melodramáticas, al menos para el gusto de Omar.

"Te marchaste. Sin avisar. Sin decirme a dónde ibas, o por qué te ibas. Simplemente te fuiste, tranquilamente, sin una despedida, sin explicaciones, fríamente. Para siempre, te fuiste para siempre, sin mirar hacia atrás, y no dijiste adiós, ni abanicaste tu mano de lado a lado para darme al menos un indicio, una señal, de tu partida. Ni una nota, ni una flor, ni siquiera un anillo sobre la mesa de noche. Yo me enteré de tu partida a la mañana siguiente, cuando, al despertar, mi corazón se percató de tu ausencia. Tu ausencia, más manifiesta y palpable que tu compañía, fue lo último que pude sentir, antes de que esta facultad se apagara irremediablemente. La sentí en mi carne y en mis huesos, en mis ojos, de los que, durante horas interminables, fluyeron mares de lágrimas desconsoladas, en mis manos trémulas y frías, en mi pecho vacío, en el eco que resonaba allí, en esa caverna obscura y melancólica donde alguna vez palpitó un corazón lleno de emoción. La sentí durante largo tiempo, como una espesa neblina que podía cortarse con el filo de una navaja; como el aire caliente y húmedo de una tarde de febrero. Tu ausencia estaba presente en mí, me tocaba, me golpeaba, me aplastaba con su peso infinito, como si se tratara de la bota de un ogro infernal y sádico que me pisoteaba sólo por el placer de hacerlo. Pero no acabó conmigo, ni siquiera pudo destruir mi esperanza. La ausencia de nuestro hijo sí lo consiguió. Que tu amor muriera, eso lo acepté finalmente. Que él me olvidara, que nunca me escribiera, que dejara de amarme, estos golpes no pudo resistirlos mi corazón. ¿Cómo ocurrió? ¿Qué le dijiste? ¿Qué hiciste con él? ¿Qué le hiciste a él?

Ya no siento tu ausencia, no. Ni siquiera *eso* siento. Ahora sólo queda el vacío, y un imperceptible fantasma, como un recuerdo lejano y vago, de una felicidad que se tuvo y se desvaneció. Pero la ausencia de Ismael carcome mi ser. He pensado en él todos los días, sin excepción, desde que se marcharon. A menudo lo siento junto a mí, lo oigo, lo veo, escucho sus pasos en el jardín. Me levanto en la madrugada y corro a buscarlo, lo llamo, le ordeno que suba a desayunar, y escucho su voz, la oigo de verdad, no estoy loca, 'ya voy, mamá, ya voy', pero no sube las escaleras, no se sienta a la mesa, en su silla, al lado de la puerta de la cocina, listo para salir por ella al patio con el último bocado de pan o de cereal aún en su boca.

Si al menos te hubieras ido tú solo, sin secuestrar a mi Ismael; si me lo hubieras dejado para que creciera junto a mí y me arropara con su inmaculado amor. Pero no podías, tenías que hacer el daño completo, despojarme de todas mis ilusiones y de cada señal de esperanza posible. Me muero por verlo de nuevo, por abrazarlo y acostarlo a dormir con un beso, luego de leerle en voz alta cualquiera de sus cuentos predilectos. Sí, sé que son tonterías de madre, regresiones de una mujer que se rehúsa a aceptar el paso del tiempo. Pero estas ilusiones, estas fantasías, tú no podrás quitármelas, me las llevaré conmigo, a compartirlas con las olas.

Cuando te fuiste, a los pocos días, nuestros amigos, los que afirmaban serlo, intentaron consolarme. Venían a visitarme, traían inventadas noticias acerca de tu paradero, me invitaban a sus reuniones y actividades. Eso fue los primeros días. Muy pronto se cansaron. Poco a poco tus amigos me abandonaron, como si hubiesen recibido una orden, los más descarados primero, los más hipócritas después. La fe que por algún tiempo me sostuvo fue muriendo de inanición, sofocada por las crueles verdades de la razón y la lógica. Sólo era necesario tener ojos en la cara, como dicen, para percatarse una de la indiferencia y la falsedad de los que una vez me llamaban *hermana*. Junto a mi fe falleció también, como era de esperarse, mi religiosidad, la que tan fervientemente había defendido y mercadeado a pesar del desprecio y el rechazo de nuestros vecinos. Por ella había estado dispuesta a morir, si hubiese sido necesario. Hoy es ella la que ha muerto, ultimada por la mentira, la hipocresía y el desamor. La esperanza, la alegría de vivir, el gozo, la vida misma, todo esto ha sido consumido por el monstruo del tiempo, hasta que ya no me queda nada. Mi vida es ahora una caja vacía, como la de Pandora, pero sin la esperanza, y tanto más triste y desolada por haber estado alguna vez repleta de cosas bellas.

Ya no es posible dar marcha atrás. Ahora sé que nunca volveré a ver a mi hijo. He comenzado a recorrer la etapa final del descenso, he comenzado a morir, o tal vez ya estoy, desde hace rato, medio muerta. Las canas de mi cabello las llevo también en el alma, y las arrugas de mi espíritu son tan pronunciadas como surcos infinitamente profundos en un terreno desolado, trazados en el desierto de mi vida por sádicos jinetes que cabalgan sobre caballos invisibles que trotan lentamente, extenuados, como si el arado que arrastran estuviera hecho de plomo, como si sus jinetes fueran pesados gigantes, adustos colosos que son mis jueces y mis verdugos. He comenzado a morir, mas mi cuerpo no se ha enterado. Es mi alma la que muere, y no le importa morir. Su aliento se desvanece, se escapa, como humo golpeado por la lluvia, como el suspiro con el que ahogamos una palabra. No le importa morir porque no le importa la vida, porque para ella la vida ya se convirtió en muerte, porque la muerte es su aliada, su deseo, su única salida. Me aguarda la noche, obscura y silenciosa, el eterno y mudo océano, sin luz, sin color, sin esperanza. Desde aquí puedo ver a mi amiga, apostada frente a la puerta de mi corazón, aguardándome serena, sabedora de que yo, tarde o temprano, saldré a encontrarme con ella. Sumergida en las profundas tinieblas de su sombra, no llegará hasta mí la luz; mis ojos, cubiertos por su viejo manto, se volverán hacia adentro, donde encontrarán la nada, el hueco en el lugar que antes ocupaba yo, y una voz, como un eco que se pierde en la lejanía, harto de repetirse a sí mismo, diciéndoles 'ya se ha ido, no está aquí'.

El epílogo de mi vida ya ha sido escrito, sólo me resta interpretar el papel que en él me fue asignado. Hacia mi destino avanzo, no sé cómo, embargada por el temor y la incertidumbre. Azrael ha venido a visitarme. 'Haz testamento', me dijo, 'porque muerta eres.' Munkar y Nakir tienen listo el interrogatorio. No puedo imaginar qué les diré.

Supongo que si preguntan por la fe que profeso, contestaré, cándidamente, 'la misma de mi esposo'. Espero que esa respuesta no te perjudique cuando debas presentarte ante ellos. O bueno, pensándolo bien, ojalá que sí te perjudique.

Te agradezco los pocos y breves momentos de felicidad que me diste, aunque, para ser totalmente honesta, no me diste ninguno. A Ismael lo parí yo. Las veces que fui feliz, o que creí que lo era, la felicidad nació de mí misma, de mis ilusiones, de las mentiras que decidí aceptar como verdades, de mi pasmosa ignorancia. Ésa es la clave de la felicidad, la ignorancia. Cualquier imbécil sin cerebro es mil veces más dichoso que una engreída doctora en literatura traicionada por la vida. Fui fugazmente feliz mientras me aferré, ciegamente, al frágil cordón de la esperanza. Pero, como dice el refrán, quien vive de esperanzas muere de desengaños.

Espero que te hayas reconciliado con Dios, y Él contigo. Si así fuera, no ores por mí, yo dejé de creer en el poder de la plegaria hace tiempo, y los suras del Libro no traen consuelo alguno a mi corazón. Por favor, no contestes esta carta, es un decir, sé que no se te ocurriría, y no le digas nada a Ismael, ni siquiera que te he escrito. ¡Cómo lo extraño! ¿Está grande? ¿Aprendió finalmente a hablar árabe? ¿A qué se dedica? Dile, si puedes, que lo amo. No permitas que me olvide, ¡te lo ruego! Por lo menos compláceme en esto."

"¡Cuán melodramática!", dijo Omar, dirigiéndose a la carta que todavía tenía en sus manos, personificándola, como si la carta fuera ella, la autora. Estrujó los papeles dentro de su puño cerrado y arrojó la imperfecta bola de celulosa al cesto de la basura, con tan mala puntería que fue a parar frente al refrigerador. De allí hubiera tenido que recogerla de nuevo, malhumorado, tarde o temprano, de no haber sido porque alguien más se le adelantó.

Reflexionó. Pese a que sus emociones estaban bastante embotadas, sepultadas bajo gruesas capas de odios y de rencores añejos, aún pervivían, y de vez en cuando, muy raras veces, se asomaban a la superficie, como ciertos mamíferos travestis que aunque viven en el mar no son peces, y dependen del oxígeno del aire para sobrevivir. Uno de esos delfines del sentimiento pujaba en esos instantes por abrirse paso hasta la superficie del corazón de Omar. Sobre su piel traía un poco de agua salada, apenas tres o cuatro gotas, que se deslizaron insonoramente hacia arriba, hasta los ojos, cuyos bordes las retuvieron por unos breves segundos, hasta que, incapaces de contenerlas por más tiempo, les permitieron huir, resbalándose suavemente sobre la piel de su rostro. Lloró Omar, lloró su corazón, no por María sino por él mismo, por la felicidad perdida. Reconozcamos que también lloró por su esposa, porque de alguna manera pudo sentir el dolor que sintió ella, porque experimentó en alguna medida la soledad que la acompañó desde que ellos la abandonaron, él con toda intención, el hijo sin darse cuenta. Se proclama en las ceremonias nupciales que el novio y la novia dejan de ser individuos aislados y se convierten, gracias a una especie de misteriosa transubstanciación, en una sola carne, una trinidad de dos que son uno, un pan que es harina y cuerpo a la misma vez. De ser así, Omar estaba llorando lágrimas ajenas, las de su ex esposa, las que ella había llorado catorce días atrás, antes de irse a nadar al mar.

María nunca supo de Ismael. Omar no se enteró jamás del bautismo de María.

Turbado por el mensaje de la misiva, o, más bien, por su reacción al mensaje, se levantó súbitamente de su asiento y tomó la decisión de salir a dar un paseo. Cambiemos los tiempos verbales y describamos este periplo como si ocurriese frente a nosotros, como si lo estuviéramos observando mientras se realiza, de modo que podamos ver lo que él vio y, si somos afortunados, sentir lo que él sintió. Sospechamos lo que están pensando ustedes: que apenas una hora atrás Omar había regresado de un largo paseo. Pero éste que ahora inicia es muy distinto del que describimos en las primeras páginas de esta historia, los motivos son otros, el estado de ánimo no es idéntico, hasta el medio de locomoción es diferente. Ahora no se dirige a ninguna parte, salvo, quiera dios que así sea, hacia sí mismo. Además, el calor dentro del apartamento era sofocante, intolerable, nadie hubiera podido permanecer allí por más tiempo. Las pocas ventanas en las paredes estaban cerradas permanentemente, y los abanicos habían dejado de girar el verano pasado. Así que, por favor, seamos indulgentes con él y no nos enojemos por causa de su decisión de salir a deambular nuevamente, pues en esta ocasión nadie será puesto en peligro, excepto, con un poco de suerte, sus previas intenciones.

Ha comenzado a bajar las mismas escaleras que había subido hace una hora, pero esta vez camina con más brío, con ánimo, no porque va de bajada sino porque una rarísima sensación ha empezado a recorrer toda su alma. ¿Será posible que haya germinado allí dentro el milagro por el que Ibrahim había orado cientos de veces? ¿Se aproxima, acaso, una teofanía? ¿O es todo esto nada más que el mundano resultado de un sistema nervioso a punto de colapsar bajo el peso de la tensión infinita acumulada durante las últimas semanas? Sea lo que sea, y a su debido momento lo sabremos, se trata de algo de origen desconocido, inesperado, pero de ningún modo súbito. Más se parece al agua que, vertida en una cacerola y colocada sobre la estufa, comienza a calentarse lentamente, paulatinamente, grado a grado, despidiendo al principio sólo unas pocas burbujas que en dos o tres minutos, todo depende de la intensidad de la llama, se reproducirán sin control, alocadamente, trepándose unas encima de las otras en largas o cortas columnas que ascenderán hacia la superficie buscando liberación del infernal fuego, hasta que se alcance el punto de ebullición y el agua hierva, purificada, limpia, destilada, convertida en etéreo vapor que vuela al cielo como límpida ofrenda de sahumerio.

Ya ha salido del viejo edificio y se apresta a cruzar la calle. Es un viernes inusitadamente tranquilo. Las aceras están prácticamente desiertas. Tal vez se deba a la hora, la tarde apenas comienza, en otras partes del mundo los humanos dormirían la siesta, al abrigo de la bienhechora sombra de un frondoso árbol, o tendidos sobre una hamaca. Pero en este país no duermen, desperdician dos o tres horas de sus inútiles vidas mirando la estólida e inacabable telenovela que comenzó diez años atrás y cuya trama, si es que tiene alguna, se repite en cada capítulo, siempre igual, los mismos héroes y los mismos villanos, el amor traicionado, el bien que triunfa al final, los amantes reunidos a pesar de los obstáculos, los enamorados que viven felices para siempre. La absoluta antítesis de la vida real.

Por primera vez en todos los meses que lleva residiendo en este vecindario, se fija en los edificios, las casas, los apartamentos que se levantan a uno y otro lado de la calle. Parecen dos continuas murallas de ladrillos, madera y cemento, interrumpidas, muy esporádicamente, por uno que otro jardín descuidado, un lote baldío, o una cancha de baloncesto sin tableros ni canastos, rodeada por una verja de alambre eslabonado tan agujerada como las sucias mallas contra mosquitos ajustadas a las ventanas de su propio aposento. Allí dentro, en la cancha, ya no se juega baloncesto, ni ningún otro deporte sano y provechoso. Se juega al comercio, a vender y comprar, a ofrecer y regatear, a la ruleta rusa. Alguien, un solo empresario, vende la mercancía, sus empleados montan guardia, lo protegen a él, vigilan el producto, están atentos a los automóviles azules y blancos, intimidan a los curiosos. Es el capitalismo en su más depurada expresión, comprar a cinco y vender a cien, monopolizar el mercado, aplastar a la competencia, maximizar la plusvalía. Lo que importa es ganar, a como dé lugar, hacer mucho dinero, enriquecerse, engordar la cuenta bancaria. Si en el proceso es necesario destruir a alguien, qué le vamos a hacer, son gajes del oficio, pérdidas colaterales inevitables. ¡Es la economía, estúpido, la economía capitalista! El comunismo no fue mejor. ¡Gracias a dios que se mató él mismo! Marx incubó algunas buenas ideas, y tal vez hasta sus intenciones eran nobles, defender a la clase trabajadora, a la que él no pertenecía, poner fin a la esclavitud y la explotación, inaugurar un mundo mejor, como la utopía religiosa, pero sin dios. Por esa razón sus ideas fracasaron, porque ignoró, supinamente, el quid de la naturaleza humana, su esencia irreducible, el egoísmo, la egolatría, y su inseparable concomitante, la codicia. Ni las buenas teorías ni las nobles intenciones cambiarán jamás esa naturaleza, sólo el miedo puede hacerlo, y nunca permanentemente, no más que por breves lapsos de tiempo; miedo al castigo, al infierno eterno, a la ira del todopoderoso y vengativo dios. Sin dios no puede efectuarse un cambio duradero, pregúntenle a los de la guillotina en Francia. Sus discípulos y herederos, los de Marx, intentaron como pudieron materializar la quimera, sin dios, enemistándose con la religión, prohibiendo la fe. Pero muy poco consiguieron. Nos prometieron las navidades, mas nos entregaron un viernes santo. Nos salvaron de Nicolás y nos entregaron en las manos de Stalin, mataron al emperador y nos endilgaron al camarada Mao, sacaron a Fulgencio y entronizaron a Fidel, un dictador a cambio de otro dictador, un quid pro quo del que ningún beneficio obtuvimos. ¿Y todo para qué? ¿De qué sirvieron las revoluciones, las luchas fratricidas, las torturas y los destierros? ¿Qué logramos con el paredón? ¿Para qué sirvieron las dictaduras? Stalin exterminó a más seres humanos que el mismo Hitler; Mao y su pandilla de asesinos liquidaron a millones. ¿Para qué? Para que al final, luego de medio siglo de ensayo, llegara un tal Mikhail y, con cara de yo no fui, proclamara, cínicamente, "Oh, oh, nos equivocamos, la cosa no funcionó. Discúlpennos". El ensayo que mató a millones y mutiló y destruyó a otros tantos, terminó sin pena ni gloria, o mejor dicho, sin gloria pero con pena, cuando Fidel, con el rabo entre las piernas, corrió al Vaticano a rogar a su homólogo que visitara su empobrecida isla. ¿Cómo dice el refrán? ¿Dios los cría y el diablo los junta? En Europa, derribaron el muro, o parte de él, y el capitalismo regresó triunfante, incólume, como si nunca hubiese enfrentado reto alguno, como los insolentes cruzados que tomaron Jerusalén. Hasta que la más joven de todas las religiones protestó indignada contra sus abusos y atropellos, valiéndose del arma desechada por los comunistas, la fe, la indestructible fe en dios. Pero el futuro no parece muy halagador. Este nuevo dios, pese a no ser ni capitalista ni comunista, se asemeja demasiado al de siempre.

A los singulares capitalistas en la cancha que ya no es cancha, no les importarían estas elucubraciones nuestras. Están mucho más atentos al desconocido viandante que se ha fijado en ellos. Lo miran con recelo, con suspicacia, preguntándose, probablemente, quién será este pájaro raro que no parece tenerles miedo. Pero Omar tampoco tiene interés en ellos, ni en sus negocios. De hecho, en estos precisos instantes no está interesado en nada. Le daría igual que vendieran helados, hot dogs, o frascos con veneno. Por cierto, eso es lo que tienen a la venta, veneno, pero no en frascos, sino en pequeños sobrecitos. Su mente anda por otros lares, vagabundeando, extraviada en algún remoto timbuktú donde busca, sin saberlo, algo que comenzó a perder muy temprano en el sendero de la vida. Pero, ¿Qué es lo que busca? ¿Y cómo sabrá, si lo encuentra, que era *eso* justamente lo que buscaba, si ni siquiera sabe qué fue lo que perdió? ¡Ah, Platón, cuánto te debemos! Si un ser humano cualquiera, no este nómada al que describimos en los presentes párrafos, pues él no es *cualquiera*, va en pos de una respuesta desconocida, nunca la hallará, aunque ésta lo golpee en el rostro, ya que, al ser desconocida, le sería imposible identificarla como la que en efecto buscaba. Por ello, esta búsqueda, este perquirir, debe tener por objeto un blanco conocido, quizá olvidado temporalmente, pero conocido previamente, un saber familiar, cercano, de ésos que a menudo tenemos en la punta de la lengua, o del cerebro, si éste tiene punta, en fin, algo que ya sabíamos o teníamos, y que, una vez hallado nos hace exclamar "¡Eureka!", como el químico de antaño en la bañera. Omar no es químico, ni se ha bañado en los últimos días, una vez a la semana es suficiente, afirma el hadiz, y, para colmo, no se ha percatado de que salió de su apartamento con el propósito de respirar mucho más que simple aire fresco. Por ende, es muy poco probable que grite hoy, lleno de euforia, ¡lo he encontrado!, como gritó Arquímedes en Siracusa. Pero tengamos calma, no nos apresuremos a perturbar sus círculos.

Más allá del improvisado y lucrativo mercado hay una casa, pequeña, modesta, pintada de rojo. Todo en ella habla de pulcritud, de cuidado y atenciones. No encaja en este rompecabezas, está fuera de lugar en el vecindario. Imagine el lector, o la lectora, una larga hilera de zafacones, mugrosos, desbordantes de desperdicios, cien de ellos, uno al lado de otro, uno pegado al otro, en formación, como si marcharan a la guerra. Vea, en su mente, las impertinentes moscas, y los demás bichos innombrables, las cucarachas y los ratones, perdón, los hemos nombrado sin querer; perciba el repulsivo hedor, sienta el nauseabundo golpetazo de esa peste que se asoma por la boca destapada de los botes de basura, el fétido aliento proveniente de sus gargantas. Imagine ahora un espacio abierto entre el bote cuarenta y nueve y el cincuenta, o entre el doce y el trece, resulta irrelevante su ubicación exacta, como de tres metros de ancho, y en ese espacio, en ese paréntesis, un frondoso rosal, podado recientemente por la mano cuidadosa y entrenada de un jardinero profesional. Las espinas más sobresalientes han sido cortadas, los yerbajos arrancados de raíz. Alrededor del torcido tronco, el experto jardinero ha depositado, con sus propias manos, no con un impersonal azadón, una frazada de tierra fértil, suelta, tan brumosa como la espuma, tan suave como la seda, y la ha esparcido delicadamente, como si fuera un padre que frota el ungüento sanador sobre la herida abierta en la rodilla de su hijito. Mide, este arbusto, unos dos metros de altura, y está cargado de flores, arropado con una guirnalda de brillantes rosas amarillas, más fragantes que el perfume más exquisito que alguna vez transportaran los camellos en la ruta de las sustancias aromáticas. Huelen a amistad, a inocencia. Huelen como deben oler los ángeles, tan próximos como están al olfato divino. Minúsculas gotas de rocío tiemblan sobre sus pétalos, cual si fuesen transparentes mariquitas que reposan sus convexos cuerpecitos tras el regreso desde el exilio. Habla el rosal, canta, susurra; declama unos breves versos de amor, de angustia o de dolor: "Hay golpes en la vida, tan fuertes… ¡Yo no sé! Golpes como del odio de Dios…"; "Ser y no saber nada; y ser sin rumbo cierto, y el temor de haber sido, y un futuro terror…"; "Voy a dormir, nodriza mía, acuéstame; ponme una lámpara a la cabecera…"; "Oyendo a los mares amantes, mezo a mi niño…"; "Oye mi ruego Tú, Dios que no existes, y en tu nada recoge estas mis quejas…"

Ahora, amables lectores, cesen de imaginar y vean, como la está viendo Omar, esta rojiza casa mencionada en la primera oración del extenso párrafo precedente, cien pasos más allá de la cancha que ya no es cancha. Está fuera de lugar, ¿no es así? Definitivamente. No pertenece a este vecindario, es como un rosal en medio de un vertedero, como una nana que se oye entre los estertores de horror, como un amigo de verdad entre extraños. Es roja, como ya se ha repetido, y lleva puesto un sombrero de tejas. Es pequeña, (¿Recuerdan lo que se dice sobre el perfume caro…?), como una choza, como la casita que el buen padre ha construido sobre las ramas del enorme árbol en el patio. Ante ella se detiene Omar, como si estuviera en un sueño, a contemplar una imagen que mil veces ha visto detrás del telón de sus párpados cerrados. En el jardín de enfrente, entre dos delgados y ralos árboles, casi rozando la baranda del balcón, hay un columpio de metal, con dos asientos de madera que cuelgan, sujetos por grises cadenas, de un grueso tubo superior, blanco, sostenido en el aire gracias al esfuerzo de otros cuatro tubos, dos a cada extremo, en forma de A mayúscula. En uno de los asientos se mece un niño, el otro está vacío, pero también oscila, movido quizás por la turbulencia del aire creada por su camarada ocupado. El niño parece estar solo, nadie empuja las cadenas, se impulsa él mismo, con la masa de su pequeño cuerpecito, delante y atrás, delante y atrás, como la péndola del reloj, sólo que ésta lo hace de izquierda a derecha y de diestra a siniestra, todo es relativo, la izquierda puede ser atrás, y la derecha delante. Más que niño parece ángel, un mensajero celestial que, cansado de su eterno volar del cielo a la tierra y de la tierra al cielo, ha decidido, sin solicitar permiso a quien lo envió, reposar unos minutos frente a esta residencia en la que nadie reside, pues en realidad no está allí, a cien pasos de los mercaderes; allí nada hay, salvo un solar baldío. Pero Omar ve la casa, ve el columpio y ve, sin lugar a dudas, a ese niño de once o doce años que se fija en él y lo saluda con una tímida y discreta sonrisa que apenas permite ver sus dientes, mientras, a la misma vez, levanta su delgado brazo izquierdo y lo mueve de lado a lado, diciendo "hola", o diciendo "adiós". "¿Puedo entrar?", pregunta Omar al niño. "Ven", responde él. Omar abre el estrecho portón de la verja y pasa al colorido vergel. Camina despacio, lentamente, como si no quisiera llegar, como si supiera. Se acerca al niño y extiende su brazo derecho en señal de saludo, al mismo tiempo que pregunta "¿Cómo te llamas?" El niño vuelve a sonreír, pero ahora su faz esboza una sonrisa de verdad, de oreja a oreja, como suele decirse, como debió sonreír Abel cuando dios aceptó su ofrenda. "Tú conoces mi nombre", contesta, con una voz que ya no es la de un niño. Y su figura se desvanece en la nada.

Omar permanece allí, de pie, con su brazo extendido, en medio de un lote vacío, frente a una casa que sólo él es capaz de ver, tratando de entablar conversación con un ángel que se mece en un columpio que no existe. Los primates de la plaza del mercado lo observan y se mofan de él. "Está loco", gritan entre carcajadas; "pobre diablo".

Despertado de su ensueño por los vendedores de ponzoña, Omar ha vuelto en sí y se ha propuesto regresar al apartamento, no sin antes inspeccionar otra vez, varias veces, el espacio vacío donde unos minutos atrás se levantaba una casita de una sola ventana y una sola puerta, con un columpio de metal en el jardín. Mira su reloj; han transcurrido dos horas desde que salió de su casa, lóbrega, fea y sucia, sin columpios, sin rosas, sin un niño sonriente, irreal, es cierto, pero tan real y decepcionante como la vida. ¿Dos horas? ¡No es posible! ¡Si sucedió hace unos minutos! Las escaleras, media cuadra, la cancha y, finalmente, la casita roja. A lo sumo quince minutos. No más. ¡Ah!, lo que ocurre es que el reloj de los sueños avanza a otro ritmo, camina más rápidamente, o más lentamente, según el contenido onírico y la trama de la historia soñada. Es como el reloj que lleva puesto dios en su muñeca izquierda, configurado para marcar veinticuatro horas por cada mil años de los nuestros. Si tuviera un cronómetro más preciso, tal vez ya se habría dado cuenta de que es hora de arreglar esta porquería de mundo que ha creado.

Al fin da media vuelta, nos referimos a Omar, no a dios, porque éste, un ser incorpóreo y amorfo, no puede dar vueltas, ni medias ni enteras, y comienza a caminar en dirección a su apartamento, mucho más rápidamente que las manecillas de ese eterno reloj en la muñeca divina. Llega enseguida, en menos de diez minutos, abre la puerta y se tira al sofá, o simplemente se deja caer en él, pues ya no le quedan fuerzas ni para el acto de tirarse. El calor dentro de esas cuatro paredes es espantoso, abrasador, tan sofocante que conduce al delirio. Omar está a punto de desmayarse, anestesiado por la elevada temperatura, pero en el proceso, rumbo a los brazos del consolador Morfeo, musita unas oraciones, unas frases, entre dientes, ininteligibles. Pese a que no las entendemos, presumimos que son palabras cargadas de odio y de rencor, dirigidas a la vida, o a dios, o más seguramente a sí mismo, palabras que dejan ver la enorme cantidad de ira acumulada en un corazón no más grande que la mano cerrada de un hombre común. Sin mucho esfuerzo, el sueño logra vencerlo, él no ha presentado resistencia alguna. Su brazo izquierdo cae fuera del sofá, así como su pierna izquierda, mientras su cabeza se reclina en la dirección opuesta, mirando, si estuviera mirando, el desgastado espaldar del viejo mueble. Incómoda postura la suya, de seguro despertará adolorido. Pero otro dolor nos interesa aún más, el dolor que lleva dentro, el dolor que no descansa, el que no se rinde ante los analgésicos, el dolor que invoca a esta pesadilla cruel e inmisericorde que ha surgido de los más obscuros aposentos de su cerebro. Raquel y Samuel tuvieron las suyas, ¿por qué razón habría de estar exento este pobre diablo, como lo llamaron los señores negociantes de la cancha, esta alma torturada que en la vida ha sufrido tanto como ellos, y que, además, ha causado, hasta el presente, muchos más sufrimientos que ellos dos juntos?

Como era de esperarse, el mensaje central de su pesadilla es diferente. Ni aviones ni dioses, aunque ambos intervienen, aquéllos explícitamente, éstos – o *éste* – tras bambalinas, como el titiritero que maneja los hilos. El sueño es breve, mero cortometraje de cinco o seis minutos, en blanco y negro, como los de Chaplin, si les cortáramos las secciones hilarantes. Sueña Omar con una guerra librada en el desierto, una batalla en sus últimos momentos. Las bombas, casi todas, han sido arrojadas, los muertos, muertos están; los aviones se alejan, todos excepto el panzón bombardero pilotado por él mismo. Recuérdese: Éste que sueña es un taxista de mentirillas, el soñado es piloto de aviones. El suyo también iba de regreso a la base, pero a último minuto sus tripulantes han visto a alguien allá abajo, un soldado enemigo, un sobreviviente, y embriagados de odio han decidido volver atrás, a terminar la misión que les fuera encomendada, a asegurarse de no dejar testigos de la masacre. El enorme avión se acerca, desciende a cierta altura, segura para él y para sus tripulantes, pero lo suficientemente baja como para permitirles ver al osado soldado enemigo que les apunta con su rifle de juguete. Omar lo reconoce. No es soldado, es un niño que levanta sus brazos al cielo como si estuviese pidiendo ayuda. En el sueño Omar grita "¡Aborten, no arrojen la bomba, es sólo un niño!", pero ya es muy tarde, el mequetrefe soldado raso encargado de ello ha oprimido el botón. Las puertas del compartimiento de explosivos, en el fondo de la barriga del aparato, se abren, y de ese mortífero almacén algo cae, grande, grandísimo, enorme, tan grande como el paquete lanzado por el Enola Gay, o aun más grande, como la ignorancia humana. Mas no se trata de un artefacto explosivo, no es un misil dirigido por láser. Es un libro, un tomo voluminoso, como un millón de páginas encerradas entre dos tapas de gruesa madera. Abajo el niño aguarda, con sus brazos abiertos y el rostro esperanzado. El descomunal códice cae sobre él, pero no lo aplasta, porque justo antes de impactarlo se desintegra en el aire, transformándose en una miríada de minúsculas gotas de ácido amarillo, un mortal rocío que cubre al niño y corroe su piel hasta los huesos.

Omar se despierta sobresaltado. ¡No es para menos! Escudriña el interior del apartamento, explorando con la mirada los objetos que siempre busca al levantarse, la foto sobre la mesa, el único retrato que conserva, el viejo reloj de cuerda en la pared, su teléfono apagado. Esta vez hay algo más, no algo sino *alguien*. Es la segunda sorpresa anunciada unas páginas antes, un hombre, un amigo, un hermano.

Ibrahim entró usando su propia llave, la que su primo le dio hace algún tiempo, por si acaso extraviaba la suya. Ni siquiera intentó tocar el timbre de la puerta, para qué, si sabía que no funcionaría. Además, él no es un extraño, ésta es su casa, le había dicho Omar en repetidas ocasiones. Evidentemente, Ibrahim lleva allí algún tiempo, sentado en una de las sillas del comedor, observando a Omar como los médicos de antes vigilaban a sus pacientes, hasta el amanecer, queriendo asegurarse personalmente de su restablecimiento. En su mano izquierda sostiene unos papeles estrujados, una bola liviana y crujiente que había recogido del piso. En su mano derecha lleva un rosario, de ésos que ya no se ven, un collar de bolitas de los que antes usaban los fieles para enumerar los noventa y nueve nombres sin perder la cuenta. Ibrahim, sin embargo, no ha estado contando. Oraba, y aún ora, por su delirante primo acostado en el sofá, preocupado por él, como de costumbre, temeroso de que no despertara. Un suspiro de alivio escapa de su boca cuando lo ve moverse, cuando su hermano abre sus ojos, asustado, perdido, como si de repente no supiera dónde se halla. Ibrahim no pronuncia ni una sola palabra. Espera a que Omar lo vea a él primero.

Luego de buscar con la mirada los objetos mencionados, y de cerciorarse de que aún están en sus lugares, Omar se despereza, con el usual bostezo y los brazos estirados, como si se dispusiera a abrazar a un fantasma que levita sobre él. Mueve poco a poco su entumecido cuerpo y se sienta derecho en el sofá. Es entonces que ve a Ibrahim, y su envejecido rostro se ilumina.

*****RAQUEL*****

Raquel y yo nos casamos un mes de septiembre, en el pueblo de Belén, la ciudad donde, según los evangelios, nació el más famoso de todos los judíos, Jesús, el hijo de José y María, apellidado "de Nazaret" porque allí se crió. Antes de la boda, tuve que convertirme y circuncidarme, para hacer feliz al padre de la novia, un rabino ortodoxo de tendencias jasídicas, de ésos que colocan ridículos sombreros sobre unas trenzas aun más absurdas. Como podrán suponer, él se opuso tenazmente a nuestra unión, tanto antes como después de consumada, y de no haber sido porque su amor por la Torá sólo era superado por su infinito amor por Raquel, habría promulgado él mismo el edicto de *karet*, y la hubiera desheredado y extirpado sin miramientos en el mismo instante en que ella dijo "yo te tomo por esposo". A mí nunca me habló posteriormente, y no creo que me haya hecho falta.

A Raquel no le importaba mi afiliación religiosa, y, según me dijo en muchas ocasiones, se habría casado conmigo aunque hubiera sido yo hindú o budista. Sólo una religión detestaba, la de Mahoma, y ello no por razones teológicas sino debido a una natural aversión nacida de consideraciones de índole política, geográfica y militar. Si los palestinos hubieran sido sintoístas, el sintoísmo hubiera sido el blanco de su profundo odio. A los musulmanes solamente les reprochaba una cosa, que hubieran plagiado tantas ideas judías y luego no hubieran tenido la cortesía de mostrar agradecimiento. Para mí, el cambio de fe no fue un inconveniente insuperable, y ni siquiera me molestó, aunque el detalle del corte del prepucio me dolió bastante. No acabo de entender cómo es posible que un dios inteligente no pudiera encontrar una forma menos bárbara que sirviese de señal entre él y su pueblo.

Raquel sabía mucho sobre religión, más que yo con todos mis inútiles estudios. Pertenecía a una estirpe impecablemente judía, formada por rabinos hijos de rabinos hasta las mismas raíces de su árbol genealógico. Conocía la Biblia tan bien como su padre, incluso los libros que los cristianos llaman, con característica petulancia, *Nuevo Testamento*, escrito en su totalidad por judíos. (Dicen que Lucas era gentil, pero en el fondo era tan judío como Pedro.) Era brillante, Raquel, no Lucas, sagaz, aguda e imaginativa;

podía interpretar y explicar con suma facilidad los problemas teológicos más complejos, incluidos aquéllos para los cuales su propia religión no ofrecía explicaciones satisfactorias. Pero ésa que he llamado *su* religión no era, estrictamente hablando, el judaísmo, y su ley no era aquélla que había descansado en el seno divino novecientas setenta y cuatro generaciones, hasta que dios la usó para crear el universo. Ella era judía, no se equivoquen, y en algunos aspectos era más ortodoxa que Caifás, pero no en todos los aspectos, ni siquiera en la mayoría. Afirmaba sin temor a estar equivocada, con una frase tomada de la liturgia, que "Dios había segregado a los suyos de los que andan extraviados", y que Israel era "el único pueblo de Dios", una nación creada por virtud de su Ley eterna. Pero ni ese dios ni esa ley tenían en su mente el mismo significado que les atribuye el dogma oficial. Sus ideas iconoclastas, heterodoxas, hasta heréticas, hubieran sido base suficiente para una perentoria excomunión, si las hubiese ventilado públicamente. No hay que olvidar que Jesús de Nazaret también fue judío, pero su novedosa concepción del judaísmo lo condujo a una cruz, condenado por sus propios correligionarios. Ahora bien, de tonta Raquel no tenía ni un cabello. Conmigo compartía sus creencias, y las discutía abiertamente, después que nos casamos, ni un minuto antes, mas nunca con su familia ni con sus amigos. Ella sabía que no la entenderían y que no les haría ningún bien conocerlas. ¿Por qué tentar al diablo? Conmigo la cosa era distinta. Dado que yo era tan religiosamente excéntrico como ella, bromeaba conmigo, me cucaba y me insultaba a su antojo, diciéndome que el cristianismo era simplemente una herejía dentro del judaísmo, que Jesús no había sido ni podía ser el mesías esperado y que el auténtico fundador de la religión de mis padres había sido el emperador Constantino, cuya conversión a la fe cristiana era tan controvertible como la mía al judaísmo. Tenía razón. Sin embargo, las dos actuaciones no fueron idénticas. Constantino era un ventajista, actuó por conveniencia y sagacidad política, yo lo hice por amor. Además, cuando ingresé a la religión de Raquel yo ya no era cristiano, y jamás vi mucha diferencia entre ambas tradiciones. Concuerdo con ella al reconocer que el cristianismo original fue un movimiento sectario intra-judío, por lo que no vi mi conversión como una manifestación de hipocresía o chantajismo. Para mí, ser cristiano o ser judío era, en esa etapa de mi vida, básicamente la misma cosa. Convertido o no, yo seguía siendo el mismo agnóstico irredimible.

Raquel no se conformaba nunca con mis concesiones. Podía yo decirle que la razón era toda suya, que no veía en sus argumentos ni el más minúsculo defecto, y que yo aceptaba humildemente mi derrota, y a pesar de eso ella seguiría insistiendo, machacando, martillando el clavo que estaba clavado desde hacía rato. Su pasión por la dialéctica de corte rabínico, tú propones y yo respondo, tú me dices y yo te contesto, el ping pong ancestral de los descendientes de Hilel, se apoderaba de ella, tal como el espíritu se apoderaba de Elías, y una vez comenzaba no había forma de detenerla. Su agilidad mental se veía superada, exclusivamente, por su ternura, apropiado contrapeso a su implacable lógica. Mujeres hermosas hay muchas, inteligentes hay menos, bellas y brillantes al mismo tiempo casi ninguna. Raquel era una de éstas. Siempre he creído que así son más divertidas, inteligentes, no rubias descerebradas.

Nunca me ofendió, o al menos yo nunca me sentí ofendido. Cuando escribí que me insultaba no lo deben tomar literalmente. Se trataba de comentarios mordaces, sarcásticos, dirigidos a investigar mis reacciones, y a divertirse a mi costa, como lo hacía yo con ella. En cierta ocasión me dijo que dios, su dios, me odiaba, a mí, a todos los cristianos, a los musulmanes y a la mayoría de los judíos convencionales. Cuando le pregunté por qué, se limitó a sonreír, y, tras varios minutos, me dijo que no había una razón, que dios no la necesitaba, él odia y ama según lo dispone su perfecto arbitrio. En ese momento confirmé una vaga sospecha que venía fermentándose en mi mente desde hacía un tiempo, acerca de ella y de su estabilidad psíquica. La genialidad suele acompañarse de la locura, y a mí Raquel siempre me pareció un poco excéntrica, no en un sentido psiquiátrico o psicológico, sino, más bien, al estilo de los grandes profetas bíblicos y extra-bíblicos, como Sidarta, como Oseas, Jesús y Mahoma, y tantos otros locos de dios. ¡Caramba!, es menester estar un poco desquiciado para atreverse a abandonar las comodidades y los lujos del palacio simplemente porque se ha visto a un viejo o un cadáver; o para casarse con una prostituta en obediencia a una voz desconocida que afirma ser la de dios; o para entrar con un látigo al atrio de un templo custodiado por decenas de soldados judíos y romanos, exigiendo, mientras se descalabran mesas, jaulas y altares, que se destruya ese templo, "no vacilen, que yo en tres días lo reedificaré"; o para osar excomulgar a trescientos sesenta ídolos venerados por todos los respetables miembros del clan que nos protege. Es otro tipo de demencia, la locura divina, la que es, según las escrituras, más sabia que toda la sabiduría humana. ¡Ojalá fuese ésa mi locura!

Yo creo que Raquel estaba poseída por una pizca de ese frenesí, y este condimento la hacía incluso más atractiva ante mis ojos. Ella era imaginativa, soñadora, visionaria, capaz de prever y pronosticar algunos acontecimientos. No puedo entender por qué no pudo ver de antemano su propio epílogo. Existe la posibilidad de que lo haya visto y no me lo haya dicho, para ahorrarme penas innecesarias. Veía el futuro, no como un astrólogo charlatán afirma que lo ve sino como un ser inspirado, como un profeta sabedor del pasado, con el poder de extraer de éste proyecciones e inferencias tocantes al porvenir. Cada mañana, antes del desayuno, repetía dos o tres rezos, unos tradicionales, otros de confección casera. Su favorito, jamás preterido, era aquel dirigido al mesías, rogándole "que venga pronto, y llene de gozo nuestros corazones…" Pienso que su fe en la inminencia de esa venida le servía de elixir revitalizador de su ser. Yo podía comprender su esperanza, mejor que nadie, ya que tiempo atrás mis padres, y yo mismo, habíamos tenido la certeza de que nuestro mesías regresaría pronto a rescatarnos. Pero además de entenderla me preocupaba por ella. Mi mesías nunca vino, y yo sabía que el de ella tampoco lo haría. Por esta razón, con la intención de distraer su atención y diluir su obsesión, de vez en cuando le gastaba una broma, desquitándome por las muchas que ella me hacía a mí, y ridiculizaba sus creencias, no en serio, repito, sino en el mismo tenor humorístico usado por ella. Cierto sábado, saliendo de la sinagoga, me habló del mesías por enésima vez. Fingiendo estar irritado le riposté, "El mesías, *tu* mesías, ya vino, hace más de tres siglos, pero se asustó cuando lo amenazaron de muerte y se convirtió en musulmán". El simple recuerdo de su reacción me eriza la piel. Estalló, como explotó Moisés al ver el becerro de oro. Si estoy vivo lo debo a su amor, pues de no haber sido por ese escudo, Raquel me habría matado allí mismo, en el acto, como Yael mató a Sísara, con la daga afilada de su mirada. Ella sabía a quién y a cuáles hechos me refería yo, y era una herida aún abierta en muchos corazones judíos. El impostor protagonista de la historia fue un tal Shabbetai Zevi, un neurótico judío de Jerusalén que en el siglo diecisiete fue proclamado mesías por un astuto cabalista llamado Natán de

Gaza. En tierras de Israel fueron muchos los que creyeron en él, gracias al espectáculo montado hábilmente por su Juan Bautista, quien lo hacía cabalgar por campos y ciudades encaramado en un asno, como los antiguos reyes de Israel, designando cónsules y embajadores en anticipación de la inauguración del nuevo reino mesiánico. En la diáspora europea, miles recibieron eufóricos la noticia del cumplimiento de la promesa. Judíos holandeses, alemanes y españoles ayunaban, oraban y mortificaban sus cuerpos, vendían sus posesiones y regalaban el dinero procedente de la venta a los pobres de sus comunidades, preparándose para el gran día, el día del fin, cuando el mesías oculto – oculto ante los gentiles – se manifestaría en toda su gloria, destruiría a los enemigos de Sión y restauraría la grandeza y el esplendor a su pueblo especial. Natán, cuyo verdadero nombre era Abraham ben Elisha, ¡otro Abrahán!, predijo que Zeví se apoderaría de la corona de Turquía y obligaría al excelso Sultán a ser su servidor. Luego reuniría a las diez tribus perdidas de la casa de Israel, junto a las otras dos, y desposaría a la reencarnación de Rebeca, no la madre de Jacob sino la apócrifa hija de Moisés.

El día determinado, 18 de junio de 1666, llegó y pasó, pero el supuesto mesías no se reveló, ni gloriosamente ni discretamente. El sultán turco, gobernante de esas regiones, había escuchado sobre este aspirante al trono, y, no muy dispuesto a permitir que un nuevo rey judío lo despojara del mismo, había ordenado su arresto y reclusión. Al menos no envió a sus soldados a matar a todos los niños menores de dos años de edad, como hizo otro monarca cuando se sintió amenazado por el posible cumplimiento de la profecía. Esta vez los infantes de Belén tuvieron más suerte, ningún astrólogo árabe dio aviso al rey cuando el señor Zeví nació. En su calabozo, Shabbetai tomó el turbante, pronunció solemnemente la confesión de fe, "no hay más Dios que Dios, y Mahoma es su profeta", renunció a su antigua religión y se convirtió al islam. Shabbetai murió, desterrado, diez años más tarde, pero el desfachatado Natán no se amilanó. Enseñó entonces que su mesías no había muerto, que en realidad estaba oculto, esperando el momento oportuno, y que regresaría en el año 1,700, o tal vez el 1,706. Por supuesto, no regresó, y miles de judíos, decepcionados, se convirtieron, muchos de ellos sinceramente, al cristianismo o al islam.

No, a Raquel no le gustó que le recordara el bochornoso incidente. Si se hubiese tratado de otro falso mesías, de los muchos que nos han timado, de Barrabás o de Simón el hijo de la estrella, de Judas, el macabeo o el galileo, no el Iscariote, que nunca tuvo aspiraciones políticas, o de cualquier otro, tal vez hubiera tolerado mi impertinencia, ¿pero un mesías apóstata?, ¿un mesías que saltó la verja y se unió al enemigo?, ¡De ningún modo! La fe en el ungido era para ella irrenunciable, una de las pocas cosas que la vinculaban a la religión de sus padres. Su dios no era necesariamente el dios de Moisés, y su ley no era la Torá, aunque la besara cada mañana de sábado, pero el mesías sí era el mismo, y su necesidad de él urgente e imperiosa. Como hace poco les informé, Raquel odiaba al mundo. Amaba a su dios, a unos cuantos de los suyos, yo entre ellos, y a sus mascotas, específicamente a su perro, Sansón, un can tan valiente como el personaje bíblico con cuyo nombre había sido inscrito, pero mucho más inteligente que él, tan avieso que no permitía que le recortaran el pelo. A casi todos los seres humanos los detestaba, especialmente si de seres humanos vivos se trataba. Por eso deseaba que el mesías viniera, para que los destruyera, para que transformara el mundo en una nueva tierra de la que fluyera leche y miel, en un nuevo jardín del Edén, con más ángeles y menos seres humanos. Tenía tramada y perfectamente planificada en su cabeza toda una campaña de planificación familiar dirigida a reducir el número de incircuncisos e incrédulos y a incrementar, consecuentemente, el número de los escogidos. "El mesías vendrá, pero nosotros debemos hacer nuestra parte primero", decía. Al menos a mí me convenció. Por eso me dispongo a cumplir la parte que me corresponde.

No tuvimos hijos. Ella no podía tenerlos. Yo no quería tenerlos. Tras la muerte de mis padres, y otros acontecimientos posteriores que tal vez les cuente, llegué a creer – y todavía estoy firmemente convencido de ello, ahora más que antes – que este mundo es una irremediable porquería, un maloliente vertedero cósmico en el que el resto del universo deposita los desechos que no desea ver más. Nosotros somos esos desperdicios, al menos la mayoría de nosotros, y la vida misma, el orden imperante, el presente y horripilante estado del mundo. Hay cosas bellas aquí, no puedo negarlo. Las flores, por ejemplo, la nieve que cubre la cima de las altas montañas, el canto de las aves al amanecer, una refrescante llovizna en una tarde calurosa, la suave brisa que nos acaricia el rostro al comienzo del otoño. Pero son efímeras, fugaces, como el arcoíris, transitorias, como el perfume de las azucenas y la inocencia de la niñez. La vida es para un rato; la muerte permanece para siempre. La vida es un simple paréntesis entre una nada y otra nada. Para colmo de males, es un paréntesis lleno de dolor y sufrimientos, una breve historia de horrores y angustias. Nacemos para morir, pero no morimos inmediatamente. Primero lloramos, lloramos mucho, sufrimos, padecemos, nos enfermamos, envejecemos. Entonces morimos, solos, generalmente, pues nadie puede acompañarnos en ese trance. Alguien estará allí, con nosotros, si tenemos un poco de suerte, un familiar compasivo o un heredero sagaz, quizá una enfermera piadosa, o el doctor que firmará el certificado de defunción. Pero estaremos solos, acompañados, pero solos. Sidarta nos lo advirtió quinientos años antes de Cristo. *Dukka*, enseñó el gran sabio. La vida es toda dolor, imperfección y sufrimiento. La vida no sirve.

Por tanto, me negué a crear una copia facsímil de mí que tarde o temprano se vería obligada a tener que soportar esta mierda. Por favor, perdonen el feo vocablo, pero no se ofendan por él. La existencia es aún más fea. Considero imperdonable el acto de engendrar, de procrear, de arrastrar a este mundo a otra víctima inocente que experimentará muy pocos momentos felices y demasiados períodos amargos. Luego de cuatro años de estudios en teología, tras escuchar cientos de sermones y leer más de media docena de libros sagrados, llegué a la conclusión de que ningún pecado es imperdonable, excepto procrear. Hay otros pecados, claro está, como el que yo mismo cometeré en unos cuantos días, pero el único pecado no venial es procrear. Me rehusé a jugar de conformidad con las reglas de juego establecidas por un universo amoral e insensible. No me arrepiento de ello. Muchas personas me criticaron, sin saber que mi esposa no era fértil, particularmente los pocos familiares puertorriqueños que llegaron a conocerme, quienes parecían creer que el propósito trascendental del ser humano en este planeta es parir. Ni siquiera perdí mi tiempo tratando de explicarles. Sabía que ellos no entenderían. Ellos, o mejor escrito *ellas*, las hembras de la especie, seguirán pariendo. Mi altruista decisión no tendrá efecto real alguno en el orden de las cosas. Sembrarán viento y cosecharán tempestad; plantarán egoísmo y cosecharán destrucción. Por egoísmo es que paren. Pregúntese a los integrantes de cualquier pareja de recién casados si piensan tener hijos, y les responderán, invariablemente, "Por supuesto que sí; Si no tenemos hijos, ¿quién cuidará de nosotros cuando estemos viejos?" Eso buscan, alguien que se sienta moralmente obligado a encargarse de ellos cuando no puedan valerse por sí mismos. No se trata de amor, sino de llano y liso egoísmo.

Hace cerca de seis años, cuando la histeria causada por la proximidad del año 2012 estaba en su apogeo, vi en la televisión un programa en el que se expresaron opiniones tan absurdas que mi cerebro no ha sido capaz de olvidarlas posteriormente. En dicho programa, un panel de expertos discutía las supuestas profecías relacionadas con el calendario de los indios maya, un pueblo mesoamericano que, según los crédulos y los ingenuos, había previsto el fin del mundo, y había fijado la fecha exacta para el cataclismo global. El día señalado, nada fuera de lo común ocurrió, como todos ustedes saben. Por eso aún estamos aquí. Es lo que siempre sucede. Pasó en el año 70, en el 535, en 1666 con Shabbetai, en 1844 y 1914, en el 2000 y en el 2012. Las fechas cambian, pero la estupidez y la credulidad son siempre las mismas. No obstante, no era de indígenas ni de fechas apocalípticas que quería hablarles. El hecho que me llamó la atención, y que no puedo olvidar, fue otro. Como parte del programa, el moderador de la improvisada mesa redonda exhortó a los televidentes a llamar a la emisora para que contestaran la siguiente pregunta: "Si usted estuviera seguro o segura de que el mundo se acabará el año entrante, ¿qué haría ahora?" Antes de que entraran las llamadas y las pasaran al aire, supuse que escucharía respuestas como "entregarme al señor", "enmendar mis errores", "arrepentirme de mis pecados", "hacer las paces con mi hermano", y otras tonterías similares. Pero no fue así. Todas las personas que llamaron a la emisora, todas, sin excepción alguna, ofrecieron la misma respuesta: Procrear. "Quedar embarazada", decían las mujeres. "Embarazar a mi esposa", decían los hombres. "Tener un hijo", "dar a luz", "darle un hermanito al nene". Me dejaron boquiabierto, espantado, horrorizado. ¿Cómo es posible?, me pregunté y me pregunto, ¿Cómo es posible que esta especie a la que desafortunadamente pertenezco sea tan egoísta y egocéntrica? ¿Cómo es posible que una persona convencida de la inminencia del fin y de las consabidas catástrofes concomitantes al mismo, plagas, pestes, guerras, hambrunas, enfermedades, terremotos, inundaciones, crímenes, violencia, odio, persecuciones, matanzas, no sigo porque la lista es interminable, cómo es posible, repito por cuarta vez, para recalcar mi estupefacción, que a alguien convencido de que ése es el porvenir inmediato se le ocurra la descabellada idea de producir una criatura destinada fatalmente a enfrentar los días más pavorosos de la historia de la humanidad? Por supuesto, yo no creo en las profecías apocalípticas, ni siquiera creí mucho en ellas cuando pertenecía a la iglesia de mi juventud, pero no es esto lo que aquí tiene importancia. Mi punto es que sólo un imbécil, una persona enajenada, o un ser infinitamente egoísta decidiría tener un hijo mientras cree, a la misma vez, que el mundo se acabará en uno o dos años.

Yo tengo muchos defectos y pocas virtudes, lo reconozco avergonzado. No soy, y nunca me he creído, dios, titán ni héroe. Esas fantasías se las dejo a los papas, inquisidores y profetas. Pero el egoísmo lo mantengo a raya, generalmente. Me negué y me niego a tener un hijo que seguramente sufriría al verme partir, tanto como sufrí yo cuando mis padres murieron. Condenar a una criatura al dolor, la enfermedad, la soledad y, finalmente, la muerte; procrear, no un hijo sino un futuro sirviente, motivado por el egoísta deseo de tener a alguien que cambiará los pañales bajo mi cuerpo decrépito, siempre me ha parecido la conducta más reprochable de un ser humano.

Fui muy afortunado, Raquel estaba totalmente de acuerdo conmigo, y aplaudía mi decisión. Para un hombre como yo, constituye casi un milagro poder conseguir a una mujer dispuesta a avalar su inusual forma de pensar. Por ende, tener hijos no era, para nosotros, una opción aceptable. Por supuesto, ella, de todos modos, no podía tenerlos, porque era infértil, como Saraí de no haber sido por la milagrosa intervención de la divinidad, y como Ana, la mamá del Samuel original. Pero su solidaridad no era cuestión de mera resignación, no se trataba de una conclusión motivada por la percatación de la imposibilidad de la procreación, como la actitud de la zorra que, no pudiendo alcanzar las uvas, se alejó refunfuñando "no las quería, estaban verdes". Su postura era más lógica, más pensada, más fría. "No es solamente que no pueda tener hijos", me dijo en una ocasión, "aun si pudiera, no los tendría. De hecho, creo que las Naciones Unidas deberían decretar una moratoria universal de las gestaciones, antes de que sea demasiado tarde y los virus humanos conviertan todo el planeta en un árido desierto donde ni siquiera ellos mismos puedan subsistir." ¿"Virus humanos"? ¿"Poner en moratoria la procreación"? ¿"Ellos"? ¡Fascinantes expresiones! ¡Insólitas! ¡Increíbles! Al comienzo de nuestra relación creí que bromeaba conmigo, que no hablaba en serio. ¿No se consideraba ella un ser humano? ¿Eran esas palabras absolutamente honestas? Un día, con la intención de poner a prueba la sinceridad y firmeza de sus conclusiones, le propuse que alquiláramos un vientre, que tuviéramos un hijo, nuestro, no adoptado, incubado en la matriz de otra mujer. Mi espermatozoide, su óvulo, unidos en un laboratorio, luego colocados mediante un sencillo procedimiento quirúrgico en el horno húmedo y tibio de las entrañas de una desconocida. Era solamente una broma, de muy mal gusto, ahora lo comprendo, pero sólo una broma, y un test destinado a medir la franqueza de esta cajita de sorpresas de la que me había enamorado. De hecho, yo ni siquiera sabía si ella producía óvulos. Reaccionó horrorizada, más alarmada que cuando le hable de Shabbetai. "¡¿Qué dices?! ¿Estás hablando en serio? ¡No puedo creer que me propongas ese disparate! Lo menos que necesita el mundo es más gente, más bocas, más parásitos. Esterilizamos a los demás animales, los castramos, sacrificamos millones de indefensos gatos y perritos, pero nosotros mismos seguimos pariendo descontroladamente, como si ya no hubiera suficientes de nuestra especie. Me da igual que lo para yo o que lo para una extraña. ¡Es un error! Es como matar o pagar a otro para que mate. No prestaré uno de mis problemáticos óvulos para que lo pongan en un horno humano a cocerse lentamente como si se tratara de una masa de harina de trigo."

"Pero dios ordenó", le riposté hipócritamente, y citándole uno de los versículos más estólidos y anacrónicos de la Biblia, "'creced y multiplicaos, henchid y llenad la tierra…' Es nuestra obligación moral reproducirnos, aunque para ello tengamos que hacer uso de procedimientos médicos y científicos." "¡Idiota!", me dijo, "ni tú mismo sigues creyendo tan palmaria necedad." Fue ésa la única ocasión, en más de quince años, en que me dirigió la insultante palabra, *idiota*, o un epíteto análogo. Se le zafó. No fue su intención ofenderme. Rápidamente me pidió perdón, aunque no era necesario. Yo me lo había ganado, ya que una persona que repite idioteces es, le guste o no, un idiota, de los perfectos o de los amateurs. "No quise decir lo que dije." (En realidad, sí quiso decirlo. Las personas inteligentes, como ella, generalmente quieren decir lo que al fin y al cabo terminan diciendo.) "Perdóname. Tú no eres un idiota", (No me dio la oportunidad de corregirla: Sí lo soy, pero no me gusta que me lo recuerden.), "y yo no acostumbro usar esta clase de lenguaje, ni siquiera para referirme a aquellos homo sapiens que ni con la ayuda de un milagro podrían ocultar su estupidez. Lo sabes, te amo y te respeto, pero me sacas de mis casillas cuando me propones cosas en las que tú mismo no crees, tan solo para probarme, para pasar el rato conmigo. Nuestro amor no necesita de prole, y ya el mundo está demasiado lleno. Si seguimos así, y yo me temo que así continuaremos, destruiremos los recursos del planeta en menos de un siglo. Yo no soy una paridora, soy una mujer, y no me hace falta que me preñen para poder sentirme completa y realizada. Mi valía no radica ni en mis ovarios ni en mi matriz; el valor de mi ser no depende de un embarazo. Las demás hijas de Eva pueden parir todo lo que quieran, si lo prefieren, esa es prerrogativa de ellas. Sé que la ejercerán. Parirán y parirán, hasta que llenen este insignificante planeta, hasta convertirlo en un hormiguero hacinado, sin espacio para vivir como Dios quería que viviéramos, hasta que ya no quede ni siquiera un centímetro cuadrado de tierra fértil y cultivable, hasta que este diminuto asteroide al que hipócritamente llaman 'nuestro hogar' muera asfixiado, ahogado por una asquerosa capa obscura y grisácea de cemento y asfalto.

Mira mi patria, la tierra de la que, según Moisés, fluía leche y miel, el jardín prometido a los descendientes de Abraham. Ya no hay uvas gigantes, ni riachuelos cristalinos. Ahora sólo sembramos cemento, asentamiento tras asentamiento, edificios y estructuras. ¿Es ésta la tierra que Dios nos reservó? La estamos destruyendo. Se la quitamos a los usurpadores, ¿para qué? ¿Para arrasarla nosotros? No era ése el plan de Dios. No puede ser.

Desaprovechamos la segunda oportunidad que se nos dio, después del diluvio. Nos reprodujimos sin control, y asimismo se reprodujo nuestra maldad. Debimos haber sabido; debimos ser más inteligentes, más responsables; pero no lo hemos sido, y lo echaremos todo a perder."

"¡No puede ser!", eso mismo pensé yo al oír las palabras de Raquel. Pero mi exclamación, mi "no puede ser", no era una referencia al plan divino, sino al insólito hecho de que las expresiones de esta cautivante mujer fuesen idénticas a las que yo mismo repetía constantemente, cada vez que conversaba con alguien sobre el futuro, sobre la claustrofóbica sobrepoblación humana, o acerca de la colmena en que hemos transmutado al planeta los monos evolucionados. Yo, que me había criado en una de las ciudades más densamente pobladas y contaminadas del mundo, sabía de lo que hablaba. Por esa razón, entre otras, yo mismo le sugerí a Raquel que nos quedáramos a vivir en su patria luego de la boda. Ansiaba permanecer en Israel, para estar cerca del desierto, lejos de las conglomeraciones humanas, solo con mis inquietudes, para darme a mí mismo la oportunidad de encontrar al dios que me evadía, en el retiro, acompañado exclusivamente por las estrellas. Es imposible hallarlo en la jungla de hormigón, entre los empujones y el vocerío del mercado. Es menester apartarse, como hicieron todos los grandes místicos, como san Juan y sor Juana Inés, como hizo el mismo Jesús al menos durante cuarenta días, al comienzo de su ministerio, en la soledad del desierto, lejos del incesante griterío de la chusma.

No dejé que Raquel continuara con su diatriba, la interrumpí, y proseguí yo, como si se tratara de un largo poema a dos voces, como si fuera mi turno, como si yo hubiera sabido exactamente cuáles palabras ella utilizaría, aunque de seguro su léxico hubiese sido distinto, mucho menos insultante que el mío. Ella, a pesar de su hastío, de la impaciencia causada por la dilación de su mesías, era todavía una creyente, por lo que paliaba la fuerza de sus expresiones con el fin de no lastimar innecesariamente los sentimientos de sus interlocutores. Yo no. Yo estaba cansado, harto de tapujos, eufemismos y paños tibios, y me importaba un bledo la opinión de los demás. Ahora ni siquiera estoy dispuesto a oír esa opinión.

"Parirán, parirán y parirán", dije, mirándola a los ojos, "como los conejillos de Indias (más específicamente como *conejillas* de Indias), o cual conejas ordinarias; se reproducirán, como hasta ahora lo han hecho, desmedidamente, sin freno y sin control, como las cucarachas, que nacen ya cargadas de huevos, como el comején, como los virus que siempre han sido, como una inacabable marejada de insaciables langostas. Todo lo destruirán a su paso, sin dejar, al menos, un pequeño remanente, algún oasis de esperanza para las generaciones futuras. ¿Futuro? Para ellos el futuro no ha sido jamás una opción, lo desdeñan así como desprecian el valor del pasado. Viven instalados obcecadamente en cada momento presente. *Carpe diem*, proclamó insensatamente, siglos atrás, uno de los apologistas del hedonismo, vive el momento, no te preocupes por el futuro. "Creced y multiplicaos", repiten todavía, con caras serias, muchos predicadores religiosos, tan ciegos y enajenados como aquel pensador griego, olvidando que cuando dios dijo eso, si de verdad lo dijo, sólo había dos seres humanos en este planeta.

Parirán, parirán y parirán, hasta que sólo queden ellos y, escondidos en sus entrañas, en su sangre, o debajo de su piel, los invisibles organismos que finalmente se encargarán de limpiar el planeta de la terrible plaga humana, en una suerte de limpieza étnica, similar a aquélla de la que fueron víctimas ustedes, querida Raquel, pero a escala universal, una solución final, no para el pretextado problema judío sino para el amenazantemente real problema humano.

Parirán, parirán y parirán, hasta que ya no haya espacio para otras especies. Hasta que las aves del cielo y los peces del mar perezcan, hasta que los otros mamíferos, muchos de ellos más nobles y dignos que nosotros, se extingan para siempre.

No será su ignorancia la que acabe con ellos, ni su portentosa estupidez, aunque algo tendrán que ver estos vicios con el fatal desenlace. No; serán víctimas de su propio egoísmo, de su infinito narcisismo que los mueve a creer que la tierra, y el universo entero, han sido creados para ellos y *por causa de ellos*. Obsesionados con su delirio de superioridad, embriagados de su megalomanía, engreídos, anestesiados por la ponzoña de su soberbia, despreciarán las advertencias que unos pocos profetas de preclaras mentes les han hecho, y con toda seguridad prestarán atención, en su lugar, a los nuevos cantos de sirena que los conducirán, cual lemmings hipnotizados, al empinado acantilado que les servirá de tumba. '¡Todo está bien!', proclaman. '¡Somos los hijos e hijas de dios, creados a su imagen y semejanza! ¡Nada malo nos pasará! Su voluntad es que nos multipliquemos, que llenemos la tierra, que poblemos otros mundos. El universo entero nos ha sido entregado. Todo es nuestro. Somos los descendientes de Adán, aun los ángeles se postran ante nosotros. Somos inmortales. Somos eternos.'

Parirán, parirán y parirán, como parieron las esposas del miserable árabe saudita que engendró al monstruo que ustedes y nosotros andamos buscando por cielo y tierra. ¡Cincuenta y cuatro hijos, dicen que procreó! ¿Qué era él, un ser humano o un libidinoso conejo? Ese hijo suyo, la bestia sedienta de sangre, ya ha tenido trece criaturas, todas terroristas potenciales, que seguramente llegarán a ser peores que él. Si les permitimos continuar, pronto colmarán el planeta de terroristas. ¿Es que acaso estos virus bellacos no pueden controlar su lujuria?"

Aludía yo a Osama bin Laden, alguien a quien, quizá, ustedes no conocen, debido a que fue ejecutado, gracias a dios, hace unos seis años. Para la fecha en que tuvo lugar la conversación que aquí reseño, aún vivía, escondido en alguna parte de Arabia Saudí, Afganistán o Pakistán, o en algún lugar de África. Sobra aclarar que Raquel lo odiaba con todas las fuerzas de su alma judía, con un odio inexplicable, pues entonces el famoso terrorista aún no alcanzaba la notoriedad por la que fue perseguido y cazado como lo que era, un depredador peligroso. Yo he llegado a odiarlo más intensamente, a él y a todos los que comparten su fe. No disimulo mi odio, ni mi sed de venganza, no me arrepiento de ellos. Es ese odio lo que me ha mantenido con vida.

Mi discurso no había terminado, de hecho, difícilmente iba por la mitad. Estaba inspirado, ante la inesperada audiencia de una alma gemela que por fin comprendería mis sentimientos. Les confieso que hasta ese momento, nadie, en serio, nadie, había estado dispuesto a escuchar con atención mis discursos misantrópicos. En realidad no lo son. Yo no odio a los seres humanos; bueno, sí detesto a la mayoría de ellos, mas no a todos. Lo que sí detesto, lo que me resulta imposible de tolerar, es la inagotable estupidez del comportamiento humano, la incapacidad de mis congéneres para conducirse como las criaturas superiores que afirman ser.

Respiré profundamente y proseguí.

"Parirán, parirán y parirán, porque algún ignorante poeta los ha persuadido de que el fin del amor es la procreación; porque piensan, erróneamente, que el amor no tiene ninguna otra utilidad que no sea la de preservar y propagar la especie. No cabe en sus diminutos intelectos la posibilidad de que dos seres puedan amarse tan sólo por el valor del amor. Lo confunden con el sexo. De hecho, al coito, al crudo y natural acto sexual lo han llamado 'hacer el amor', como para disfrazarlo, para maquillarlo, para hacerlo lucir sublime y romántico. Pero se engañan a fuerza de eufemismos. La preñez no es resultado del amor, sino de la concupiscencia. No tienes que decirme nada, lo sé, no se oye igual de lindo, pero lo cierto es que los bebés no son fruto del amor sino del deseo, de la libídine, del llamado de la carne..."

"No se trata sólo de egoísmo, ni de lujuria", añadió Raquel, algo molesta porque yo le había robado la palabra. "Aunque estoy de acuerdo contigo, me temo que olvidas algo: la genética. Los seres humanos, y los demás animales, buscamos reproducirnos porque así está programado en nuestros genes…"

"¡Cierto!", confirmé. "Pues entonces, que cesen ya de hablar de dios, del amor y de la entrega, que reconozcan de una buena vez que todo se reduce a glándulas y hormonas…" "Mi querido Samuel", objetó ella esta vez, "¿cómo nos vas a quitar el romance, la magia, la ilusión? ¿Por qué pretendes despojarnos de las únicas cosas que hacen esta vida soportable, Dios, la fe y la religión, la magia del amor, la esperanza?"

"Yo no me he propuesto quitarles nada. Solamente pido un poco de honestidad. Y ya que hablas de religión, permíteme añadir algo. Muchos de los auto-proclamados líderes de nuestras religiones son los más culpables de lo que ocurre.

Piensa en los rabinos, con su mensaje de que 'los hijos los envía dios', o en los curas y sacerdotes que prohíben el uso de anticonceptivos. Algunos de esos líderes han llegado incluso a negar la realidad de la sobrepoblación, afirmando que es simplemente un invento más de los enemigos de la religión. Otros, tan insensatos como los primeros, alientan a sus fieles a parir más, para impedir, de ese modo, que los miembros de la religión contraria los superen en número. ¿Es posible concebir un descabellamiento más atolondrado que ése? '¡Continuaremos creciendo!', gritan algunos de sus profetas. '¡Es nuestro destino y el plan de dios para nosotros!' No Raquel, dios no tiene nada que ver con esto. A menos que la lujuria sea su dios. Y te aclaro, no digo *suya* por altanería ni elitismo, sino porque en mi caso particular he sabido controlarla mejor que el mismo papa, suponiendo que él la controle. No me considero mejor que ellos, ni superior a ellos, pero si de algo me siento satisfecho en esta vida es de no haber manufacturado a una criatura en el horno del sufrimiento, de no haber causado dolor sin justificación…hasta ahora.

¿Sabes algo?, me parece espantoso que estos seres dotados de cerebros que son, en promedio, más grandes que los colocados por tu dios dentro del cráneo de la mayoría de los demás animales, estos seres que han visto y experimentado el dolor de vivir, la enfermedad, la vejez y la decrepitud, la soledad de la muerte, a pesar de ello insistan en alimentar el fuego fatuo de la existencia, arrojando a él más y más víctimas propiciatorias, dando vida a copias de sí mismos destinadas al mismo abismo en el que ellos desaparecerán. ¿Tan enorme es su egoísmo? ¿O acaso es que son brutos, ciegos, torpes, incapaces, como los insectos, de rebelarse contra el destino trazado por los genes? Y si espantosa es esta conducta, espeluznante resulta, aunque, al mismo tiempo, fascinante, que estas bestias bípedas, estos bellacos virus, hayan sido capaces de concebir la pasmosa idea de que fueron creados 'a imagen y semejanza' de dios. Si las cucarachas pudieran escribir, y si de hecho escribieran que ellas fueron creadas a imagen y semejanza de dios, si tal cosa afirmaran, de ellas sería mil veces más creíble que de los seres humanos, pues ellas, por lo menos, tienen la cortesía de desaparecer por temporadas, como lo ha venido haciendo dios desde que el universo es universo."

Me detuve, a fin de escudriñar la faz de Raquel, a ver su reacción a mis comentarios críticos de la religión y de los religiosos. Noté que no la complacieron, pero en esencia seguía conteste conmigo. Ya ella y yo habíamos hablado del estatus de mi fe, así que supongo que estaba preparada para resistir el embate de estas otras ideas mías.

"Me pregunto qué harán cuando ya no queden tierras para cultivar, ni materia prima para inventar nuevas formas de construcción, ni fuentes de agua potable, ni bosques y selvas para purificar el aire contaminado. Créeme, nuestros semejantes no se detendrán jamás, hasta que colmen el planeta, hasta que ya no quede espacio alguno para alojar con razonable comodidad a otras criaturas. Entonces se desesperarán, y no sabrán qué hacer. Algunos de ellos, inspirados, tal vez, por la literatura de ciencia ficción, sugerirán, como lo hizo el más tarado de los presidentes de mi nación, colonizar otro planeta, como Marte, o el satélite natural del nuestro, la Luna, pero la estrambótica idea, además de palmariamente descabellada, resultará inviable, dado el escaso avance tecnológico real alcanzado por la primitiva especie humana. Cuando por fin se den cuenta de que Marte está muy distante, y de que la Luna no es habitable, el pánico se apoderará de sus almas, y, tal vez, se arrepentirán de haberse comportado como los insectos que son. Entonces, en alguna lujosa oficina de una gigantesca empresa multinacional, en el piso ochenta y nueve de un alto rascacielos, un joven ejecutivo resucitará nuevamente la campaña publicitaria que ha estado tan de moda durante los últimos años de este milenio: 'Hablemos de *verde*, de desarrollo sostenible, de conciencia ecológica. Continuaremos construyendo, sí; seguiremos sembrando cemento y varillas, asfalto y hormigón; continuaremos deforestando, desviando y secando los pocos ríos que quedan, cortando los bosques, destruyendo la jungla, inundando de computadoras, televisores y teléfonos digitales el mercado; pero anunciaremos con bombos y platillos que de ahora en adelante lo haremos de una manera *verde*, respetando la tierra y el medio ambiente, de un modo *sustentable...*' ¡Verde! ¿Cómo pueden atreverse a mencionar ese color los que destruyen la selva amazónica? Sólo un verde les cautiva, el de sus billetes, el único dios adorado por empresarios, contratistas y los mal llamados desarrolladores. Ojalá que de verdad exista tu dios, y los destruya a todos antes de que sea demasiado tarde, antes de que ellos arrasen la tierra que no les pertenece."

Raquel estaba apabullada, anonadada por aquella incesante metralla de palabras iracundas, indignadas, cargadas de rabia y de rencor. Si hubiera podido preverla, no me hubiera dado cuerda al principio, con aquel primer "parirán" que de su boca salió; se hubiera quedado callada ante mi broma, se hubiera reído cortésmente, cambiando el tema de la conversación. Me senté sobre una piedra cercana, junto a la fuente del pequeño jardín, al lado del tierno cedro que Raquel había sembrado la semana anterior, cabizbajo, con una difusa sensación dentro de mi cabeza, como si ésta se hubiera ido llenando de humo poco a poco. Así estuve dos o tres minutos, como el célebre pensador de Rodin, pero sin pensar. Cuando por fin me repuse, sólo alcancé a balbucear una nueva crítica, como si con las anteriores no hubiera demostrado a saciedad la solidez de mis extravagantes convicciones y la magnitud de mi desprecio hacia tantos de mis vecinos humanos.

Ausculté a mi interlocutora, a fin de constatar si aún estaba de acuerdo conmigo. Para mi sorpresa, sí lo estaba. Y digo "para mi sorpresa" porque sé que mi forma de pensar es tan radical que puede resultar antipática y repugnante para muchas personas, incluso para aquéllas que en términos generales comparten mis preocupaciones. Le pregunté si alguna de mis palabras la había herido, como mujer, como religiosa. Contestó que no. Insistí: "¿Te das cuenta de que yo despotrico contra todos los seres humanos que actúan como hormigas, y que no hago distinción alguna por razón de raza, religión…?" Me interrumpió: "No me subestimes, me parece innecesaria la aclaración. ¿Qué crees, que porque soy judía he llegado a pensar que nosotros tenemos algún derecho superior que nos permite destruir la tierra que sólo a Dios pertenece? Nosotros, su pueblo especial, gente separada, el vehículo escogido por Adonay para extender su bendición a las demás naciones, nosotros somos los más obligados, como mayordomos, a proteger esta gran casa que, en definitiva, no es nuestra sino de Él. Lo que tú ignoras es que lo hemos hecho, no siempre, es cierto, pero más a menudo y más consistentemente que los demás pueblos. Por ejemplo, ¿Sabías tú que esta tierra que te ha recibido con hospitalidad y con los brazos abiertos, como se recibe a un hijo pródigo, era un inútil desierto antes de que nosotros los judíos la reivindicáramos? Nosotros, los odiados judíos, nosotros, los "invasores", como nos llaman los terroristas árabes, sí, nosotros los judíos, transformamos esta tierra en un jardín fructífero, habiéndola hallado arrasada cuando llegamos. Ya lo he admitido, ahora no es igual, ahora destruimos en lugar de plantar, sembramos casas en lugar de árboles, secamos cauces para extender carreteras. Pero al principio no fue así, y yo sé que antes de que llegue el mesías recapacitaremos, volveremos a las sendas antiguas, le prepararemos el camino. Dios creó un mundo hermoso que nosotros afeamos. Pero muy pronto volverá a ser hermoso…"

Debo conceder una vez más que Raquel tenía toda la razón, o casi toda. Antes de las masivas oleadas de inmigración de los judíos durante la primera mitad del siglo pasado, el ochenta por ciento de Palestina era un arrabal improductivo olvidado por los otomanos. Fueron los judíos, o, en rigor, los sionistas, que en muchos casos ni siquiera eran, en puridad lingüística, *judíos*, con sus kibbutsim y sus utopías socialistas iniciales, quienes represaron aguas, excavaron cisternas, cavaron zanjas y canales, y convirtieron un páramo olvidado en un oasis atractivo para la vida. Su propia sangre contribuyó a la fertilidad de este suelo desértico, abono rojo preciosísimo, fertilizante vital cien veces más potente que el veinte-veinte que mi madre solía usar para obligar a las enclenques matitas de tomate de su huerto casero a crecer por lo menos una pulgada más. El lugar en el que su razonamiento patinaba era nuevamente el mismo, la esperanza de un mesías que vendrá a cambiar las cosas, el escapismo, la enajenación.

"¿Quieres que te diga algo?", me comentó; "Me alegra haber escuchado tu antisocial discurso. Ahora me doy cuenta de por qué nos unió Dios, a mí, una ingenua soñadora, y a ti, un peregrino tan vacío como un ánfora rota. Somos el uno para el otro, a pesar de nuestras diferencias, nos complementamos, como dos pequeñas piezas de un rompecabezas, de formas diferentes, pero fabricadas para encajar cada una perfectamente en la otra. Tus palabras me han hecho recordar un sueño que tuve hace poco, no un sueño enigmático, sobrecogedor o místico, como los que interpretaban José y Daniel, más bien un sueño normal, pero raro al mismo tiempo, como casi todos los que soñamos cuando nos acostamos después de haber comido demasiado. Déjame contártelo, escucha con atención, como te escuché yo a ti.

Hace una semana, la noche que no regresaste a casa debido al atentado terrorista cerca de la base, no pude conciliar el sueño. Como nada más podía hacer, intenté imaginar ese mundo futuro del que tanto te he hablado. Al comienzo lo vi hermoso, al principio, pero al final me pareció horripilante, sin aves ni peces, sin perros ni gatos, sin leones ni cebras; sin Sansón. Me refiero a mi perro, por el de la historia que se preocupe Dalila. Estaba soñolienta. Entre dormida y despierta soñé, o creí soñar, con un mundo así, sin otros animales, sin árboles, un mundo arropado por el cemento y por el asfalto, repleto hasta el borde de egoístas y ambiciosos humanos. Soñé con un planeta, nuestro planeta, cubierto por miríadas y miríadas de edificios de cemento, unos al lado de otros, unos encima de otros, unos debajo de otros, unos pegados a otros; un interminable océano de concreto, bloques y varillas; un monótono y árido desierto de hormigón y aluminio, sin vida, sin color, sin el verde intenso de las hojas en verano, sin el caleidoscopio de las flores en primavera. Dentro de mi pesadilla, busqué el mar, pero no lo encontré. En su lugar ahora existía una colosal laguna llena de pegajoso petróleo, suciedad y botellas de plástico. Intenté ver el sol, pero una impenetrable cortina de humo contaminante me lo impidió. Traté de oír el cantar de los pajaritos, mas el ruido retumbante de las máquinas demoledoras y excavadoras no me lo permitió. Unos agónicos gemidos me despertaron, que parecían provenir del sueño que había soñado, una voz que entre sollozos se lamentaba: 'Y la tierra estaba desolada y vacía.'

¿Puedes entender ahora mi obsesión con el Mesías? No tolero este mundo, no lo aguanto. Quiero otro, tan bueno y hermoso como el original. No puedo resignarme a la idea de que de aquí a treinta o cuarenta años este planeta luzca como ése que vi en mi sueño. Un mundo nuevo, eso es lo que quiero, y sólo el Ungido podrá hacer mi sueño realidad."

A mí también me agradaría un mundo nuevo. Pero sé muy bien que nunca llegará.

*****IBRAHIM*****

Ibrahim está empapado en sudor, y exánime, debido a que ha tenido que caminar, y a veces correr, en el día más caluroso de este verano, bajo los rayos de un sol implacable que parece enojado con esta ingrata especie que ya no le adora como él se merece, desde el punto de encuentro acordado, donde ya no estaba Omar, hasta esta barriada mugrosa, y, casi sin fuerzas, subir, con el corazón en la boca, los mil peldaños interpuestos entre el primer piso del edificio y el apartamento de la oveja perdida. Ibrahim sentía que su primo lo necesitaba, dato que explica la veloz carrera, y no quería fallarle nuevamente, soltar su mano, como lo hizo en un lugar distante años atrás, con la mano de Ismael. "Soy responsable por ti", pensó en voz alta, mientras subía fatigadamente la escalera, "no te dejaré caer". Estamos ante el milagro de la verdadera amistad, ya casi extinta en este mundo fecal. ¡Ay Omar!, si al menos pudieras entender el precio que por tu alma se paga.

Está allí, como ya se mencionó, sentado en una de las dos restantes sillas del comedor. Las otras dos se rompieron, minadas por la polilla y la humedad. De la mesa tampoco queda mucho, pero no importa, de todos modos Omar nunca la usa. Sobre ésta nada hay, ni siquiera un plato sucio, ni una azucarera, ni dos recipientes de cristal, uno con aceite y el otro con vinagre, nada, excepto una fina capa de polvo que le sirve de mantel. En la otra mesita, la de la sala, mucho más pequeña que ésta, y en perfectas condiciones, al menos está la fotografía de Ismael. ¿Para qué sirve una mesa si no es para colocar algo sobre ella, aunque se trate de un recuerdo doloroso? Al lado de la mesa del comedor, no sobre ella, está Ibrahim, con el rosario y la ajada carta en sus manos, esperando que su primo despierte, para ver qué le ocurre y, más que nada, para ver qué puede hacer por él.

Pues bien, Omar acaba de abrir los ojos, y lo mira con una mirada que es una mezcla perfectamente balanceada de asombro, gratitud, alegría y alivio. Ibrahim sonríe, aún sin pronunciar palabra. Pero al percatarse de que su primo no ha de ser quien rompa el hielo, le dice, no como alguien que intenta excusarse sino para dar inicio al diálogo: "Fui a buscarte en el lugar convenido, pero ya te habías ido". En el tono de su voz podía percibirse cierta nota recriminatoria, no un regaño, ni una reprimenda de pleno derecho, simplemente la expresión de una débil decepción. Sabemos que sus palabras son verdaderas, porque lo vimos llegar a la intersección, dar media vuelta, girar a la derecha, correr como un demente que ha visto la embajada de la muerte, subir las escaleras, aguardar pacientemente. Además, estamos al tanto de que Ibrahim nunca miente, no sabe mentir. Tan obsesiva es su inclinación por la verdad que casi todos sus amigos evitan su compañía, ofendidos a menudo por sus certeros comentarios, rara vez sazonados con la miel de la lisonja y la adulación. La diplomacia, debe saberse, no es uno de sus más llamativos atributos, pero la carencia de ésta la compensa con creces gracias a su sinceridad y a su discreción. Si dice que va, irá; si afirma que fue, podemos apostar a que ha ido. De vez en cuando exagera, como todos nosotros, nadie es perfecto; y ocasionalmente oculta alguna sección de la verdad, siempre y cuando al hacerlo no degrade la parte restante, convirtiéndola en mentira. Pero ésas son pajillas sobre la leche, nimiedades despreciables, nada que macule el carácter esencialmente veraz de un hombre que, aunque falible, como todos los mortales, se empeña cada día en apedrear a Satán y someterse dócilmente a dios. Es un verdadero muslime, sus hermanos y hermanas están a salvo de las palabras de su boca y de las acciones de sus manos. ¡Ojalá pudiera decirse lo mismo de todos ellos!

Ibrahim, como también sabemos, es el primo hermano de Omar. Es hijo de su tío paterno, el único hermano que tenía el papá de Omar. Ambos se criaron juntos, y juntos llevaron a cabo las tres pequeñas hégiras de sus vidas; la primera a Suramérica, donde Omar conoció a María y él se enamoró de Wisam, una joven refugiada, como él mismo, de grandes ojos negros y una sonrisa tan radiante como la aurora boreal; la segunda, de regreso a sus raíces, periplo aciago que nunca debieron llevar a cabo, y la última, hará cosa de quince años, aquí, a la ciudad, no la del profeta, sino su misma antítesis, la ciudad más corrupta y pecaminosa del planeta. Ibrahim es tres años mayor que Omar, y más que como primo, casi siempre lo ha tratado como si fuera, él, Ibrahim, su hermano mayor. Las razones son muy simples. En primer lugar, Ibrahim no sólo es cronológicamente mayor que Omar, es decir, mayor en años vividos; es, además, mucho más maduro que él, más viejo, emocionalmente, psíquicamente. A los diez años de edad, cuando Omar aún jugaba con aviones de madera y soñaba con llegar a ser piloto, su primo estudiaba esmerada y minuciosamente el Corán y los hádices, movido por una precoz conciencia de su naturaleza culpable, temeroso del castigo prometido a los pecadores, ansioso por obtener la limpieza del alma sin la cual resultaría imposible entrar al paraíso. En segundo lugar, Ibrahim se saltó la mayor parte de su infancia, porque no tuvo un hermanito con quien compartirla. Su padre murió antes de que él naciera y su madre no volvió a casarse; murió, viuda, cuando él tenía unos siete años. Huérfano, fue adoptado por sus tíos, quienes, pese a que lo colmaron del amor que todo niño merece, exigieron de su parte un comportamiento más o menos adulto. De hecho, al parecer fueron ellos los que permitieron, e incluso alentaron, la conducta protectora y paternal de Ibrahim en su trato con Omar. La tercera razón es evidentísima, Ibrahim es un hombre de fe, un auténtico hanif, como Alí, Waraka y Said. Se postra cinco veces al día, a menudo más frecuentemente, sin importar dónde esté, siempre mirando a la quibla, arrodillado sobre su estera purificada que lleva consigo a todas partes; De su magro salario, dona a los pobres el tres por ciento, en exceso de la cantidad fijada por muchos ulemas; Los hádices los conoce mejor que Bukhari, el gran compilador, pues, como establece uno de ellos, la búsqueda del conocimiento es obligatoria para todos los creyentes. Sólo una obra necesita para ser perfecto, la peregrinación. Una vez, muchos años atrás, se propuso llevarla a cabo, pero dios tenía otros planes. El hombre propone, mas dios es el que dispone. No importa, aún tiene tiempo para realizarla, y planifica efectuarla el año entrante, solo, esta vez sin su primo. Si en esta ocasión llegará a la ciudad santa, es ése un dato que veremos en el último capítulo. Cuando se viste en la mañana, es todo un espectáculo ritual: el zapato derecho primero, la manga derecha de la camisa, la pierna derecha que entra al pantalón antes que la izquierda. Le ocupan más tiempo las abluciones posteriores a los actos de higiene personal que los actos mismos. Orina, una ablución; defeca, otra ablución; coito, ya no una, sino dos o tres purificaciones rituales; pero éstas no las necesita, por razones que no es necesario mencionar aquí. "La purificación es la mitad de la religión", suele decir. "La llave que abre las puertas del paraíso es la oración, pero la llave de la oración es la purificación." Si de los lavatorios purificantes dependiera la entrada al paraíso, Ibrahim tendría asegurado un lugar a la diestra del trono.

El último de los profetas tuvo en vida varios amigos, pero ninguno de ellos comparable a Abu Bakr. Abu Bakr fue su primer converso varón adulto, cuarto sólo después de Jadiya, la primera esposa de Mahoma y también la primera persona que aceptó su llamado, Said, un joven esclavo a quien el apóstol había emancipado, y Alí, el primer niño convertido al Islam. Abu fue, además, su protector, su guardaespaldas y su principal consejero en materia de guerra. Tan cercano estaba al corazón de Mahoma que éste, en su lecho de muerte, lo designó Califa, el primero de los cuatro justamente guiados. No todos los miembros originales de la comunidad musulmana creyeron esto. Ya hemos explicado que algunos de ellos, específicamente los chiitas, afirmaron desde el comienzo que el escogido por el profeta para que le sucediese fue Alí, el tercero de sus discípulos, y esposo de su hija predilecta, y que Abu Bakr, para decirlo en lenguaje moderno, le robó las elecciones a aquél, como hizo en Estados Unidos George Bush, el hijo, en su primera campaña, sin vislumbrar en lo que se estaba metiendo. Sea como fuere, lo cierto es que mientras vivía, Mahoma no tuvo un amigo más cercano que el gran Abu Bakr, y que sin éste la misión que le fue encomendada por dios a través del ángel Gabriel tal vez nunca hubiera sido culminada exitosamente. Tanto lo quería que, en Medina, la ciudad del profeta, la única puerta permanentemente abierta de la mezquita era la que daba a la estancia de Abu Bakr. Moisés tuvo a su Josué;

Saúl a su David (aunque estos dos terminaron enemistados); Elías compartió su túnica con Eliseo, y el hijo de María, Isa, o sea, Jesús, encontró en Pedro a un fiel amigo que estuvo dispuesto a pelear por él, al menos hasta el primer cantío del gallo. No, no fue él el primer papa, como dicen los romanos, pero sí fue el discípulo más cercano al maestro. Omar también ha sido bendecido, tiene a su Ibrahim.

Omar estaría totalmente solo de no haber sido porque dios puso en su camino a su primo hermano, todo un moderno Waraka, un lazarillo cuya misión en la vida parece ser, al menos parcialmente, la de salvar el alma de este torpe ciego que se obstina en lanzarse al abismo. En Latinoamérica, solemos decir que dios aprieta pero no ahoga, o lo que es igual, que dios, según da la llaga, da también el remedio. La llaga de Omar es su vida vacía; su remedio, siempre, su refugio, ha sido Ibrahim.

"¿Cuál era la prisa? ¿Por qué el apuro? ¿Por qué no me esperaste?", le pregunta a Omar.

Pero Omar no le responde. Está tan alegre de verlo que se limita a abrazarlo, largamente, como si tratara de retenerlo por siempre entre sus brazos, o como si intentara, a propósito, transferir a sí mismo una porción, al menos una porción, de la inconmensurable paz que exuda el alma de su hermano, en un proceso de osmosis espiritual, por contagio, de una piel a otra piel, de un cuerpo a otro cuerpo. "Abrígame", le pide, "abrígame, por favor". Ibrahim se da cuenta inmediatamente de que algo terrible ocurre, de que una nueva tristeza se cierne sobre su trepidante pariente, más grave e inexpugnable que todas las anteriores. Sin tener que mover sus labios, Omar habla de amargura, grita desesperación, anuncia a los cuatro vientos una angustia tan profunda y avasalladora que sólo un milagro, si es que

161

todavía ocurren los milagros en este mundo ignorado por dios, podría explicar cómo este pobre hombre apabullado logra mantenerse en pie. "¡Ay hermano mío!", piensa Ibrahim, "si me dejaras ayudarte."

Yo, uno de los narradores de esta funesta historia, yo, que no soy musulmán, envidio con todo mi ser a Omar. Presiento que su destino no es nada halagador, que se aproxima a una encrucijada donde se verá forzado a decidir si dobla a la derecha o a la izquierda, si prosigue altaneramente adelante, en contra de todas las advertencias que ha visto en el camino, o si da marcha atrás. Presiento también que tomará la decisión incorrecta. ¡Ojalá me equivoque! Y aun así deseo estar en su lugar. Lo envidio porque tiene un amigo que lo ama, alguien que se preocupa por él y por él daría la vida, porque no está solo. ¡Cuán diferente sería mi existencia, cuánto mejor, si en el sendero para ella trazado me hubiera acompañado, especialmente en los momentos más difíciles, la sombra protectora de un amigo! Sé tan bien como ustedes que ha perdido a un hijo, y que su esposa yace en el lecho marino, quizá por culpa de él; Omar lo ignora, pero yo lo sé; además, sé que no es feliz. Conozco muchas otras circunstancias relacionadas con su vida, detalles ignorados por ustedes, como, por ejemplo, su involuntaria castidad durante más de una década, sus problemas estomacales, por razón de los cuales se ha visto obligado a llevar una estricta dieta vegetariana, inconcebible en los de su etnia, su amor por la lectura, frustrado en parte por su incipiente ceguera. Sé también algo acerca de los micrófonos ocultos que encontró hace unos días en su apartamento, y del terror que le hicieron sentir en ese momento. He visto los destellos de esperanza ahogados en su mirada por el rencor. E incluso así, a pesar de la precariedad de su existencia, lo envidio. No, no soy masoquista, no anhelo ni busco más sufrimiento para mí mismo. Con el que tengo me basta y me sobra. Lo que necesito es un amigo como Ibrahim, alguien que comparta el peso de mis cargas y me preste su hombro para apoyarme de vez en cuando en él. Si en mi vida hubiera habido un Ibrahim, o una Raquel, tal vez yo también me habría sometido.

Les ruego que me disculpen, apreciados lectores, ésta no es mi historia, ni la de mis colegas narradores, es la de Omar, y la de ese cristiano revertido nominalmente a judío que espera por nosotros en el siguiente capítulo. No tengo derecho alguno a aburrirlos hablándoles de mis carencias. Regresemos al afortunado Omar, y a su primo Ibrahim. Sería más afortunado si le prestara atención.

Lentamente se separaron, pero permanecieron en el mismo lugar, uno frente al otro, mudos, sin pronunciar palabra, Ibrahim llorando, Omar sufriendo, Ibrahim como el tronco enhiesto de un frondoso árbol, Omar como una frágil rama zarandeada por el viento. Llora Ibrahim lágrimas de frustración, no de tristeza. Llora porque recuerda el pasado, porque conoce el presente, porque presiente el futuro. No lo sabe todo, pero no necesita saberlo, los pormenores son para nosotros, espectadores que asistimos a la puesta en escena de esta innecesaria tragedia. Conoce lo suficiente, y de lo que sabe deduce las conclusiones pertinentes. Su religión siempre ha sabido apreciar el inestimable valor de la razón, el insustituible papel que interpreta el raciocinio en el drama epistemológico humano. En aquellas eras en las que la civilización cristiana occidental buscaba a tientas la salida del obscuro laberinto medieval, los maestros musulmanes ya habían resucitado al peripatético filósofo griego, y junto con él revivían su lógica, su ciencia y su realismo. Ibrahim es un digno heredero de esa tradición; por ello, no hace falta que Omar abra su alma y la despliegue ante él. No es necesario.

A buen entendedor, con pocas palabras basta, con ninguna, en este caso. Ibrahim contempla, apenado, el rostro de su primo, aprieta con sus manos las suyas, y siente en ellas las palpitaciones de su acongojado corazón; ve el sudor en su frente, gotas gruesas y brillantes; nota la expresión de sus ojos, que piden vehementemente el socorro que su orgullo, tercamente, se negará a aceptar; Y a partir de todo este panorama, *ergo*, arriba a las conclusiones necesarias y llena los espacios en blanco.

"No estaba apurado", miente Omar, que no siente por la verdad el mismo respeto que por ella profesa Ibrahim, "simplemente deseaba verte para consultar un proyecto contigo. Ya no tiene importancia." Esto tampoco es cierto. Su decisión estaba tomada, lo menos que hubiera querido era una consulta con alguien demasiado capaz se disuadirlo de sus propósitos, los que, por cierto, sí tienen importancia, ¡y mucha!

"Pues bien, aquí me tienes, como siempre, dispuesto a escucharte. Dime qué necesitas, cómo puedo aconsejarte", insiste Ibrahim, sabedor de que nada podrá hacer por su primo si éste no se lo permite, si no abre él la puerta de entrada a su alma.

"Lo que necesito está frente a mí. Tú eres lo que necesito", contestó Omar.

Echemos a un lado nuestros estúpidos prejuicios. Entendamos de una vez y por todas que un hombre puede amar a otro con un amor tan intenso como el que siente por una mujer, y que este sentimiento, en sí mismo, no delata la preferencia sexual de ninguno de los dos. Omar no es homosexual, o *gay*, para usar el término de moda. Ibrahim tampoco lo es, claro está. Pero se necesitan mutuamente; aquél depende de éste para salvarse, éste necesita a aquél para demostrarse a sí mismo que su dios obra a través de él. Lo que Omar necesita no es el cuerpo de Ibrahim, sino su espíritu, su fe, su paz. "¡Cuánto dolor siento por ti, Jonatán, hermano mío! Tu amistad era para mí más maravillosa que el amor de las mujeres." Ésta fue la exclamación del segundo rey de Israel al enterarse de la muerte de su amigo. No es menor el amor que une a nuestros dos personajes.

"No querido primo, te equivocas, tú no me necesitas, de quien tienes urgente necesidad es de Otro, más grande que yo. Tu vacío no puede llenarlo un ser humano, un mero mortal. Tu vacío es infinito, por lo que sólo un Ser infinito puede ocuparlo. Tú lo sabes, pero has preferido ignorarlo. Te has olvidado de Aquél que puede calmar tu dolor, del único capaz de ofrecerte una esperanza. Por eso sufres. Te has apartado de la Fuente de la que brota el agua de la vida, del Motor que impulsa nuestro caminar, del Suelo que nutre las raíces de tu espíritu. Dios es el manantial que tu alma sedienta busca. Acuérdate de Él, y Él se acordará de ti…"

"¡Al revés!", protestó enérgicamente Omar. "Él es quien tiene que acordarse de mí, pues de mí se olvidó, y es por eso que yo no pienso más en él. Se olvidó de todos nosotros, los creyentes. Permitió que nos derrotaran en el campo de batalla, que nos aplastaran con sus tanques y sus camiones, miró a otra parte mientras nosotros, los últimos portaestandartes de la fe verdadera, éramos perseguidos, masacrados y exterminados. Nos han humillado, Ibrahim, se han reído de nosotros y de nuestra religión, nos han vejado como les ha dado la gana. Incluso él mismo, posiblemente, se ha reído de nosotros. ¿Cómo puede dios reír cuando hay personas muriendo en Palestina? Esto es lo que más duele, lo que cala hondo en el alma, la humillación, el desprecio, que nos hagan sentir que no valemos nada, eso, y su abandono. ¿Dónde estaba ese dios del que siempre me predicas cuando teníamos que escondernos bajo la cama, temblando de miedo por las balas de los sionistas? ¡Por dios, Ibrahim, por *tu* dios! ¡Éramos unos niños, unos niños inocentes! En lugar de escondernos, debíamos estar afuera, al aire libre, en el patio, jugando, corriendo bicicleta, meciéndonos en un columpio. Pero a dios no le importaba. Tal parece que para él todos somos adultos, en su agenda no hay niños indefensos que merezcan su protección. ¿Dónde estaba cuando llegaron los soldados, cuando rodearon la casa, cuando se mofaron de mi padre? ¿Dónde estaba cuando asesinaron a mi Ismael? Tú lo presenciaste, estabas allí. Lo mataron frente a una de sus mezquitas, edificadas en su nombre, para su adoración. ¿Qué mal había hecho, en qué lo había ofendido? ¿Por qué no lo salvó? ¿Dónde ha estado todos estos años, desde que esas malditas bestias invadieron nuestras tierras y ultrajaron los lugares santos? ¿Es que acaso cierra sus ojos para no ver a nuestros hermanos prisioneros en inmundos campamentos, obligados a desnudarse y hacer cosas abominables? ¿Qué hacía cuando mataron a sangre fría al jeque y a sus compañeros, nuestra última esperanza, el más valiente, el único que se atrevió a hacerles frente? ¿En cuál lugar se ha ocultado, Ibrahim? ¿Por qué no actúa? ¿Por qué no interviene? Te lo diré brevemente: No interviene porque no existe. ¡Nunca existió! Es un mito, un cuento consolador. Imagínate, si ni siquiera salvó a Isa, su hijo predilecto, según la doctrina de los ignorantes cristianos, ¿qué otra cosa se puede concluir?"

"¡No te conviertas en un negador! No seas rebelde. ¿Cómo puedes desecharlo ahora? ¿Cómo te atreves? Sin Él nada eres, sin Él eres tú el que no existe. Y, por cierto, Isa no murió en la cruz, un hombre parecido a él tomó su lugar."

"Da igual, no me interesa saber quién demonios murió en aquella cruz; y yo, yo sí existo, como también existen esos homicidas a quienes tu dios no detiene. ¿O es que acaso no *puede* detenerlos? ¿Qué clase de dios es ése? ¿O será que *no quiere* pararlos? Le resultan indiferentes nuestras muertes, nuestro oprobio. Le da igual si vivimos o si morimos. Ni siquiera se inmuta al contemplar nuestro dolor. Por lo que se ve, los quiere más a ellos, a nuestros enemigos, esos despreciables hipócritas que matan en nombre de un dios distinto a él mismo. ¿Por qué no los destruye, Ibrahim, por qué no los fulmina de una vez, como hizo con los hombres del foso?"

"Su misericordia es grande, Omar, infinita, y aun de ellos se apiada. Recuerda cómo se compadeció de nuestros antepasados en los tiempos de la yajiliya, cuando, inmersos en la ignorancia, cometían crímenes tan horrendos como los que ellos han perpetrado en el presente. A su debido tiempo, si no se arrepienten, Dios se encargará de ellos, suya es la venganza. Éste es Su mundo, amado hermano, *Su* mundo, Él lo creó, y sólo Él sabe porqué permite estas cosas."

"¿*Su* mundo? Si creyera en Satán te contestaría que este infierno le pertenece a él, que es Satán quien lo gobierna. El mundo es una selva, una dura y cruel selva, y esos seres de los que tu dios tiene tanta misericordia son las peores bestias de esta jungla. Se comportan como aves de rapiña, como feroces depredadores. Son unas malditas hienas incapaces de pensar en las demás criaturas, y mucho menos capaces de respetar sus derechos. Estoy harto de vivir en este mundo. Harto de ver cómo los fuertes prevalecen y los débiles perdemos; harto de ver cómo triunfa la injusticia. Y, sobre todas las cosas, estoy harto de que me hablen de un dios dizque de amor que nunca ha hecho nada para proteger a los inocentes y defender a los más débiles. Perdóname, Ibrahim,

167

perdóname, te lo ruego. No quiero herirte. Pero te confieso que yo solamente pienso en dios las veces en que algo me sale mal. Cada vez que algo me sale mal, pienso en dios y encuentro consuelo. ¡Ja! ¡No me malinterpretes! No es ésta una súbita confesión de fe. ¡Después de lo que has oído de mis labios! Si encuentro consuelo es porque veo que existe alguien peor que yo, alguien más torpe e inepto que yo. Y que conste que no intento disimular ni esconder mi propia ineptitud. Saber que he cometido tantos errores, que me he equivocado tan estúpidamente tantas veces en el pasado, me enfurece, me irrita y me deprime. Me percato de que el infierno que ahora vivo lo encendí yo mismo con la leña de mis repetidos desaciertos. Pero entonces, encuentro un poco de consuelo al pensar que existe alguien (si realmente existiera) más mediocre que yo, alguien que hizo una chapuzada más asquerosa que la mía, alguien cuyos errores son aún más inexcusables que los que yo he cometido. Ese gran chapucero es, no me cabe la menor duda, el dios *grande y poderoso* al que tú sirves y de quien no te cansas de hablar, aquél que, no obstante su infinito poder y sabiduría, creó esta monumental inmundicia llamada mundo, este descomunal montón de excremento al que ustedes llaman 'vida'. Sí, dios, el gran chapucero, la quintaesencia misma de la incompetencia y la mediocridad, él es mi gran consuelo. Que yo, un insignificante piojo, una sombra fugaz destinada a la inexistencia, haya metido las patas unas cuantas veces, no es nada en comparación con esta gran porquería creada por tu perfecto e infalible dios…"

"Omar, Omar, Omar, no sigas, por favor, no abuses de Su misericordia y de Su paciencia. Él te ama, pero no tolerará por mucho tiempo tu soberbia. Tu altivez será la causa de tu ruina, tu orgullo te hundirá. Dices que estás harto. ¿De verdad lo estás? ¿Harto, Omar? Y, sin embargo, te has propuesto actuar como esas bestias actúan (uso tus propias palabras), hacer lo que ellas han hecho, destruir como ellas destruyen, matar como ellas matan. Entonces, dime, ¿de qué exactamente estás harto, con qué derecho te quejas, si tus intenciones te han transformado en uno de ellos?"

"¿Qué sabes tú de mis intenciones?"

"¡Sé más de lo que tú te imaginas, primo, mucho más! Por eso te digo, ten cuidado con lo que haces, con lo que intentas hacer. Tienes razón en algo de lo que has dicho, te lo concedo, este mundo es una selva, una jungla, un almacén de podredumbre. Pero has olvidado que no es éste el mundo al que pertenecemos los creyentes. Este mundo es solamente un campo en el que debemos plantar las semillas que germinarán en el otro…"

"¡Tonterías! Sólo existe éste."

"¿Entonces ya renunciaste a la esperanza de volver a ver a tu hijo?"

"Si el paraíso existe, sólo los mártires entrarán inmediatamente en él."

"¡Alabado sea Dios! Veo que se asoma a la superficie una leve reminiscencia de tu antigua fe."

"La religión es para ignorantes. Te dije que yo ya no soy religioso. La religión es cosa de magos y prestidigitadores."

"Hablo de fe, no de religión, aunque creo en el poder de ambas. Yo soy religioso, lo sabes bien, siempre lo he sido, religioso de verdad. Aquéllos que sí tenemos convicciones religiosas, aquéllos para quienes la religión no es un opio escapista, no tenemos por qué hacer caso a insultos tan superficiales como el que tú acabas de proferir. Sé que lo has dicho sin intención de ofenderme, pero palabras tan vanas rebajan a quien las pronuncia."

"Pues yo no lo soy", ripostó Omar. "Lo fui, lo admito, pero ya no lo soy. Ni siquiera me interesa filosofar, como antaño hacíamos. María es filósofa, o aspirante a filósofa; más intelectual y mejor pensadora que yo, quizá hasta teóloga, pero yo no, ni religioso, ni teólogo ni filósofo."

"Qué extraño, has mencionado a María. En más de veinte años tus labios no habían pronunciado su nombre. ¿La recuerdas? ¡Por supuesto que la recuerdas! ¿Cómo podrías olvidarla? Su sonrisa (e incluso sus carcajadas, las que siempre te irritaban), su ingenuidad, su franqueza. Ella también es creyente, gracias a ti, probablemente. ¿Has sabido algo de ella?"

La pregunta era barroca; Ibrahim había visto la carta, aunque, respetuosamente, no la había leído. De no haber sido por él, esa carta nunca hubiera llegado a su destino.

"Pierdes tu tiempo filosofando, y más lo pierdes al formular preguntas a sabiendas de que yo no las responderé. Si a ti te sirve la religión, me alegro por ti. Yo he superado esa etapa."

"¡Cómo te empeñas en luchar contra tu fe! ¡Cuidado que eres soberbio y obstinado! Todos los hombres somos musulmanes al nacer. Muchos se separan, como lo has hecho tú, pero, de entre ellos, algunos regresan, movidos por los remanentes de la fe que una vez tuvieron, la que nunca se pierde por completo, y permanece allí, en algún lugar del corazón, tapada por el negro coágulo que Dios puede extirpar. ¡Muere, Omar, muere a tu orgullo, muere antes de que mueras!"

"Ya morí, hace tiempo. ¿Es que no lo habías notado? Aguardo mi entierro, el que, si todo sale bien, se llevará a cabo muy pronto. Tú no te preocupes por mí. Me siento bien. Estoy tranquilo. Sólo una cosa me molesta, y tú diste en el blanco. Me perturba verme obligado a actuar como esos reptiles despreciables. Quisiera ser mejor que ellos, superior a ellos. Quisiera despojarme de mi naturaleza humana y transformarme en otra cosa, en una nube, tal vez, en un árbol, o en una piedra, negra o blanca. Pero no puedo. Las palabras, Ibrahim, aun las tuyas, son sólo palabras, y los deseos meras ilusiones que se desvanecen cuando sopla el viento de la realidad. Déjame, hermano, no pierdas tu tiempo conmigo."

"Ni pierdo mi tiempo, ni te dejaré. Hagas lo que hagas, estaré contigo. Pero, por tu alma, ¡hazme caso!"

Ahora la cosa es al revés. Si insistente es Omar, más aún lo es su primo. Es para él lo que el libro sagrado significa para todo creyente, "un amigo en este mundo, compañero, intercesor, luz sobre el puente, defensa contra el fuego", un imam que luchará incansablemente hasta conducirlo a salvo al bien. Sus palabras, aunque muchos de los lectores prefieran no creerlas, son como las lámparas de aceite que los monjes colocaban en las ventanas de sus celdas en el desierto, para alumbrar el camino de los beduinos extraviados. No lo mueve la esperanza de una recompensa, ni el temor al infierno. Procede por amor, a su dios y a su hermano.

"Estás solo, Omar. Tus compañeros fueron arrestados, o huyeron al enterarse del arresto de los otros. Recuerda lo que dijo el Apóstol, el lobo se come a la oveja que se queda sola. Desiste. Encontraremos justicia de otro modo, más tarde. Ten paciencia. En la verdadera religión no puede haber violencia."

171

"¿Y de cuándo acá hemos respetado nosotros los musulmanes esa aleya? La violencia siempre ha sido uno de los instrumentos a nuestra disposición. Si la usamos para defendernos, y no para agredir injustificadamente al inocente, nada malo hay en ella."

"¿'Nosotros los musulmanes'? ¡Has vuelto a hablar como creyente! ¡Cuánto me alegra! ¿Quiénes son los inocentes, Omar, quiénes los culpables? Sólo Dios lo sabe. Por eso es el único con autoridad para castigar y perdonar. Tus actos serán juzgados por las intenciones detrás de ellos, y tus intenciones no son puras. Lo que piensas hacer, no lo harás por Él, sino por venganza. Para colmo, tu ira recaerá sobre personas que nada tuvieron que ver con la muerte de tu hijo. Da marcha atrás, aún estás a tiempo. Sé que en el fondo crees, y quieres creer."

"Mira primo, para ser sincero, te digo que yo no niego la existencia de dios, a pesar de las imprudentes palabras que te he gritado. Pero no puedo amarlo, y mucho menos obedecerlo. Si él me abandonó, ya no tiene un lugar en mi vida. No soy un negador, soy un desheredado y un rebelde. Creo, pero no me someto. Desde que mataron a Ismael vivo en un desierto. En mi alma nunca llueve. Más que nada eso deseo, lluvia, y reposo. Tú sabes lo que quiero decir."

"No basta con creer. Tienes que someterte. Una vez lo hagas, Él te transformará, y enviará la lluvia sobre tu vida. Pero tienes que abrir la puerta. Dios no cambia lo que hay dentro de un hombre hasta que él mismo comienza a alterar lo que lleva en sí. ¿Recuerdas cuánto me admirabas hace tiempo, cuando ambos ayunábamos, juntos, durante todo un mes, y yo, para distraer tu mente del alimento material, te recitaba aleyas y hádices que había aprendido de memoria? Decías, medio en broma, que yo era un fanático, un exagerado que sólo buscaba jactarse de su conocimiento. Pues bien, no tengo interés alguno en jactarme, ni en conquistar tu aplauso, pero permíteme recitarte por última vez el hadiz que más te gustaba entonces. ¡Ojalá toque nuevamente tu corazón! Óyelo, escúchalo, no me pidas que me calle. Atiéndelo por amor a mí."

Ibrahim se ha incorporado solemnemente. Mira fijamente hacia arriba, con una mirada que traspasa el techo y alcanza el cielo. Ha unido sus manos firmemente, y, como en un trance místico, repite las siguientes palabras, como si declamara un poema: "Cuando mi siervo me recuerda en su alma, yo le recuerdo en mi alma; y cuando él me recuerda en medio de la multitud, yo le recuerdo en medio de otra multitud que es mejor que su multitud; y cuando él se acerca a mí un palmo, yo me acerco a él una vara; y cuando él se acerca a mí una vara, yo me acerco a él una braza, hasta convertirme en su mano con que trabaja y en sus pies con que camina y en sus ojos con los que ve…"

"Vuelve a Él, Omar. No tienes que ir muy lejos para encontrarlo. Él está más cerca de ti que la vena de tu cuello."

****

Ibrahim lloraba. Omar no. Pero era meramente pose, dureza fingida, típica del macho latinoamericano. Bien, él no era, estrictamente hablando, natural de esta parte del mundo, pero algo tenía que habérsele pegado. Era un ser humano, después de todo, no un monstruo. Son los periódicos del imperio, los noticieros televisados, y los gorilas uniformados los que quieren vendernos esa distorsionada imagen. "Estamos tras la pista del monstruo", nos dicen, "perseguimos a un monstruo", "sabemos dónde se esconde el monstruo", "neutralizamos al monstruo", que es un eufemismo para decir "asesinamos a ése que considerábamos un monstruo".

173

No, Omar no era un engendro. Estaba equivocado, pero no era un monstruo. Un ser humano equivocado sigue siendo un ser humano. Y su equivocación no había surgido de la nada, *ex nihilo*, como dirían los teólogos. Tenía fundamentos, tenía raíces, plantadas y fertilizadas, muchas veces, por esos mismos que luego se horrorizan ante los frutos de su sembradío. Nosotros, los narradores, estamos convencidos de que si en lugar de arrullarlo con metralla lo hubieran arrullado con nanas, esta historia jamás hubiera sido escrita.

Omar también lloraba, por dentro, pero no se lo confesó a su primo. En su lugar, le dijo, en el tono más seco e indiferente posible, como si no hubiera prestado atención al sublime mensaje que acababa de ser recitado, "Estoy muy cansado, Ibrahim, y tengo hambre. Vamos a buscar algo de comer". Esta vez decía la verdad, estaba hambriento, mas su hambre no sería saciada en el establecimiento al que se dirigían. Es otro el pan que habrá de calmarla.

Ibrahim estaba decepcionado. Esperaba ansioso un milagro, siempre los esperaba. Mas no había ocurrido. Juntos salieron del apartamento, él primero, Omar después. Bajaron la escalera y salieron a la calle. Entonces se dieron cuenta de que, mientras debatían sobre dios y sobre religión en el interior de la estancia, afuera había comenzado a llover. Ibrahim lo notó antes, porque, como se ha dicho, salió primero. Pequeñas, diminutas gotas de ese refrescante fluido transparente y cristalino descendían hasta ellos, y se deslizaban silenciosamente sobre su piel, trazando fugaces surcos semejantes a finísimas estelas dibujadas por la brisa en las arenas del desierto. Asombrado, miró hacia el oriente, curioso, incrédulo, como en un trance, su mirada fija en las insólitas y obscuras naves de las que manaba el incesante río de cristal líquido que los bañaba. Del Este provenían también los tronidos, lejanas explosiones que trajeron a su memoria pavorosos recuerdos, pero no les prestó atención. La lluvia vaticinaba el milagro esperado. De lluvia tenía sed Omar. Lluvia le enviaría dios.

***** *TEOLOGÍA* *****

"No desperdicio mi tiempo", esto le ha dicho, entre muchas otras cosas, Ibrahim a Omar. Me temo – y hablo oficialmente, a nombre de mis compañeros y en el mío propio – que algunos de los lectores de este relato, probablemente los más incrédulos, con toda seguridad los ateos, o los que simplemente albergan en sus mentes una comprensible aversión hacia todo aquello que huela a religión, a teología y a filosofía, se han visto tentados a concluir que las páginas precedentes constituyen una pérdida de tiempo, que nada aportan a la trama de la obra, que son un intolerable intento de proselitismo. Con mucho respeto, les digo que se equivocan. Primeramente, permítanme decirles que entiendo perfectamente esa posible repulsa que experimentan cuando se les habla de temas religiosos. La religión organizada – y la desorganizada también – se la ha ganado, y se la merece. Yo también la detesto, mis colegas la aborrecen aún más, y si nos repugna a nosotros, contradictorio resultaría que usáramos estos folios para iniciar una campaña proselitista a su favor. Por lo tanto, pierdan cuidado, no es ésa mi intención, ni la intención de ninguno de mis asociados. Sacado del medio este escollo, añado, en segundo lugar, que ni siquiera el propio Ibrahim, a pesar de lo religioso que es, ha hablado de religión a su primo, le ha hablado de dios. No son sinónimos estos términos, ni tienen ambos la misma importancia. La religión ha sido, justamente, en muchos casos, vilipendiada y rechazada por muchas de las grandes mentes de la humanidad. Pero esos mismos pensadores, de la talla de Kierkegaard, Freud, Einstein, Hawkins, Dawkins, y muchos

175

otros, dedicaron cientos de horas y miles de páginas a hablarnos de dios, así fuese para demostrar, según algunos de ellos, su inexistencia, lo que prueba inequívocamente la importancia del tema en la opinión de los sabios. Quizás dios no existe, tal vez sí. Freud y Dawkins lo negaron rotundamente, Kierkegaard y Pascal estaban convencidos de su existencia, Einstein era agnóstico. No importa. Lo importante es que el tema es digno de nuestra atención, y que ningún ser humano que se respete a sí mismo puede darse el lujo de abstraerse ignorantemente de su discusión. En tercer lugar, y por si no lo habían notado, todos los personajes de esta crónica son peregrinos, andan buscando algo, y ese algo es, evidentemente, dios, aunque algunos de ellos no lo sepan, y aunque nunca lo encuentren. Como narrador imparcial, portavoz de mis compañeros escritores, es mi deber describirlos, a los personajes me refiero, tales cuales son. Si hablan de explosivos, de explosivos debo informarles yo a ustedes; si discursan sobre dios, estoy obligado a hablar de él, o de ella, obvio es que ignoramos su género. Finalmente, si tanto tiempo botamos los seres humanos hablando de idioteces que nos rebajan a un nivel inferior al de las larvas, ¿por qué no usar unos minutos de ese tiempo para dialogar sobre temas más serios?

La vida, como afirmaba Séneca, es larga, pero sólo si sabemos usarla. Sin embargo, el ser humano ordinario, aquél que pertenece a la categoría llamada por los estoicos *vulgo insensato*, abrevia su vida al dedicarla principalmente – o exclusivamente – a asuntos baladíes, a nimiedades carentes de valor y de trascendencia. Como insignificante y efímera hormiga del campo, desperdicia el breve lapso entre nacimiento y muerte en inútiles y estériles tareas, en una loca y risible carrera sin meta, que lo mueve de aquí para allá y de allá para acullá sin que logre averiguar jamás ni dónde estaba ni hacia dónde se dirigía. Sin norte cierto y sin brújula vital, mata su tiempo a retazos, pedazo a pedazo, porción tras porción, en lento, pero eficaz, suicidio; pues su *tiempo*, aunque él lo ignore, es su *vida*, la única que posee y la que nunca recuperará. Como el asmático paciente del doctor Rieux, pasa sus días contando garbanzos, mientras su tiempo se le escapa como agua entre los dedos.

Entonces, ¿No es útil la teología? ¿No vale la pena teologizar, discurrir sobre estos temas que tanto agobian a nuestros personajes? ¿Por qué *no* teologizar? O mejor dicho, ¿*cómo* no teologizar?, si quizá en la teología encontraremos, con un poco de suerte, la clave para descifrar y significar este absurdo denominado *vida*. Si tanto tiempo desperdiciamos en asuntos carentes de importancia, si más de una tercera parte de nuestra vida transcurre sin que de ella nos percatemos y las otras dos terceras partes las malgastamos, como Sísifo, empujando la roca que inexorablemente habrá de rodar de regreso hasta nosotros; si, como dice la Biblia, "la noche se acerca, en la que nadie puede obrar", ¿por qué, repito, por qué *no* darle una oportunidad a la madre de todas las ciencias?

Algunos se dedican a la teología porque de ello viven, o al menos, subsisten. Otros, integrantes de una cuasi-invisible minoría, lo hacemos porque *necesitamos* hacerlo, porque creemos, junto con Aristóteles, que una vida sin examinar no es digna de ser vivida, pues *vida*, en un sentido biológico y orgánico, es aquélla que disfrutan – o sufren – todos los seres animados, pero el don de la existencia sólo es dado, y esto escasamente, a quienes sueñan con algo mejor, a quienes *necesitan* algo mejor, a quienes *luchan* por algo mejor.

He aquí la verdadera génesis de la teología: la necesidad. Nos entregamos a este discurrir – aquéllos que lo hacemos –

porque *necesitamos* hacerlo, tanto como necesitamos respirar, comer y dormir. Necesitamos respuestas, y no nos conformamos con los superficiales oráculos que nos ofrece la religión organizada, ni con las trilladas y endulzadas contestaciones del mito, ni, por supuesto, con las pamplinas de las hetairas de la catedral.

Necesitamos respuestas... y necesitamos preguntar. Formulamos las preguntas impertinentes, molestosas y olvidadas, las que, tal vez, no *deseamos* hacer, pero *necesitamos* preguntarlas. La teología no nace del *deseo*, como erróneamente han señalado tantos de sus detractores, ni de la ilusión ignorante, sino de la necesidad, de la urgencia, de la carencia, de la falta, del vacío... de la muerte.

La necesidad es inexorable, el deseo es discrecional. Los que necesitamos respuestas, sencillamente las necesitamos, y no podemos ignorarlas por mucho tiempo, ni echar a un lado, ni obviar esa necesidad. Ella regresa, late, martilla, insiste, una y otra vez, incesantemente, sin tregua ni misericordia, sin pausa ni paréntesis. Del deseo sí podemos prescindir, podemos *no* desear, o mejor aún, no *necesitar desear*. Pero no podemos *no necesitar*.

Esta necesidad de respuestas no es, obviamente, experimentada por todos. La mayoría no la reconoce, o la ahoga en un mar de estupideces y banalidades, *reality shows*, *super bowls*, videojuegos, lucha libre, Indianápolis 500, *american idol*, *dance with the stars*, premios *óscar*, premios *gramy* y premios *emi*, y mil opios adicionales. Los animales, al fin y al cabo, sólo necesitan pocas cosas: comer, dormir y defecar. Pero aquéllos que, como Nietzsche, marchamos al encuentro del supra-hombre, necesitamos de la teología, aunque sea para, finalmente, negar a dios. Quizá nunca se satisfaga dicha necesidad, tal vez – muy probablemente –

llegue la muerte antes que las respuestas, pero en el ínterin, continuamos preguntándonos, junto con los protagonistas de esta historia, ¿Por qué, dios mío, por qué?

Si alguno de ustedes no está dispuesto a abrir su mente a estos temas, por favor, no siga leyendo. Cierre el libro, devuélvalo, solicite un rembolso a los gerentes de la librería en la que lo adquirió; y con ese dinero cómprese una novelita rosa de las que escribió Corín Tellado.

De paso, aprovecho este excursus para explicarles el aparente descuido en el uso de la "D" mayúscula en el sustantivo "dios". Debimos haberlo aclarado antes, ¿no es así? Pero es mejor tarde que nunca. Nosotros, los demás narradores y yo, no somos creyentes. Por esto, cuando somos nosotros quienes mencionamos el dicho sustantivo, lo escribimos con "d" minúscula, pues nada especial ni extraordinario vemos en ese nombre. Es un nombre común, como gato, perro, nube o árbol. Por otro lado, ya han sido ustedes informados acerca de la fe de varios de los personajes de esta historia. Ellos sí creen en dios, a su manera, por supuesto, pero creen. Nuestro respeto por esa fe, y la deferencia que ellos merecen, nos ha movido a usar la mayúscula inicial cada vez que uno de ellos menciona el vocablo *dios*. Si dios existe, seguramente nos perdonará este pecadillo ortográfico.

Aclaradas estas cuestiones, graves algunas, insignificantes las otras, regresemos, los que de ustedes aún permanezcan con nosotros y éste que escribe, al relato que nos ocupa. Samuel estaba esperando. Veamos qué tiene que contarnos.

*****SAMUEL*****

Así que me casé, y me convertí en judío, o al revés, primero me convertí y luego me casé. Permanecí en Israel, mi nuevo hogar, junto a Raquel, como era mi obligación. Permítanme acallar los reclamos de mi conciencia, y sentirme bien conmigo mismo, confesándoles, con el más encomiable candor, que en realidad yo nunca me he convertido en judío. Ya no soy cristiano, esto es evidentísimo, pero tampoco soy judío. Fingí convertirme para hacer feliz a Raquel. No me avergüenzo de mi conducta, por el contrario, se me infla el pecho con cierta satisfacción y no poco orgullo. Hice por amor lo que tantos millones han hecho por egoísmo y conveniencia, o como una simple estratagema de supervivencia. En Europa, durante los terribles días de la inquisición católica, miles de ellos mismos, a los judíos me refiero, los llamados marranos, aparentaban convertirse al cristianismo con el único fin, ni remotamente tan noble como el amor, de conservar sus miserables empleos o el alquiler de sus casas. Yo fingí creer para hacer feliz a otra persona. ¿No es eso altruismo? ¿No es ésa la quintaesencia del amor? Durante algún tiempo, Raquel creyó que yo creía, y esa creencia, la de ella, la hacía feliz. Eso me bastaba. No obstante, debo añadir que mi espuria conversión también fue el resultado, en gran parte, de mi innata curiosidad teológica, de esta insaciable sed de respuestas que quema la garganta de mi alma desde que mis padres murieron. Como ya les dije, y si no lo dije antes lo hago ahora, en mi pecho hay un hueco, un hueco enorme, abismal, como un pozo sin fondo que deglute todos los objetos que a él son arrojados, y yo pretendo llenarlo a como dé lugar, con cualquier idea, con cualquier respuesta que tenga al menos la apariencia de validez. Soy un náufrago, y me aferro hasta a la más frágil cuerda de esperanza que me lancen, aun cuando presiento, aun cuando *sé*, que al fin y a la postre habré de naufragar.

Abandonar el cristianismo no se me hizo nada difícil, por el contrario, lo sentí como se debe sentir el buey cuando el arriero remueve el pesado yugo que había colocado sobre su cuello. Yo, de todos modos, aparte de la necesidad sacramental del salto, no podía aguantar por más tiempo la retahíla de supersticiones y sinsentidos predicados por los representantes oficiales del cristianismo. ¿Cómo tragarse eso de que tres es igual a uno, o que uno de los tres se encarnó y luego murió, mientras los otros dos… ¿Exactamente qué hacían los otros dos mientras éste yacía en la tumba, antes de que resucitara al tercer día? ¿Cómo seguir creyendo que su mamá lo concibió sin necesidad de coito, que se mantuvo virgen luego del parto, y que él, cien por ciento hombre, nunca pecó? Me sentía asfixiado en ese berenjenal, como si un torniquete apretara lentamente mi cabeza. Cada día me resultaba más difícil aguantar las ganas de reírmele en la cara, a mandíbula batiente, a cualquier sacerdote o ministro que me hablara de transubstanciación y consubstanciación, de la intercesión de María, de la segunda venida, pronta, inminente, como ladrón en la noche, del don de lenguas, o de cualquier otra estupidez inventada por las diferentes sectas cristianas para entretener a sus miembros.

En cierta medida, continuaba creyendo en el hombre Jesús de Nazaret, en su mensaje, y, sobre todo, en su ejemplo. ¡Pero él no había sido cristiano! ¡Fue un judío! Raquel no permitía que yo olvidara ese hecho. Nació, vivió y murió como un judío, otro miembro del pueblo descendiente de Abraham, Isaac y Jacob. No fue él quien fundó la religión cristiana, ni tampoco Constantino, como afirmaba Raquel, sino otro judío, más astuto que Jesús, un tal Saulo, llamado Pablo por los cristianos, que pudo prever a tiempo la incompatibilidad entre sus enseñanzas y los dogmas de los fariseos. Aunque él mismo no conoció personalmente al rabino de Nazaret, aparentemente captó más rápidamente las implicaciones de su mensaje que aquellos once judíos que se ufanaban de ser apóstoles originales, once solamente, porque uno de los doce seleccionados por Jesús se ahorcó. Derogó la ley, o al menos la mayor parte de ella, abolió la circuncisión, y emitió un interdicto permanente contra cientos de prácticas y ceremonias judías. Peleó agriamente con Pedro, el más cabezón y lento de todos los discípulos, incapaz de darse cuenta de que una nueva era había sido inaugurada, y lo regañó públicamente por su hipocresía judaizante. Luego aprobó una nueva constitución para la naciente comunidad cristiana, una constitución con sólo dos cláusulas éticas: libertad y amor. "Tres cosas permanecerán", escribió, "la fe, la esperanza, y el amor. Pero la mayor de estas tres, es el amor."

Pero su versión del cristianismo desapareció con el tiempo, sepultada bajo las arenas de la ignorancia y la superstición, reemplazada por una caricatura religiosa, más agradable, más sencilla, más inofensiva, con el mismo nombre, pero radicalmente distinta. Su cristianismo fue transformado en una parodia, en un espectáculo entretenido, en otro circo romano para el disfrute de las masas descerebradas. Y fue precisamente Roma la culpable de la transmutación. Constantino primero, con su conveniente conversión, luego sus obispos y amigos, el gremio de viejas zorras sedientas de poder, o viejos zorros, debo decir, pues todos eran varones, y finalmente los papas y su interminable séquito de esbirros y alcahuetes. Lutero intentó reformar el atroz embeleco, pero terminó horneando un pastel más emético que aquél criticado por él mismo. En este país donde me crié, precisamente en esta ciudad a la que emigró mi padre, surgieron, hacia fines del siglo diecinueve, decenas de grupos evangélicos que culminaron la labor por él iniciada, y crearon una nueva versión del cristianismo reformado, tan distante del pensamiento paulino como el mismo catolicismo romano.

"Yo soy la luz del mundo", dijo el rabino de Galilea, uno de los iluminados que pretendieron rehabilitar a estos incorregibles roedores bípedos que se proclaman a sí mismos la corona de la creación. Pero sus posteriores seguidores, los discípulos de los discípulos, y los discípulos de éstos, transmutaron en espesa obscuridad esa luz, tergiversaron su hermoso mensaje, y lo convirtieron a él en un hazmerreir, en un inofensivo payaso, útil sólo para entretener a las masas de estúpidas ovejas. "El que me siga no andará en tinieblas", añadió, como si hubiera previsto, temprano durante su ministerio, la noche lóbrega que se cerniría sobre el mundo por culpa de aquéllos que se harían cargo del evangelio tras su partida. "Tres cosas permanecerán", predican ahora los cristianos, "la superstición, la ignorancia y el amor al dinero. Pero la mayor de ellas es, inequívocamente, el amor al dinero."

Yo no soy un hipócrita, no vivo en conformidad con su mensaje, ni con el de Jesús ni con el de Pablo. Pero no afirmo hacerlo, y es ésta la clave de mi honestidad espiritual. La hipocresía es el divorcio entre la palabra y la acción, decir y no hacer, profesar ser lo que no se es. Ellos son hipócritas, los que se cantan cristianos, los que hacen alarde de una fe que en realidad no tienen, los que cacarean como gallinas acerca de su caridad y su hermandad, mientras se odian unos a otros y traman en secreto la manera de quedarse con lo que pertenece a sus hermanos. Yo odio a muchos de mis semejantes, es verdad, pero al menos no finjo amarlos. Además, no me considero *semejante* a ellos. Mi maldad es simple y pura, odiar. La de ellos es compuesta y heterogénea, odiar y al mismo tiempo actuar como si no odiaran. Si dios existiera, y si el infierno existiera, espero que él no me encierre junto a ellos en el mismo nivel de la Gehena.

En teoría, el cristianismo es una religión hermosa, pero en teoría casi todas las religiones lo son, como las promesas de los candidatos políticos antes de las elecciones. Piensen en los evangelios. ¿Es acaso posible encontrar documentos más hermosos, o más sublime y excelso mensaje? "Bienaventurados los pobres...", "me levantaré e iré a mi padre...", "la luz en las tinieblas resplandece...", "el buen pastor da su vida por las ovejas..." Bellas palabras, pero palabras que, en los labios de los cristianos, resultan hueras, mentirosas, hipócritas, palabras que se proclaman pero nunca se viven, palabras para sermones dominicales o sabatinos, y para discursos floridos, alojadas en los labios y en las orejas, pero exiladas desde siempre del corazón y de la voluntad de su parlantes. Dicen que la Biblia es su palabra, la de dios, pero no la respetan. Viven de espaldas a ella, como si con leerla de vez en cuando bastara, como si alguna mística potencia escondida en ella fuese suficiente para borrar su intolerancia, sus persecuciones, sus cruzadas e inquisiciones, sus masacres y pogromos, la inagotable maldad de sus corazones. Por estas razones me convertí en apóstata, no sin experimentar un poco de tristeza y nostalgia, pues el cristianismo había sido la religión de mis padres, la que mi papá predicaba gratuitamente, la que mami defendió hasta el día de su muerte. Créanme, intenté afanosamente seguir en ella, someterme dócilmente, acallar la voz de mi conciencia. Trataba de concentrarme en los aspectos bonitos, en las palabras de Jesús. Él habló del amor, de la misericordia y de la compasión; predicó el perdón y la tolerancia; ordenó amar como él mismo había amado, y ese discurso continuaba atrayéndome entonces. Ya no, por supuesto, pero en aquella época yo aún retenía un poco de la inocencia de la infancia. Sin embargo, la otra cara de la moneda se presentaba ante mí diáfana e innegable. Y me hastié, me cansé de formar parte de una tradición religiosa que predicaba una cosa mientras

184

practicaba algo totalmente distinto, me empaché de un sistema teológico que se había transformado en caldo de cultivo para los virus de la ignorancia, la credulidad y la simulación. Mi estadía en el ejército aportó la proverbial gota que desbordó la copa. Las misiones en nombre de dios (pese a que, afortunadamente, yo no participé en ninguna de ellas), las nauseabundas bendiciones de nuestros líderes, "may God bless you, God bless America", los capellanes que nos alentaban a combatir para proteger la civilización cristiana, las Biblias que nos repartían los gedeones la penúltima semana de diciembre. Todo ese cristianismo apestaba, y preparó mi mente para el salto que tuve que dar por amor a Raquel. Salí ganando, no por abrazar una nueva religión, sino por despedirme de la que previamente había seguido.

Sí, ya sé que el judaísmo no es mucho mejor, y del islam ni hablar. Tres religiones hermanas, o primas, engendradas en un mismo vientre, alimentadas de una misma placenta, amamantadas por la misma teta, como los hermanos Rómulo y Remo, criados por la mitológica loba; tres tradiciones religiosas repletas de sinsentidos, contradicciones y superticiones sin fin. Pero, en mi caso específico, según mi forma de ver las cosas, el judaísmo tenía dos claras ventajas. En primer lugar, fue la matriz de las otras dos, la cuna, por decirlo de algún modo, tanto del cristianismo como del islam, y esta cualidad materna la hace merecedora de cierto respeto. Cristianismo e islam son plagios, copias imperfectas de un original imperfecto. En segundo lugar, el judaísmo era la religión de la mujer que yo amaba. Nada más era necesario para convencerme, si ella era judía, yo también lo sería, aunque mi judaísmo fuese un mero formalismo.

En cierto sentido, el cambio obró un resultado favorable para mí. Resucitó, brevemente, mi moribunda fe en dios. Conocí a una nueva deidad, no la judía, sino la de Raquel, y por un corto lapso de tiempo pensé que la fe retornaba a mi alma. Me ocurrió lo que, según creo, nos pasa a todos cuando conseguimos algo nuevo: Pensamos que por el hecho de ser *nuevo* habrá de ser, necesariamente, *mejor*. Me entusiasmé con el novedoso dios de Raquel, hasta que me di cuenta de que era insoportablemente parecido al viejo dios de siempre. Mi fervor duró poco, muy poco, pero fue reconfortante mientras duró.

Como les dije, Raquel tenía tres grandes amores: Dios, la arqueología, y las mascotas, en particular los perros. Su dios, el "Dios de nuestros padres", como ella solía llamarlo en una frase bíblica conocidísima, era un dios raro, excéntrico, tan excéntrico como ella misma, podría afirmarse que incluso interesante, mucho más fascinante que el aburrido y bueno-para-nada dios del cristianismo. No era exactamente lo que podríamos llamar un dios de amor, al estilo de aquél que envió al rabino de Nazaret, pero tampoco era el dios violento y vengativo descrito en los libros dizque sagrados escritos por los autores de la mitología hebrea. Yo pienso que, en el fondo, Raquel deseaba que fuera así, pero no lo era. Asombrosamente, su dios era un ser lógico, racional y sensato, podría decirse que incluso pragmático, no la divinidad psicótica hebrea. El dios de Israel es, sin importar cómo se le disfrace, alguien parecido a un esquizofrénico controlado, que se toma, a menudo pero no siempre, sus medicamentos anti-psicóticos, y, por esa razón, aunque sigue siendo víctima de los estragos de esa horrible condición mental, se da cuenta de ello, y lucha para no dejarse dominar por sus síntomas. Las alucinaciones siguen allí, junto a las voces de personas inexistentes; aún ve seres luminosos transparentes, pero por lo menos sabe que no son reales, y toma la decisión de ignorarlos, siempre que le resulte posible. Odia sin saber por qué odia; desea, con todas las fuerzas de su macerado ser, la muerte de su mamá, o la de su esposa, o tal vez la de su hijo, en fin, la del ser más querido, al que, la noche anterior, le confesó amor eterno. Pero no lo mata, quiere hacerlo, pero no lo hace. La enfermedad está bajo control, al menos por ahora, mientras las píldoras y las pociones surtan su esperado efecto. El torbellino en su cabeza gira y gira sin detenerse, como los tornados en Kansas, mas no logra destruir nada, salvo su propio cerebro. El miedo es insoportable, no es miedo, es pavor, es terror y espanto, una avasalladora certeza de que el peligro se esconde detrás de cada puerta, de que la ruina irremediable se encuentra a la vuelta de la esquina. La soledad lo embarga, aun cuando se encuentre en medio de una multitud, ¡especialmente en esas circunstancias! No tiene paz ni sosiego, ignora el significado de la palabra *felicidad*. Es un ser desdichado, encerrado en sí mismo, un recluso que recibe pases para salir de su celda una vez cada tres meses, cuando el cancerbero apostado a la entrada de su cerebro toma un descanso. Su prisión es su perfeccionismo, esa minuciosidad para todo, la extenuante obsesión por cada detalle. Nada puede estar fuera de lugar; cada pormenor, por nimio que sea, lo considera importante, imprescindible; los errores más pequeños son peores que las faltas más serias, en su código penal no existen los delitos menos graves. El esquizofrénico no puede perdonarse nada, ni siquiera un pecadillo tan trivial e insignificante que no podría verse ni aun con el microscopio más potente. Pueden creerme. No soy doctor en medicina, ni psicólogo ni siquiatra, pero sé de lo que estoy hablando.

Pienso que así mismo es el dios que Raquel rechazó, un paranoico bajo tratamiento, enfermo, desajustado, desequilibrado, pero casi siempre, o bueno, muchas veces, bajo control, un dios que no soporta la soledad y por eso creó a los seres humanos, no por amor, sino para tener compañía, (Si me hubiera consultado, le habría aconsejado mejores acompañantes.), un dios atormentado por el miedo, a todo, a que lo ignoren, a que alguien impugne su derecho al trono, a la rebelión, a la disidencia, a que se descubra su naturaleza más íntima, y al rechazo, más que a cualquier otra cosa, al rechazo. Un dios así tiene que ser desdichado. Quizá por eso hace todo lo que está a su alcance – y si dios es, *todo* está a su alcance – con el fin de compartir esa infelicidad con sus criaturas. "Si el rey no es feliz, nadie en el reino debe ser feliz". No puede negarse que lo ha logrado. De un breve plumazo despachó a todas las naciones de la tierra, las que él mismo había creado, condenándolas al ostracismo y encerrándolas en el primer y más grande gueto de la historia, ocupado por los *goyim*, los gentiles, gente de la tierra, o en lenguaje más moderno, gentualla, chusma, vulgo. "A nadie más amé", dijo él mismo.

Luego de garantir la desdicha de todas esas naciones, condenándolas al exilio y, finalmente, a la perdición eterna, apuntó entonces sus cañones hacia los descendientes de Abraham, o hacia una rama de su descendencia, la del árbol genealógico plantado por su hijo Isaac. Escogió, según las sagradas escrituras de ellos mismos, a la nación de Israel cuando aún no era nación, y se unió a ella, en santo matrimonio, para siempre, hasta que la muerte los separe. Al menos eso afirma el texto. Acto seguido, procedió a hacerla más infeliz que a todas las demás naciones juntas, aplastándola con una pesada carga de prohibiciones, mandamientos y regulaciones, seiscientas trece, si es correcta la cifra que me enseñaron en la sinagoga, doscientos cuarenta y ocho mandamientos y trescientas sesenta y cinco prohibiciones. "No comas, no bebas, no andes, no mires, no pienses, no hables, no huelas, no pruebes, no te toques, no te desnudes, no te masturbes, no la toques a ella, no la masturbes a ella. No comas de esto, de esto sí, pero no si está en el mismo plato con aquello. ¿Carne y lácteos? ¡No te atrevas! ¡Y que no se te ocurra lavar las ventanas en día sábado! ¡Ni siquiera las mires ese día, si estás pensando en lavarlas al día siguiente! No siembres habichuelas y tomates en el mismo huerto, como hacía la mamá de Samuel, y no olvides dejar de trabajarlo el séptimo año. No copules con mujer menstruosa, no hables con samaritanos, aunque estén emparentados contigo. No oses rascarte en mi presencia. Revisa cuidadosamente las pezuñas de los animales, las escamas de los peces y las patas de las aves. No te peines, no te maquilles, no te afeites, no te perfumes, no se te ocurra ser feliz."

Un dios tal tiene que estar enfermo, muy enfermo. Mientras los israelitas eran oprimidos por los egipcios, exterminados por el imperio asirio, o desterrados por Nabucodonosor; mientras Antíoco Epífanes los perseguía y profanaba su templo; durante el largo periodo en que fueron sometidos, crucificados y finalmente dispersados por los romanos, dios, su dios, se negaba a tomarse los medicamentos, y caía nuevamente en un relapso prologando de su neurosis. Cuatrocientos años duró la esclavitud en Egipto, según el relato dizque por dios mismo inspirado. Cuatro siglos de abyecto ilotismo. Y dios no se dio cuenta de la tragedia de su pueblo sino hasta el final de ese período, cuando con una fuerza de cara digna de premio, anunció a Moisés que había visto la opresión de su especial tesoro en el mundo. ¡Cuatrocientos años de indiferencia y olvido, tras los que vino con el cuento de una alianza irrompible! Mientras seis millones de sus elegidos, descendientes todos y todas de aquél a quien llamó su amigo, eran gaseados en los mataderos alemanes, él andaba por allá, en el cielo o en alguna otra parte, ¡sabrá dios por dónde andaba!, ideando adicionales estupideces, nuevas puerilidades que ordenar, recomendar o vedar a sus hijos predilectos. Ése es todavía su dios, su amparo y fortaleza, en el cual creen, demasiados de ellos, casi ciegamente.

Raquel discrepaba vehementemente de esa horrenda concepción. Era judía, ya lo he repetido innumerables veces, como también he repetido ad nauseam que creía firmemente en dios y en la venida de un mesías que castigaría a los inicuos y premiaría abundantemente a los pocos seres humanos, casi todos judíos, que hubieran respetado y protegido esta tierra creada por su dios. Observaba fielmente el reposo del shabbat, y se negaba a comer algo si antes no corroboraba que era kosher. Leía las escrituras sagradas, las judías, obviamente, y cualquier otro libro inspirado al que tuviera acceso. Pero no aceptaba acríticamente todas las enseñanzas y doctrinas de su religión. Las conocía, al dedillo, pero las analizaba rigurosamente y las criticaba lógicamente. Por eso censuraba muchas de ellas, porque las conocía de cabo a rabo, como se dice. Ridiculizaba la Misná, el Talmud e incluso la Torá, siempre y cuando no estuviese cerca de otros judíos. Al salir de la sinagoga, ya en nuestra casa, me miraba seriamente, asumía el porte de un severo rabino, y me sermoneaba en broma, como si fuera Moisés ante el becerro de oro: "En el lugar donde se ha ordenado recitar la larga, no está permitido recitar la corta...y en el lugar donde se ha ordenado recitar la corta no está permitido recitar la larga..."; "Entre *dijo* y *verdadero* y *firme*, no se hace ninguna interrupción..."; "Si un sacerdote se lastima un dedo, puede envolverlo en papiro, pero no deberá untarse alcohol..."; "Se pueden colocar mallas contra las gallinas el día catorce, pero no el día siguiente..."; "No ordeñarás tu vaca en sábado, a menos que solicites y obtengas la autorización del rabinato…" "No codiciarás la mujer de tu prójimo, ni su estufa, ni su ropa interior. Su marido sí, si es más joven y atractivo que el tuyo."

En cierta ocasión, mientras actuaba su papel de predicadora fundamentalista, la interrumpí, y poniendo cara de indignación, le pregunté: "¿No te preocupa el que a dios pudiera molestarle que te burles de él?" "No me burlo de Él, ni de Su Palabra", se apresuró a contestar, "me mofo de la caricatura que los líderes religiosos pasados y presentes han dibujado, de su tullida versión de Dios, de sus tradiciones, con las que el verdadero Dios nada tiene que ver. ¿No es esto lo mismo que hizo tu mesías?" "Sí", le respondí, "¡y por eso lo crucificaron!"

"Dios no es como nos enseñaron nuestros abuelos", me dijo. "El Dios verdadero no es, no puede ser, así. Si es Dios, tiene que ser grande, más grande que el universo mismo, tan grande como el todo. Debe trascender los límites de nuestra inteligencia y de nuestra imaginación, ser inaccesible al entendimiento humano, resultar imposible de definir. Un Dios pequeño no puede ser Dios. Un Dios que pierde el tiempo con pequeñeces no es Dios. El águila no caza moscas. ¿No estás de acuerdo conmigo?"

"No, no lo estoy", le dije casi avergonzado, con la mayor cautela posible, a la vez que buscaba en alguna parte de la corteza de mi cerebro las palabras más adecuadas para transmitir la mala noticia que desde hacía algún tiempo esperaba por el momento oportuno de publicación. "Debo confesarte que ya no creo en dios, ni en ése que tú describes ni en ningún otro. Lo siento mucho. Sé que esta nueva tiene que dolerte, y seguramente te molesta, pues jamás pasó por tu mente la idea de casarte con un ex-cristiano ateo. Aunque supongo que debe de ser muy difícil para ti aceptar esta inesperada realidad, te ruego que no permitas que se interponga entre nosotros, distanciándonos y destruyendo eventualmente nuestra unión."

"No te preocupes. Yo lo sospechaba", contestó, en un tono de voz tierno y consolador. "Pero, ¿estás seguro de que no crees? ¿Ni siquiera un poquito?"

"A decir verdad, ¡no lo sé!", le respondí. "A veces creo, o creo creer, en otras ocasiones tengo la certeza, inconmovible, de que dios no existe. Pero una cosa parece indubitable: Cada día son más, y más extensos, los momentos de escepticismo. ¿Puedes hacer algo para ayudarme?"

"No puedo ayudarte a tener fe, Samuel, porque la fe no puede ser ni otorgada ni compartida. Es una decisión individual, privada, íntima, que sólo puede tomar, o no tomar, tu alma solitaria. Pero escucha atentamente mis palabras, te lo ruego, y nunca te olvides de ellas: Norteamericano o puertorriqueño, cristiano o judío, ateo o creyente, siempre te amaré, y no te abandonaría aunque de ahora en adelante decidieras llevar sobre tu pecho un rótulo que proclamara la muerte de Dios. Oraré por ti, no lo dudes; pediré a Dios que toque tu corazón, pero de sermones o intentos proselitistas, nada, te lo prometo."

La abracé apretadamente, emocionado, a la vez que susurraba a su oído tres breves palabras, "Gracias. Te amo." ¿Cómo es posible que un dios inexistente me hubiera premiado con el amor de una mujer tan admirable como ella?

"¿Puedes contarme cómo pasó, cómo te diste cuenta, cuándo murió tu fe?"

"Mi fe no ha muerto, Raquel. Fue dios quien murió, pero aún no lo entierro. Creo que la esperanza tampoco ha muerto."

"¿Ves? Todavía no he comenzado a orar por ti y, no obstante, ya se ha iniciado el milagro."

"¡Como siempre! Avispada y lista en cada minuto para abrir la puerta a la ilusión."

"No has contestado mis preguntas", insistió.

"No sé por dónde empezar", me excusé.

"Por el principio, Samuel, siempre es más efectivo comenzar por el principio."

"Pues bien. Tú sabes que desde pequeño me enseñaron a creer en dios, mis padres, los únicos auténticos cristianos que he conocido. No estoy seguro, pero me parece que fue Nietzsche, el filósofo detrás de tu rótulo, quien dijo que el último cristiano murió en la cruz. Se equivocó doblemente. Primero, porque Jesús no era cristiano, como tú misma repites a menudo, y, segundo, porque los últimos dos no murieron crucificados, sino en un hospital, uno de ellos víctima del Alzheimer, la otra destruida por el cáncer. Ése fue el principio, Raquel, la muerte de mis padres, pues, pese a que no rechacé a dios de plano entonces, el gusano de la duda comenzó a taladrar mi corazón. Sentí que dios los había traicionado, y me resultaba difícil seguir creyendo en un dios traidor. En mi debilitada memoria todavía puedo verlos, leyéndome en voz alta algún salmo, hablándome del amor de un dios que no los amó a ellos.

Sin embargo, es un hecho innegable que seguí creyendo, contra viento y marea, contra las insinuaciones de mi razón, incluso durante los más virulentos ataques de rebeldía, negación y rebelión. Dudaba, sí, despotricaba y maldecía, hasta llegué a blasfemar. Pero seguía creyendo. Deseaba creer. Necesitaba creer.

Yo siempre pensé, Raquel, y te lo digo con sincera humildad, que existía un propósito particular para mi vida, un designio, si prefieres este término, un destino individual único e inexorable, diseñado exclusivamente para mí. Recuerda, yo soy el benjamín de la familia, el hijo menor, y quizá por esta razón me creía especial, como otros hijos menores que tú conoces, como Abel, Isaac, Jacob y David. Ahora bien, no puede haber un diseño sin un diseñador, y los propósitos no se dan en los árboles. Mi infantil creencia en un sino, en un destino singular, me forzaba a continuar creyendo en dios, porque sin él no había meta, propósito, sentido ni significado, y yo, hasta hace unos años, no estaba dispuesto a vivir como una mota de polvo que el viento arrastra de aquí para allá, ni como uno de esos insectos que nacen hoy para morir mañana."

"Entonces, ¿qué pasó? ¿Qué ocurrió en tu vida?"

"En primer lugar, me cansé de esperar."

"¿De esperar qué, Samuel?"

"De esperarlo a él. Déjame explicarte. El problema fundamental de mi vida, la raíz de todos los demás problemas, ha sido siempre dios, pero no dios en sí mismo, sino la ausencia de dios. Como has podido ver, al principio yo no lo negaba, ni negaba su posible existencia. No se trataba de eso. Por el contrario, yo continué teniendo fe, de una forma o de otra, en alguna medida, muy diminuta a veces, a mi manera o a la manera de quienes me rodeaban. Lo que realmente me perturbaba, lo que me carcomía lentamente, y en los peores días me aterrorizaba, era su indiferencia, su impenetrable silencio, su lejanía. De no haber existido en mí, desde la infancia, esta obcecada tendencia a creer, mi vida habría sido más sencilla. Mira, si yo estuviera seguro de que él no existe, no habría problema, qué le vamos a hacer, hay que conformarse, adelante con la vida. Pero pensar que sí existe, o al menos sospecharlo, suponerlo, y a la misma vez concluir que no le importamos, es en mi opinión un pensamiento intolerable. ¿Por qué se esconde? ¿A qué se debe su indiferencia? ¿Por qué no interviene? Deísmo, este es el vocablo filosófico apropiado, la teoría que compara a dios con un experto relojero que, tras manufacturar una maquinaria perfecta y precisa, luego la vende y se desentiende completamente de ella. No podía aceptarlo, *no quería* aceptarlo. Me parecía una doctrina ofensiva, insultante, humillante. ¿Cómo aceptar eso de que se tomó la molestia de crearnos, de crearlo todo, para entonces, con un gesto de fatal desprecio, como actúa el insensible playboy burgués que rompe con su prometida, echarnos a un lado y seguir su camino como si con él no fuera la cosa?"

"Pero un Dios que se esconde es, al fin y al cabo, un Dios que existe, ¿no es así? ¿Cómo pasaste del simple enojo y de la decepción a la duda?"

"No había terminado, Raquel; dije 'en primer lugar', por lo que debiste comprender que hay un *segundo* lugar, y un tercero…"

"Disculpa mi interrupción."

"Me propuse no dejar de creer, aferrarme a él con la escasísima fe que me restaba. Ignoré su ausencia, me hice de la vista larga, me obligué a mí mismo a creer que tarde o temprano rompería su silencio. En ocasiones lo amaba. En otras lo odiaba. Escuchaste bien, te confieso que miles de veces lo he odiado, con el más exacerbado odio posible. En otras ocasiones lo negué temporalmente, como Simón las tres veces del relato bíblico, y en otras, seguramente las menos abundantes, lo he ignorado intencionalmente. En medio de las más profundas y especulativas discusiones teológicas me he declarado, orgullosamente, ateo, mientras que, por otro lado, frente a los pobres y crédulos feligreses de alguna secta he fingido una fe que yacía en estado de coma en mi corazón. Pero me aferré a él. Lo seguí tan fielmente como la carroza sigue a los corceles a los que está amarrada. Mi corazón, a veces enternecido por su abrumadora necesidad de algo en qué creer, ha obligado a mis labios a confesarle y proclamarle humildemente. ¿Recuerdas nuestra visita a la cueva de Macpela? Yo no fui en calidad de turista. No fui a ver viejas tumbas. Era a él a quien buscaba, pensando, ingenuamente, que en un lugar tan sagrado habría una puerta, un pasadizo secreto, un portal ancestral conducente a su presencia. ¡Vamos! No hablo de puertas y pasadizos literales. Tú sabes a lo que me refiero. Soñaba, cándidamente, que en un sitio como aquél la presencia divina sería más palpable. Nada fuera de lo común sucedió allí, y tal vez recuerdes que cuando regresamos a casa yo estaba más deprimido que de costumbre.

He amado a dios y también lo he odiado, lo niego y lo confieso, lo acepto y lo rechazo, lo bendigo y lo maldigo. Pero siempre lo he buscado. Tal parece que he sido condenado a buscarlo, como penitencia por algún pecado olvidado y no confesado. Lo he buscado aun en los momentos en los que sabía que no lo encontraría. La aguja de la brújula, dominada por fuerzas invisibles y silenciosas, busca desesperadamente su norte, y siempre lo encuentra. Los ríos, tarde o temprano, llegan al mar. Serpenteando entre árboles y rocas, por valles y montañas, en vertiginosa caída descendente o en tranquilo paseo horizontal, interrumpidos a veces por la mano del hombre, represados, desviados de su curso natural, embravecidos o serenos, sucios o limpios, desembocan y se pierden en el mar. Pero yo no lo encuentro a él. Lo busqué con más fidelidad que la brújula, con más ahínco que el río; anhelaba perderme en él. Pero él se escondía. Se burlaba de mí; jugaba conmigo. Parecía que me obligaba a participar con él del infantil juego de las escondidas. Finalmente me cansé, como se cansan los niños, y llorando de miedo le grité, 'Ya no quiero jugar más. Sal de donde estás. Déjame verte.' Mas él nunca salió de su escondite, y yo aún lloro, y le grito que el juego terminó.

Eso fue lo que pasó, Raquel, me cansé de buscarlo, me di por vencido, me rendí. Eso, y el mundo. ¿Quieres saber cuándo fue que se firmó el certificado de defunción? Cuando observé con detenimiento su creación, este mundo que dicen que él hizo; cuando contemplé sin velos y sin filtros el terror, la maldad, la crueldad, y la agonía de la existencia, la fiera que mata a la criatura más débil e indefensa, el animal enfermo abandonado por su manada, las hienas y los buitres que festejan la muerte ajena. Luego de ver desapasionadamente este cuadro de infinito dolor, comprendí, o más que comprender acepté, tuve que aceptar, en contra de mis deseos, que dios no podía existir, y que, de existir, sería el más insensible de los seres del universo, el más indolente, el más indiferente. No puedo creer en un dios así, Raquel, aunque existiera no podría creer en él.

La vida me venció. He visto lo que hace el destino aun con los mejores seres, como los engaña con promesas e ilusiones irrealizables, como los traiciona, como los exprime hasta extraer de ellos hasta la última gota de savia. He visto las vidas tronchadas a destiempo, como nubes cargadas de lluvia que el viento arrastra con violencia antes de que puedan llorar sus puras lágrimas. He escuchado los gemidos del dolor, la respiración seca y breve de la soledad, la angustia del adiós, y la agonía de la muerte. He sentido en mi corazón la hoja afilada y gélida del puñal de la traición,

197

atravesándome desde la espalda hasta el pecho, como una aceitada espada de reluciente acero que penetrase no sólo mi cuerpo sino también mi propia alma, sorpresivamente, inesperadamente, sin previo aviso, sin siquiera la cortesía de una advertencia. He contemplado impotente al poderoso que pisotea al débil, al mentiroso que engaña al crédulo, al deshonesto que roba al pobre. He presenciado el triunfo de la muerte sobre la vida, de la mentira sobre la verdad, del mal sobre el bien. Y todo esto me ha hecho más frágil, más vulnerable, mucho más propenso a la desesperación y al quietismo, a esa parálisis que poco a poco se ha apoderado de mi ser hasta inmovilizarlo casi por completo. Pero a la misma vez me ha endurecido, y me ha ayudado a aceptar la verdad."

"Desde que te conocí," me manifestó Raquel, "supe cuán sensible eres, desde el mismo primer día. Siempre me gustó ese rasgo de tu idiosincrasia. Detesto a las personas incapaces de conmoverse ante la agonía de una criatura enferma o adolorida. Quizá sea por esta razón por la que odio a la mayoría de los seres humanos, por su crueldad y su insensibilidad. Tú eres el hombre más tierno que he conocido, y tu corazón está repleto de simpatía y empatía por los seres más desvalidos de la creación. Por eso me enamoré de ti. Por eso te amo. Pero me temo que esa sensibilidad ante el dolor ajeno te impide ver la otra mitad de la realidad."

"Es cierto. Siempre he sido muy sentimental. No me avergüenzo de serlo. En mi juventud me irritaban los doctores y las enfermeras en los hospitales, que actuaban como si se hubieran inmunizado contra la simpatía y la compasión. Involuntariamente, de seguro sin intención alguna, tan lentamente que nunca se percataron de ello, fueron cauterizando sus corazones, acallando las voces de sus almas, cerrando sus ojos espirituales ante el dolor y el sufrimiento de sus pacientes, hasta que un día esos pacientes dejaron de existir, se convirtieron en clientes, en números, o en pedazos de materia prima en la línea de manufactura, en cosas, en objetos. Claro, no digo esto para condenarlos. En su lugar, quizá tanto tú como yo hubiéramos hecho lo mismo, de otro modo no hubiéramos podido funcionar. ¿Cómo seguir adelante, cómo pasar a la siguiente habitación, si la agonía del ser humano enfermo que está ante nosotros nos toca tan profundamente, nos conmueve a tal grado, que *su* dolor, que ahora se ha convertido en *nuestro* dolor, nos impide decirle 'buenas tardes' y continuar con la próxima visita? No, no los condeno. Me molestaba esa dura realidad, pero no puedo juzgarlos. Ahora los entiendo mejor, y pienso que su frialdad profesional no era tan deplorable después de todo. El punto es, sin embargo, que yo nunca he podido actuar así. El sufrimiento, ya sea el mío propio o el ajeno, no ha sido capaz de insensibilizarme, a manera de escuela para la próxima tanda de sufrimientos. Lo que sí ha conseguido, lamentablemente, ha sido entristecerme, agobiarme, colmar mi ser con una especie de líquido espeso y viscoso que decelera el ritmo de los latidos de mi corazón. A muchas personas todo les da igual. 'Así estaba el mundo cuando yo llegué', suelen decir, 'No es mi culpa.' A mí no me da igual. Esa impresionabilidad extrema de la que te has dado cuenta crea en mí un sentimiento de absoluta impotencia ante la injusticia inherente del cosmos, injusticia que no soy capaz de aceptar ni justificar. Me rebelo contra ella, y contra cualquier dios que la permita.

Tú dices que esta hipersensibilidad me impide ver 'la otra mitad de la realidad'. Pero, ¿de cuál otra mitad hablas? ¡No hay otra mitad! El cien por ciento de la existencia es insoportable. Siempre ha sido así y siempre *será* así.

Solamente las criaturas inferiores, y los seres humanos enajenados se niegan a reconocerlo."

"¡Huy! Eso dolió. ¿De modo que yo soy una enajenada? Bueno, no importa, yo no soy tan sensible como tú. Te pregunto: ¿Entonces has perdido toda esperanza?"

"Tampoco esto sé. Ya no soy un niño, Raquel, no quiero seguir creyendo en hadas madrinas. Los acontecimientos que marcaron el cénit de mi infelicidad – tú conoces algunos de ellos, pero no todos – han contribuido significativamente a la erosión de mi fe, mas no tanto como el simple pasar de los años. La edad, la vejez, éstas me han robado casi todo lo que tenía. La adolescencia es terreno fértil para la ilusión descontrolada, el fervor y la pasión. Pero la vejez es tierra estéril. Estoy demasiado cansado debido a las penurias que la vida ha depositado sobre mis hombros. Me pesan sobremanera, me hunden, me aplastan. Conozco lo que sucede en el presente y creo saber algo de lo que ocurrió en el pasado, pero del futuro, de mi futuro, si acaso llega, nada sé. Siento un profundo temor por el mañana, precisamente porque lo desconozco, porque no está bajo mi control, porque no sé qué me traerá. Me aterra el pensamiento de que algún día tú ya no estés a mi lado. ¿Esperanza? Dicen que es lo último que se pierde. Así que supongo que aún queda un poco. ¡Ah, y no me refería a ti cuando dije eso de los enajenados!"

****

Raquel había escuchado con atención a su esposo, preocupada, hasta con cierto grado de tensión. Pero no era el indeciso ateísmo de Samuel lo que la inquietaba; de hecho, ni siquiera sabía cómo reaccionar ante esa actitud. Ella tenía fe en dios, estaba segura de su existencia. Y por ello su cerebro carecía de los esquemas necesarios para procesar la nueva información. El ateísmo era un fenómeno incomprensible para ella. Es como si un japonés nos insultara, en japonés, a nosotros que no conocemos ni una sílaba de ese idioma, con las palabras más obscenas y soeces de su vocabulario, y nosotros, sin entender lo que ha dicho, reaccionáramos impávidos, indiferentes a las expresiones hechas. Ella creía en dios; por lo tanto, su fe le aseguraba que todo el mundo creía también, incluso aquéllos que afirmaban no creer.

Algo más serio le preocupaba. (Entendamos esto: El ateísmo no es una cosa del otro mundo. Hay asuntos mucho más serios y graves.) Su Samuel lucía desencajado, no su rostro sino su espíritu, su mente, su psiquis. ¿No lo notaron? Algunas de sus expresiones fueron un tanto incoherentes. A veces se contradijo. En ocasiones no terminó el pensamiento iniciado, lo dejó a medias y comenzó otro que ninguna relación guardaba con el primero.

"¿Te sientes bien?", le preguntó, cambiando radicalmente el hilo de la conversación. Para Samuel la pregunta fue un buen indicio, una corroboración de que a Raquel en verdad no le había afectado su confesión.

"No, no estoy bien", le contestó Samuel. "No es posible estar bien sin dios."

"He arribado a la mitad de mi vida, y decepcionado descubro que la mitad es el final. Desesperadamente, miro desde mi encrucijada y no alcanzo a ver la luz al final del túnel, mi túnel, el que fue excavado, no sé ni por quién ni por qué, para mí. Busco una salida al laberinto de mi existencia y no la encuentro. No la hay. Angustiado, recurro al dios de mi infancia, pero ya no está, se marchó, la dura realidad lo mató.

He llegado a la conclusión de que la vida es meramente una broma de muy mal gusto, un chiste impertinente y obsceno. Sinceramente te digo que no le encuentro sentido, ni significado, ni propósito a esta pérdida de tiempo que llamamos vida. Hoy estoy aquí, mañana desapareceré, y en unos cuantos años nadie me recordará. (Al parecer, mi optimismo tampoco ha muerto por completo. ¡Seguramente me olvidarán en unas cuantas semanas, no años!) Y si me equivocara, si luego de mi muerte alguien me recordara, daría exactamente igual, pues esas reminiscencias de nada me servirían a mí. Luego de mi fallecimiento, el mundo seguirá su rumbo, como lo ha hecho desde siempre. Yo no importo. Nadie importa. Somos sombras que pasan en la noche, por un momento, insignificantes, camino al perenne olvido. Si yo nunca hubiera existido, nadie hubiera notado la más minúscula diferencia. Soy como una estrella fugaz que nadie alcanzó a ver, como un pequeño meteorito que se desintegró antes de tocar tierra. ¿Qué es la vida? Sólo un paréntesis en medio de la nada, un relámpago que parpadea en la obscuridad.

Un día de estos habré de morir, y el universo será el mismo; y el mundo seguirá girando tal como lo hacía antes de mi nacimiento. Será, por toda la eternidad, como si yo nunca hubiera existido. Tal vez así deba ser. Al fin y al cabo, todos nosotros, a pesar de nuestros poéticos sueños de grandeza, somos meras hormigas dentro de un cosmos infinito que nos ignora y nos desprecia. Quizá deberíamos despreciarlo nosotros a él, restarle importancia, tratarlo como él nos trata a nosotros. Al menos nosotros, algunos, nos percatamos de nuestra bajeza, nos sabemos moscas y lo admitimos, mientras él ni siquiera esto es capaz de hacer.

Divago, ¿verdad? Lo sé pero no puedo evitarlo. No está en mí el poder que se requiere para controlar los pensamientos y las ideas. Desde hace algún tiempo, mi mente da vueltas incesantemente, sin detenerse jamás, pensando, siempre pensando, saltando de una idea a otra, y de ésta a aquélla, sin pausa ni interrupción, sin sentido, a veces, y sin un riel que le señale el camino. Ya no puedo razonar, y ni siquiera pensar de manera ordenada, con al menos una pizca de lógica o coherencia. Mi cerebro actúa, Raquel, como una veleta zarandeada por las ráfagas de un viento huracanado, como uno de aquellos carritos locos de juguete, que al tropezar con un objeto rebotaban y marchaban entonces, aleatoriamente, hacia otra dirección. Si no fuera por ti…

Recuerdo que tuve uno de ésos cuando era niño, una especie de muñeco de plástico, azul o verde, accionado por baterías, que, una vez encendido, se desplazaba sobre sus diminutas ruedas de aquí para allá, sin dirección fija, sin meta, chocando contra las paredes de la habitación, o contra las patas de los muebles, para rebotar inmediatamente y proseguir hacia otra dirección. Así mismo actúa mi cerebro, tropezándose mil veces con obstáculos, reales e imaginados, brincando de este lado a ese otro… ¡Qué se calle, por favor! ¡Qué se apague ya, de una vez y por todas, para siempre! ¡Quiero descansar, tener, por fin, un poco de paz dentro de mí, *en* mí! No lo resisto más. Es como un torbellino, como una tormenta eléctrica que nunca se acaba, un martilleo incesante e intolerable. ¡Si dios existiera todo sería distinto! Todo tendría sentido. Habría paz en mi alma. ¡Ayúdame, Raquel, ayúdame!"

Dándose cuenta de que la pérdida de dios había causado una conmoción en el alma de Samuel, Raquel decidió llevar a cabo un tonto experimento, no con la intención de triunfar sobre el ateísmo sino solamente para ayudar a su amado. "Hagamos algo", le propuso. "Esta noche, prepara una lista. Toma, aquí tienes una hoja de papel. En la columna izquierda, anota todas las razones que tienes para no creer en Dios. Todas. Que no se te quede ni una sola. En la columna de la derecha, escribe todas las razones, sin importar cuán débiles sean, que te mueven, o podrían moverte, a creer de nuevo en Él. Mañana las discutiremos."

"No hace falta esperar", contestó Samuel, "ya preparé la lista, en mi mente."

"¡Pues entonces, dime! ¿Cuáles argumentos colocaste en la columna derecha?"

"Sólo uno, Raquel, sólo uno. Tú."

Raquel enmudeció. La respuesta de Samuel la había hecho sonrojar. Era feliz. Cualquier mujer lo sería al escuchar palabras como ésas. A la vez, una profunda tribulación ocupaba su mente. ¿Qué pasaría con Samuel si ella llegara a faltar? Debía ayudarle, lo sabía. Pero, ¿cómo? La confesión de su ambivalente ateísmo pasó a un segundo plano, empujada por un temor acuciante que exigía atención inmediata. Raquel presentía, gracias a su séptimo sentido místico, que una catástrofe se cernía sobre ella, que no estaría junto a su esposo cuando él más la necesitara. ¿Qué hacer *ahora* para poder ayudarle *mañana,* cuando él tuviera que enfrentar, solo, la decisión más importante de su vida? Pensó automáticamente en Mónica, la pitonisa, la agorera, la última de los misteriosos Maestros del Nombre.

"Quiero que me prometas algo", le pidió, "y que lo cumplas. No tiene que ser ahora, pero debes hacerlo."

"¿De qué se trata?", preguntó Samuel.

"Tienes que ir a ver a Mónica, la Baal Shem."

"¿*La* Baal Shem? ¿No has querido decir *el* Baal Shem?"

"Es una mujer, como yo. ¿Eso te incomoda?"

"¡Por supuesto que no! Es que yo nunca había oído hablar de *una* maguid, o de *una* Baal Shem del sexo femenino. Si mis escasos conocimientos de tu lengua no me fallan, Baal significa *señor*, no *señora*."

"El género carece de importancia. Su poder es lo que importa. Llámala señora, si eso te hace feliz."

"¡Así que me pides que acuda al consultorio de una profetisa judía, una mujer, una psiquiatra mística…!"

"Ni es psiquiatra ni es judía."

Samuel reaccionó con visible estupefacción. Él no era un hombre machista, ni, mucho menos, chovinista, pero la mera imagen de una mujer gentil, filistea, no judía, de una psicóloga espiritual merecedora del título "Maestra del Nombre", le resultaba casi imposible de digerir.

"Fue judía, en su juventud; luego, creo que se convirtió al cristianismo, al revés que tú, y más tarde formó parte de un grupo sufí de Jerusalén. Ahora no sé lo que es. Supongo que una amalgama de diferentes personalidades religiosas unidas en un solo cuerpo. Es una vidente, la única seria que he conocido en mi vida. Por eso deseo que hables con ella. Prométeme que lo harás."

"Si eso te complace, lo haré. No hace falta una promesa. 'Mónica', dijiste, jum… igual que la mamá del filósofo que se inventó la doctrina de la trinidad. ¿Dónde la encuentro?"

"¿Recuerdas el monasterio de Mar Sabbas, cerca del lugar donde nos casamos?"

"¡Cómo no recordarlo! Es un lugar impresionante, aunque yo sólo lo vi de lejos. Me hubiera gustado vivir allí. Creo que es el lugar más apacible que he visto en el mundo."

"Mónica vive allí, no dentro del monasterio, porque desde su fundación vedaron la presencia femenina, sino en una cueva en el despeñadero, cerca de la gruta en la que el mismo San Sabbas vivió durante diez años. Pregunta por ella. Cualquiera de los monjes te señalará la caverna. Ella te ayudará mucho más de lo que podría hacerlo yo..."

*****OMAR*****

Como era de suponerse, no sabemos mucho sobre la vida que Omar vivió antes de los acontecimientos que en esta breve crónica hemos decidido contar. Sabemos que nació en 1958, el mismo año que vio la luz la República Árabe Unida de Nasser. Otro sueño, solamente un sueño que murió en la infancia. La fecha nos la proveyó su pasaporte, que sobrevivió, intacto, a la pequeña explosión. (Resulta asombrosa la selectividad del quehacer milagroso de dios. Algunos documentos sobreviven a las más devastadoras conflagraciones, otros desaparecen sin dejar rastro cuando son soplados por la brisa.)

También estamos al tanto de que nació en un campamento para refugiados en su tierra, Palestina. Nadie debería vivir en un campo de concentración, en ellos no se vive, se *muere*. Pero si ese campo se encuentra dentro del propio terruño, la muerte se alarga, no resulta más fácil, sino más insoportable. Ése fue el caso de Omar y su familia, y el de miles más de sus hermanos y hermanas, fueron refugiados en su propia tierra natal. Muy pronto se dio cuenta de la existencia del problema político y geográfico que dictó las circunstancias de su nacimiento y su niñez, y muchos años más tarde, no en esa tierra sino en el país donde se crió, a miles de kilómetros de distancia, en otra franja estrecha de tierra llamada Chile, se juró a sí mismo que algún día haría algo para contribuir a la causa de la liberación de su pueblo. Los seres humanos, refugiados o no, musulmanes o cristianos, palestinos, chilenos o puertorriqueños, somos todos muy parecidos. Somos criaturas de esperanza. Poseemos una empedernida fe en el futuro, estamos convencidos de que en él, es decir, en el futuro, estaremos vivos, y más convencidos aún de que entonces seremos capaces de hacer proezas para enmendar los añejos errores de la historia. "Cuando yo sea grande", "cuando regrese", "cuando nos veamos nuevamente", "cuando tenga dinero", "cuando mejoren las cosas", "cuando esto o aquello", frases como éstas delatan la presencia en nosotros de una fe inconmovible en el futuro, y de la confianza que tenemos, infundada casi siempre, en nuestro poder para realizar en el porvenir los actos heroicos que en el presente juramos llevar a cabo. Algún día, Omar haría algo, ya lo intuimos. Si con sus actos consiguió dar cumplimiento a la promesa mencionada en este párrafo, eso es algo que cada lector deberá determinar por sí mismo, sin nuestra ayuda.

A sus dos progenitores los conoció, y a su abuelo paterno, y vivió junto a ellos, cerca de ellos, o en contacto con ellos, hasta que murieron. A sus dos abuelos maternos no llegó a verlos. De la mamá de su mamá nunca supo nada, y su abuelo materno murió mucho antes de que él naciera. El pobre hombre, y hombre pobre, fue una de las víctimas inocentes del ataque terrorista perpetrado por unos fanáticos contra el hotel Rey David en Jerusalén, en los años que siguieron a la segunda gran guerra y precedieron a la interminable guerra en el medio oriente. Como resultado del atentado, murieron allí, lo informamos por si no lo sabían, veintiocho ingleses, cuarenta y un árabes y diecisiete judíos; su abuelo estaba en el grupo de los cuarenta y uno. Así que nunca conoció a sus nietos varones, ni pudo educarlos como hubiera querido, por lo que la educación temprana del niño

Omar estuvo a cargo de su padre y del padre de éste, es decir, su abuelo paterno, diametralmente opuesto al abuelo materno.

El abuelo tuvo mala suerte. No lo mataron por ser terrorista, porque no lo era, ni por ser palestino, lo que sí era. Desafortunadamente, descansaba en la acera equivocada justo en el momento en que una enorme pared de concreto se vino abajo. La pared en cuestión era parte del más famoso de los hoteles de Jerusalén, el Rey David, donde para la fecha estaban ubicadas las oficinas centrales del Mandato Británico en Palestina. El abuelo era un hombre humilde y trabajador, relativamente pobre; probablemente, jamás había estado dentro de un hotel. Evitaba los problemas en lugar de invitarlos; era un ser humano pacífico y conciliador, de ésos que no se meten con nadie; la política no le interesaba; en su mundo sólo había dos destinos, su casa y la casa de dios.

Sin que él lo supiera, el día de su muerte cierto grupo terrorista que respondía al nombre de *Irgún* había decidido dar una buena lección a los imperialistas británicos, cuyas fuerzas de ocupación, legales pero inmorales, según ellos, habían efectuado un masivo operativo policiaco contra-insurgencia una semana antes, un sábado conocido desde entonces como el "sábado negro", que, obviamente, ninguna relación tuvo con los lunes negros y los viernes negros del mercado de valores de la calle Wall. Con el propósito de dar un escarmiento a dichas fuerzas de ocupación, varios hombres del Irgún, disfrazados de árabes y de lecheros, llegaron hasta el sótano del hotel, donde colocaron, sin que nadie lo notara, varias cajas de leche repletas de explosivos, casi trescientos kilos, según los posteriores informes preparados por los investigadores ingleses. Antes de que esta carga explotara, cuando los lecheros del Irgún ya habían salido del edificio, detonaron un pequeño artefacto explosivo en la avenida que corre paralela a la fachada del hotel, algo así como una granada de mano, con el objeto, afirmaron posteriormente, de alejar del lugar a los transeúntes, de modo que la pérdida de vidas humanas que causaría la segunda explosión, la grande, resultase mínima. ¡Muy considerados esos terroristas! ¡Qué lástima que sus homólogos de hoy día no sean tan corteses! La granada estalló en la calle en el preciso momento en que un autobús repleto de pasajeros pasaba por allí. El autobús se volcó y muchos de sus pasajeros resultaron heridos. A fin de proveerles los primeros auxilios, y suponemos que también los segundos y los terceros, unos cuantos de los lesionados fueron colocados en un pequeño huerto de olivos colindante con el hotel; otros, los que sólo sufrieron heridas leves, fueron dejados en la acera, en espera de alguna enfermera que revisara las contusiones y laceraciones y untara un poco de alcohol a sus heridas abiertas.

El abuelo materno de Omar viajaba en ese autobús. Desgraciadamente para él, el accidente no le causó heridas graves, por lo que no fue llevado al huerto, ni acostado a la sombra bajo la copa protectora de un olivo. Le consiguieron una silla plegadiza, en la que se sentó a esperar que se le pasara el susto, al amparo de otra sombra, creada por el alero del primer piso del hotel. Entonces la leche explotó, trescientos kilos de leche de alto poder, entera, sin desnatar, nada de leche descremada, colocados al lado de las columnas principales de la estructura, en el sótano, en el ala en la que se encontraban las oficinas de los representantes del imperio. Esa ala, completa, un diezmo del edificio, se desmoronó, sobre sí misma y sobre los pacientes que descansaban a la sombra del alero. El abuelo era uno de ellos, lo identificaron positivamente sus familiares, a pesar de que las autoridades no encontraron su pasaporte.

Es predecible el contenido de vuestros pensamientos, respetados lectores. Piensan ustedes: "Estos terroristas no cambian, son siempre los mismos animales, las mismas alimañas, los mismos depredadores. ¡De modo que ya habían hecho, más de medio siglo atrás, lo mismo que intentaron hacer en 1993 en el Centro Mundial de Comercio, en aquellas dos torres que finalmente derrumbaron con aviones civiles! Nunca aprenderán, nunca descansarán sino hasta que alcancen sus objetivos." ¿Por qué eran predecibles estas conclusiones? La respuesta es sencilla. Nuestros cerebros han sido tan eficazmente lavados por la maquinaria propagandística de los gobiernos que controlan el mundo, que cada vez que escuchamos la palabra *terrorismo* pensamos automáticamente, inmediatamente, como si fuéramos uno de los perros de Pavlov o alguna de las palomas de Skinner, "palestinos", "árabes", "musulmanes". Ni Timothy McVeigh ni David Koresh han podido salvarnos de esa estólida manía. Las ideas mueren lentamente. Las ideas estúpidas ni siquiera mueren.

No señores. No señoras. El Irgún no fue la primera célula terrorista islámica. Sus hombres y mujeres no eran árabes sino judíos. No fue el hijo de Laden quien inventó el moderno terrorismo científico. El premio por tan horripilante invención corresponde a un gran líder judío, recipiente, de hecho, de un premio más digno, aunque no en su caso, el Nobel de la paz. Nos referimos al último de los grandes Moisés de la nación hebrea, Menajem Beguin, quien fuera, incidentalmente, el autor intelectual del ataque terrorista contra el davídico hotel. No fue por esa hazaña que le entregaron el Nobel, pero se lo entregaron. Quizá también deberían dárselo, póstumamente, a Atila y al Temujín.

Los hoteles explotan. Los aviones explotan. Los barcos explotan. Las embajadas explotan. Las torres, gemelas o hermanas de crianza, también explotan. Los explosivos son, usualmente, los mismos, pólvora, en la prehistoria del terrorismo, dinamita, posteriormente, explosivos plásticos, como el C-4, en la posmodernidad. Hasta sacos con fertilizantes se han usado. Pero aquéllos que colocan los explosivos no son siempre los mismos. A veces son árabes. Otras tantas son israelitas. Los chechenos lo han hecho, tan frecuentemente como los rusos. A menudo son norteamericanos, aunque en su caso rara vez los *colocan*, prefieren arrojarlos desde lejos. Eso del martirio no va con ellos, el homicidio sí, el suicidio no. "Dios es nuestro objetivo", rezaba el eslogan de la Hermandad Musulmana; "el Profeta es nuestro jefe; el Corán nuestra constitución; la yijad nuestro camino; y el martirio nuestra mayor esperanza." Pero la fórmula de propaganda del imperio, el que sea, cualquiera que esté de turno, proclama orgullosamente otra cosa: "El dominio es nuestro objetivo; el aparato militar nuestro jefe; el dinero nuestra constitución; el poder nuestro camino; y el martirio…bueno, el martirio se lo dejamos a nuestros enemigos. Nuestra mayor esperanza es, siempre, sobrevivir y prevalecer."

Los resultados, no obstante, son invariablemente idénticos. Mueren los inocentes, y uno que otro culpable también, transeúntes, pasajeros de un autobús, de un avión o de un tren, secretarias de oficina y jóvenes profesionales, bañistas en la playa de una de las Antillas Mayores, enfermeras de un hospital en alguna pequeña isla del Caribe, pescadores en una bahía en Centroamérica, vecinos de una sobrepoblada aldea en Japón. A veces, como sucedió en este último lugar mencionado, son evaporados casi instantáneamente. Ésos son los que tienen suerte. En otras ocasiones se ven obligados a esperar pacientemente a que la muerte venga a salvarlos.

"Estrictamente hablando, no fue un acto terrorista", dijo mucho más tarde Netanyahu. Los de Hamas y Hezbolá sí son monstruosidades terroristas, los de ellos no. ¿Cómo habría de serlo si Menajem hizo las advertencias necesarias, si ordenó a una de sus ayudantes que llamara al hotel y diera la voz de alerta? "No queríamos matar a nadie", confesó con afectada compunción el Irgún, aquella "pequeña banda de pistoleros" al mando de Beguin. "Los británicos tuvieron la culpa, por no evacuar a tiempo el hotel", así rezaba la placa conmemorativa original. Quizá la culpa fue del chofer del autobús, que debió haber tomado otra ruta; o del arquitecto del edificio, que debió diseñarlo más ancho y menos alto; o del ingeniero de la fábrica de bloques; o del pobre abuelo, que se sentó donde no debía. Quizá la culpa no es de nadie. Las torres eran muy altas. El hotel estaba mal construido. En Hiroshima había una fábrica de armamentos. Quizás Alfredo Nobel, el del premio, es el culpable, por haber inventado la dinamita. ¡Quién sabe! Tal vez la culpa la tiene dios, que nos hizo tan perversos y vengativos, como él mismo, a su imagen y semejanza.

El último Moisés guardó un par de días de luto, pero lo dejó claro, sólo por las víctimas judías. El cuerpo del abuelo fue llevado al huerto. No tuvo tiempo para balbucear "aparta de mí este cáliz", como hiciera otra víctima del terror dos mil años antes, en el huerto del Getsemaní. Su yerno, el futuro padre de Omar, fue, junto a su propio padre, a recoger el cadáver. Uno de ellos se propuso allí mismo luchar contra los invasores. El otro, su hijo, se prometió a sí mismo huir, emigrar a un lugar de paz donde su vida y la de su familia no corrieran peligro. Sin embargo, como hemos sugerido varias veces en este relato, el mundo gira demasiado rápido, da muchas vueltas en un año, más aun en una década, y más, muchísimas más, en veinte años. Diez veces giró la tierra alrededor del sol, y en ese tiempo el abuelo paterno luchó en vano contra los hijos de Isaac. Se unió a los temibles fedayim, prototipos de los terroristas islámicos modernos. Colocó sus bombas y disparó sus balas; clavó puñales y mató inocentes. Al final se dio por vencido, y se marchó, él solo, a Suramérica, donde volvió a casarse y a formar un hogar. Fue su hijo, ése que se había prometido emigrar, el que permaneció en el exilio interno, en su patria que ahora no era suya, aunque él, y tantos otros, no lo habían entendido aún. Nunca pensaron que serían finalmente despojados definitivamente de sus tierras. Doce años después del ataque terrorista contra el hotel – pues, aunque no le guste al fantasma de Menajem, *terrorismo* fue – nació su segundo hijo varón, Omar, poco después de que su abuelo regresara de Chile a contar a los suyos las bondades de este país. Fue el abuelo quien lo nombró Omar, en honor al segundo califa y unos de los primeros discípulos del profeta, conocido por los historiadores como el san Pablo del Islam. Pero a pesar de lo bien que les habló de Chile, y de sus idílicas descripciones, no logró convencerlos de que se mudaran ellos también, y tuvo que volver él solo junto a su esposa, mientras su hijo y su nuevo nieto se aferraban a una ilusión. La esperanza es un veneno que actúa muy lentamente.

El día que marcó el décimo cumpleaños del niño, su padre sacó del baúl de los recuerdos la vieja promesa. Llamó a su esposa, a sus dos hijos y a sus dos hijas, y al sobrino que había adoptado, y les dijo: "Nos vamos a vivir con el abuelo". Nadie protestó. Pero tampoco ninguno armó una fiesta. Hicieron los preparativos usuales, intentaron vender la derruida casita, se despidieron de sus amigos y familiares, uno a uno, poco a poco, empacaron las maletas y dijeron adiós para siempre al desierto que los vio nacer a todos. Sólo el más chico regresaría algún día, por muy poco tiempo, a alimentar su odio.

Entre las múltiples virtudes del padre y del abuelo se destacaba una chispeante disposición a aprovechar nuevas oportunidades. No siempre las buscaban activamente, es cierto, pero cuando la oportunidad tocaba a la puerta nunca la desperdiciaban. Poseían, especialmente el hijo, entiéndase, el padre de Omar, una extraordinaria capacidad para sobrevivir en cualquier ambiente, ya se tratase de un mundo poco amigable u hostil, o de una tierra lejana en la que se hablaba un lenguaje desconocido. Como el gato, cayeron de pie en esa nueva tierra. Se dedicaron al comercio. Compraban y vendían casi todo lo que puede ser objeto de compraventa en los negocios de los hombres. Primero telas, luego alfombras, más tarde artefactos y enseres eléctricos, adornos, ornamentos, baratijas sin fin, y hasta comestibles típicos de Palestina, los que se vendían tan pronto tocaban las tablillas de los escaparates en el pequeño local alquilado que en breve tiempo pudieron adquirir por un buen precio.

En sus maletas, este buen padre de familia trajo, además de su ropa y sus zapatos, las viejas prohibiciones con las que, sin mala voluntad, amargaba las vidas de los suyos. En la nueva morada tampoco se escuchaba música, de ningún tipo, porque, según el patriarca, "la música descarría el alma y la lleva a pensar que existen otros dioses". *Shirk* es el término que viene a colación, el más grave de todos los pecados, de acuerdo a las enseñanzas del apóstol, atribuirle socios a dios. Dios es sólo uno, no un comité. Fumar también estaba prohibido, así como ingerir bebidas embriagantes. Ahora incluso él mismo acataba esta prohibición. "Aquél que bebe licores embriagantes", había aprendido, "no puede considerarse un creyente en el instante en que las ingiere." A sus hijas no les permitía salir de casa sin antes someterlas a una minuciosa inspección visual, más detallada que las realizadas por la policía secreta, hasta estar seguro de que nada se veía de sus cuerpos, salvo sus manos y los dedos de sus pies. Pero una nueva prohibición se coló en el equipaje, una que no empacaron ellos sino la vida. En el nuevo mundo, la felicidad estaba prohibida.

Abbas, que así se llamaba el padre de Omar, pedimos perdón por no haberlo mencionado previamente, sufría el peor tormento de su tormentosa existencia. No era feliz, y su familia no podía serlo al verlo a él consumirse en vida. El exilio se había convertido para él en la peor de las opresiones. Amaba esta nueva tierra, daba gracias a dios diariamente por la hospitalidad y el calor con que fueron acogidos desde el principio por los vecinos de su segunda patria, prosperaba materialmente, dormía serenamente, sin las interrupciones causadas por las balas y el fuego de mortero. Mas no era feliz. De algunos extranjeros se afirma que tienen un pie en el país que los recibe y el otro en su tierra de origen, pero en el caso de Abbas no era así. Ambos pies los tenía firmemente plantados en Chile, tan inamoviblemente anclados que jamás pisarían otras tierras. Pero su corazón se había quedado atrás, en la tierra de las balas y los tanques, en la aldea rodeada con alambre de púas, en el campamento para refugiados que su alma recordaba como un oasis sembrado de palmeras datileras regadas eternamente por una alfaguara caudalosa de aguas cristalinas. Hablaba a menudo de las grandes virtudes de los hombres del desierto, de la entereza, la fuerza, el valor y la impasibilidad; les repetía constantemente a Omar y a Ibrahim que era necesario ser fuertes, implacables, menospreciar las comodidades de la vida y las debilidades que nacen de la afluencia, vivir como vivían los nómadas beduinos en el desierto, pero en el fondo él mismo era

215

demasiado débil, y su debilidad lo movió a buscar la protección de alguien más fuerte que él. Estaba consciente de la fragilidad de su posición en el mundo, del poder de las fuerzas a cuya merced están los forasteros y los peregrinos, de la inestabilidad de la existencia. Así que buscó a dios, con una vehemencia tan grande como aquélla que se apoderaba de él cuando era joven. Se parapetó en el pasado, se resistió a asimilarse, comenzó a transitar nuevamente las sendas antiguas. Se negó a afeitarse la barba, aunque algunos idiotas chovinistas, de ésos que hay en todas partes, le ofrecieron buena paga si lo hacía. Cambió el tema de los sermones que predicaba a sus hijos, dejó de exigirles que fueran fuertes, implacables e insensibles, y, en su lugar, les aconsejó que buscaran a dios y esperaran en él. A Omar siempre le gustó más el sermón original.

El destierro, a pesar de ser voluntario, escogido por él mismo, le dolía bien adentro del alma, lo hacía sentirse desamparado y solo. Añoraba encontrar un hogar, un nido, para su espíritu. Sediento de esperanza, decidió unirse a un grupo de musulmanes que se reunían una vez por semana, los viernes, en una casa cercana al establecimiento comercial de su propiedad, que ya había crecido hasta convertirse en una mega-tienda. Eran personas buenas, incluso ingenuas podría afirmarse, emparentadas espiritualmente con los afamados derviches danzantes del sufismo oriental. Éstos también bailaban, intentando inducir en sus mentes un estado de éxtasis que les permitiera comprender las verdades inaccesibles a la razón. Pero Abbas no los acompañaba en la danza, se marchaba tan pronto se iniciaba la música. Durante el día, administraba, junto con su esposa, lo mejor que podía, el negocio familiar, mientras que dedicaba una buena parte de la noche a la introspección mística, a la especulación metafísica y a las conversaciones sobre temas esotéricos que ni su esposa ni sus hijos comprendían, excepto, tal vez, Ibrahim, el hijo postizo. Comercio y estudio, dinero y conocimiento, prosperidad material y salvación del alma, riquezas y santidad. ¿Qué más puede desear el corazón del hombre?

Su nueva fe, o mejor dicho, su nueva modalidad de fe, pues seguía siendo tan fiel musulmán como antes, reforzó los elementos irracionales de su mente. Fusionó, sin darse cuenta, en una sola teoría que a leguas mostraba su incoherencia e inconsistencia, media docena de ideas cristianas, musulmanas y, asombrosamente, también judías. Compró y leyó una veintena de libros, místicos, proféticos, de exégesis coránica, teológicos, de los que concluyó que el sufrimiento de su pueblo terminaría pronto, cuando regresara el Mahdí, que en su imaginación aparecía como un moderno Saladino presto a expulsar a los infieles de las tierras santas. Mahdí, mesías, imam, Isa, todos combinados en un excelso guerrero medieval resucitado, a punto de regresar para devolver la justicia al mundo.

Omar, a quien al principio ni siquiera se le ocurría atreverse a contradecir a su padre, se animaba a ripostarle llegado este punto, cuando Abbas abordaba, por millonésima vez, el tema mesiánico. "¿Por qué tanto soñar con un mesías?", le preguntaba, retóricamente, pues no era su propósito preguntar sino criticar. "¿Por qué seguir esperando a un héroe que venga a salvarnos, de lo que sea, de nosotros mismos, del demonio, del imperialismo sionista, o de una invasión de extraterrestres? ¿Por qué no podemos ganar la guerra nosotros mismos, sin ayuda del exterior? ¿Por qué sería capaz un mesías de lograr lo que nosotros no podemos lograr? Te lo diré, papá, pienso que la respuesta es muy simple. Los seres humanos somos malos; la masa arcillosa con la que fuimos ahormados es una arruinada mezcla de maldad y egoísmo, sazonada con una buena cantidad de miedo, que nos conduce, a veces sin quererlo, a desear el mal, a buscar el mal, a obrar el mal. Pero no somos brutos, como comúnmente se piensa. Creemos, y seguramente tenemos razón al pensarlo, que abandonados a nuestra propia suerte nunca saldremos del hoyo, que nuestra irremediable cerrazón nos lanzará al abismo a la larga o a la corta, probablemente más a la corta que a la otra. Sabemos que somos capaces de condenarnos a nosotros mismos, pero que no está en nuestra naturaleza el poder para salvarnos de nosotros mismos. Por eso inventamos, prometemos, anunciamos y esperamos mesías, madíes, redentores, avatares, budas y salvadores. Por eso afirmamos que vienen pronto, por primera o por segunda vez; o que están escondidos, ocultos en lo alto de alguna montaña, a la espera de una señal para manifestarse gloriosamente. Por eso nos negamos a reconocer, en contra de toda evidencia y de toda lógica, que nadie vendrá a salvarnos, que las promesas de los mesías, o mejor dicho, de los propagandistas de los mesías, eran solamente palabras consoladoras para animar a los de escasa fe. Por eso nos han engañado tantos y tantos embaucadores. En nuestras tierras, siglos atrás, fue aquel loco judío llamado Shabbetai, aquí en América del Sur fue uno que estaba tan demente como él, un predicador norteamericano que se mudó con sus seguidores a Guyana. ¿No lo recuerdas? Se llamaba Jim Jones, fue hace menos de un año. El primero terminó inclinándose ante el sultán de Constantinopla; el segundo mató, activa o pasivamente, a un millar de sus ciegos seguidores. Y aun así, millones, billones, de seres humanos insisten en creer y en esperar. ¿Por qué no despiertas, padre? ¿Cómo no te das cuenta de que te engañas a ti mismo con esas esperanzas?"

"¿Por qué no te das cuenta tú, hijo mío, de que la esperanza es lo único que me queda?", le contestaba tiernamente Abbas.

Mientras ese drama espiritual se desarrollaba en su interior, allá afuera, en el mundo considerado real por la mayoría de nosotros, el negocio prosperaba y la vida seguía su curso, como de costumbre, como ha venido ocurriendo desde la mala decisión de Eva. Dio en casamiento a sus dos hijas; Ibrahim, el sobrino-hijo, también se casó, con una hermosa joven palestina que había viajado con ellos en el barco. Su otro hijo varón, despedazado por una cruel enfermedad mental, terminó suicidándose antes de alcanzar la mediana edad, pero dios habrá de tener misericordia, él no sabía lo que hacía. Sólo restaba Omar, para quien su padre, y también el destino, habían escrito un libreto menos prosaico.

Abbas quería que su hijo llegara a ser abogado. Nosotros, que bastantes abogados hemos conocido en el pasado, no entendemos qué de especial puede tener esa profesión, pero las personas comunes, especialmente los padres, la consideran el puerto ideal al que debe arribar la barca vocacional de sus hijos. Abogados o doctores, esto desean que sean sus hijos en el futuro, no simples carpinteros. Nada malo hay en ello. Es cosa de sano orgullo, o de encomiable previsión. Comenzó a ahorrar, de Abbas hablamos, desde que llegó a Chile, a fin de tener el dinero suficiente para enviarlo, a Omar nos referimos ahora, a estudiar a España, donde grandes califas y emires construyeron las más hermosas ciudades musulmanas fuera de la península arábiga. "¿Quién sabe?", razonaba el padre, "Dios puede usarlo para preparar el camino al enviado. Si el último de sus apóstoles fue un humilde huérfano que no sabía leer ni escribir, ¿por qué no podría escoger y utilizar a mi Omar, que sabe tanto de la verdad como cualquiera de los grandes ulemas? Su incredulidad es producto de la etapa en la que se encuentra. La superará cuando madure."

Pese a que su padre tal vez exageraba un poco, verdad es que Omar no era un fanático ignorante, como supusieron y afirmaron posteriormente los reporteros portavoces del sistema. Era un hombre educado, tanto por la vida misma como formalmente, hijo de un autodidacta, un sabio que, de no haber sido por el destino, que no conoce ni acata los requerimientos básicos de la justicia, habría llegado a ser un respetado muftí, y que al menos fue, en todo el sentido del concepto, un verdadero mulá, aunque sin el título ni el reconocimiento oficiales. Se inició en el mundo del saber temprano en su niñez, en su propia casa, como casi todos los niños varones de su época y circunstancias, bajo la supervisión, primero, de su padre, como ya indicáramos, y luego a los pies de su abuelo, quienes le enseñaron los fundamentos del Corán y la sharia, así como los rudimentos de la teología cristiana y judía (que para ellos eran casi lo mismo), la Biblia y el Talmud, pues, al igual que el viejo Waraka, mentor del joven Mahoma, concentraban en sus formas de pensar un poco de cada una de las otras dos grandes religiones del libro, precursoras del islam, por las que sentían genuino respeto, a pesar de las vilezas de tantos de sus adeptos. Su abuelo era un auténtico hanif, como también hemos dicho de Ibrahim, aunque no tan ortodoxo como él, de los que muy pocos quedaban, con una consagración obsesiva-compulsiva al saber, y un creyente nato, a la usanza de Abraham, y tan tolerante en cuestiones religiosas como el gran patriarca, si bien sus posturas políticas y culturales eran mucho más impacientes y radicales. También transmitió a Omar lo poco que sabía de algunos de los libros sagrados orientales, especialmente el Gita, al que despreciaba firmemente y ridiculizaba cada vez que de él hablaba. Pero era menester conocerlo, decía, a fin de resaltar la grandeza del Libro recitado, y así contrastar la verdad con el error, y descubrir los axiomas fundamentales de la fe, los que, según había dicho cierto teólogo malikí, debían expresarse con la lengua y creerse con el corazón. Dicen que quien lo hereda no lo hurta, y Abbas, como su propio padre, también amaba la erudición. La más importante de sus prohibiciones, mucho más seria que las tonterías ya mencionadas, era la ignorancia, pues su religión le había enseñado que el principal deber de un creyente es, precisamente, adquirir sabiduría. Por ello, en cuanto le fue posible, retiró del banco una buena parte de sus ahorros, la puso en un sobre amarillo, de los que llaman *de manila*, no sabemos por qué, pues no son manufacturados en las Filipinas, y éste lo puso en manos de Omar, junto con un boleto de avión. No fue difícil convencerlo, Omar se hubiera marchado aun sin dinero y sin boleto. Su esposa estaba preñada, por eso tuvo que casarse con ella, y él deseaba estar lejos cuando el parto tuviera lugar. Si en esos días hubiera podido prever el amor que ese hijo despertaría en su corazón, y el limitadísimo tiempo del que dispondría para compartir con él, se habría negado a marcharse, aunque el padre le hubiera ofrecido todo el oro de Chile, y el cobre también. De esta manera el viejo Abbas convirtió uno de sus sueños, al menos uno, en realidad. Envió a su hijo al extranjero, a España, para que estudiara Derecho y regresara posteriormente a su patria, convertido en una especie de Mahatma Gandhi musulmán, a liberar a sus hermanos y hermanas del yugo impuesto por los líderes del mal llamado hogar nacional.

Omar arribó a España alrededor de 1980, un caluroso día de septiembre, poco antes de su vigésimo segundo cumpleaños. Fue admitido a una escuela de Derecho de segunda o tercera categoría, de ésas a las que ingresan los estudiantes con deficiencias, el *plan B* cuando no son admitidos a una buena escuela. No era su caso, evidentemente, a él no le quedó más remedio, tanto por razones dinerarias como por ser la institución en cuestión la más cercana al pueblito donde vivía su tía, hermana de su mamá, en cuya casa se hospedaría durante los siguientes dos años. La licenciatura en Derecho requiere de más tiempo, lo sabemos, pero Omar no habría de culminarla, ni allí ni en Chile, a su regreso. Los cursos eran aburridos, los profesores, mediocres e incompetentes, todos excepto uno, un español ateo que dictaba la única cátedra caracterizada por la profundidad y el grado de dificultad suficientes para retar la inteligencia de este diletante que nunca llegaría a ser abogado. Fue él quien abonó en la mente de Omar las dudas que en ella había plantado el abuelo, pues, aunque el curso debía versar, según el prontuario, sobre derechos inmobiliarios, este insigne catedrático ocupaba su conferencia semanal con temas mucho más precipuos, como la imposibilidad de la existencia de dios, el imperialismo, la causa palestina, las invasiones soviéticas, la revolución iraní, la dictadura en Chile y la situación de Cuba bajo el comunismo.

Omar detestaba verse obligado a presentarse a sus otras clases. Se ausentaba con frecuencia. Cuando su tía lo regañaba, recordándole, o más bien sacándole en cara, los sacrificios realizados por su padre para pagar sus estudios, ripostaba con candorosa naturalidad, sin jactancia en su corazón, que todo lo que tal o cual "idiota leguleyo" (Éstas eran sus palabras.) hubiera podido enseñarle en todo el semestre, él podía aprenderlo más efectivamente en una mañana, si se quedaba en su habitación leyendo los libros de texto y la jurisprudencia. Una de ellos, a los maestruchos aludimos, no a los libros, lo decepcionaba más que el resto, una abogada inepta, acéfala y charlatana cuya única cualidad positiva era la de no presentarse al aula cuando debía. "¿Ya ven?", le decía Omar a sus compañeros, "no hay duda de que dios existe, no importa cuántas veces lo niegue nuestro buen catedrático de derechos reales, pues sólo su misericordia puede explicar cómo una patana como ésta ha llegado a ser abogada." Omar no compartía ni congeniaba mucho con sus compañeros alumnos, pero se acercaba a ellos para arengarlos de vez en cuando, instándolos a llevar a cabo un boicot hasta que despidieran a la "morona ésa con licencia", (Éstas también eran palabras suyas.) "que nos hace perder el tiempo". Sin embargo, el boicot no fue necesario, pues la abogada patana, hastiada de las quejas de muchos de sus alumnos y de su impopularidad en la escuela, decidió retirarse *sua sponte*, como dicen los de su clase.

No obstante, antes de abandonar su puesto la "acéfala" logró mucho más que desperdiciar el tiempo de Omar. Le robó las pocas ganas que pudiera haber tenido de convertirse en abogado, mató la débil ilusión que su padre, a duras penas, había logrado inculcar en él. Luego de casi dos años de intensa batalla con sus anhelos, desistió de su empeño, se rindió, y abandonó la Facultad de Derecho. Pero en la distancia había aprendido algo mucho más valioso que el Derecho civil y el código napoleónico. En la distancia aprendió a amar más a su familia, a sus compatriotas y a su padre, particularmente a éste, aún más de lo que ya lo amaba antes de partir, por lo que para no destrozar su corazón, no le informó su decisión. Su madre sí se enteró, chismes entre hermanas, no cabe duda, pero actuó sensatamente y tampoco ella dio la mala nueva a su esposo.

Así son las cosas. Si Omar no terminó sus estudios, y si no regresó a Chile cuando se suponía que lo hiciera, y como se esperaba que lo hiciera, con un diploma en la maleta y una profunda satisfacción en el corazón, no fue por desidia, ni por algún deseo inconsciente de frustrar los caprichos de su padre, sino por otras razones, foráneas a su voluntad, dictadas por el libretista anónimo de nuestras vidas. Es la vida, estimados lectores, la enigmática vida; Hacemos planes, para nosotros mismos o para aquéllos de quienes esperamos grandes cosas; Soñamos; Ahorramos y nos sacrificamos; Soportamos grandes penurias; Colocamos mil cosas en agenda; Y luego, como si la vida se burlara de nosotros, todo sucede al revés, y terminamos en el sur, pese a que nuestra brújula vital apuntaba hacia el norte.

En España ocurrió algo adicional, preñado de consecuencias para el futuro de nuestro poco menos que protagonista. Pasó lo que tenía que pasar, lo mismo que le ha ocurrido a millones de creyentes de todas las religiones al ser expuestos al secularismo occidental. En el pasado, a los israelitas les sucedió algo similar, primero en Babilonia, durante el exilio, y luego bajo el dominio griego; los cristianos enfrentaron el fenómeno al amanecer del Renacimiento, y más tarde como resultado del surgimiento del racionalismo alemán. Lejos de la amorosa tutela paternal, Omar comprendió, o mejor escrito, *confirmó*, que todo era un engaño; La fe, la religión, las promesas, los dogmas, las leyendas, todo era, al fin y al cabo, un compendio de hermosas pero peligrosas fábulas, hermosas debido a su poder para consolar, peligrosas por su potencial enajenante y su eficacia para sumergir al creyente en un pantano de conformismo e imposibles esperanzas. Pero si cierto es que, lamentablemente, en Europa perdió su fe, cierto también es, y debe ser dicho, que allí recuperó el amor por su primer terruño.

En la oficina de la gran tienda por departamentos en la que finalmente evolucionó el pequeño almacén de su padre, el devoto Abbas continuaba leyendo libros místicos, todas las

224

colecciones de hadices disponibles, y el libro sag
busca de una clave, de una respuesta, de un mensaje oculto
que lo ayudara a descifrar los misterios de los tiempos y los
eventos indicativos del fin. Dos años antes de que su hijo se
fuera a estudiar, en un suburbio de Estados Unidos se había
firmado un acuerdo de paz entre la nación que él llamaba el
demonio sionista y el líder musulmán de Egipto. Su héroe, el
paladín de la causa palestina por más de dos lustros, el gran
Anwar al Sadat, los había abandonado, firmando un pacto
bochornoso repleto de derechos para los judíos y de
obligaciones para los palestinos. Abbas se sintió traicionado,
pero su fe se revitalizó. Había llegado a creer, inducido por
sus recientes lecturas, que Palestina era el escenario en el que
se libraba la última batalla de una guerra de proporciones
cósmicas entre el bien y el mal, entre los ejércitos de dios y
los de Satán, que culminaría, la guerra, con la llegada del
mesías esperado, y que el sufrimiento de su pueblo aceleraría
esos acontecimientos. El dolor de los palestinos era, en su
novedosa teoría escatológica, el argumento que finalmente
convencería al Mahdí de la urgencia de su retorno. Allá
estaba Omar, creía Abbas, en la tierra del al Andalus, como
otro gran imam, preparándose para desempeñar su rol
providencial cuando dios lo llamase. Más feliz no podía ser.

Pero, lejos de allí, Omar había llegado a abrazar
conclusiones muy distintas. Cuando escribimos "lejos de
allí" no nos referimos a la oficina de su padre, sino a España,
pues Omar, sin notificarlo a nadie, salvo a su tía, se había
marchado a su natal Palestina. Influenciado por las ideas de
Arafat que fueran inculcadas en su pensamiento gracias a la
prédica laica de aquel profesor español de Derecho, había
concluido que los seres humanos son los instrumentos de
dios, dios en un sentido filosófico hegeliano, por supuesto, y
que nada cambiaría ni mejoraría a menos que los seres

humanos lo cambiasen. "No será el mahdí de mi padre quien venga a salvarnos. La injusticia no se desvanecerá con el paso del tiempo", pensaba, "y dios no arreglará lo que nosotros debemos arreglar."

No se trató de una decisión brusca y repentina, al estilo de muchas otras de sus resoluciones, sino, como casi siempre sucede en el caso de los demás mortales, del resultado natural de un proceso más o menos largo, de un despertar previamente anunciado, como la nata que se forma en la leche cuando ésta comienza a calentarse. Desde antes de interrumpir sus estudios, había comenzado a experimentar una pesarosa nostalgia por su tierra, no por Chile, el hospitalario país que lo acogió cuando aún era un niño, junto a su familia y a otros cien mil refugiados, sino por la tierra que lo vio nacer, la que prácticamente no recordaba y de la que sabía muy poco, más que nada gracias a las noticias que de ella contaban los reporteros en la televisión. Todos los días era igual, soldados sionistas que mataban a una docena de palestinos, uno o dos miembros de al Fatá que se hacían estallar frente a una sinagoga o un centro comercial; gigantescas excavadoras y aplanadoras, escoltadas por tres o cuatro tanques y camiones blindados, empeñadas en arrasar una aldea o un campo de refugiados, niños asesinados, escuelas derrumbadas, hospitales demolidos, un viejo apartamento implosionado porque, según el servicio secreto israelí, servía de cuartel a los extremistas de la OLP, un salón de actividades clausurado porque en él, además de celebrar fiestas y bailes, se planificaban ataques terroristas contra algún kibutz cercano. Ninguna noticia buena, ninguna noticia positiva, ninguna noticia agradable. Todo parecía ser sangre, dolor y lágrimas. Los noticieros comerciales son así, tal parece que lo hacen adrede. Las noticias color de rosa no atraen al televidente ni aumentan los *ratings*, por lo que sólo se usan como relleno para ocupar espacios vacíos. A nadie en el mundo de los medios parece interesarle la noticia de un niño judío que juega con un niño palestino, o la de una generosa enfermera palestina que atiende con esmero a un pobre viejo judío. El amor vende novelas, los noticieros se nutren de sangre y violencia.

Así que en lugar de regresar junto a su padre viajó a su tierra, a buscar respuestas. No las encontró, ya lo sabemos. Pero halló otra cosa: los prolegómenos para su tragedia.

En palestina se unió a cierto grupo neonazi, una pandilla de fanáticos parecida a las gangas de las centurias negras o las camisas amarillas de la Rusia zarista. ¡Hay que ver la fascinación que ese tipo de personas tiene con los colores de las prendas de vestir! Al igual que sus compañeros, llegó a creer que los judíos eran virus, alimañas peligrosas que debían ser exterminadas. La solución, según sus nuevos amigos la veían, consistía en tratar a los israelitas como ellos trataban a sus vecinos, darles a tomar un poco de su propia sopa, lidiar con los judíos como en el pasado lidiaron éstos con los británicos, con los sargentos Martin y Paice y con los oficiales, empleados y huéspedes del hotel Rey David, mostrarles la misma misericordia que ellos mostraron a los palestinos de la aldea de Deir Yassin. "En Deir Yassin, como en todas partes, atacaremos y aplastaremos al enemigo. Dios, Dios nos ha elegido para conquistar", eso dijo Beguin, el del Irgún, luego de la matanza. "Ojo por ojo y diente por diente, ley del talión, o por lo menos el precio de sangre; que los criminales paguen, de la forma que sea, pero que paguen", esto pensaba Omar mientras deambulaba por las estrechas callejuelas del barrio donde nació. Pero el pensamiento revolucionario de Omar fue más precoz que el de sus camaradas. Se dio cuenta rápidamente de que el enemigo más serio no era el pueblo judío sino esa otra nación que lo sostenía y protegía: "Matemos al titiritero", razonaba, "y la marioneta se desplomará solita." Sabía que los suyos no podían ganar, pero no se desanimaba. Su lucha no era alimentada por la esperanza sino, al contrario, por la desesperación.

Estuvo allí, en su patria original, menos de seis meses. Sólo en una ocasión, casi por casualidad, visitó la casa en la que una partera lo extrajo de un mundo de penumbras para lanzarlo a un mundo sin luz. Habló con miembros y líderes de Fatá y de otros grupos integrantes de la Organización para la Liberación de Palestina. Presenció varias incursiones paramilitares exitosas, pero no participó activamente en ninguna de ellas. Nunca tomó parte en uno de esos actos que los miembros del otro bando suelen llamar *terroristas*, aunque no los denominan así cuando son ellos quienes los llevan a cabo. Da igual cuál sea *éste* y cuál sea el *otro* bando. Éste, el *nuestro*, siempre actúa honorablemente, el otro, el de *ellos*, jamás sabrá lo que es el honor. Los actos de represalia israelíes conmovieron profundamente su espíritu. "Nunca ganaremos de este modo", pensó, "si debemos sacrificar a cien de los nuestros por cada diez de los de ellos." La sangre, los cuerpos desmembrados, los cuellos degollados, las amputaciones, los paralíticos, los ciegos, los sordos, los mancos, los destripamientos, las entrañas tiradas en la calle, las trepanaciones, las masas encefálicas desparramadas junto a los cráneos destrozados, los ojos llorosos, los gritos de dolor, la soledad, la huida, el abandono, el miedo, la persecución, los disparos, todo esto lo hizo recapacitar. Su odio permanecía inalterado, así como su meta. Los métodos eran los que ponía en entredicho.

Desde aquella oficina en la lejanía, su padre le copiaba poemas de contenido religioso, muchos de ellos traducidos a un español casi ininteligible, y se los enviaba a su dirección de España, ignorante del paradero de su futuro letrado. Su tía se los hacía llegar, junto con un poco de dinero, y noticias de su familia en Chile. Abbas estaba enfermo, aunque no de gravedad. No obstante, "sería bueno que fueras a verlo", le sugería. Los poemas mal traducidos y los relatos de la tía le partían el alma, y un día, sin planificación alguna, tomó la decisión de retornar.

La tía tenía razón, el viejo Abbas estaba enfermo. Sin embargo, su condición era más grave que la descrita en sus cartas. El hombre había comenzado a correr la última recta, estaba muriendo. No obstante, su fallecimiento no sería cosa de uno o dos meses, la muerte no estaba, como acostumbramos decir, a la vuelta de la esquina, pero Abbas no acompañaría a sus hijos por más de tres o cuatro años, a lo sumo cinco. Mas como dios da con una mano lo que ha quitado con la otra, mientras su padre hacía explotar los últimos cartuchos de su escopeta, el hijo que no había conocido en persona comenzaba a disparar la suya. Lo que queremos decir es que crecía sano y robusto, y que, a pesar de la previa ausencia de Omar, el niño había aprendido a amarlo como si él lo hubiese mecido en sus brazos todas las noches desde el día en que nació.

Omar se propuso recuperar el tiempo perdido. Ustedes, si han leído con atención las páginas precedentes, bien saben que tal cosa no es posible. El tiempo que se va nunca regresa, y no podemos recuperar aquello que ya no existe. Pero dejémosle que se engañe un poco a sí mismo, que juegue con el niño y le pregunte por las tareas de la escuela, que le regale aviones de madera, que visite a su padre y escuche pacientemente sus homilías, que intente terminar allí la carrera de estudios interrumpida en España, que se aleje de María y se acerque a dios. Al fin y al cabo, a ninguno de ellos le quedaba mucho tiempo para compartirlo con Omar.

Cinco o seis años después del regreso a casa, que conste que nuestras medidas temporales nunca son exactas, no es éste un libro de historia sino una humilde primera novela, su padre exhaló el último suspiro, y Omar comprendió que ya nada lo ataba a esta tierra. Una mañana ordinaria, el mes y el año precisos no importan, hizo nuevamente las maletas, llamó a su primo Ibrahim, sacó al niño de la escuela, y se marchó para siempre. No repetiremos aquí la relación de su peregrinaje. Ya sabemos que volvió a España, y que de allí pasó a Palestina, donde visitó cierto santuario, la tumba de los patriarcas en Hebrón. Pero es menester recordar en estas líneas un encuentro aparentemente casual que allí tuvo lugar, a fin de que no olvidemos la complejidad de los designios divinos.

La cueva de Macpela no siempre fue un sitio sagrado. De hecho, cuando por primera vez aparece en el legendario religioso, ni siquiera pertenecía a los hebreos. Abrahán compró ese lugar a un tal Efrón el Hitita, por la cantidad de cuatrocientos siclos. Al parecer, fue ésa la primera transacción comercial registrada por escrito en los protocolos de la historia. Un extranjero, una pequeña porción de tierra, un propietario, cuatrocientas monedas de plata, un contrato de compraventa otorgado oralmente frente a varios testigos, sin abogado ni notario autorizante. Su esposa, la de Abrahán, que también era su hermana, según la versión que en cierta ocasión le contaron ambos al faraón de Egipto, había muerto, y él, Abrahán, deseaba poseer, en pleno dominio, una parcela de terreno que le sirviera de mausoleo para enterrar sus restos, los de Sara, y para que su propio cuerpo, el de Abrahán, fuese enterrado junto al de ella tras su muerte. Así se hizo, de acuerdo con el relato bíblico. Los huesos del patriarca fueron sembrados allí, así como los de sus dos hijos, Isaac e Ismael, o los de uno solo de ellos, y fue así como esa tierra cananea se convirtió en tierra santa, por lo que los creyentes acuden a visitarla cada vez que pueden, tal vez para no olvidar de dónde vienen…ni en qué sitio terminarán. El problema parece ser que esos creyentes no acaban de ponerse de acuerdo con respecto del escabroso asunto de la nuda propiedad de este proto-cementerio. Durante miles de años sólo los judíos, hebreos primero, más tarde israelitas, finalmente judíos, lo reclamaron como suyo, hasta que llegaron los cristianos, judíos primero, luego cristianos, y finalmente cristiano-romanos, quienes formal y pomposamente decretaron que ese pedazo de suelo, junto con toda la tierra circundante, la tierra prometida, había sido separada por dios para ellos, los auténticos herederos de la promesa, los verdaderos hijos de Abrahán. (Pese a que más correcto sería considerarlos nietos, bisnietos, o choznos.) Pero la posesión cristiana duró poco, pues un buen día llegaron las tropas musulmanas y se apoderaron del lugar. Muchos siglos transcurrieron antes de que los judíos lo recuperaran, como unos de los botines de la guerra de los seis días. En la actualidad, luego de los acuerdos de Oslo, mediante los que se acordó no se sabe qué cosa, está, algunas veces, bajo el control de la Autoridad Nacional Palestina, y otras tantas bajo control israelí, o árabe, o palestino, o internacional. La verdad es que no es posible saberlo por adelantado; pero sigue siendo reclamado por todo el mundo, por aquéllos que en una ocasión u otra, o en varias ocasiones, lo poseyeron, de buena o de mala fe. Un sitio así es perfecto para que en él tengan lugar esas coincidencias de las que hablábamos en otro capítulo. Los narradores no somos científicos, ni astrónomos, ni genios de la física, pero sabemos, porque algunos de ellos nos lo han contado, que en el universo existen unas encrucijadas siderales, unos puntos cósmicos en los que esporádicamente convergen personas y acontecimientos, tiempos y espacios, presentes, pasados y futuros. Se trata, según parece, de ejes dentro del continuum espacio-tiempo, en los que, de un modo misterioso hasta ahora inexplicado (Por eso sigue siendo *misterioso.*), las leyes físicas no aplican y, por esa razón, en ellos tienen lugar extraordinarios eventos, ordinarios a simple vista, que arremolinan a gentes desconocidas con el fin de que el destino pueda prepararlas para el papel que cada una de ellas jugará en el desenlace de la vida de la otra. Dicen que las pirámides egipcias son ejemplos de tales lugares, así como los monumentos de piedras en Britania. El monte del templo también lo es, y éste del que hablamos, el santuario del patriarca, la cueva de Macpela, una viejísima caverna que un tal Abraham compró a una tal Efrón hace más de cuatro mil años.

Allí adentro se tropezó nuestro Omar con otro hombre, un perfecto extraño que hablaba español, un turista que no parecía turista. Se encontraron casualmente, sin proponérselo, sin planificarlo. Coincidieron en un mismo lugar, exactamente en el mismo momento del infinito continuo del tiempo. Se saludaron; puede ser que incluso, sin que nos hayamos percatado de ello, hayan intercambiado uno que otro comentario jocoso, un chiste liviano, o alguna frase ceremonial, de ésas que siempre decimos por algo decir. "¡Qué calor hace!" "Parece que va a llover." "¿De dónde ha salido tanta gente?" "Tenga cuidado, que el piso está resbaloso." "En este mundo hay que esperar para todo, hasta para morirse." "Esta fila es más larga que las de Disney." Sonrieron cortésmente, y cada uno prosiguió su propio camino, sin llegar a saber, sin enterarse, sin sospechar siquiera que ese otro hombre al que acababa de saludar y junto al que compartió un fugaz instante dentro del minuto que es la vida, tenía un destino idéntico al suyo, que habrían de volver a encontrase pasadas casi tres décadas, la segunda vez en circunstancias menos amistosas, y que ese inexorable destino los conduciría a ambos a la misma ciudad, a la misma avenida, y a la misma calle, exactamente a la misma hora de un mismo día. La próxima vez que se vieran, no se reconocerían el uno al otro. ¿Cómo habrían de recordarse si apenas se miraron, si fueron solamente dos extraños cuyos caminos se tocaron en una apartada encrucijada, dos precarias embarcaciones que pasaron en la noche, a punto de zozobrar en un mar distante? Ambos fueron al santo lugar a buscar fuerzas para poder llevar a cabo una tarea que les había sido encomendada sin que ellos lo supieran, y sin que se hubieran tomado en cuenta sus deseos y opiniones. Perseguían una fe que se marchitaba velozmente, pero cuyo germen aún latía, invisiblemente, en sus corazones, la misma índole de fe que inspiró a aquéllos cuyos restos están enterrados en esa cueva, si son ciertas las leyendas que sobre ella se han contado por más de cuatro milenios. Uno de ellos la recuperaría, en el último fatal minuto, como el buen rufián crucificado junto a Jesús. El otro se perderá para siempre, sin ella, aunque haya creído que la poseía.

Por eso hemos escrito: La vida ha sido tejida con las hebras de las coincidencias.

De Hebrón viajaron a Jerusalén, y de allí a Bagdad, donde unos pájaros de metal aguardaban por él y por su hijo. Fueron ellos la razón, a los pájaros aludimos, por la que no pudieron llegar hasta Karbala, ni a Meca. Y también fueron ellos los emisarios que señalaron a Omar la dirección que sus pasos debían seguir. En Bagdad, camino a la tumba de un mártir, dobló a la izquierda, quizá debió girar hacia otra coordenada, pero fue a la izquierda que viró, y esos pájaros dejaron caer sobre Ismael una granizada de rocas de ácido, una misteriosa sustancia cáustica que puso fin a su tierna vida y desfiguró para siempre el rostro de Omar.

233

El asesinato de su hijo dibujó sobre su faz una máscara imborrable de dolor. ¿Somos capaces de imaginarla? Describámosla: Por las mejillas de ese segundo rostro sobreimpuesto al original rodaban gruesas lágrimas, pintadas con tinta indeleble, sintomáticas de una agonía que no cesaba; De sus labios, estáticos, paralizados en una mueca aterradora, como la del alma atormentada del famoso cuadro de Edvard Munch, parecía brotar el grito más angustioso escuchado por oídos humanos o animales, como el último grito de Isa en la cruz, "¡Elí, Elí!, ¿lama sabactaní? Dios mío, ¿por qué me abandonas?", sólo que en este caso no se trató de un hijo desamparado por su padre, sino, a la inversa, del padre amoroso a quien su hijo abandonó para siempre, aunque no por propia voluntad, no por inmadurez o rebeldía, como el hijo pródigo de la parábola, que se marchó a la ciudad a dilapidar una herencia a la que todavía no tenía derecho, ni a semejanza del primer hijo de la historia, aquel ingrato varón que desobedeció a su padre para complacer la caprichosa vanidad de una mujer sin pasado a la que apenas conocía, sino por culpa del implacable odio de soldados anónimos, forasteros con corazones de piedra, o de hielo, azuzados por una sed infinita de sangre inocente.

El rostro detrás de la máscara ya no era humano, por eso usaba una careta. O tal vez haya sido más humano que el de cualquiera de nosotros, tan humano como lo es el sufrimiento, tan característico de nuestra especie como la amargura. De él huyó para siempre la felicidad, abochornada, sintiéndose extraña, fuera de lugar en un cuerpo ocupado a la fuerza por la desesperanza. En la máscara, los ojos estaban ahí, en el lugar habitual, así como la nariz, entre aquellos dos, y la boca, un poco más abajo, abierta pero sin hablar, como si se hubiese aprestado a enunciar una palabra, una frase o una oración completa, y, repentinamente, pensándolo bien, hubiera concluido que no valía la pena, que ninguna palabra sería capaz de expresar el lamento de sus entrañas. Pero bajo ella, el ácido que mató a Ismael derritió las facciones del rostro natural. Si existiese un manto milagroso, con mágicos poderes, como la alfombra de Aladino, como el paño del fraude de Turín, pero sin el ingrediente doloso, un manto que, colocado sobre el verdadero rostro de Omar hubiera tenido el poder de plasmar en su propia tela, para la posteridad, las exactas huellas de su identidad facial, ese paño, si existiera, habría quedado en blanco, si blanco hubiera sido originalmente, pues la faz de Omar era el vacío, la ausencia que queda cuando la vida se marcha.

Tras la muerte de Ismael, concluyó, acertadamente, que no podía permanecer en esas regiones del mundo por más tiempo. Pero regresar a Chile no era una opción aceptable para él. Así que decidió mudarse a una nueva nación, a la tierra a la que habían escapado durante siglos los peregrinos, al país que fue en sus orígenes otra tierra de leche y miel. Ya no lo era, Omar lo sabía. Pero la suya no sería una huída sino una invasión, de un solo hombre, más bien de dos, pues Ibrahim lo acompañó. Risible, ¿no es así? Una invasión, si se respeta a sí misma, debería contar con miles de hombres, cientos de barcos y de aviones, decenas de helicópteros, infinidad de tropas, tanques, morteros, lanzacohetes, granadas, misiles, paracaidistas, marinos, soldados de a pie, naves no tripuladas, camiones y jeeps, y una inagotable ración de balas de todos los calibres. Además, las invasiones genuinas tienen que ser anunciadas públicamente, con antelación, con bombos y platillos, con títulos rimbombantes, "operación tormenta del desierto", "operación justa causa", "operación urgent fury", "operación enduring freedom". ¡Hay que ver la infinita capacidad de los invasores para inventar títulos ostentosos, eufemísticos y engañosos! Pero así son las invasiones de verdad, las que llevan a cabo las naciones omnipotentes en nombre de otros seres omnipotentes. Invasiones efectuadas por dos hombres solamente, no son dignas de ese nombre, mucho menos si de ambos sólo uno llega armado, y sin rótulo, y menos aún si el armamento que carga es meramente su odio.

Arribó a su nuevo domicilio un día nueve de septiembre, muy temprano en la mañana, de madrugada. Dado que no tenía parientes conocidos en el área, pernoctó durante las siguientes semanas en el piso franco perteneciente a un primo lejano de Ibrahim, dueño del almacén de alfombras que probablemente hemos mencionado en alguna parte de este relato. Apenas dos días después de su llegada, en un lugar relativamente cercano al apartamento en el que se hospedaban, su destino se presentó ante él, vívido, inequívoco, tan conspicuo como el sol del medio día. Por fin unos valientes mártires le habían dado una lección a la insaciable ave de rapiña, por fin sufría en carne propia el dolor de la derrota, por fin se anunciaba al mundo su vulnerabilidad. Se alegró cuanto pudo mientras presenciaba el esperanzador espectáculo. No, no crean que contradiremos aquí lo que en las primeras páginas de este tomo aseveramos. Por eso hemos escrito "cuanto pudo", es decir, se alegró en la ínfima medida en que su enjuto corazón se lo permitió. Pero al mismo tiempo se decepcionó. Se le habían adelantado, le habían robado su oportunidad. Se da por descontado que él no hubiera sido capaz de realizar un acto tan portentoso como aquél, ni siquiera en su imaginación; hazañas como ésa requieren mucho tiempo, ardua planificación, recursos casi ilimitados, y una cabeza, alguien más ducho que él en el arte de la guerra. Pero algo hubiera hecho, más modesto, menos trascendental, menos merecedor de una conmemoración anual, sólo un pequeño golpe, un martillazo, un marronazo, una bala, o una piedra arrojada con una honda. Ninguno de aquellos pájaros hubiera podido, él solo, derrotar al ejército de Abraha, el de la nariz cortada, mas todos juntos lo consiguieron, un grano de arena a la vez, una roca después de la otra. Los muros no se caen por el simple hecho de remover un ladrillo, pero nunca se caerán si nadie se anima a ser el primero en romper uno de ellos.

Durante diez años, nada digno de mención hizo Omar, aparte de trabajar en el almacén del primo de su primo y cocinarse lentamente en el caldo de su propio rencor. Contempló, como un espectador desapasionado, la segunda agresión a Iraq, la destrucción de todo lo hermoso que había en el lugar que fuera la cuna de la civilización. Vio por la tele la ejecución de Saddam, los saqueos y los sacrilegios. Oyó también los discursos de los victoriosos, la interminable letanía de sermones y peroratas hipócritas predicadas por los líderes del imperio y por sus amigos en Europa. "Ahora el mundo es un lugar más seguro"; "La democracia ha triunfado"; "Los enemigos de la libertad han recibido su merecida sanción"; "Las almas de las víctimas pueden descansar en paz"; "God bless america". *Bullshit*. ¿Por qué ninguno de ellos admitía la verdad? Al fin y al cabo, ya habían ganado; ¿Por qué continuar con la actuación? ¿Por qué no reconocer la verdad con un poco de valentía? ¿Por qué no superar la fuerza de cara y la simulación? "Vamos a dejarnos de mierda", pudieron haber confesado ante las cámaras, "lo hicimos por dinero, por eso lo hicimos; por dinero, por petróleo y por nuestra ineludible vocación capitalista e imperialista. Aquí mandan las grandes compañías y las fábricas de armamentos. No se equivoquen. Aquí la democracia sólo dura un día cada cuatro años. Si la Empresa Tal necesitaba una guerra, una le daríamos. Si los mercenarios de Exec. Services andaban muertos de hambre, ocupación les proveeríamos. Si la Coronel Dynamics nos pide una invasión, no lo duden, ni por un segundo, tarde o temprano encontraremos un país para invadirlo. Ellas, las grandes empresas y las multinacionales, son las que generan empleos y pagan los salarios de los burócratas que engrasan la maquinaria. No las abandonaremos cuando más nos necesiten. Y si por ellas no lo hubiéramos hecho, lo habríamos hecho porque sí, simplemente porque sí. Somos la nación más poderosa de la historia. El mundo entero nos pertenece. Entiéndanlo. Todas las demás naciones existen para satisfacer nuestros intereses. Si alguna de ellas se pone graciosa, la aplastamos sin vacilar. No tenemos amigos; Tenemos súbditos. Sólo al Reino Unido respetamos, un poco, no demasiado. Si no nos apoyaran, volveríamos a hacerles lo que les hicimos en 1776. Dios nos otorgó el poder a nosotros, no a ellos, ni mucho menos a ustedes. Compréndanlo, acéptenlo, resígnense, y les irá bien. Ya no es Dios quien quita y pone reyes. Lo hacemos nosotros. Nosotros somos los nuevos dioses."

De haber actuado de esa manera, quizá hasta podríamos hacer un esfuerzo para simpatizar con ellos, quizá. ¿Quién sabe?, incluso podríamos intentar perdonarlos. Su proceder no es nuevo. Todas las superpotencias han actuado como la de ellos actúa. ¡Por algo son imperios! No son peores que Asiria, Babilonia o Macedonia. No son más crueles que Roma, ni más sanguinarios que España, Inglaterra o Alemania en los tiempos de su apogeo militar. La Biblia los describe, a los imperios en general, como temibles bestias repletas de colmillos, cuernos y garras, no como mansos corderos. De modo que si la bestia más reciente se comporta como lo hacían los reinos de antaño, no deberíamos asombrarnos. A estas alturas, ya deberíamos estar, como se dice, curados de espanto. Probablemente así es. Por eso son tan pocos los que se rebelan. En cuanto a nosotros, ya nos hemos resignado a su inenarrable maldad; lo que no podemos aguantar es su descarada hipocresía.

Tras esta breve digresión (No olviden que hicimos las advertencias de rigor al comienzo de estas páginas.), volvamos a la trama. Hablábamos de Omar, y de la inercia que lo anquilosó durante toda una década, de su propia versión de la *fatra*, aunque tres veces más prolongada que la original y de una naturaleza esencial y radicalmente distinta de ella. Este nuevo agujero, el que ocurrió en la vida de Omar, no fue causado por la ausencia de dios, pues ésta ya no la sentía, sino por la carencia de un aliciente, de un disparo de salida, de un evento que reviviera en su alma la violencia de la ira inicial.

Dos sucesos relativamente recientes lo despertaron de su estupor. Hace poco más de un lustro, en el año 2011, dos o tres meses antes del décimo aniversario de la caída de las torres, asesinaron al jeque. En opinión de Omar, lo mataron cobardemente, a la manera usual de los poderosos, del mismo modo en que mataron al Ché en Bolivia, a Allende en Chile, y en Puerto Rico a Filiberto Ojeda, aunque de este último el nada sabía. Un comando de gatilleros del imperio, armados hasta los dientes, incapaces de pensar por sí mismos debido a que sus cerebros habían sido anulados durante años de adiestramiento, amaestrados para *neutralizar* el objetivo, sin el más leve asomo de civilidad ni respeto por el Derecho Internacional, lo mató en su residencia de Islamabad, en Pakistán, otro de los países ocupados militarmente por el siempre hambriento pulpo de los mil tentáculos. Después, fueron asesinando, uno a uno, poco a poco, a sangre fría, a los demás miembros de la organización, como hizo Stalin cuando ordenó matar a Trotsky en Méjico y a otros de sus enemigos dondequiera que se habían escondido.

Luego, un año más tarde, en el 2013, poco después del fiasco de las profecías mayas, invadieron Irán. El presidente de nombre árabe, piel negra y alma de gánster barato, había dedicado gran parte del año anterior a preparar los ánimos de sus vasallos, a enardecer pasiones, a hacer la camita, como suele decirse en lenguaje pueblerino. Siempre que podía, en sus discursos en foros políticos, en conferencias de prensa, aun en conversaciones pseudo-casuales, sembraba una vez más la mala semilla. A diferencia de su predecesor en la casa blanca, esta vez no vino con el cuento de las armas de destrucción masiva. Al parecer se percató de que el falaz ardid no funcionaría dos veces seguidas. En su lugar, él y sus amos en el pentágono se inventaron un sórdido concubinato entre el gobierno de Irán y no se sabe cuáles obscuros y desconocidos terroristas de América Latina. De acuerdo con la patraña oficial, miembros de la guardia revolucionaria iraní, en estrecha colaboración con narcoterroristas mejicanos, habían tramado el secuestro y asesinato del embajador de Arabia Saudí en Estados Unidos, sabrá dios con cuál propósito. Otra fábula para incautos, por supuesto, de los que tantos abundan en su país, alimentados desde que son pequeños con *soap operas* para idiotas y certámenes sin fin para aspirantes a ídolos. Por eso le creyeron, y muy pocos levantaron sus voces contra esa nueva invasión.

Afganistán, Iraq, Pakistán, Irán. ¿Cuál sería el próximo? Omar, muy tardíamente, a nuestro entender, decidió que ya era hora de comenzar a prepararse para actuar. Por fin el sueño del difunto Abbas se convertiría en realidad. Su hijo haría algo. ¿Qué habría de hacer? Eso no lo sabía. Pero algo haría. Se unió al Taifat Al Tawhed Wal Yijad, el grupo que vino a llenar el vacío surgido tras la desintegración de Al

Qaeda Al Yijad luego del asesinato de su líder. A esa organización se afilió sólo virtualmente, a través del internet, pues Omar, como ya hemos visto, era un solitario por naturaleza, un nuevo chacal; nunca tuvo mucha suerte, ni mucha paciencia, con los grupos y las organizaciones. "En la unión está la fuerza", le había enseñado un anónimo estratega militar, y él mismo reconocía la validez del viejo refrán. Pero le resultaba difícil trabajar en grupo. Era como uno de esos estudiantes de escuela secundaria que se rebelan contra los maestros que asignan tareas, proyectos e informes que deben ser realizados grupalmente, porque saben que uno o dos terminan haciendo todo el trabajo y los demás reciben la misma calificación. Omar prefería hacer las cosas solo. Cuando abandonó a su esposa, no lo consultó con nadie; De la Facultad de Derecho se marchó sin acudir previamente a la oficina de orientación y consejería; Su viaje a esta nación lo planificó él solo, sin ayuda de Ibrahim. A éste simplemente lo invitó a venir con él. Recurrió a la Taifat al Tawhed en busca de conocimiento, materiales y experiencia. Pero rechazó tajantemente la sugerencia de llevar a cabo una misión similar a la del glorioso septiembre, si para ello estaba obligado a formar parte de un equipo. Su misión, pues era *suya*, no de su pueblo, la cumpliría él solo. No fue un comando el que venció a Goliat.

*****SAMUEL*****

Aparte del poco lamentable asunto de mi apostasía, mi vida secular fue un tanto más interesante. Volví a estudiar, en esta segunda ocasión una carrera más práctica que la teología. Me gradué de una desconocida escuela para aviadores en Israel y conseguí empleo luego de varios meses. Raquel, que por causa de su miedo a los aviones se había deprimido cuando comencé el programa de estudios, casi enloquece el día de mi primer vuelo como piloto profesional. Pero con el tiempo se acostumbró, y, mejor aún, poco a poco superó, aunque no totalmente, la fobia que la acosaba desde que era una niña.

Trabajé por varios años para una pequeña aerolínea privada que brindaba sus servicios a turistas europeos y americanos interesados en ver la tierra santa desde el aire, y, por supuesto, a cualesquiera otros turistas dispuestos a pagar. Supongo que todos ellos pensarían que siendo tan santa esa tierra, sería un sacrilegio aun el simple hecho de pisarla, como le enseñaron a Moisés cuando por humana curiosidad se acercó más de lo debido al árbol en el que se manifestaba la presencia divina. Las grandes y reconocidas compañías aéreas no estuvieron dispuestas a contratarme, aduciendo que mi edad me inhabilitaba para una ocupación tan riesgosa y delicada. Me ofrecieron otros puestos, ínfimamente remunerados, los que, obviamente, rechacé de plano, no por consideraciones dinerarias sino por orgullo propio. En esa anodina compañía de medio pelo conseguí el puesto de piloto en jefe (¡Vamos! En realidad el *único* piloto del *único* avión.), y gracias a mi trabajo pude conocer cabalmente, palmo a palmo, metro a metro, cada pedazo de ese inmenso y árido desierto, desde la otra orilla del Mar Muerto hasta la problemática franja de Gaza, desde Sidón hasta Bersabé. Cientos de veces volé sobre las regiones de Galilea, Samaria y Judea; la sombra de mi avión se dibujó innumerables ocasiones en los tejados y en las calles de Acre, donde los cruzados perdieron su última batalla, al oeste de Capernaum y de Magdala, la ciudad en la que el gran rabino se enamoró de una sencilla mujer que estuvo a punto de ser lapidada. El barrio de Nazaret lo conozco mejor que la palma de mi mano izquierda, pues no hubo una sola expedición en la que los entremetidos turistas, ávidos de emociones e historias esotéricas, no me solicitaran pasar nuevamente sobre Meguido, el valle de la confrontación final, el último campo de batalla donde habrán de enfrentarse, según ciertas leyendas religiosas, las fuerzas de las tinieblas y los ejércitos de la luz, como preludio al fin del tiempo y del mundo. No usaban el nombre Meguido, obviamente, sino el sustantivo griego Armagedón, el monte de Meguido, que era conocido por todos gracias al último libro de las escrituras sagradas cristianas. En él se habla, una sola vez, en un insignificante versículo, de una asamblea convocada por tres espíritus inmundos, parecidos a los sapos, que salen de la boca de un dragón, de una bestia, y de algún falso profeta (¡de los tantos que ha habido!). "Y esos espíritus", afirma el texto del libro de Revelación, "reunirán a los reyes del mundo en un lugar que en hebreo se llama Armagedón." ¿Cuál será el propósito de la reunión? El autor del conocidísimo libro de acertijos no lo aclaró mediante una nota al calce, pero legiones de teólogos, exégetas y eruditos han enseñado que esos reyes, junto a los soberanos de dos desconocidos reinos, Gog y Magog, instigados por los batracios espirituales embajadores del dragón y de la bestia, se habrán de reunir en solemne asamblea con el objetivo de planificar la última gran avanzada militar contra las fuerzas de dios y sus escogidos, ciento cuarenta y cuatro mil en total, sin contar las huestes angelicales y los resucitados de último minuto. Se trataría, entonces, del penúltimo episodio de una interminable novela, tan extensa como el Ramayana hindú, con la diferencia de que en ésta los combatientes no son ángeles, ranas y seres humanos sino cornudos demonios que pelean a brazo partido contra dioses multicéfalos auxiliados por astutos primates. Tal parece que dios ha sido siempre, en todas las religiones y en cada uno de los libros por él inspirados, un guerrero exaltado, incapaz de gobernar el mundo en paz.

Desde el aire miré mil veces, como un chiquillo que contempla un dulce inalcanzable a través del vidrio del

243

mostrador, toda la costa occidental del Mar Muerto, desde Qumrán en el norte hasta la meseta de Masada, casi en el sur, y más hacia el extremo sur, incluso, soñando, siempre soñando, con tesoros y pergaminos, con cosas viejas y valiosas, con ruinas enterradas bajo las arenas que el tiempo había ido depositando sobre ellas. Si no hubiera estudiado teología en mi juventud, me hubiera gustado estudiar arqueología, como hizo Raquel, aunque no creo ahora que exista una gran diferencia entre las dos disciplinas. En mi imaginación, me veía a mí mismo como un segundo Indiana Jones, un personaje ficticio protagonista de ciertas películas muy vistas en las últimas décadas del pasado siglo. Como él, hubiera buscado el arca de la alianza, las tablas originales, grabadas por una mano invisible, eso dicen, o, en su lugar, movido por el natural materialismo humano, hubiera buscado los tesoros de Salomón, escondidos en algún lugar allá abajo, entre Betel y el Najal Jever.

Sentado en el asiento del piloto, a una altitud más baja que la usual, sobrevolando la región a poca altura, de modo que los superficiales turistas tuvieran la oportunidad de contemplar el árido paisaje y las históricas ciudades, me sentía libre y vivo, vivo de verdad, como debe sentirse el águila cuando remonta el vuelo, solitaria y ligera. Yo no estaba solo en esas ocasiones, sobra decirlo, pues mis pasajeros me rodeaban y me acosaban con sus repetitivas y desgastadas preguntas, las mismas de siempre, viaje tras viaje. Los clientes cambiaban, las preguntas eran inmutables: ¿Por qué se suicidaron? ¿Dónde fue? ¿Cuántos fueron? ¿En qué lugar bautizaron a Jesús? ¿Qué es esa cúpula? ¡¿Qué?! ¡¿De los musulmanes?! ¿Y no se supone que ese monte pertenece a los judíos? ¿Dónde lo crucificaron? ¿Dónde fue que se separaron las aguas? ¡¿Qué no fue ese mar?! ¡Ah sí, el mar rojo! ¿Queda algún pedazo de la muralla? ¿Realmente se vino abajo cuando sonaron las trompetas? ¿Siempre es así de tranquilo el lago? ¿Entonces por qué dicen los Evangelios que Jesús "calmó la tempestad"? ¿Dónde pescaban los hijos de Zebedeo? ¿Por qué decían que fluía leche y miel? ¿Hay langostas en ese río? Entonces, ¿qué era lo que comía el Bautista? ¿Saltamontes? ¡Qué asco! ¿Dónde crucificaron a Pedro? ¿En Roma? ¿No fue en Jerusalén? ¿Está usted seguro? Muy pronto me percaté de que quienes más cuestionaban eran los cristianos, particularmente los católicos romanos, porque, aparentemente, los protestantes poseían, como regla general, mayores y mejores conocimientos de la historia bíblica que aquéllos.

Por razones desconocidas, y que a mí, a la verdad, nunca me interesaron mucho, los católicos parecían creer que Roma era, o había sido, un cantón de Palestina, un suburbio próximo a Belén, Jerusalén o Nazaret, donde el mismísimo Jesús había predicado en vida, y en el que había fundado no sólo una nueva religión sino, además, la secta más numerosa y antigua dentro de ella, la de ellos mismos, la que denominaban santa, católica y apostólica, la única iglesia verdadera. En mi interior, con el mayor de los disimulos, yo me reía de ellos, pero no porque me creyera mejor que ellos o superior a ellos. A pesar de que yo nunca pensé que Jesús hubiera predicado en Roma ni que hubiera fundado él mismo la ciudad del Vaticano, fui, en muchos otros sentidos, tan ignorante como mis mencionados pasajeros católicos, y tan fanático como muchos de ellos. Me reía porque recordaba mi propia nesciencia adolescente, que me condujo a creer, a pie juntillas, que Cristo regresaría pronto, en dos o tres años, a más tardar cuatro, a rescatar a los miembros de la única iglesia de su padre, ésa a la que yo había ingresado lleno de ilusiones y de esperanza. Fueron días gloriosos, jamás repasados posteriormente, la época del primer amor, la

245

llamaban, la irrepetible primavera de la fe, cuando el prosélito parece dispuesto a creer aun las más descabelladas doctrinas y a abrazar esperanzas tan vagas como la más fina de las telarañas. Añoro esos días, aunque el correr del tiempo haya tornado en imposible la repetición de sentimientos como aquéllos. Daría cualquier cosa por volver a sentir lo que entonces sentía, por poder caminar una vez más, sólo una, no pido más, junto a papi y a mami, hacia el templo en el que adorábamos a dios, cantábamos lindos himnos y éramos imbuidos por una esperanza que llenaba nuestras vidas y les confería significado. Ahora estoy viejo, agotado y extenuado, físicamente, y, sobre todo, espiritualmente. Con el paso del tiempo me he convertido, sin percatarme de ello, ya que los procesos que se desarrollan lentamente suelen pasar inadvertidos, en otro viejo con gafas sobre la nariz y otoño en el corazón, como describe cierta antología literaria a aquel ingenuo cuentista judío de la Unión Soviética que colaboró estrechamente con Stalin y luego Stalin mandó a matar, uno más de los amigos del dictador, que comprendió demasiado tarde una de las verdades más provechosas de la vida: Cuando se trata de dioses y sursuncordas, mientras más lejos mejor.

Ya no tengo fe, ya no creo, o mejor dicho, conservo un poco de fe pero ésta ha perdido su objeto. Quisiera creer, pero me resulta casi imposible. Por eso he seguido buscándolo, en contra de todo lo que le dije a Raquel en cierta ocasión, porque no tengo otra alternativa, porque es mi única salida. Pretendo una especie de reivindicación de mi pasado, el que veo alejarse de mí apresuradamente, como una fiera avezada que se aleja instintivamente del peligro.

De vez en cuando me desconectaba, literalmente, de mis clientes. Apagaba los micrófonos, fingía algún desperfecto en el sistema de audio, y me ensimismaba, o me

246

enyomismaba, como solía decirle a Raquel, en mal español, cuando al final de la jornada me sentaba junto a ella en el pequeño jardín frente a nuestra casa y le contaba las anécdotas más curiosas del día. En mi imaginación, me transportaba a otro mundo, a otra era, en el mismo lugar pero apartado de todos. Me transfiguraba en otra persona, en Moisés, en Elías, o incluso en Mahoma, aunque no lo crean, a quien he llegado a odiar tanto como él mismo odió a los judíos de Medina, y en una nube resplandeciente, en una carroza de fuego, o en un caballo alado, viajaba al Sinaí de los tiempos mosaicos, al monte Horeb, o a la Jerusalén de los días de Salomón, desde donde era elevado misteriosamente, como el hijo de Amina, hasta el más excelso cielo. No recuerdo cuánto tiempo duraba el éxtasis pero siempre fue demasiado breve, interrumpido inoportunamente por un manotazo en la puerta de la cabina. "¡Desgraciado infeliz!", murmuraba yo entre dientes, "si no fuera por el dinero…"

Hace quince años, mientras volaba sobre Belén, el desgraciado infeliz fui yo. Los micrófonos estaban encendidos, todo estaba en orden. Y entonces, cuando menos lo esperaba, recibí un mensaje de la torre de control.

Súbitamente, mi mundo se vino abajo. Raquel había muerto. No fue ésa la noticia que me dieron, pero yo sabía que había muerto. Desconecté una vez más los sistemas de comunicación, y comencé a morir yo también. El vacío se lanzó sobre mi alma, como un depredador se lanza sobre su presa, y emprendió la tarea de devorarla poco a poco. Desde entonces ha ido consumiéndola, paulatinamente, lentamente, despojándola de todo porqué y de todo para qué, cubriéndola como cubre a la mosca la araña, con una pegajosa tela de muerte que la asfixia silenciosa e imperceptiblemente.

Luego de viajar a Estados Unidos para atender los trámites necesarios, me mudé a Puerto Rico, con el propósito de alejarme de los dos lugares que condenaban mi alma al infierno de los recuerdos. Pero no me mudé solo, ese infierno viajó conmigo. Diversas enfermedades, tanto del cuerpo como del espíritu, comenzaron a afligirme: depresión, bipolaridad, ansiedad, excitación del sistema nervioso, anorexia, insomnio crónico. Cada mañana se me hacía más difícil levantarme de la cama. La almohada me atraía y me sujetaba como un poderoso imán, no porque sobre ella mi cabeza por fin consiguiera la paz sino porque ya nada en el mundo de los despiertos me llamaba la atención. Pero no dormía. La noche se convirtió, al igual que el día, en una sesión de tortura, más terrible aún, pues la obscuridad iluminaba como un faro mi soledad, haciéndola más patente ante mis ojos, y el silencio nocturno gritaba sádicamente a mis oídos el relato de la desgracia que yo intentaba olvidar.

Algunas veces, en una de las inusuales noches cuando, por ratos, lograba conciliar el sueño, el canto de un coquí o el llamado de un grillo me despertaba, asustado, sobresaltado y sudoroso. En esas ocasiones odiaba a los pequeños e indefensos animalitos, los mismos que solía amar y proteger anteriormente, en circunstancias normales, en mis días de lucidez. No fueron pocas las noches en las que, furioso, me levantaba como un demente, tomaba una linterna en la mano y buscaba por todas partes al minúsculo demonio que me había resucitado y devuelto a la vigilia, y una vez lo encontraba descargaba sobre la criaturita toda la ira y el odio que sentía hacia el mundo, hacia los demás y, sobre todo, hacia mí mismo. Luego me avergonzaba de mi comportamiento infantil, absurdo y cruel, y la vergüenza y el remordimiento me impedían conciliar nuevamente el sueño. Terminaba entonces despierto, a mitad de la noche, sintiéndome doblemente culpable, primero por la muerte de Raquel, y, segundo, por la de aquellos animalitos desvalidos que habían muerto a destiempo a causa del descontrol de un loco acosado por el insomnio.

Un sentido de culpa más profundo, más vago, pero más acuciante, me acompañaba a todas partes. Me sentía culpable, me hallaba culpable, sin saber con exactitud por qué ni de qué. Era ése otro sentimiento de culpa, más viejo que el engendrado por la muerte de Raquel, que me vigilaba constantemente, me acosaba, me hostigaba, como el Big Brother de la novela de Orwell. Algunas veces pensaba, en contra de los dictados de mi razón, que había vivido muchas vidas previas, muchos avatares en los que había acumulado un karma totalmente negativo. Creía haber cometido graves faltas en esas vidas, horrendos crímenes, por los cuales ahora pagaba con intereses en esta nueva transmigración. Irónicamente, yo nunca había creído en la doctrina de la metempsicosis, ni creo en ella en el presente. Siempre la he considerado pagana, primitiva e irracional. Peor aún, siempre me ha parecido injusta e inmoral. ¿Cómo es posible que una persona sea castigada por los delitos que otra persona distinta cometió en un tiempo ya pasado y olvidado? ¿Por qué debe ser sancionado Samuel González por los pecados de David Hernández, un sujeto al que ni siquiera conoció y que murió antes de que Samuel naciera? ¿Acaso pagó Raquel la deuda acumulada por una mujer extraña, por una anciana fallecida medio siglo atrás en Argentina o en Rusia? Sin embargo, unas son las verdades de la razón, y otras, muy distintas, las verdades del sentimiento, como enseñó el célebre genio francés Blaise Pascal. Yo *sabía* con certeza que ésta era mi única vida, que ninguna más había vivido ni viviría, pero *sentía*, con idéntica convicción, en mi carne y en mi alma, el peso infinito de una culpa que no es posible acumular en una sola, corta, e insignificante vida. ¿Cómo expiar por fin esa culpa? ¿Qué hacer para borrar definitivamente, de una vez y por todas, la interminable lista de mis desconocidos delitos? ¿Cómo agotar mi karma, el karma negativo, para sustituirlo con otro, positivo, que me abriera las puertas a una vida mejor, a otra oportunidad, en la que pudiera hacer bien lo que mal había hecho en ésta y en las anteriores? Si en esta vida estaba condenado a purgar las faltas que cometí en mis pasadas existencias, ¿sería posible alcanzar la paz en ella, o debería esperar hasta la siguiente? ¿No sería la muerte, entonces, la única esperanza posible, la única esperanza para la vida?

La muerte siempre me ha provocado aversión, y fascinación al mismo tiempo. La odio y la deseo. El vulgo suele temerle. Tanatofobia, la llamó el gran psicólogo judío, afirmando que es precisamente ese miedo, casi siempre inconsciente, el motivo escondido de la mayor parte de las acciones humanas. Pero yo no le tengo miedo, la odio, sí, pero no le temo. La considero, al igual que a la vida, un chiste de mal gusto, una broma pesada jugada por un dios sádico e insensible a las pobres criaturas terrenales. La muerte es su última carcajada, la suprema carcajada, la burla final con la cual, con trascendental sarcasmo, se ríe dios de nosotros. Yo nunca he sido muy dado a hacer bromas. De hecho, creo que sólo a Raquel le gasté una que otra, para animarla, algunas veces, para jugar con ella, para desquitarme de las suyas, o para acercarme más a ella. Por regla general, detesto las bromas, especialmente aquéllas que no logro entender; no tolero ser objeto de ellas. Pero la muerte es una broma de muy distinta naturaleza, cualitativamente disímil. ¡Una broma divina, cósmica, extra-ordinaria! Se trata de una broma de la que no es posible escapar, una broma que trivializa, menosprecia y desvaloriza todo el quehacer

250

humano, de la que todo el universo de ríe, menos nosotros, un chiste que hunde en la nada aun las hazañas y creaciones más portentosas de la humanidad. Por eso, más que temerle, la odio, con todas mis fuerzas. No la veo como la conclusión natural de ciertos procesos biológicos, sino como un intruso, un enemigo perverso que ha llegado a destruir, a robar y a deshacer, un cínico que ha venido a mofarse de todo aquello que consideramos serio, digno y sagrado. *El gran borrador*, la llamo, debido a su perversa capacidad para borrar en un instante cualquier biografía, todas las biografías, incluso las más heroicas, las más útiles, las más necesarias. Para ella, nada es necesario.

Dicen los entendidos en la materia, que no es posible amar algo temido. El amor y el temor no pueden coexistir. Por eso afirma una de las epístolas neotestamentarias que "el amor verdadero echa afuera el temor". Pero nadie ha demostrado que no pueda amarse un objeto odiado. El odio y el amor no son irreconciliables, no son antípodas dentro del sentimiento. La antítesis del amor no es el odio, sino el egoísmo. Por esta razón, yo, que odio la muerte, puedo amarla simultáneamente, y, de hecho, la amo. En secreto, la deseo, la aguardo con impaciencia, siento por ella un amor neurótico. Mi vida entera ha sido, sin que yo lo supiera, un ensayo fúnebre, una praxis para la muerte. En cada adiós, en cada despedida, en cada partida he muerto un poco, en cada una he gustado el sabor de la muerte. En cierta forma, anhelo su llegada, porque la muerte es, además del gran borrador, el gran liberador, porque en alguna parte de mi viejo cerebro sé, aunque a veces me rehúso a reconocerlo, que sólo ella podrá poner fin a mi omnipresente sentido de culpa, a mi insoportable soledad, a las noches de insomnio, a esta profunda melancolía que no puedo explicar, al vació. La

251

muerte es mi esperanza, la noche tranquila, larga, eterna, sin interrupciones, sin chicharas ni coquíes, sin recuerdos.

Pero, como siempre, mi mente me traiciona. Me obliga a pensar cosas disparatadas, me hace retar las conclusiones a las que había arribado unos segundos atrás. No bien me consuelo a mí mismo con el pensamiento de una muerte manumisora que habrá de librarme para siempre del castigo que es la vida, me asaltan inquietantes e incómodas dudas: ¿Qué tal si la muerte, después de todo, no fuese eterna? ¿Qué ocurriría si pudiera ser interrumpida? ¿Cuál ley universal impediría la validez de la teoría que racionalmente rechazo, la transmigración, el eterno retorno, el samsara? ¡Espantosa posibilidad! ¿Podemos tener la certeza de que la siguiente vida no ha de ser tan vacía como la presente? Más preocupante aún, ¿Qué tal si el karma acumulado en *esta* vida, sumado al de mis vidas *previas,* me obligara a repetir ad infinitum, eternamente, la desgracia de esta existencia huera que tanto detesto? ¿Qué tal si es ésta la mejor de las transmigraciones disponibles? ¡Que no sea cierto, por favor, que no lo sea! ¡No quiero regresar a este mundo! ¡No toleraría repetir mis errores!

En el paraíso y el infierno dejé de creer hace décadas. El paraíso es Hawaii, dicen sus ciudadanos, pero la vida allí es muy cara, y el infierno es solamente un cuco sofisticado para adultos ignorantes. La idea de un infierno de llamas ardientes que queman a perpetuidad las almas de los incrédulos no es meramente ridícula sino, para colmo, inservible para alcanzar el propósito por el cual fue inventada por las civilizaciones antiguas. ¿Por qué razón debería temer el alma a las humeantes llamas infernales? ¿Cómo puede arder un ente que no es materia? ¿De qué manera misteriosa puede el fuego provocar dolor a un ser espiritual carente de piel, músculos y sistema nervioso? Un dios omnisapiente hubiera inventado un método mucho más complejo y avanzado para castigar a sus enemigos. O mejor aún, no sólo *un* sistema sino muchos, una infinidad de infiernos, infiernos privados e individualizados, infiernos no hechos de fuego, llamas y tridentes, sino de ideas, voces, personas y ausencias. Por ejemplo, ¿Por qué conformarse con quemar el alma de Nerón junto a las de tantos otros déspotas cuya compañía haría más placentera su estadía en el infierno? ¿No sería, para él, un castigo mucho más severo obligarlo a pasar la eternidad encerrado en un pequeño cubículo, acompañado por Popea y Agripina, escuchando día y noche, hora tras hora, minuto a minuto, la cantaleta de las dos mujeres que más odió en vida? ¿Y qué peor infierno para Hitler que forzarlo a escuchar, por siglos sin fin, ininterrumpidamente, el *kol nidre*, a la vez que el supremo rabino de Jerusalén lee en voz alta la gran shemá, diez mil veces al día, per saécula saeculorum? Si dios supiera lo que tiene entre manos, colocaría las almas de todos los malditos terroristas musulmanes en una cueva amplia y espaciosa, similar a la que Platón describió en uno de sus diálogos, las ataría con invisibles cadenas y gríngolas que les impidieran mover la cabeza, de modo que se vieran obligadas a mirar eternamente hacia el fondo de la caverna, donde trescientos sesenta dioses distintos, todos ellos dioses de pleno derecho, les repetirían, en voz alta, a través de potentísimos altavoces, un dios a la vez, uno después del otro, en un círculo vicioso sin fin, "Yo soy Dios", "Yo soy Dios", "Yo soy Dios", "Yo soy Dios", "No soy uno sino trescientos sesenta", "No hay más dios que nosotros". En mis noches de insomnio, imagino, con morboso placer, las almas de tantas y tantas personas, cada una en su propio y privado aposento, recibiendo un castigo diseñado especialmente para ella, cada una torturada mediante un tormento escogido, no por dios, sino, involuntariamente, por sí misma mientras todavía pertenecía al mundo de los vivos. Ésta, encerrada para siempre junto al alma de su peor enemigo. Aquélla, en una solitaria y diminuta isla perdida en el mar, sirviéndole de indestructible compañera una obesa rata gris. La otra, matriculada por los siglos de los siglos, sin la posibilidad de darse de baja, en el curso de química dictado por su mediocre profesor de la escuela secundaria, en la misma aula, repitiendo y fracasando una y otra vez el mismo examen mal hecho y mal corregido. No, no hablo de mí, mi infierno no sería ése. Yo jamás desaprobé un curso escolar. Mi suplicio no estará en el futuro, después de que la muerte venga a rescatarme; Mi suplicio me quema desde hace tiempo, desde la adolescencia. La única novedad es que recientemente alguien aumentó la intensidad de la llama.

La esperanza del paraíso la detesto con más pasión aún. Me parece que la idea de un cielo es insultante, una oferta ofensiva para cualquier caballero religioso que se respete a sí mismo, un soborno barato y vergonzoso. Con un bonito pastel allá arriba, el mismo dios que nos ignoró aquí abajo pretendería compensar los sufrimientos de los seres humanos, que conste, solamente los de los seres humanos, pues para añadir un insulto adicional, ninguna religión ha prometido un cielo a las demás criaturas, en resarcimiento por sus agónicas jornadas de dolores y aflicciones. El león no será castigado en un infierno hecho a su medida, y el cordero nunca ha de ser indemnizado por las acciones del león. Los seres humanos somos las únicas víctimas del fraude más antiguo de la historia. Luego de una vida marcada por la angustia y el temor, la enfermedad y las vicisitudes, dios, como si fuera un dentista cualquiera, nos sobornará con un dulce, una paleta anaranjada o verde, como si nuestro dolor de ahora pudiera ser compensado con una disculpa en el mañana.

Además, el concepto tradicional del cielo con el que los líderes religiosos apaciguan a sus ovejas me parece aburridísimo. Millones de hectáreas de puro éter pobladas por unos cuantos (pues serán pocos los escogidos) santurrones que mediante sus diezmos y ofrendas pagaron por adelantado sus boletos de entrada al espectáculo. O mejor dicho, al no-espectáculo. ¿Qué clase de espectáculo podría montarse para entretener a unas personas para quienes todo es malo, pecaminoso y vil? ¿No es el cielo la antítesis del entretenimiento, la entronización del tedio? Lo imagino, en resumidas cuentas, como un enorme y brumoso Asgaard en el que los salvados tocarán hasta que se harten sus propias arpas de oro, acompañando con ellas al coro angelical, en una desafinada oda al hastío que sólo el buen dios, gracias a su infinita paciencia, será capaz de soportar. Y al concluir la interpretación, nada. Ni clases que dictar ni terrenos para arar; ni frutos que recolectar ni ramas que podar; ni perritos para acariciar ni nidos que colocar nuevamente en el árbol; ni siembra ni cosecha, ni frío ni calor; ni lluvia ni relámpagos. La ilusión del primer amor, ida para siempre; el apasionado abrazo con que se recibe al ser amado que regresa, ido también; el recuerdo del regazo de mamá, sumergido en un océano de amnesia. Sólo arpas, y la roca, la de Sísifo, la de todos. Y blancas vestiduras, todas blancas, todas idénticas. ¿El cielo? ¡El infierno! Un lugar sin metas, sin retos y sin obstáculos, sin montañas que escalar ni verdades por descubrir, un lugar así no es ni paraíso ni recompensa. ¡Es un castigo! Castigo para los otros, para los que no fuimos lo suficientemente malos para merecer el infierno original. Para mí, un lugar así resultaría tan intolerable como el mundo presente. Mi controversial franqueza sería allí apabullada por la hipocresía religiosa. Mi insaciable sed de respuestas tendría que enfrentarse eternamente al *magister dixit* con el que los fanáticos de la fe interrumpen el diálogo filosófico y matan sin piedad el espíritu inquisitivo de quienes buscan la verdad. Rodeada por las ánimas de los papas, ministros, reverendos, profetas, apóstoles, videntes, santos, enviados, predicadores, obispos, diáconos, presbíteros, colportores, pastores, misioneros, evangelistas, y tantas otras encarnaciones del mismo arquetipo del vendedor de hielo eclesiástico, mi alma se sentiría tan incómoda en el cielo como se siente ahora en este pantano de podredumbre que es mi infierno particular. Me río de la absurdidad de llamar *cielo* a un lugar en el que estaría obligado a compartir, por toda la eternidad (pues una vez allí no hay marcha atrás, a nadie se le permitirá quejarse, ni pedir "señor, pensándolo bien, yo preferiría…"), con esos seres despreciables que hicieron de la fe un negocio y de la religión un circo.

Por todo ello, ya no albergaba esperanzas, excepto una, muy tenue, y a la verdad nunca creí que me serviría de algo. Pero le había dado mi palabra a Raquel, le aseguré que lo intentaría, y no estaba dispuesto a decepcionarla. Sin la esperanza de una vida mejor en el más allá, sin la motivación que ofrece el acicate del temor al castigo, desilusionado por completo con el presente, únicamente me restaba tomar finalmente la decisión que durante años había postergado. Una vez le mencioné a alguien que si existiera un filtro mágico, una poción que me hiciera olvidar, que borrara todas mis memorias y recuerdos terebrantes, un filtro capaz de sumirme en un eterno sueño de inconsciencia, lo tomaría sin chistar. Un buen día descubrí que sí existe ese filtro. Su nombre es *muerte*. Pero antes de verme obligado a recurrir a ella, quise darle una oportunidad a la vieja profetisa, la amiga de Raquel, la agente de viajes de las aerolíneas celestiales.

*****BAAL SHEM*****

En el desierto llamado de Judea, unos diez kilómetros al Este del bíblico pueblo de Belén, donde nació Jesús y nos casamos Raquel y yo, a la vera de la estrecha carretera que conduce a Jerusalén, esculpido en el acantilado que observa el arroyo de Cedrón, se levanta un majestuoso monasterio ortodoxo griego. Fue fundado en el siglo quinto por uno de los tantos santos de la iglesia, si bien cuando lo fundó no era, todavía, santo. Es menester trabajar arduamente, y contar con amigos muy influyentes, para conseguir la beatificación. Sus huesos descansan allí, luego de regresar de un involuntario paseo por Venecia, la ciudad a la que fueron llevados por piadosos soldados cruzados hace unos cuantos siglos. Su alma reposa en el cielo, desde donde contempla atentamente a los que entran y a los que salen de su santuario. Cerca de la entrada principal, al otro extremo de una torre denominada *de las mujeres*, es posible ver una extensa laura, un panal de viejas cuevas perforadas en la roca. En una de ellas vivió, durante más de diez años, Mar Sabbas, el santo fundador; otra, más lejana y más obscura, había sido, por los últimos treinta años, el claustro de Mónica, que no era ni santa ni fundadora, sino vidente, y profetisa, según muchos de sus visitantes.

El arroyo de Cedrón nace al pie del monte del templo, serpentea sinuosamente por las laderas de los riscos, y fluye lentamente hacia el Mar Muerto, en el que frecuentemente deposita una nueva porción de minerales salados, para asegurarse de que ese mar permanezca, indefinidamente, muerto. Es un riachuelo hermoso, fino, silencioso, tan silente como el monasterio y sus habitantes, siempre y cuando sus pedregosas calles, las del monasterio, no las de los monjes, no estén llenas de irreverentes turistas preguntones con complejo de fotógrafos profesionales. Desde algunas secciones de la margen del arroyo, pueden verse los muros externos de esta ciudadela, como lisas extensiones de las paredes de la montaña, algunas de sus torres y, desde ciertos ángulos, al menos una de las cúpulas, pintada en su interior con imágenes de ángeles y santos fallecidos.

A ese rincón del desierto fui a buscar a Mónica, *la* Baal Shem, la única mujer, que yo supiera, portadora del noble título masculino, en cumplimiento de la promesa que le hice a Raquel en dos ocasiones.

Tuve que rentar un helicóptero para llegar hasta el lugar, pues sabía que no habría espacio para el aterrizaje de un avión. Yo tenía licencia para pilotar esa clase de aeronaves, y volaba en ellas una que otra vez, muy infrecuentemente, cuando el avión de la compañía se averiaba (solamente teníamos uno), o cuando mi jefe me lo ordenaba, para complacer los deseos de algún reducido grupo de turistas o empresarios adinerados.

Tras un corto viaje no exento por completo de algunos sustos, la nave aterrizó suavemente en un claro entre dos montones de rocas, cosa rara, tratándose de un helicóptero, por no decir nada sobre mis deplorables destrezas para manejarlo. Alistó sus patas de metal y las posó delicadamente sobre el árido terreno próximo a la ribera del arroyo. El suelo parecía estar hecho de concreto. ¿Desde cuándo no llovía? Luego de unos minutos, se apagó el grave ronroneo de sus motores. Sentí un gran temor, estaba acostumbrado a sentirlo cada vez que apagaba los motores de una aeronave, ya se tratara de mi avión o de un helicóptero como ése. Tenía miedo de que luego no encendieran, y me quedara varado en el desierto, atrapado sin agua y sin comida, sin luz. Pero, sobre todo, tenía miedo al vacío que se hacía presente cuando el dormitar de las máquinas le permitía entrar. Desde los días de mi adolescencia tardía, me habitué a dormir al arrullo de un pequeño artefacto de plástico que emitía un ruido promocionado como *blanco* por el manufacturero, una especie de radio que, en vez de sintonizar emisoras distantes, generaba una serie de sonidos que pretendían imitar análogos sonidos naturales: La lluvia al caer, por ejemplo, o el murmullo del agua de un manantial, el viento que silba entre los árboles en el bosque, una tormenta de truenos, el romper de las olas del mar a la orilla de la playa. Ninguno de los cánticos sintéticos creados por el ingenioso instrumento se parecía, ni remotamente, al original correspondiente, pero me ayudaban a conciliar el sueño, quizá porque ahuyentaban a la soledad, o a los espectros que aullaban en las estepas de mi cerebro.

Bajé de mi libélula motorizada y caminé hacia el arroyo. Allí, ñangotada a la orilla del riachuelo, la encontré. (Por si acaso no conocen el significado del término, se los informo: *Ñangotado* significa *en cuclillas*.) Llenaba con agua varios cántaros cuando la vi. Era una mujer muy vieja, una anciana que parecía cargar sobre su espalda un gran peso, y que seguramente llevaba en su corazón un peso aún mayor. A primera vista, no daba la impresión de ser una sabia espiritual, una iluminada capaz de guiar a nadie por el sendero que a dios conduce. Tal vez era más sabia que el mismo Salomón, pero con el sólo verla no hubiese sido posible adivinarlo. Raquel me había informado que Mónica había sido judía en su juventud, y no se equivocó. Antes de ir a verla, averigüé con ciertos monjes en Jerusalén, católicos, no ortodoxos, que ella tendría unos veinte o veinticinco años cuando los sionistas europeos inmigraron masivamente a esa tierra en la que ella nació, con la intención de reconstruir el hogar de la nación hebrea. Entusiasmada, se les unió, llena de una infundada esperanza en la posibilidad de un renacer de la antigua teocracia israelita. Los ayudó a establecer varios kibbutsim, contribuyó a crear algunas organizaciones vigilantes de la pureza de la fe, y formó capítulos y sucursales locales de otras ya existentes, como los Neturei Karta y los Centinelas de las Puertas; recibió a cientos de refugiados y les consiguió albergue, actuó en todo más laboriosamente que Marta, la hermana de María y de Lázaro, cuando preparaba la cena para su invitado de honor. Mas cuando quiso ingresar al Concilio de los Grandes Hombres de la Torá, le cerraron la puerta, antes de que entrara, obviamente. Sus hermanos judíos ortodoxos le dieron la espalda, en primer lugar porque era mujer, y es inconcebible un concilio de grandes hombres en el que se permita la militancia de mujeres, sean éstas grandes o pequeñas. Además, sus pocas ideas heterodoxas no hablaban a su favor, como tampoco la ayudó una inteligencia sobresaliente que provocaba la envidia y los celos de los patriarcas, acostumbrados a ser ellos los escuchados, no a escuchar. Aparentemente, en opinión de algunos judíos Mónica no era lo suficientemente ortodoxa, mientras que, según otros, lo era en exceso.

Los sionistas querían guerra, ella deseaba la paz. Los inmigrantes intentaban despojar de sus tierras a los residentes no judíos, Mónica trataba de idear una vía media que les permitiera convivir pacíficamente con ellos. Jabotinsky había soñado con una muralla de hierro hecha de bayonetas judías, ella construía puentes y abría puertas. Los sionistas se habían propuesto inaugurar un reino terrenal, ella se fue al desierto, como los antiguos esenios, a esperar la llegada de un mesías que nunca aparecería.

Los ermitaños del viejo monasterio le hablaron de otro mesías, uno que ya había venido. Creyó sus enseñanzas, las de los abades, y se convirtió. Pero no le permitieron vivir junto a ellos, a pesar de que el ungido al que adoraban había compartido tanto con mujeres como con hombres, y solía hospedarse en la estancia de las dos mujeres que he mencionado, hermanas entre sí, y hermanas también del Lázaro que, según el mito cristiano, fue resucitado. La religión judeocristiana es cosa de hombres, de grandes hombres, de monjes santos, de papas y cardenales, de patriarcas, sacerdotes, y rabinos. No podría ser de otra forma. Cuando inventamos a dios, lo hicimos varón, no como hiciera él mismo, que nos creó varones y hembras. Con el paso del tiempo, Mónica se percató de su equivocación y se convirtió al islam, a la más pacífica de sus sectas, o mejor dicho, a su única secta pacifista, el sufismo, del que aprendió que las religiones y las denominaciones religiosas son modas pasajeras, y que la única verdad inalterable es dios. Espero que al final de sus días se haya dado cuenta de ese otro error.

Como les dije, estaba junto al arroyo, contemplando el apacible fluir del agua, como si en ella hubiera podido leer las señales de los tiempos, como si hubiera creído que al mojar en ella sus manos, serían borrados los pecados de los que ella no podía ser culpable, como si la débil corriente de agua la hubiese transportado a un mundo distante, separado del nuestro por infinitos océanos de tiempo y espacio.

Al acercarme a ella y ver su faz, comprendí inmediatamente cuán erróneas pueden ser las primeras impresiones. Su rostro, totalmente arrugado, irradiaba santidad y autoridad, del tipo que suele emanar no del poder temporal sino de una profunda sabiduría. Sus ojos eran, como cabía suponer, los ojos de una anciana, ocultos parcialmente detrás de sus transparentes párpados caídos. Pero en su mirada había algo sobrenatural, o antinatural, un destello afilado de luz azul, semejante a la que despiden las estrellas en las noches despejadas. La luz que ya no estaba en sus ojos brotaba ahora de su mirada, con tal intensidad que hubiera atravesado sus párpados si los hubiese cerrado completamente. Vestía una túnica áspera de lana, sencilla, adornada con filacterias y campanillas, como las que usaban rabinos y fariseos en los tiempos de Jesús, e incluso hoy en día. De su cuello colgaba una cadena de cuero trenzado, que sostenía un pequeño crucifijo de madera y un rosario de brillosas cuentas. Iba descalza, sin zapatos ni sandalias. En su mano sostenía un cántaro lleno de agua, similar, probablemente, al que debió sostener la mujer samaritana a quien Jesús pidió de beber cerca de un pozo.

Los supersticiosos monjes de Jerusalén me habían dicho que tenía los poderes de Blimunda, la protagonista de una de las novelas de Saramago, una extraña mujer que, cuando ayunaba, podía ver el interior de las personas, y su porvenir en él. Se decía que era capaz de interpretar el canto de las aves al amanecer, y de entender lo que éstas se decían unas a otras; que conocía el lenguaje de las criaturas del desierto y podía hablar con ellas, como lo hacía Tarzán, pero sin ficciones novelescas; que como Jesús ben Sirá había creado un golem al que insufló vida propia pronunciando uno de los nombres secretos de dios, y que en los momentos de peligro este ser hecho de barro la protegía, como un fiel guardaespaldas bien remunerado. También se rumoraba que había descubierto los secretos ocultos de los antiguos alquimistas, y que incluso los ángeles descendían de los cielos a solicitar su consejo. Exageraciones e invenciones todas ellas. Ninguna de todas estas leyendas era cierta, obviamente, pero todas contribuían a proyectar un aura de misterio alrededor de su persona, que atraía tanto a curiosos como a necesitados, tal como son atraídos por la luz muchos insectos voladores. No tenía ninguno de esos poderes, no había a su lado ningún golem, por lo menos yo no lo vi; pero una cosa era cierta: era un ser de otro mundo, de otra época, de hechura muy distinta a la de las demás personas.

Al verla frente a mí, al fijarme en ella con curiosidad y asombro, pensé, no sé por qué, en los recabitas de antaño, fanáticos fundamentalistas que rechazaban toda idea y práctica que no estuviese fundamentada explícitamente en la Ley. Ella no se parecía en nada a ellos, pero por alguna razón desconocida la comparación se formó en mi mente. Pensé también en Elías, aquel otro vidente que vivía en el desierto y vestía una faja de cuero alrededor de su torso, y en Ezequiel, el profeta del exilio babilónico, quien, junto a otro canal de agua, desesperado y amargado, vio imágenes que nunca nadie había visto antes, escenas enigmáticas e incomprensibles pobladas de extrañas criaturas y carrozas de fuego que descendían desde los cielos. Quizá esta anciana también esperaba ser transportada a la presencia divina en un carruaje flameante, pero, a diferencia de aquel profeta gruñón, no estaba amargada, ni siquiera lucía decepcionada o desencantada a causa de una espera que se alargaba interminablemente. Por el contrario, muy pronto descubrí que esta maestra del nombre era una vidente de estilo casual e irreverente que había aprendido a no tomarse en serio ella misma, y que solía trivializar conceptos y verdades que para otros maestros religiosos serían intocables. ¡No de balde le cayó tan bien a Raquel! Como constatarán si continúan leyendo estos párrafos, en algunos sentidos Mónica se parecía a mi esposa. De hecho, a veces hasta he llegado a pensar, fantasiosamente, claro está, que Mónica era la anciana Raquel que había viajado desde un futuro inexistente a guiarme en el presente.

El suyo era el semblante de una mujer decidida, soñadora, terca, intensamente espiritual, poseedora, seguramente, de una fe inquebrantable, alimentada regularmente, no por cuervos sino por ángeles. Pero a la misma vez parecía cínica, mordaz y sarcástica. La rodeaba una atmósfera enrarecida, liviana, luminosa, una especie de halo gigante creado por repetidas epifanías que la habían transformado a ella en una emisora de luz. No tardé mucho en descubrir que un querubín había tocado sus labios, con un carbón encendido, tomado de entre las brasas que arden debajo del altar, y que, como el viejo filósofo ateniense, el primero de los grandes irónicos, estaba poseída por su propio daimón.

No tuvo que fijarse en mí para verme. Ni siquiera sé si efectivamente me vio. Miró por menos de un segundo a la dirección en la que yo estaba y luego siguió observando el riachuelo, fijamente, absorta en el reflejo de la luz en el agua, hipnotizada. Cerró completamente los párpados y permaneció inmóvil, totalmente quieta, como si el sueño la hubiera vencido. "Si quieres puedes hablarme", dijo. "No te engañes, mis ojos duermen, pero mi corazón está despierto." Sorprendido por sus palabras, enmudecí, mientras intentaba interiormente descifrar el misterio de la frágil anciana que me hablaba con la voz del río. "¿Quién eres?", me preguntó. "Soy Samuel", contesté, "usted conoció a mi esposa, Raquel, la hija de rabí Josef. Necesito hablar con usted." "No he preguntado por tu nombre, ése ya lo sabía. Pregunto por tu identidad. ¿Quién eres?" "No sé quién soy", respondí. "¡Ah! Ahora hemos comenzado por donde debíamos. No lo has encontrado, ¿verdad?", me dijo no sin cierta mordacidad, mientras volvía hacia mí su mirada penetrante e incisiva, "y piensas que Él no te escucha." Yo sabía a qué se refería, pero me hice el tonto, y nada respondí. La ignoré, o fingí ignorarla. Reparé en sus ojos, cansados, agotados, pero llenos de vida y esperanza, como los de un niño cuando abre sus regalos en la navidad. Me acerqué a ella. Extendí mi brazo para estrechar su mano, pero ella no levantó el suyo.

Continuó como antes, en cuclillas, mirando hacia arriba, siguiendo mis movimientos con su mirada. Repentinamente, un estremecedor sentimiento de vergüenza, de bochorno, inundó mi alma, como si ésta hubiera salido, completamente desnuda, de mi cuerpo, a la vista de una jueza pudorosa, severa y acusadora. Sin proponérmelo, comencé a sollozar. Ella se percató de mis lágrimas. "¿Por qué lloras?", preguntó. "Lloro de felicidad", le dije, "porque presiento que he llegado a las puertas de mi destino." "Si yo pudiera, lloraría también", me reveló ella, "pero debes saber que mis ojos se han secado, como sucede a menudo con este riachuelo, como el árido yermo que se extiende ante nosotros. Sin embargo, no me hace falta el llanto. Mi felicidad se expresa en otras formas. Por cierto, lamento informarte que no has llegado a las puertas, ni siquiera estás cerca, aún te aguarda un largo camino por recorrer…" "¿Cómo ha sabido quién soy?", le pregunté. Sin tiempo para un respiro, me regañó: "Si tú mismo no lo sabes, ¿cómo habría de saberlo yo? ¿Qué has creído, que soy una adivinadora cualquiera? ¡Hubieras acudido a una espiritista a que te leyera las cartas!" "¡Perdón!", exclamé, "mi interrogante no era en realidad ésa. Lo que intenté preguntar es cómo sabe usted a qué he venido." "Me informaron sobre tu visita. Además, resulta evidente que tú no eres igual a los otros visitantes que vienen en tropel a indagar sobre sus futuros, como si yo fuera uno de los oráculos griegos. Eres muy diferente. Odias el pasado y no crees en el futuro, por esta razón no preguntarás por el tuyo. En tus ojos se nota que no tienes fe. En alguna ocasión la tuviste, pero la perdiste y andas buscándola. No te desesperes, volverás a tenerla, si haces lo que debes hacer. En tu interior veo algo que tú mismo no has visto, una llave que te servirá para abrir esas puertas que mencionaste. Mas debes tener mucho cuidado, pues tu corazón está lleno de amargura y es terreno fértil en el que Mastema quiere sembrar sus semillas. No se lo permitas, peregrino, no dejes que él are en tu corazón. Escucha la voz de tu conciencia, no la de tu raciocinio; presta atención a esa tenue vocecilla que recientemente has querido apagar. Si hasta mí has llegado, es porque primero acudiste a otras fuentes, en las que no lograste saciar tu sed. Imagino que te dieron instrucciones erróneas. Te conminaron a buscar allá afuera, en las páginas de los libros, en los antiguos altares, o en los bancos de un templo. Los rabinos siempre dan esa clase de consejos, especialmente el que era tu suegro, y los demás conserjes de la religión no son muy diferentes. Yo te digo que mires dentro de ti, que escuches la voz que nace del fondo del pozo…" La interrumpí secamente, bruscamente, sin porte ni modales, con la descortesía que había comenzado a dominar mi carácter desde la muerte de Raquel. Si mi padre pudiera verme, no me reconocería. Las palabras de la anciana accionaron dentro de mí un interruptor ligerísimo, encendiendo una mecha corta y volátil que hizo estallar la vieja aversión que desde siempre he sentido por los mensajes místicos. Desde que me conozco, es decir, desde que tengo memoria, las instrucciones místicas me han olido a vieja película de ciencia ficción, a novela de culto para los ilusos seguidores de algún movimiento esotérico de la nueva era que sueñan con naves nodrizas extraterrestres de camino a nuestro planeta, a salvarnos de nosotros mismos. Yo nunca había escuchado la vocecita a la que ella se refería, y ni siquiera creía en su existencia. "No me interesa el misticismo", le dije toscamente, "ni los mensajes esotéricos y misteriosos. Usted no es el yoda, ni el Buda, ni el Cristo. Es solamente una anciana acabada que repite las tonterías que otros taumaturgos predicaron en el pasado. Yo estoy aquí sólo para cumplir una promesa, no para escuchar cuentos de hadas." Le mentía. Era cierto que había llegado hasta ella porque no quería fallarle a Raquel, pero además, en el fondo, también me moría, figuradamente y literalmente hablando, por oír una leyenda dorada, una fábula, un cuento apócrifo que despertara la fe dormida en mi existencia. Ansiaba encontrar a alguien capaz de convencerme de la veracidad de las ideas que en mi niñez creí y posteriormente descarté. Mónica, una vieja centenaria, era mi última esperanza, y allí estaba yo, ofendiéndola, rechazándola, como hace el amante enojado con su pareja cuando, reventándose de las ganas de tener sexo con ella, finge no desearla y se va a dormir a otra cama.

A esas alturas, o más bien a esas *bajuras* de mi vida, ya había comenzado a perder el control sobre mis emociones. Yo no quería reaccionar como lo hice, fue como si un demonio furioso saliera de su escondite en el interior de mi cerebro y hablara en mi lugar, como el señor Hyde de la novela, saboteando la esperanza de la que depende la supervivencia de su alter ego, como los espíritus inmundos de los gadarenos, ahuyentando al exorcista que ha llegado para expulsarlos.

Mi actitud insolente, mi exabrupto infantil, no lograron herir a esa enigmática mujer que todavía jugaba con el agua del río; Mis estúpidas palabras no causaron ni siquiera una leve muesca en la armadura de su fe. "Tienes razón", murmuró, como si hablara consigo misma, "no soy una ungida ni una iluminada, ni santa Teresa ni la doncella francesa; soy solamente un ser humano que se avergüenza de serlo, y que, movido por esa vergüenza, huyó al desierto con la intención de transformarse en mariposa. Ahora soy algo más que humana, o algo menos, no lo sé, y pienso que carece de importancia. Todavía no soy mariposa, pero presiento que la crisálida está a punto de salir del capullo. Soy un recipiente, como éste que ves aquí en mis manos, una vasija rota que

267

Dios intenta llenar con el agua de su paz. Cada atardecer, a la entrada de mi candelecho, en un rincón de este reseco desierto que se ha convertido en mi morada, Su voz resuena en mi interior, como un viejo y persistente eco, sin palabras, sólo su voz, la que tú has deseado escuchar desde tu adolescencia, no obstante tu reciente diatriba racionalista. Soy una mujajir; he huido de todo y de todos, especialmente de mí misma, y de este mundo sin sentido que te has propuesto arreglar a tu manera. Soy una mutazilí, una ermitaña que se ha apartado de la contaminación para poder verlo a Él. ¿Recuerdas al lobo de San Francisco, el terrible lobo de Gubia que, de acuerdo con el poeta, volvió a la selva natural para escapar de una selva mil veces más cruel? Eso hice yo. Tú lo has hecho al revés, tú huyes de Él, aunque te engañas a ti mismo haciéndote creer que lo buscas. No has venido hasta aquí a cumplir la promesa que le hiciste a tu esposa. Estás aquí para validar tu incredulidad. Antes de que llegaras, el Espíritu me mostró un valle cubierto de huesos, y me preguntó, Samuel, me preguntó molesto, 'Centinela, ¿revivirán estos huesos?' No entendí de inmediato la visión, pero la entiendo ahora. Samuel, ¿revivirá tu espíritu? Una parte de ti anhela fervientemente creer. La otra teme hacerlo. Un viento tormentoso espera por ti. Dos caminos se abren a tus pies. El de la izquierda es el torcido camino que lleva hacia el mal; el que se encuentra a tu diestra es el sendero antiguo que te conducirá al más allá, al bien…y a Él. Tú crees que eres libre para escoger, que Dios te hizo libre, que en tus manos está tu destino. Eso te enseñaron en tus dos religiones. Pero te equivocas. Sólo serás libre si te sometes. Únicamente los esclavos de Dios son libres. La verdadera libertad consiste en obedecer dócilmente la voluntad de Dios. No necesitas libertad. Necesitas liberación."

Como si hubiera deseado, inconscientemente, tantear los límites de su paciencia, como se comporta un niño engreído y maleducado, altivo, riposté: "¿Niega usted la realidad del libre albedrío, de un destino construido libremente? ¿En serio pretende que yo acepte la vieja teoría estoica que Pablo resucitó y disfrazó en sus epístolas? ¡Pamplinas! La libertad no es sinónimo de servidumbre, no es sometimiento resignado a un Logos totalitario y entremetido. Es cierto que somos esclavos al nacer, pero no estamos obligados a seguir siéndolo. La libertad no es un don ni una gracia de dios, hay que ganársela, como la he conseguido yo, con mi rebeldía, levantándonos contra el poder que nos oprime, sea humano o divino. Es una hazaña, no un paseo. ¡Y cuesta, cuánto cuesta! Sudor, lágrimas, esfuerzo y sacrificios, soledad y tristeza, amargura, y, más que nada, felicidad. No es posible ser libre y feliz al mismo tiempo. Yo escogí la libertad y me condené a una pena de dolor y sufrimientos que me acompañarán hasta el día de mi muerte. He sido desterrado para siempre del reino de la alegría, pero fue mi elección. Yo escogí, yo decidí, nadie me obligó, yo mismo me enterré. No permití que él me partiera el espinazo, no di mi brazo a torcer. No me dejé comprar por él. He conservado íntegro mi orgullo, y no me arrepiento de lo que he hecho. Ya no acaricio huecas ilusiones de paz y gozo, pero estoy conforme.

El universo es esencialmente amoral, digan lo que digan ustedes, los vendedores de hielo, en sus campañas de esperanza, prometiendo recompensas a diestra y amenazando con castigos a siniestra. Nuestras vilezas no enfrentarán su justa punición a manos de un cosmos indiferente. Nuestro buenos actos no serán recompensados en un más allá imaginario, y, en el más acá, aquí, sólo serán objeto del aplauso de aquéllos que algo esperan a cambio. Los que hoy aplauden a los buenos hombres son unos interesados, algo traman, mañana pedirán prestado, mañana pasarán la factura. ¿Más allá? ¿Más allá de dónde? ¿Cuál es la marca, la línea, la frontera? ¿La muerte? Después de ella nada hay, ni siquiera un después. La muerte es la negación del tiempo y del espacio. Una vez muertos ya no estamos, ni más acá ni más allá. Dejamos de existir, nosotros, los que *somos*. Quedan los huesos, sólo huesos, en el más acá. Nadie regresa de la tierra de los muertos porque *nadie* vive en esa tierra. Me dirá que no es hueso solamente lo que somos, y tiene usted razón, hay algo más. No se ilusione, no estoy a punto de decir que somos alma, espíritu, o alguna otra índole de ser inmaterial, incorpóreo. Esas fábulas se las dejo a Platón y a Descartes, y a los místicos como usted. Pero entre el puro materialismo de los huesos y el increíble cuento de hadas del alma debe haber un justo medio, una posición lo suficientemente madura que nos ayude a entender que somos algo más que carne y huesos y mucho menos que ángeles etéreos. Sea lo que sea, perece, perecemos, para siempre, sin remedio, en el más acá, el único real de los dos mundos de Platón. Mil veces he escuchado que no hay verdadera vida en este mundo, que la vida de verdad está en el otro mundo. Al menos la mitad de ese dogma es cierta, la primera parte. ¡Qué lástima que la segunda cláusula no sea cierta también. Ni en éste ni en el otro hallaremos vida verdadera, porque no es posible; ni aquí, porque es una mierda, ni allá, porque no hay allá. Nuestras obras, las buenas y las malas, serán tarde o temprano olvidadas, se desvanecerán, se hundirán en el profundo océano de la eternidad, las buenas no serán recompensadas, las malas no serán castigadas. Da igual. El universo no sabe de moral. No existen dos caminos, amable anciana. Sólo existe uno, el que desemboca en la muerte."

¿Por qué reaccioné de esa manera? ¿De dónde salió el innecesario discursito racionalista y materialista? ¿Por qué desahogué sobre Mónica mis rencores privados, mis viejas frustraciones? Ella estaba allí para proveerme el auxilio que yo tanto necesitaba, y yo, como un perfecto idiota, hacía todo lo posible por obstaculizar sus esfuerzos. Yo no quise decir lo que dije, a pesar de que eran ésas mis creencias. Lo que en realidad quería decir, y más que decir, *gritar*, era "¡Por lo que más quiera, deme una razón para volver a creer! ¡Ayúdeme!"

Como si hubiera grabado mis expresiones en un disco, la anciana las repitió, subrayando ciertas palabras y frases, recalcando mi entonación. "Como lo he conseguido *yo*", apuntó, "con *mi* rebeldía; *yo* escogí; *yo* me condené; *yo* decidí; *yo* mismo me enterré." "Tal parece que has encontrado a tu dios. No tienes por qué seguir buscando. Y antes de que se me olvide, déjame informarte que esos sufrimientos que, según has dicho, te acompañarán hasta el día de tu muerte, no estarán contigo por mucho más tiempo." "¿De qué habla?", le pregunté. "Yo no busco nada." "Si nada buscas, entonces explícame qué haces aquí." "Ya se lo he dicho, cumplo una promesa." "Pues ya la has cumplido, Raquel debe estar feliz, puedes irte. No me necesitas... Y ya que veo que no te vas tú, me voy yo."

Por fin se incorporó. Derramó el agua que había recogido en uno de sus cántaros y destrozó éste, arrojándolo contra una roca. Luego tomó algunos de los pedazos, y los colocó dentro de su alforja. Entonces, como si yo no estuviera allí, comenzó a alejarse. Caminaba con paso firme, seguro, como camina quien sabe a dónde va y tiene prisa por llegar a su destino. Dado que andaba de espaldas a mi persona, yo no podía ver su cara, pero me pareció que sonreía, que hacía en voz baja comentarios jocosos, o que recordaba algo que le causaba risa. De vez en cuando miraba hacia su lado izquierdo y musitaba unas cuantas sílabas, como si un ser invisible la acompañara. La seguí, primero con la mirada y luego con las piernas, guardando cierta distancia. Pero era evidente que ella deseaba que yo la siguiera, y sabía que la seguiría. Y yo, yo no me hubiera despegado de ella por nada en el mundo.

En realidad Mónica no vivía en una cueva, como todo el mundo suponía. Simplemente se refugiaba en ella, como hacían los hebreos en los tiempos de los jueces, cuando las primeras incursiones de los antecesores de los árabes los obligaban a esconderse en los montes y grutas cercanas. De seguro hubiera preferido residir dentro del aledaño monasterio, pero en vida, San Sabbas dictó una ley, todavía vigente, por la que prohibió la estadía de las mujeres en su complejo monacal. Quizá por eso llegó a santo.

Subió una parte de la escarpada ladera y entró a la cueva, tan obscura que no era posible distinguir dentro de ella un hilo blanco de uno azul, o de uno negro, como dirían en la tradición musulmana; tan obscura como boca de lobo, diríamos en otras partes del mundo, aun en aquéllas en las que no hay lobos y sus habitantes nunca hemos visto el interior de sus fauces.

"¿Aún sigues ahí?", me preguntó cínicamente.

Tratando de reiniciar el diálogo que yo mismo interrumpí con mi estupidez, le dije, en tono casual, como quien no quiere la cosa: "Tengo entendido que ahora es usted musulmana, sufí, específicamente."

"¿Cuál es tu apellido?", me preguntó.

"¿Qué importancia puede tener?", contesté.

"Me alegra que lo entiendas. Ahora vete."

"¿A qué otra parte puedo ir?", respondí, con un tono tan patético que delataba mi derrota. "Todo lo que me ha dicho es cierto. Estoy tan vacío como la botija que usted acaba de romper. Mi espíritu desfallece, y daría cualquier cosa para traerlo de nuevo a la vida. No vine hasta aquí buscándola a usted. A él es a quien busco. Pero no he querido reconocerlo hasta ahora. Usted ha ganado, lo admito, me ha vencido, me rindo. Dígame qué tengo que hacer."

"Yo no he ganado nada. Esto no es un certamen, ni un encuentro pugilístico. No gano, pero tampoco pierdo. Es tu lucha, tu batalla, no la mía. La mía la peleé hace tiempo, y la ganaron por mí. Me dieron la victoria. Tú tendrás que luchar por ella, y, sin intención alguna de ofenderte, te digo que…, y te lo informo con tristeza, me temo que perderás."

"¿Por qué dice usted eso? ¿No se supone que me anime, que me dé alguna esperanza en lugar de augurar mi derrota?"

"En este viaje, nada debe suponerse, excepto que es más fácil perder que ganar. Uno de nuestros mesías lo dijo, 'muchos son los llamados y pocos los escogidos', 'porque estrecha es la puerta y angosta la vereda, y pocos son los que la hayan'. En ti he visto todos los requisitos de la derrota. Hay demasiado odio en tu corazón. Tú mismo te has dado cuenta de cómo explotó tu rencor sin que te lo propusieras. Has aprendido a disimularlo, lo maquillas bastante bien, pero sigue allí, como un virus latente, como la mala semilla, y muchas veces, cuando menos lo esperas, sale airado de su tumba, porque nunca lo has matado de veras. Tu mejor esperanza, quizá la única, radica en tu deseo de aprender. El que parte de su ciudad en busca de conocimiento, dijo otro de los iluminados, camina por la senda de Dios. Ya te lo he dicho, con palabras de las que te has burlado, dos caminos, Samuel, sólo existen dos caminos. Uno de ellos te hará salir en las portadas de los periódicos. El otro te traerá de regreso a mí. Dios ya ha escogido por ti, sólo resta que aceptes su decisión. Si te niegas a ti mismo, si te rindes de verdad y le permites a Él tomar el control, puedes quedarte aquí, te cederé esta caverna, si te gusta. Al fin y al cabo, yo me mudaré muy pronto."

"La cueva no me interesa. Pero dígame, ¿cómo hallo ese camino?"

"Cierra tus ojos. ¡No, no ahora! Cuando salgas de aquí y llegues a tu casa, ignorante. O, si lo prefieres, me marcharé yo, y te dejaré solo para que inicies el ascenso. Una vez te libres de toda posible interrupción, duérmete, duérmete profundamente. Y sueña. Entonces lo verás."

"¿De eso se trata, del producto de un sueño? ¿Para eso he venido hasta aquí, para que me digan cómo imaginar a dios? Ya ha visto cómo me humillé, cómo la he seguido hasta esta cueva, a pesar de que usted me ordenó que me fuera. Reconozco que mis expresiones fueron necias; en realidad, no estoy convencido de la veracidad de todo cuanto he dicho. Por eso la he seguido como un perrito faldero camina detrás de su dueño. Pero esperaba un mensaje más serio, más profundo. 'Ve a tal sitio', 'sube al monte aquel', 'él se te revelará gloriosamente en medio de un arbusto envuelto en llamas, o rodeado por miríadas de querubines'. ¿Y lo que oigo es que tengo que acostarme a dormir?"

"¿Acaso esperabas encontrar al Inmaterial por medios materiales? ¿Soñabas, disculpa el término, con ver con los ojos de la carne al Invisible, escucharlo con tus oídos obstruidos por el cerumen, tocarlo como se toca una piedra? ¿Es que no aprendiste nada útil en la escuela de teología? ¿Sigue siendo tu meta un dios antropomórfico, similar a ti, hecho a tu imagen y semejanza? ¿Cómo lo conocerás?

274

¿Invitándolo a cenar? ¡Con razón no lo has encontrado! Sueña, Samuel, sueña con la realidad. Los sueños son el portal que buscabas, el inicio del camino, el puente que salva el abismo profundo entre Él y nosotros."

"Yo he soñado con él cientos de veces. ¿Cómo sabré que *ése*, entre todos mis sueños, es el despertar con el que largo tiempo he soñado? ¿Cómo sabré que la voz escuchada es la suya y no la de mi subconsciente?"

"Confía en mí; lo sabrás, de la misma manera que sabes que tú eres tú sin tener que mirarte al espejo. Una vez lo conociste, y tu alma no lo ha olvidado. Será cosa de reconocerlo, de recordarlo. Pero está atento. Si te habla, si te dice algo, no es Él."

"¿Cuándo comienzo?"

"Ya has comenzado."

"¿Debo realizar alguna ceremonia preparatoria, celebrar algún rito, efectuar una ablución específica para purificar mi ser?"

"¡No! ¡Nada de eso! Nada de ceremonias, rituales ni oraciones. La coreografía déjasela a los bailarines. Las ceremonias solamente son útiles para entretener a los feligreses que padecen del síndrome de deficiencia de atención. ¡Peregrina hacia ti mismo! No tienes necesidad de mediadores o intercesores, sólo lo necesitas a Él. Sin embargo, te advierto que tu propio cuerpo será tu peor enemigo. Por esa razón, aunque me preocupa la posibilidad de que no estés preparado, dado que no te queda mucho tiempo, toma, ingiere este brebaje, no bebas ni comas nada más durante siete días, salvo el fruto del azufaifo, si lo consigues, con miel silvestre, para que endulce la amargura de tus entrañas. Al cabo de los siete días, reposa, acuéstate

275

con la cabeza hacia el norte y los pies hacia las regiones meridionales. Y aguarda. Dentro de esta gruta te resultará fácil. El septentrión se encuentra hacia el fondo. Nadie vendrá a interrumpir tu sueño."

"¿Por quién aguardaré?"

"No por *quién* sino por *qué*. Espera hasta que tu cerebro se duerma. No dormirás *tú*, sino esa masa soberbia y vanidosa que se cree tu amo. Recuerda lo que enseñó otro santo: Cada pensamiento generado por el cerebro es un obstáculo en el camino que conduce a Dios. Sueña con el corazón, no con el cerebro. Una vez anestesiado tu contrincante, te verás a ti mismo caminando por un sendero sembrado de cardos, espinos sin flores, obstáculos a diestra y siniestra. No te desanimes, andas por el camino correcto, ten paciencia. A medio camino, creerás que lo has encontrado. No será cierto. Un carro celeste vendrá a recogerte. Atravesarás seis cielos, hasta llegar a las piedras de mármol puro colocadas a la entrada del séptimo cielo. Allí preguntarán por tu nombre. No se los digas, ¡no hables! Toma esta piedrecita sacada del río, guárdala celosamente, la entregarás en ese momento, aunque nadie te la pida."

Mónica extrajo de su alforja una piedra pequeña, pulida por la corriente del agua, con la forma de una aba, sólo un poco más grande. Grabó en ella, con la punta de un cuchillo, en caracteres hebreos, el nombre de su nuevo pupilo, ¡su último aprendiz!, y me la entregó, en mi mano derecha.

"Un mensajero te escoltará hasta el altar. ¡Ten cuidado, quizá no logres resistir la visión del inefable! Prepárate desde ahora, mientras tu cerebro acecha. Aniquila tu ego, acalla la voz del raciocinio, aprende a callar, ahora y después, ¡sobre todo después! *Él* aparecerá cuando *tú* ya no estés. Duerme a tu yo y Dios amanecerá en tu alma. No me malinterpretes,

Dios no está en ti, pero en ti lo hallarás cuando te desnudes de ti.

¿Sabes lo que escribió San Agustín, el famoso obispo de Hipona, el hijo de otra Mónica? Fue él quien se inventó la falacia de la trinidad. ¡Qué lástima! Por lo general era un hombre muy inteligente. Pero, aparte de ese lapsus de su intelecto, escribió también palabras sabias y hermosas, y creo que algunas de ellas podrán ayudarte ahora. ¿Me permites que te lea algunas de sus palabras?"

Me di cuenta de que la anciana no tenía necesidad de un libro a fin de leerme el mensaje. Lo conocía de memoria.

"'¿Existirá alguien en quien no haga ruido la carne? ¿Pueden las imágenes de la tierra, las aguas y el aire mantenerse en absoluta insonoridad? ¿Es el cielo capaz de callar? ¿Puede el alma guardar silencio y remontarse sobre ella misma sin pensar en sí? Cuando toda lengua calle, cuando todo ser y toda criatura enmudezca, entonces Dios hablará.'" Sé tú ese alguien, Samuel. Aquél a quien buscas habita el silencio, no lo perturbes con tus palabras. Si lo que quieres decir no es más bello que el silencio, no lo digas. Si en tu ser no hay ruido, Dios se revelará. Él tampoco te dirá nada. Oirás su voz, pero nada dirá. No olvides esta advertencia, si te habla, sabrás que no es Él."

Mónica se retiró, con actitud vacilante, como si se debatiera entre decirme algo más y no decírmelo. Dio unos pasos en dirección a la entrada de la caverna, pero antes de salir se detuvo y dio marcha atrás. Se acercó a un desvencijado camastro colocado al lado de la pared oriental de la cueva, lo echó a un lado, se agachó y comenzó a escarbar en el suelo pedregoso que antes se hallaba tapado por el viejo catre. Del hoyo que hizo, extrajo un objeto, una caja de metal, envuelta en un paño que parecía estar hecho de seda. Removió la tela,

277

abrió el cofre y de él sacó un amuleto, un parche de cuero, con la inscripción del nombre secreto de dios. "No lo pronuncies", me dijo al mismo tiempo que me lo entregaba, "¡Nunca! Cóselo a tu chaleco, consérvalo cerca de tu corazón, pero no intentes pronunciarlo." "¿Cuál es ese nombre?", le pregunté, ardiendo de curiosidad. "Cómo voy a saberlo, si es secreto", contestó, con una sonrisa pícara y burlona en sus labios.

Ya sumaban tres los objetos que me habían regalado en esas benditas tierras. Estos dos que me acababa de entregar Mónica, y el arca enchapada en oro que me obsequió Raquel. Ojalá me traigan suerte.

Le di las gracias y le pedí que no se fuera.

"Debo irme", respondió. "En tu carroza solamente hay espacio para una persona. Pero no temas, no estarás solo. Además, ya yo me reconcilié con Él, y creo que a veces lo importuno con mis visitas. Mejor será que le dé un respiro."

"¿De verdad cree en él? ¿Por qué le sirve?", pregunté, tratando de retenerla a mi lado. "¿Vale la pena? ¿En serio cree usted que exista un cielo en el que serán compensadas las torturas sufridas en la tierra?"

"Yo me encontré con Él hace mucho tiempo. Lo vi, en mis propios sueños, no en mi imaginación. Son dos fenómenos distintos, Samuel, no es lo mismo soñar que imaginar. Lo sentí, lo experimenté, lo escuché; no lo imaginé. Oí su voz como el rugido de una inmensa ola que arropa la costa; sentí su aliento como un viento helado, su presencia como un devastador terremoto. No te niego que tuve miedo, y más que miedo, un aplastante pavor que inundaba mi alma cual un infinito enjambre de abejas infernales, acompañadas de un zumbido seco y profundo que se metía por los poros de mi piel. Lo oí como se oye la onda sonora de una explosión, como debe oírse el bramido del león en la quietud de la noche. Aun hoy, luego de tantos años, se me eriza la piel y mi corazón se congela cada vez que lo recuerdo. ¿Cómo no habría de creer en Él? ¡Más fácil me resultaría dejar de creer en mí que negarlo a Él!

¿Por qué le sirvo? Ni por miedo al castigo ni por afán de una recompensa. Le sirvo porque no puedo hacer otra cosa. 'Si yo lo adorara por miedo al infierno, debería abrasarme en el infierno; si lo adorara para ganarme el paraíso, debería excluirme del paraíso; pero yo lo adoro por Sí mismo, y Él jamás me ha privado de su eterna belleza.' No son palabras mías, Samuel, las escribió otra mujer, hace mucho tiempo, pero expresan lo que siento. En cuanto a tu última pregunta, te respondo que no, no creo que exista un cielo. Él es el cielo."

Sonrió y se marchó, dejándome solo con mis temores.

No sabía qué hacer, así que permanecí en la cueva, catorce días completos, con sus noches.

*****MASTEMA*****

Totalmente extenuado, no físicamente sino espiritualmente, por causa de las misteriosas palabras de Mónica, me quedé dormido tan pronto ella se marchó. Pero esa noche no soñé. El día siguiente volé al pueblo a devolver el helicóptero, y persuadí a un amigo de que me transportara de regreso al desierto. Busqué a la vidente, pero mi búsqueda fue en vano; nunca más he vuelto a verla. Los días pasaron, seis o siete, tal vez más. Ayuné. Tomé agua del arroyo. Cerré los ojos, los de mi rostro y más herméticamente los de mi cerebro. Me postré. Me humillé. Durante el día contemplaba el agua del riachuelo. En la noche miraba las estrellas.

Creo que aconteció la undécima noche, o la duodécima, no estoy seguro. Caí en un profundo sueño mientras me encontraba todavía en el desierto, a la orilla del río, a la intemperie. Soñé con mi propia y privada Baal Shem, Raquel. En mi sueño, ella venía hacia mí, contenta, llena de alegría en sus ojos, con una sonrisa exquisita en los labios. Cargaba una corta escalera sobre sus hombros, pequeñísima, no más de tres peldaños. La colocó, parada, frente a mí. "Sube", me ordenó, "y no te detengas antes de que arribes al primer cielo. Llegarás a una reja, la reja de los vigilantes. Allí te dirán qué hacer." "No podré llegar muy alto por medio de esta escalera", le dije. "Ten fe; asciende", me respondió. Entonces desapareció. Subí por la escalera, como ella me había indicado, y los tres escalones parecieron multiplicarse como los panes y los peces de la alegoría bíblica. Al llegar a la reja, una voz me pidió la llave. "¿Cuál llave?", le pregunté. "Aquélla que la vidente te entregó", respondió la voz que parecía provenir de la nada. Registré los bolsillos de mi vestidura y la encontré, la piedrecita en forma de aba con mi nombre inscrito en ella. La saqué con el propósito de entregarla al invisible portero, pero no fue necesario. El portón se había abierto. Pasé adentro, y la reja se cerró detrás de mí. Otra voz, diferente a la primera, me ordenó, "¡Entra!". "¿A dónde debo entrar?", pregunté. "Al carruaje". Yo no la había visto, pero allí estaba, una carroza de cristal, con ruedas de viento y asiento hecho de niebla. Subí a ella y se elevó inmediatamente, giró a la derecha y avanzó, tan veloz como la luz, hacia un sol distante en medio de la infinitud del espacio.

Aterrizó en una planicie desolada, totalmente vacía y silenciosa, frente a un lago obscuro y sereno. Nadie había allí. A lo lejos, en los confines del lago, se divisaban dos montañas, una al lado de la otra, idénticas. Caminé por la orilla tratando de encontrar un puente que me condujera a la otra margen, pero no había ninguno. De pronto, vi dos barcas que flotaban en el agua, sueltas, sin amarras, pues no había allí ningún muelle. Entré a la que estaba más cerca, a mi derecha. Tomé uno de los remos que en su interior encontré y navegué pausadamente hacia el otro extremo del lago, en dirección de las montañas gemelas. Aunque en la distancia me habían parecido idénticas, en realidad no lo eran. La que estaba a mi diestra, mirándolas de frente, era mucho más escarpada, y también más alta, y en ella no se veía ninguna abertura, ninguna puerta o hendidura por la que pudiera accederse a una gruta o cueva ubicada en sus entrañas. En la otra, la que estaba a mi izquierda, casi a mitad de un anchuroso sendero en su lado norte, se abría una caverna cuya boca, por decirlo de algún modo, me invitaba a entrar. Llegué a la otra orilla y bajé de la barcaza. Instintivamente, caminé hacia la colina de la izquierda, y ascendí en dirección a la gruta abierta en su costado.

Comencé a penetrar a esa pavorosa caverna, con extrema cautela, con temor y temblor. Mis piernas se agitaban violentamente, se estremecía todo mi desgastado cuerpo. Me detuve apenas había avanzado uno o dos metros. Vacilaba. Algo dentro de mí, una voz que no era capaz de escuchar y ni siquiera percibir, intentaba disuadirme: "No entres", me suplicaba, "no sabes lo que te espera. Éste no es el lugar. Escogiste el camino más fácil." No era voz de hombre, sino de mujer. Desde el lugar en el que, estático, me encontraba, casi en la misma boca de la cueva, no era posible distinguir lo que dentro de ella habría. No tenía forma de saberlo de antemano; mas no bien entré, me di cuenta de que él estaba allí, esperándome.

No lo vi. Lo sentí, experimenté su presencia, entré en su realidad. Era pura luz…y tiniebla impenetrable, como un torbellino de densas sombras, como el abismo del fondo del mar, como la nada absoluta. Al igual que Mónica, sentí el miedo más aplastante que un ser humano puede sentir, un pánico mortal que amenazaba con paralizar mi corazón instantáneamente. Se estremecieron todas las células de mi cansado cuerpo; tembló mi viejo corazón. No habló, pero lo escuché, como un antiguo eco que retumbaba dentro del vacío de mi alma, como un trueno largo y lejano, como el bramido del océano, como la proximidad de la tormenta. La fina piel sobre mis brazos y mi espalda, adelgazada por el transcurso de los años, se erizó completamente, como si un interminable ejército de ligeras hormigas se deslizara sobre ella.

¡Había almacenado tantas y tantas preguntas en mi corazón, desde los días de mi juventud, desde que comencé a dudar, desde que me harté de las respuestas que una vez acepté ciegamente! Las memoricé todas; se convirtieron en parte esencial de mi propia naturaleza, de mi pesimismo y de mi melancolía, de lo que yo llegué a ser. Me las repetía cada día, para que no se me olvidaran, para que estuvieran listas, frescas, por si acaso un día lo encontraba. Y ese día había llegado.

Pero, irónicamente, ya no esperaba respuestas. Me hubiera contentado simplemente con formular las preguntas, con lanzarlas como saetas, como golpes cargados de odio y de frustración, como un incontenible torrente de amargura y decepción. El resultado ya no importaba. Las respuestas, llegaran o no llegaran, carecerían de valor. Ya no se trataba de una peregrinación, sino de una catarsis. Estaba allí para preguntar, sí, pero sobre todo para acusar, y mis preguntas, todas y cada una de ellas, serían dardos envenenados, puntas de flecha empapadas en curare, apuntadas hacia el blanco de mi justificado rencor.

La lista era extensa, tan extensa como mi odio, y, a la misma vez, tan simple como éste. Nada de filosofía ni de disquisiciones esotéricas, No había llegado hasta allí para discursar sobre la inmortalidad del cangrejo ni sobre asambleas angelicales en el minúsculo recinto del ojo de una aguja. ¡Nimiedades! ¡Tonterías! ¡Idioteces! No desperdiciaría mis últimos días (pues yo sabía que mi ración de vida se extinguía), ni las pocas fuerzas que me quedaban, en un vano y estéril debate teológico. El tiempo para la teodicea se había agotado. Mis diálogos con Raquel consumieron cuanto de él quedaba disponible.

Sin estar seguro de que estaba allí, sin verlo, temiendo que, probablemente sólo hablaba conmigo mismo, le pregunté: "¿Eres tú?", pero no hubo una respuesta. Proseguí: "He leído mucho sobre Elohim, Yavé y Adonay; Cuando estudié la compleja religión hindú analicé con respeto y reverencia sus enseñanzas acerca de Visnú, Ganesa y Brahma; Los musulmanes me hablaron de Alá, y el cristianismo, la religión de mis padres, me convenció, durante un tiempo, de que te encarnaste en Jesús de Nazaret. ¿Cuál de ellos eres tú? ¿Cómo debo dirigirme a ti? ¿Cómo debo llamarte? A decir verdad, espero que no seas tú ninguno de ellos, ni como ellos, pues de mitos y fantasías estoy, francamente, hastiado. ¿Acaso era alguno de ellos mejor que el libidinoso Zeus, o más probable que el ingenuo Heracles?" Nada contestó, como si no me hubiera escuchado, como si ni siquiera se hubiese percatado de mi presencia.

"¿Por qué te escondes?", le pregunté. "Te he buscado en todas partes", le dije, a punto de ahogarme en la emoción y el llanto; "te he llamado cada minuto, con gritos desolados, con lluvia en mis ojos y desesperación en el alma, mas tú nunca contestaste. ¿Por qué te escondiste? Dime. ¿Por qué cerraste tus oídos y tus ojos a mi clamor? ¿Por qué miraste a otra parte mientras yo – y tantos otros – nos consumíamos en el intento de hallarte? ¿Eres real? ¿Me oyes? ¿O acaso eres solamente un actor más en el escenario de mi imaginación? ¿Te he inventado yo, como creó el viejo filósofo español al personaje de su nivola?"

El silencio se burló de mis interrogantes…

Me acerqué a una piedra grande y negra que se encontraba a cinco o seis metros de la entrada de la cueva, y me senté sobre ella, a esperar sus respuestas, las de él, no las de la roca, aunque tal vez ésta hubiera sido más cooperadora y locuaz que él. Comprendí rápidamente que se había iniciado un certamen de resistencia, su voluntad contra la mía, y pese a que mis probabilidades de ganar eran nulas, no estaba dispuesto a tirar la toalla apenas comenzado el pugilato. Transcurrieron varios minutos, diez o doce, durante los cuales ninguno de los dos habló. Finalmente, levanté mi rostro y, molesto, no con él sino conmigo mismo, repleto de furia, le dije: "Me pregunto por qué hablo contigo, por qué me dirijo a ti en mis últimos días, si sé, desde hace mucho tiempo, que tú no existes. Quizá sea la costumbre, o la necesidad engendrada por el momento, o, tal vez, los remanentes de mi antigua fe, la que me sostuvo en mi adolescencia y me permitió seguir adelante por tantos años, aun en la adversidad y ante las penurias advenidas junto con la adultez. Ahora sé que no existes, y es esta percatación, junto a tantas otras cosas, la que me ha movido en la dirección del destino que aguarda por mí y que encontraré cuando despierte. No, tú no existes. Yo te he creado. Eres sólo una proyección de mi imaginación, una ilusión infantil, una figura paterna exaltada por la necesidad. Existes solamente mientras yo te doy vida, pero no tienes vida propia, independiente de mis representaciones. Eres un espejismo; sólo hace falta estrujarse los ojos para que desaparezcas. Pero no importa, tú no importas. Lo que siempre necesité fue mi fe, y esa nunca la perdí. Por ella aún vivo y me sostengo. Ella me salvó y me salvará. El objeto de mi fe no era real, pero ella sí lo es. Por la fe fue justificado Abraham, no por dios; es la fe la que mueve las montañas, no dios; "ve en paz, tu fe te ha salvado", le dijo Jesús a cierta persona, en lugar de decirle "tu dios te ha salvado". Ahora que lo pienso bien, lo mejor es que no seas real, pues si lo fueras, yo, y tantos otros como yo, estaríamos en graves aprietos. De modo que me alegra que no me hables, que no me escuches, que no existas. El mundo estará mucho mejor sin ti. ¿Para qué te necesitamos? ¿Acaso has hecho algo bueno por nosotros? ¿Cuál ha sido tu aportación? ¿Qué nos has dado aparte de ilusiones y desencantos? En verdad, en verdad te digo, me complace confirmar tu inexistencia…

Pero, si acaso existieras, si yo estuviese equivocado, ¿me perdonarías por lo que estoy a punto de hacer? Si te perdoné yo a ti por haberme dado la vida, sin que yo la pidiera ni la quisiera, ¿me perdonarías tú por querer renunciar a ella? ¿Te sentirías ofendido por la devolución de tu regalo? ¿Me condenarías por querer morir? ¡Pero qué digo! ¿A qué me condenarías? ¿A vivir? ¿A vivir eternamente? ¿No es ésa la recompensa prometida, el premio que aguarda a todo aquel que hace tu voluntad? ¿A qué entonces? ¿A morir ésa que algunos de tus promotores llaman la segunda muerte, a la muerte que es, precisamente, mi añoranza y mi salvación? ¿Puedes tú condenarme a un castigo más terrible que esta vida que ya he vivido y que aborrezco?

Cuando niño, como todo niño varón albergué en mi subconsciente el secreto deseo de matar a mi padre. Por suerte para mi precario equilibrio emocional y sicológico, aprendí en los cursos de sicología que el malévolo deseo, en esa etapa, era algo enteramente normal y saludable. ¡Quién hubiera podido prever, ante aquellas obscuras y tenebrosas intenciones infantiles, que quince años más tarde gustosamente hubiera dado mi vida por él! Lamentablemente, así es que funcionan nuestros cerebros, los que supuestamente tú creaste, manipulados por fuerzas ocultas sobre las que no tenemos control alguno. Los niños se enamoran de sus madres. Las niñas desean a sus padres. Vemos a sus parejas cual si fueran nuestros contrincantes, y aunque tenemos necesidad de ellos, queremos que se mueran, que dejen de estorbar. Si hubiéramos podido, los habríamos asesinado nosotros mismos. Yo no recuerdo haberme enamorado de mamá, pero tengo la certeza de que me enamoré de ti, y por ti hubiera dado la vida. Hoy, ya viejo, quisiera matarte. Al menos, matarte a ti en mí. Matar esta sed que no se sacia; matar esta necesidad que tengo de ti; matar esta maldita fe, esta necia credulidad que a ti se aferra. Quiero que mueras, aunque muera yo contigo también. Quiero que mueras para poder, así, vivir yo. No sé si más tarde me arrepienta. No sé si éstos son también deseos subconscientes explicables por el sicoanálisis, que serán reprimidos en su debido momento. No sé si al tercer día desearé tu resurrección. Pero hoy, hoy deseo que mueras.

Te parecerá, seguramente, absurdo. ¡Buscarte con tal frenesí tan solo para matarte al final! ¿No hubiera sido mucho más sencillo simplemente dejar de buscarte? ¿Conformarme con tu ausencia? ¿Engañarme a mí mismo con la idea deísta de un dios tan lejano que, para todo efecto práctico, se encuentra de hecho muerto? Yo no podía. Hubiese sido mucho más fácil de ese modo, pero yo no pude. Y aun si viviera mil años más, y cada día, cada hora y cada minuto de ese lapso de tiempo pusiese todo mi empeño en tratar de ser indiferente a tu existencia, aun así no lo lograría. ¡No puedo dejar de buscarte! ¡Mi mundo necesita de ti!"

En el fondo de la cueva, la sombra no se movió, ni reaccionó a mis palabras. Decepcionado, me puse en pie, di media vuelta y comencé a alejarme. Me acercaba a la entrada de la cueva cuando escuché un sonido semejante a un largo bostezo, y unos segundos después una voz, apática, ataráxica, desganada, carente de toda emoción o inflexión.

"Nunca me he escondido", dijo, en el tono muerto y desabrido que utiliza una persona para contestar la pregunta de un extraño que pasa por el pueblo, sin siquiera levantar sus ojos del periódico que estaba leyendo. "Habito en un palacio que tiene cien mil puertas que jamás se cierran. Quienquiera que me busque, de seguro me hallará. Tú mismo lograste entrar, por *tu* puerta, la que yo abrí para ti. En medio de la ignorancia de su pueblo, Akenatón me encontró y me adoró. En el desierto, Moisés se tropezó conmigo, y yo no lo rechacé. A pesar de su altivez y su prepotencia, bajé al monte para estar con él, y allí oyó mi voz. Jesús también la escuchó, junto al río, para que no digan que sólo en los desiertos y en las montañas aparezco.

No me escondo, me revelo, me manifiesto. Pero no existe una ceguera más impenetrable que la de aquéllos que no quieren ver. Soy un Dios celoso, muy celoso, no tolero la soberbia ni la infidelidad, pero no me oculto de los ojos de aquéllos que me buscan sinceramente."

"¿Cómo te llamas?", pregunté.

"Ya se lo dije a Moisés", contestó. "Tú estudiaste hebreo. ¿Acaso lo has olvidado?"

"A Moisés no le dijiste nada, salvo ese corto e ininteligible jeroglífico que los verdaderos judíos, mostrando una inteligencia admirable, se han negado a pronunciar en voz alta durante milenios."

"¿Cómo te llamas?", insistí.

"¿Para qué quieres saberlo?"

"Para comenzar a entenderte."

"¿Aún no lo has logrado?"

"¿Qué cosa?"

"Entenderme."

"Nadie lo ha logrado. Muchos se jactan de tal proeza, y viven de su jactancia, pero se engañan a sí mismos y engañan a sus seguidores. Los hay en todas partes, tú debes conocerlos mejor que nadie. Se autodenominan apóstoles, ministros, reverendos, pastores, papas, obispos, ayatolas, rabinos, y gurúes..."

"Considero innecesario decirte que esos farsantes nada tenían ni tienen que ver conmigo."

"Sí, ya lo sabía. Pero predican en tu nombre, en iglesias y mezquitas, en sinagogas, templos y pagodas, desde Roma, Jerusalén y Teherán, en todas las grandes ciudades del mundo, como si fueran tus representantes autorizados, y, sin embargo, tú jamás se lo has impedido."

"¿Por qué debía hacerlo?"

"Para evitar que tantos ignorantes acepten sus mentiras y en vano dediquen sus vidas y entreguen su dinero a las instituciones que ellos dirigen."

"De los ignorantes puede afirmarse lo mismo que hace algún tiempo un gran rabino, uno que no perteneció a la categoría de los que has enumerado, dijo acerca de los pobres: Siempre los tendréis entre vosotros; y siempre caerán en las redes de los pescadores astutos. Son ignorantes por causa de su propia apatía, y por su infinita holgazanería intelectual. No has debido preocuparte por ellos, ni apiadarte de ellos. Se trata de la ley del karma, uno de los preceptos que yo mismo aprobé dos o tres semanas después de la creación del mundo, causa y efecto, acción y reacción, cada cual cosecha lo que siembra."

"¿Ley del karma? ¿Acaso eres, entonces, uno de los dioses del hinduismo, Brahma, Varuna, Indra, o cualquiera de los otros tres mil? ¿Hemos estado engañados todos nosotros, mis padres, Raquel y sus padres, Mónica, y yo mismo?"

"Yo soy el que soy, el Dios de todos, el único Dios. Y si insistes en nombrarme, llámame Yotzrenu, tu creador."

"Si en verdad eres el único dios, permíteme hacerte unas cuantas preguntas que revolotean dentro de mi cabeza desde hace años."

"¿Cómo es eso de 'si en verdad eres dios'? ¿Es que dudas de mi divinidad? Ten cuidado, Samuel, no cruces la línea que traspasaron los contratistas de Babel. Mi paciencia es larga, pero tiene un límite. Dime, ¿Cuál es tu pregunta?"

"No es una, sino muchas; y si de verdad fueras dios, deberías saber cuáles son."

"No, no sé cuáles son tus preguntas; pero sí, soy Dios, y si vuelves a ponerlo en tela de juicio..."

"¿Y qué clase de dios eres? Si no lo sabes todo, si ignoras mis pensamientos, mis dudas y mis inquietudes, ¿cómo puedes llamarte *dios*?"

"Soy Dios, y eso debe bastarte."

"Pues no, no me basta. Creo que eres una simple caricatura, una parodia incompleta, una mofa y un bufón. Si dios fueras, sabrías que yo habría de venir, y conocerías, además, el contenido de mi mente. Pero no eres dios. Crees serlo, pero no lo eres. Te crees dios porque llegaste primero, porque de algún modo algo tuviste que ver con la creación de este universo espantoso y repugnante, porque nadie más ha reclamado ese título. Si es cierto aquello de que 'por sus frutos los conoceréis', entonces eres un dios incompetente y mediocre."

"¡Ja! ¿Cómo te atreves a insultarme, tú que no eres nada más que un simple gusano, una hoja seca arrastrada por el viento?"

"Por fin has dicho algo cierto. Soy meramente una imperceptible motita en el vastísimo cosmos, solo, excluido de toda posibilidad de comunicación o entendimiento con los demás, especialmente con aquéllos que pertenecen a mi especie. Había soñado en vano con una revelación, aparatosa, centelleante, fulminante. Pero evidentemente no será aquí donde encontraré las respuestas que tan afanosamente he buscado, sino en algún otro lugar. A ti no te importo. Soy el más idiota de los seres humanos, y el más desquiciado. ¿De dónde he sacado la idea de que podría hablar con un dios que nunca ha existido?

Gusano soy, lo admito, y menos que un gusano: una diminuta pulga, un grano de arena, un fugaz suspiro que nadie escuchó. Pero he vivido, he amado y he sido objeto del amor; y temo, sobre todo, temo. Cada instante de mi insignificante existencia lo he vivido en medio del temor. Miedo a la enfermedad, a la vejez y algunas veces a la misma muerte; miedo de los demás, de esas horribles bestias que, según tus portavoces, tú creaste a tu imagen y semejanza; miedo a la soledad y al abandono, a la traición y al olvido. El temor me llevó a ti hace muchos años, y en ti me refugié por algún tiempo. Ahora comprendo que si a alguien debía temer, ese alguien era, precisamente, el dios que creó este execrable universo. Mi temor me otorga el derecho de ser insolente, desafiante y orgulloso. El miedo que me abruma exige respuestas. Traté de entenderte, pero no lo conseguí. Eché mano de todos mis recursos intelectuales, la lógica, la razón y el análisis más agudo, mas todo fue en vano. Ya es hora de dejar de humillarme…"

"¿Olvidas lo que dice la Escritura?: 'Destruiré la sabiduría de los sabios, inutilizaré la inteligencia de los inteligentes…' ¿Acaso soñabas con llegar a Dios por medio de tu intelecto?"

"¿Crees que me impresionarás citando las escrituras?"

"Siempre lo hago."

"¿Qué? ¿Impresionar a los ignorantes o citar alguna escritura sagrada?"

"Ambas cosas. No tienes idea de cuánto me divierto al hacerlas."

"Las conoces muy bien, ¿verdad?"

"¿A cuáles te refieres, a las escrituras o a las personas ignorantes?"

"A las escrituras. No juegues conmigo."

"Digamos que las he leído más veces que tú. 'Conoce a tu enemigo', ¿No es eso lo que aconseja el viejo proverbio?"

"¿Pero, qué ganas con impresionar a esas pobres criaturas ignorantes que ningún mal te han hecho?"

"Como ya te dije, lo encuentro divertidísimo. Además, las odio, a ellas y a todos ustedes. ¿Dices que no me han hecho ningún mal? Ustedes me robaron Su amor, y usurparon el lugar privilegiado que yo tenía en Su corazón. Antes de la creación de los seres humanos, yo era el favorito. Entonces los creó y me pidió que me postrara ante ustedes. Yo me negué, por supuesto, y Él me arrojó afuera de su morada para siempre. Desde entonces mi gran entretenimiento consiste en verlos sufrir, en apartarlos de Él e inducirlos a actuar en contra de Su voluntad…"

"¿De qué rayos hablas? ¿A quién te refieres?", le pregunté atónito, confundido por sus últimas aseveraciones. ¿Eres o no eres Dios?"

"¿Es que no te has dado cuenta? ¿Tan lento eres para inferir las conclusiones inevitables? Ya te lo he dicho varias veces, soy Dios, tu Dios, el único Dios por el que vale la pena preocuparse. El Dios de este mundo."

"No era a ti al que buscaba, me has engañado", le dije, rabioso.

"Nuevamente te equivocas. Tú te has engañado a ti mismo. Soy yo a quien siempre buscaste, aunque no lo sabías, porque soy el único capaz de contestar tus preguntas y aclarar tus dudas; porque soy el único que jamás te ha hecho daño. Ese otro con el que me confundiste no es mejor que yo. ¡Dale gracias a Dios que no lo encontraste! Si lo hubieras hallado, te habrías arrepentido, te habrías dado cuenta de que Él no es como pensabas. ¡Tú y tus fantasías! No entiendo cómo puedes seguir aferrándote a ellas después de todo lo que ha pasado. Ese Dios por el que clamas con ardor no es ni la mitad de lo bueno que soy yo. Es idéntico a Cronos, uno de los parientes suyos, y, al igual que él, se come a sus criaturas tarde o temprano. Para Él, ustedes son teobroma, la comida de la que se nutre su insaciable estómago. No los creó por amor sino por necesidad. No resiste vivir sin que lo adoren, requiere de la genuflexión y la humillación de sus criaturas para poder sentirse Dios, y cuando no las obtiene, se enoja y descarga todo el peso de su ira sobre los pobres necios e incautos que más cerca estén de Él. Por eso te aconsejo, aléjate lo más que puedas de su presencia, huye, escapa ahora que aún estás a tiempo. No creas las palabras de la lunática del desierto. ¡Agoreros! ¡Vah! Nueve de cada diez de ellos están en mi nómina. ¡Piensa! ¡Razona! ¡Analiza las cosas objetivamente! Pregúntate, ¿Cuál ha sido la fuente de tu desdicha? ¿De dónde provienen los males que te aquejan? ¿No lo controla Él todo? ¿No es cierto que, como dicen ustedes mismos, ni una hoja de un árbol se mueve sin el permiso de Dios?

Cuando te dije que me entretengo al ver cómo sufren ustedes, seguramente no me entendiste. Yo no soy el autor del sufrimiento humano. Es cierto que intento apartarlos de Él, y más cierto aún que me deleito sobremanera cuando los muevo a desacatar Su voluntad. Pero del dolor y de las aflicciones que agobian a las criaturas de tu planeta no soy yo el responsable. Fue Él, tu gran Dios, el que envió a tu papá a las oficinas del desempleo y a tu mamá al consultorio del psiquiatra. Fue Él quien permitió que murieran prematuramente; no yo, sino Él; Yo nada tuve que ver con tan vil decisión. Fue Él quien autorizó el cáncer y el Alzheimer. Fue Él quien ignoró tu desesperada oración en la fría sala de cuidado intensivo del hospital, cuando te ofreciste a ti mismo como cordero expiatorio, tu vida a cambio de la vida de tu padre; Yo estaba allí, llorando junto a ti; Yo escuché tu súplica y vi tus lágrimas; pero la decisión de rechazar tu oferta no fue mía; no me fue dada la autoridad para tomar ese tipo de determinaciones. Fue Él quien dio su consentimiento para que tu cerebro y tu sistema nervioso se deterioraran hasta el punto en que ya no sería correcto afirmar que estás cuerdo. Ése es el Dios al que tanto has buscado, el que nunca te ha buscado a ti, el que jamás ha respondido tus plegarias… No creas que he terminado, me resta recordarte un detalle de suma importancia: Fue ese mismo Dios el que permitió que tu Raquel, tu amante esposa, tu ángel, pereciera en medio de las llamas, acurrucada, encorvada, cerrada sobre sí misma, como un indefenso miriópodo, como un pequeño caracol que se esconde en su concha.

Él, Samuel, Él es el gran terrorista, el primero de todos, el peor de todos. Los árabes que estrellaron los aviones contra las torres eran meros diletantes, puros aprendices, que llevaron a cabo el abominable acto, atiéndeme bien, en Su nombre y para alabanza de Su grandeza. Él es el maestro del terrorismo. Él, que los desterró a todos ustedes del reino de la felicidad debido al insignificante error cometido por uno solo de los de tu especie; Él, que los ahogó a casi todos en la inundación causada por el diluvio, y digo a "casi todos" porque salvó a uno de ellos, un borrachón empedernido que fue a embriagarse tan pronto bajó del arca; Él, que ordenó la matanza de los muchachos en Egipto, los primogénitos que ninguna culpa tenían de los problemas políticos de los israelitas, mientras dejó con vida al faraón; Él, que ordenó el exterminio de los amalecitas, hombres, mujeres, niños y animales, hasta el último ser viviente, por un supuesto pecado que cometieron sus antepasados, doscientos años antes del nacimiento de ésos que fueron condenados a muerte; Él, que permitió a los romanos crucificar a Jesús, ¡y eso que era su hijo favorito!; Él, que miró a otra parte mientras esos mismos romanos decapitaban a Pablo y crucificaban a Pedro con los pies hacia arriba y la cabeza hacia abajo; Él, que abandonó a Juana, la doncella, y permitió que la quemaran viva, luego de ilusionarla con voces y apariciones; Él, que envió a tu pueblo (recuerda que ahora eres medio judío) a las cámaras de gas; Él, que ignoró el clamor de los campesinos rusos; Él, que se hizo de la vista larga mientras unos orangutanes policías en tu isla – No he olvidado que eres puertorriqueño. – ejecutaban fríamente a dos indefensos jóvenes arrodillados que pedían clemencia; Él, que ni siquiera se enteró del genocidio de un millón de tutsis en Ruanda; Él, que autorizó el asesinato de Leiby, el niño jasídico de apenas ocho años, descuartizado y colocado en un refrigerador por un judío ortodoxo, como tu suegro; Sucedió en la ciudad en la que te criaste, muy cerca de la casa en la que transcurrió tu infancia. Él, te repito, el que traicionó a tus padres y no movió ni uno solo de sus divinos dedos para salvar a tu Raquel.

Él es el gran terrorista, Samuel. Se alimenta del terror y del terror vive. Él es quien lo siembra, lo abona, y lo cultiva, pero son ustedes quienes lo cosechan; Él no es Yotzrenu, el creador, es Shiva, el destructor, Cronos, como ya te dije, el Dios que se nutre del dolor de sus hijos. Al primer rey de Israel le ordenó, por vía de tu tocayo profeta, que fuera a Amalec, y que una vez allí destruyera todo lo que en ese país había. "Y no te apiades de ninguno", le dijo, "mata a hombres, mujeres, niños, aun los de pecho, vacas, ovejas, camellos y asnos." Luego tuvo el descaro de rechazar a Saúl porque se compadeció de unos pobres corderos y bueyes y les perdonó la vida. ¿Cuál de los dos actuó más éticamente, Samuel, Dios o Saúl? Mucho tiempo después, a dos de los primeros cristianos, una pareja de inocentones que vendieron una propiedad y no entregaron el dinero procedente de la venta a Pedro, los mató en el acto, como si hubieran cometido un crimen más horrendo que el de su protegido David, a quien, por cierto, jamás sancionó como se merecía. A otro de sus escogidos le ordenó exterminar a todos los judíos de Medina, simplemente porque se negaron a creer que un profeta más grande que Moisés había nacido en Arabia. Encarnado en Krisna, exigió a un valiente y honorable soldado que aniquilara a todos los miembros del ejército contrario, y que no sintiera lástima por ellos, porque al matarlos les hacía un favor. Allá en el cielo, *Su* cielo, tiene listos a siete ángeles que un día de éstos derramarán sobre ustedes las siete postreras plagas, las que cubrirán con tinieblas la tierra y convertirán en sangre las aguas del mar, matarán a todo ser viviente, quemarán a los hombres con fuego, y los afligirán con toda clase de úlceras malignas y pestilentes. Ése es el Dios a quien tan afanosamente buscas, el Dios que sólo sabe de destrucción.

Tú eres un hombre inteligente, Samuel, una persona educada. Con toda seguridad has oído hablar de Charles Manson, John Wayne Gacy, Ted Bundy, Jeffrey Dahmer, John List, William Holbert, Garavito Cubillos, Santos Godino, Alejo Maldonado; o de estos otros asesinos seriales, los legales, los oficiales, los que poseían licencia para matar y exterminar: Los Borja, Enrique octavo, Vlad el empalador, Blanton Winship, Rafael Trujillo, Fulgencio Batista, Ferdinand Marcos, los Tontón Macoutes, los Duvalier, padre e hijo, los Somoza, Augusto Pinochet, Josef Mengele, Francisco Franco, el emperador Bocassa, Idi Amín, y tantos y tantos y tantos otros. No necesitas buscar información sobre sus actos en el internet, cuando salgas de aquí. Si lo deseas, te llevaré ahora mismo al Hades, para que entrevistes a sus víctimas, cientos de millones de ellas, para que les preguntes qué hizo por ellas tu buen Dios cuando fueron perseguidas, torturadas, incineradas, apaleadas, apedreadas, ultrajadas, pisoteadas, mutiladas, empaladas, asesinadas, descuartizadas, trituradas, arrojadas de aviones y helicópteros, enterradas vivas, ametralladas, fusiladas, guardadas en refrigeradores, decapitadas, comidas, almorzadas y cenadas... ¡Anda! ¡Atrévete! ¡Ven conmigo y pregúntales!

Ahora te pregunto yo a ti, ¿Cuál de los dos es mejor? ¿A cuál prefieres servir? Uno te quitó a Raquel, el otro, yo, no puede devolvértela, no me fue dado ese poder, pero simpatizo contigo, te comprendo, y, más importante aún, puedo ayudarte a vengarte de aquéllos que la mataron. Es tu decisión, amigo mío, es *tu* decisión, no prestes atención a lo que te dijo la vieja junto al arroyo…"

"Yo nada tengo que ver contigo, adversario. Mis padres me advirtieron de tu maldad. Raquel también lo hizo, así como aquella santa a quien despectivamente has llamado *vieja*. Nada más quiero escuchar. Me voy, a seguir buscándolo, para que conteste mis interrogantes y aclare mis dudas. Ahora tengo la certeza de que debe existir."

"Me inspiras lástima. Tanto negarlo, tanto despotricar contra él, y ahora, en las postrimerías de tu vida, dedicas tus últimos días a buscarlo nuevamente, como antaño, en los días de tu juventud, más de cuarenta años atrás. Te comportas como un gusano, arrastrándote por el suelo, humillado, abatido. ¡Patético! ¡Risible! ¡Si hubieras podido verte a ti mismo mientras hablabas con Raquel, cuando le rogabas 'ayúdame, Raquel, ayúdame'; o cuando imploraste a la vieja demente que te mostrara el camino! ¡Un poco más y me hubieras hecho vomitar! No, no te indignes porque me burlo de ti. Aun Él mismo, si finalmente lo encuentras, se mofará de ti. ¡Yo lo haría, si fuera Él! Me reiría de ti en tu cara; me burlaría de ti hasta que la vergüenza y la ira te apabullaran; te ridiculizaría de todas las formas posibles. Pero, evidentemente, yo no soy como Él. Yo soy franco, sincero y transparente. Quien en mí cree siempre sabrá qué esperar de mí. No como Él, hipócrita, manipulador, mentiroso y taimado, y siempre dado a las promesas hueras que jamás ha cumplido ni cumplirá. Tal vez te acepte, o finja que lo hace. Quizá no se ría de ti como lo haría yo, de frente y sin disfraces. Pero en el fondo lo hará; se iludirá de ti, y pensará en su fuero interno que tú no vales nada, que eres como una veleta movida por el viento, un pusilánime incapaz de afrontar la tormenta. ¡Y tendrá razón si así piensa! Fíjate en ti mismo, analízate, mira tú pasado. A veces dices que crees en Él, otras tantas lo niegas. ¿En qué crees, Samuel, en qué crees? O tal vez debería preguntarte: ¿Estás seguro de que en verdad crees?

Te recibirá con sus palabras melifluas y seductoras, con su viejo y desgastado abrazo dizque amoroso; te dirá que te aguardaba desde siempre, que nunca te abandonó, que en los tramos más difíciles del camino, cuando sólo veías dos huellas, Él te cargaba en sus hombros, y que todo este largo tiempo supo que a Él retornarías. ¡Mentiras, puras mentiras! Yo te digo la verdad. Créeme, confía en mí. No busques más.

De hecho, permíteme darte un consejo, un consejo de amigos, aunque es obvio que tú no quieres mi amistad (No te preocupes, tu rechazo no me ofende. Con el paso del tiempo he aprendido a vivir sin amigos.): ¡Ódialo! ¡Ódialo con todo tu corazón y con todas tus fuerzas! ¡Ódialo como Él me odió a mí y a todos aquellos que se rebelaron contra su tiranía. Eso es Él, sólo un viejo y amargado tirano, un déspota inhumano – ¡inhumano, sí señor! – que condena en los demás las mismas actitudes que Él mismo ha cultivado desde el inicio del tiempo. Ódialo como yo lo odio a Él; y que ese odio se transforme en tu fuerza, en tu poder, en la fuente recóndita de tu energía vital. Deja que ese odio te levante, te mueva y te guíe. ¡Deja que te domine por completo! Permítele resucitarte de la primera muerte en la que vives desde que tu esperanza se esfumó. No lo resistas, no lo rechaces; no tengas miedo de odiar. El odio no es la antítesis del amor sino, por el contrario, su otra cara. ¿Por qué habría de ser incorrecto el odio si Él mismo, el auto-proclamado árbitro de lo bueno y lo malo, es el ser que más ha odiado en el Universo?

¿Qué piensas, que odiar es pecado? ¿Hasta cuándo conservarás en tu conciencia esta simpleza, esta ingenua e infantil concepción del bien y del mal? No es pecado odiar. ¡Nada es pecado!, excepto, probablemente, desperdiciar toda una vida, tu única oportunidad, dedicándola a una estéril peregrinación hacia la nada. ¿Me dices que Él te atrae? ¡Ya lo creo! Como los agujeros negros succionan todo lo que a ellos se aproxima, para devorarlo, para desintegrarlo inexorablemente. De esto tú sabes, Samuel, te he escuchado hablar de ellos. Fuiste tú quien los mencionó hace poco, ¿no es así? O tal vez me equivoco. Un sujeto parecido a ti también ha dicho algo sobre esas regiones del espacio, un amigo que, al igual que tú, anda buscándome en estos momentos. Un día de éstos lo conocerás, muy pronto.

Atrévete a actuar como actué yo, orgullosamente, con altivez, con la soberbia propia de aquéllos que se respetan a sí mismos. No bajes la mirada, no inclines la cabeza, no te postres. Mira hacia el frente sin siquiera pestañear. Humíllalo tú a Él, como se merece. Sé como el Sol, intocable, inamovible, incólume, no como una despreciable nube que mansamente se deja arrastrar por la corriente de aire. Si te humillas ante Él, y Él se percata de tu actitud, te aplastará como a una mosca, sin compasión ni piedad. Yo no lo condeno, al fin de cuentas, aunque para Él sólo tengo palabras duras, también sé que actúa instintivamente, quizá sin proponérselo. Él es así, no puede evitarlo, no puede cambiar su naturaleza. '¿Mudará el etíope su piel, o el leopardo sus manchas?' Creo que ésta es la pregunta que se formuló cierto profeta en esa aburridísima colección de idioteces que tú solías leer y que, desafortunadamente, has vuelto a repasar últimamente. Pues, como te iba diciendo, Él tampoco puede mudar su piel, ni su idiosincrasia. Ante un espíritu libre, reaccionará siempre de la misma forma, con un odio implacable y demoledor que, a mi juicio, es resultado de la envidia, pues Él no es libre, ni puede serlo, y por ello detesta a todos aquellos que sí lo somos. Y ante la sumisión y la docilidad, exigirá siempre más sometimiento, más ciega obediencia, genuflexión abyecta y servil. Su amor es tan solo una máscara, como la risa de una hiena, tras la cual se esconde una amenaza inminente y aterradora. ¡Huye, huye de Él cuanto antes!, o acabará contigo sin que ni siquiera te des cuenta.

Ya tienes cincuenta y nueve años, Samuel, muchos más que los que logró vivir tu compañera. Nunca creíste que llegarías. De hecho, no debiste llegar. Debiste morir junto a ella, en el restaurante, ciñéndola con tus brazos, consolándola. Mas tú sobreviviste. ¡Pobre de ti! Ella fue más feliz que tú. Murió en paz. Tú, cobarde, escapaste. Salvaste tu inútil vida inventando un pretexto para quedarte en casa. Pero no has sido feliz. Tu precaria esperanza pereció aquel día, en el último piso del rascacielos, cuando el fuego que portaba el avión lo consumió. Y desde entonces eres un espectro, un cuerpo fantasmal carente de alma o espíritu, que busca incesantemente a otro fantasma, tan desdichado como él mismo. Insistes en engañarte, en vivir semi-enajenado, repitiéndote hasta la nausea que tienes fe, que es sólo cuestión de esperar un poquito más. Pero en el fondo sabes que no es cierto.

Tu fe te ha dado un poco de paz. Te lo concedo. ¿Ves? Yo sí puedo reconocer y aceptar los puntos de vista ajenos. Creíste, eso es lo que importa, no *en qué* ni *en quién* se cree, sino en el hecho de creer. Tú mismo lo dijiste hace unos minutos. La fe, la maldita y a la larga siempre inútil fe. Yo también la tuve, al principio, en el verdadero principio, cuando todo comenzó, antes de verlo cual Él es, sin alguna de sus tantas caretas. Es un monstruo, Samuel, créeme, es un monstruo, un devorador de hombres y de ángeles. Te lo juro; te lo juro por mi honor y por mi dignidad, de la que Él me despojó injustamente, porque me envidiaba, porque yo soy libre y Él no, porque yo podía hacer cosas que Él me prohibió, porque no estuve dispuesto a someterme. Tiene mil brazos y diez mil ojos, pero no tiene corazón; vuela más rápido que el viento, pero no es capaz de sentir amor. Habla de amor, ordena amar, pero Él mismo no ama. Es como Agni, otro de sus primos, el dios de los corceles rojos de otra absurda religión, al que sólo satisface el ser alabado.

Siempre has buscado; jamás te conformaste con el vacío en tu corazón, o mejor dicho, con el vacío que sentías en el lugar donde debía haber un corazón. Te felicito por tu empeño. No es por buscar por lo que te condeno, sino por el objeto de tu búsqueda. Cristiano primero, luego judío, como la historia en reversa; Hasta que finalmente te has convertido en una especie de místico por culpa de las ideas de Mónica. Abandonaste la fe de tus padres para adherirte, si bien muy débilmente, a la que, según te habían enseñado, fue la religión original, la matriz de la que surgieron las demás herederas de Abraham, Isaac y Jacob, los tres chiflados de su época, pero ni remotamente tan divertidos como los de la televisión. Cuando, al cabo de unos años, te percataste de tu error, te prometiste a ti mismo nunca volver a caer en la red, mantenerte alejado del humo de la fantasía, sellar tus oídos ante el canto de las sirenas. Pero entonces comenzó el fin, y la tragedia despertó nuevamente tu sed. Así que aquí estás, una vez más, tocando a su puerta. Da lo mismo, Samuel, da igual, ésta, aquélla o la otra religión. Todas son exactamente igual de estólidas, la misma droga en diferentes frascos. Tú eres un peregrino natural, amigo mío, y tu peregrinar siempre ha sido sencillo: Buscas explicaciones, buscas sentido, buscas la justicia, buscas la verdad; pero, por sobre todas las cosas, siempre lo has buscado a Él, por todos los caminos por los que has andado, y en todos los lugares a los que esos caminos te han conducido. Te hicieron creer que sin Él la justicia era imposible, y la igualdad un mal chiste. Nada parece calmar tu ansiedad. Nada apaga el fuego que ha nacido en tu mente.

¿Cómo puedes seguir insistiendo después de lo que pasó? Perdóname si te ofendo con lo que digo, pero me recuerdas a otro iluso, que vivió hace mucho tiempo, cerca de este lugar. Él tenía un hijo, o dos, para ser exacto, y el monstruo le pidió la vida de uno de ellos. ¡Tonto! ¡Crédulo! ¡Cándido! Le hizo caso; lo llevó a un monte, se aprestó a matarlo, pero no lo hizo. En el último minuto apareció otra criatura inocente (A Él le fascina la sangre inocente.), un chivo expiatorio, literalmente, que pagó con su vida la sed de sangre de Ése a quien toda tu vida has buscado. En tu caso, Samuel, en tu caso no apareció un cordero.

¿Clamas por justicia? Has llegado al lugar indicado. Yo no exijo vidas inocentes, ni de hijos ni de cónyuges. Sólo me interesan los culpables. Si me haces caso, yo te ayudaré. Y estoy convencido de que Raquel, si pudiera verte, te agradecería que siguieras mis consejos…

****

¡Ay Samuel, Samuel, Samuel! Todo lo has hecho mal. ¿Cómo pudiste olvidar tan rápidamente las advertencias de Mónica? ¿Por qué has ignorado sus instrucciones? Debiste huir en cuanto él pronunció la primera palabra, pero permaneciste allí, seducido por el encanto de su voz, como la mujer en el jardín. Ése con quien has dialogado no es dios, ni con mayúscula ni con minúscula. Es otro que se cree dios, que siempre se ha creído dios. De hecho, tiene razón, él es el dios de este mundo. Pero ése no era el dios al que tú has buscado toda la vida. ¿Ahora qué harás? Dinos, ¿qué harás? En el bolsillo de tu pantalón tienes una piedrecita. En el de tu camisa llevas un amuleto. Sobre el cabezal de tu cama hay una figura en forma de arca. En tu corazón sólo hay odio. En tus ojos puede verse que has tomado una decisión. Esperamos que sea la correcta.

*****REMEMBRANZAS*****

¿Lo agradecería Raquel? ¿Estaría de acuerdo con ello? ¿Me aplaudiría? ¿Daría, al menos, el visto bueno, aunque fuese a regañadientes? ¿Cómo saberlo? ¿Cómo estar seguro? Raquel era un ángel, mi ángel, pero no puedo negar que era un ángel extraño, difícil de entender. Yo, que la conocí mejor de lo que me conozco a mí mismo, sé muy bien que resultaría difícil, quizás imposible, predecir su parecer en relación con mi decisión. Era conservadora hasta el fanatismo en algunos aspectos, pero refrescantemente liberal con respecto de muchos otros. Podría haber matado a los miembros de Hamas con sus propias manos, si la ocasión hubiese sido propicia, pero gustosamente habría ofrendado su vida si con ello hubiera podido salvar la de un niño huérfano palestino. "Ellos no tienen culpa", decía, "sus padres y sus líderes son los demonios." Creía firmemente en dios, pero lo criticaba y condenaba como si hubiera estado por encima de él, por haber faltado a su promesa de enviar al ungido. Juraba y perjuraba que nunca pondría un pie fuera de Israel, que jamás se montaría en un avión, y, no obstante, fue de ella la idea de viajar a la capital financiera del mundo. Yo había intentado convencerla cientos de veces, hablándole de mi casa, de la gran ciudad, de la extensa comunidad jasídica, de los cientos de sinagogas, de los fascinantes museos arqueológicos. Usé todas las carnadas imaginables en un vano esfuerzo para persuadirla, encontrándome siempre con la pared de su obstinada negativa. Imaginen ustedes mi sorpresa cuando el último día de un caluroso mes de julio, antes de despuntar el alba, me despertó para anunciarme, eufórica, que había decidido, supongo que mientras dormía, viajar a América, a visitar la ciudad donde yo me crié. No me despertó esa madrugada para consultar conmigo su inusitada idea. No; me trajo, me haló, o más bien me arrastró de vuelta al mundo de los despiertos para hacer público un decreto ya emitido, firmado y aprobado por su majestad, ella misma. Sin embargo, por respeto, me pidió: "Si vienes conmigo, voy; mas si no vienes conmigo, no voy." No eran palabras suyas. Las sacó de la Biblia. Fue la petición de Baraq a Débora, aquella inspirada jueza que entonó el sádico canto en honor a Yael. Le dije que no podría acompañarla en la fecha escogida por ella, pero que no me molestaba que me dejara solo por una o dos semanas, siempre y cuando estuviera de regreso a tiempo para celebrar conmigo nuestro aniversario. Se acostó nuevamente en la cama, me miró con tristeza, y me dijo, "sin ti no voy". Soy honesto con ustedes, la verdad es que yo sí podía acompañarla, pero no deseaba hacerlo. Me fascinaba estar con ella, realizar juntos todas las tareas y encargos, pero no me atraía la idea de volver a mi ciudad. Deseaba que ella la viera, que saliera de Israel, para lograr, de ese modo, que se olvidara por un tiempo de los palestinos y se curara de su obsesiva fijación con el mesías. Quería que viviera por un tiempo en una metrópolis totalmente secular, pecaminosa, en la que no oyera hablar de ungidos, armagedones o tierras santas. Si un lugar en el mundo reunía esos requisitos, ese lugar era la urbe donde yo crecí. Pero yo mismo la detestaba, despertaba en mi memoria recuerdos muy penosos, resucitaba el rencor, por lo que inventé no sé cuál pretexto para poder excusarme. Raquel propuso otras fechas, dos o tres meses más tarde, en invierno, por ejemplo, para que disfrutáramos en mutua compañía la fiesta de los ocho días, en unión a unos familiares suyos que residían en la cercana Nueva Jersey. Inventé mil excusas adicionales, insistí en que se fuera de inmediato, tal como lo había planificado. Finalmente la convencí. Durante un mes llevó a cabo todos los preparativos necesarios, disfrutando cada día la expectación. Siempre es más divertida la víspera que el día. Compró el boleto de avión. Empacó una maleta, una sola, pequeña. (¿No les he dicho que era una mujer singular?) Dio aviso a algunas de sus amistades y les informó a sus padres, por si deseaban enviar algo con ella a algún pariente, cercano o lejano. Llegado el día de la partida, me llamó al cuarto, me pidió que me sentara en la cama, junto a ella, y me entregó un obsequio, una caja de cartón, común y corriente, envuelta descuidadamente en el consabido brilloso papel para regalos, con un moño rojo pegado a la tapa superior mediante cinta adhesiva transparente. La abrí. En su interior había una pequeña escultura de oro que tenía, presumiblemente, la forma del arca de la alianza, el receptáculo sagrado construido por Bezaleel para guardar en él las tablas de piedra y otros objetos memorables. "Consérvala siempre cerca de ti", me pidió, "para que te proteja, así como en los tiempos de Moisés la presencia del Arca original garantizaba la victoria a los israelitas en el campo de batalla." Le prometí que así lo haría, a pesar de que yo no soy dado a hacer promesas. "Y no olvides ir a ver a Mónica", añadió. "Me diste tu palabra."

Ese día regresé a la casa temprano, pues me tocaba a mí llevar a Raquel al aeropuerto. Serían las tres de la tarde cuando abrí la puerta y entré a la casa, para encontrar a mi esposa aún sin bañarse, acostada en la cama hablando por teléfono con una amiga que iría a buscarla cuando arribara a su destino. La regañé y la apuré, le dije que se nos hacía tarde, que por favor se apresurara, que perdería el vuelo. Yo mismo coloqué su maleta en el coche. Yo transporté a Raquel al aeropuerto, conduciendo mucho más velozmente que de costumbre. Yo la ayudé con el proceso de registro. Yo la maté.

Llegó a la ciudad el día ocho de septiembre, o más bien el nueve, pues ya era pasada la medianoche, luego de varios vuelos serenos, sin inconvenientes dignos de ser mencionados. Disponía de poco tiempo para poder ver todo lo que quería ver, cinco días libres, pues el primero y el último, el día del arribo y el del regreso, casi siempre se pierden con los trámites relativos al viaje y a la estadía en el hotel. Luego de registrarse en una hospedería céntrica, pasó casi todo el resto del día descansando y llamando a sus familiares para informarles que había llegado bien y que pasaría a saludarlos esa misma noche. La mañana siguiente, tempranito, salió a visitar las principales atracciones del área, los edificios históricos, los rascacielos más elevados y, sobre todo, los mejores museos. Era ésa su primera visita a la ciudad de los inmigrantes, y ella, hija de inmigrantes, miembro de una estirpe iniciada por el forastero más venerado de la historia, quería asegurarse de que su breve estadía sería tan fértil como la de su antepasado José en Egipto. Antes de dejarla en el aeropuerto, yo le había pedido que pasara por el barrio, con la subrepticia intención de que lo que allí viera la ayudara a entender mi casi nula simpatía por la gente de mi pueblo y mi desinterés en volver a ese lugar en el que transcurrió toda mi adolescencia. Pero mi propósito se vio totalmente frustrado. Debí suponer de antemano que una de las hijas del pueblo que experimentó el exilio más largo del que se tenga memoria se identificaría fácilmente con los integrantes de otra diáspora. Viajó en el tren subterráneo, tan sucio como de costumbre, con sus paredes cubiertas por garabatos y grafiti que a menudo se

306

asemejan al texto hebreo de algún antiguo manuscrito, sin signos de puntuación, pausas ni vocales. ¿Cómo supe todo esto? Raquel se comportaba como una niña en una tienda de juguetes. Me llamaba cada hora, cada treinta minutos, a veces más frecuentemente, para decirme lo que hacía, dónde estaba, qué veía en esos precisos momentos, hacia dónde se dirigía, de cuál museo había salido. Estaba entusiasmada, llena de alegría. Nunca antes la había visto así. Le pedí que lo tomara con calma, pues, en mi opinión, tendría tiempo de sobra para ver las pocas cosas dignas de ser vistas en la bulliciosa metrópolis. Como de costumbre, no me hizo caso. Actuaba como un turista que visita por primera vez los parques de diversión en Orlando. Me llamaba, pero antes de que tuviéramos la oportunidad de conversar durante tres minutos, me informaba que tenía que colgar, porque estaba a punto de entrar a tal o cual lugar, y en menos de diez minutos telefoneaba nuevamente para describirme el edificio, el objeto, el museo, la obra de arte, el artefacto, o lo que fuese que tenía frente a sus ojos. Yo, que conocía la ciudad, y que ninguna admiración sentía por ella, fingía sorpresa y emoción, a fin de no aguarle la fiesta. Su felicidad me contagiaba su entusiasmo, la urbe sólo me traía recuerdos tristes.

Ese día, el segundo de sus cortas vacaciones, me llamó más de veinte veces. ¡Increíble! No, lo increíble no es el exorbitante número de llamadas, sino el hecho de que yo las haya contestado todas, a pesar de mi recalcitrante alergia a los teléfonos, sobre todo a los celulares, y a la cháchara que comúnmente tiene lugar por medio de ellos. Dos días había estado sin ella, pero ya me parecía un siglo. Por eso contestaba sus llamadas, para sentir que ella estaba allí, junto a mí.

Sólo en una ocasión me llamó para protestar por algo. Aparentemente, había pasado frente a una mezquita, probablemente la que se encuentra en la tercera avenida, entre las calles noventa y seis y noventa y siete, el centro cultural islámico más bello del estado, y el sagrado recinto despertó en ella sentimientos de repugnancia. "¡Yo no sabía que aquí hubiera mezquitas!", me dijo alterada. "¿Por qué nunca me lo dijiste? ¿Cómo puede permitirlas tu gobierno, después de lo que esta gente les ha hecho a ustedes... ¡y a nosotros!? ¡Es como si en Israel autorizáramos la apertura de una oficina del partido nacional socialista alemán!" "No es mi gobierno", respondí, "y si no te lo informé fue porque no me pareció que tuviera importancia. Mezquitas hay en todo el mundo, así como sinagogas y templos cristianos. ¡No me digas que no has visto el enorme templo católico al lado de la sinagoga de tu padre, ni la cúpula de la roca en tu monte santo! Si insistes en odiar, odia a los musulmanes, no sus casas de postración."

La analogía construida por Raquel era improcedente. No es posible hallar puntos de comparación entre una mezquita y una oficina nazi. Pero revelaba uno de los lunares en el carácter de mi esposa, una verruga actitudinal que ya les había mencionado, de pasada. Raquel tenía dos serios defectos, dos solamente. No lo digo por orgullo, es la verdad. El primero de esos defectos era yo, su esposo ateo y antisocial. El segundo era su no disimulado odio por los árabes, específicamente por sus vecinos, los árabes palestinos. Los detestaba, los aborrecía, los consideraba abominables, más abominables que la carne de los animales que Moisés había prohibido en la Tora. "¿Por qué tanto odio?", le cuestioné en cierta ocasión, ingenuamente, "¿qué te han hecho?" "A mí, nada", contestó no sin cierto desdén, como si el asunto no tuviese importancia, como si hubiera creído que no hacía falta un acontecimiento, un hecho, una provocación, o una ofensa original que sirviera de pretexto a un odio tan profundo y sólido. "¿Entonces por qué los odias?", añadí, con una insistencia que rayaba las fronteras de la impertinencia. "Porque están aquí, en *nuestra* tierra, la que fue regalada a nuestros padres, la que nos fue prometida *a nosotros* y a nadie más. Porque son unos invasores, usurpadores insolentes que se apoderaron de una propiedad que no les pertenecía; todos ellos son ladrones, como sus antecesores, vencidos y humillados por el rey David." No me atreví a decirle que ésos a quienes llamaba usurpadores habían vivido en las tierras de Canaán desde mucho antes de la llegada de Josué, por lo que si alguien había usurpado algo, ese alguien sería, legalmente hablando, su propio pueblo, los descendientes de los hombres y mujeres liberados por Moisés de la esclavitud egipcia. La culpa, claro está, no había sido enteramente de ellos. El gran dios, antes de prometerles esas tierras, debió haber efectuado el correspondiente estudio de título en el registro de la propiedad cananeo. De haberlo realizado, habría averiguado que esas fincas, las que con tanta fanfarria obsequiaba a los nietos de Abrahán, ya tenían legítimos dueños, por lo que no podía regalarlas sin el consentimiento expreso, por escrito, de los titulares registrales. Pero no se tomó la molestia, quizá porque dios detesta las cuestiones legales, y con especial antipatía detesta a los abogados, a quienes considera peores que el mismísimo Lucifer. Seguramente tiene razón en eso. Los hebreos se presentaron un buen día a la frontera de Canaán, sin papeles ni escrituras, sin orden judicial firmada por un alguacil, y exclamaron: "¡Esta tierra es nuestra! ¡Dios nos la ha donado!", y entraron, así, como Pedro a su casa, sin pedir permiso ni licencia. ¿Qué esperaban? ¿Qué los recibieran con los brazos abiertos y una sonrisa en los labios? Los filisteos pelearon por lo suyo valientemente, pero perdieron, en las batallas siempre hay dos lados, el que gana y el que pierde, aunque a menudo *todos* pierden. Un mocoso hebreo con una honda en su mano derrotó a su campeón, un fornido gigante apodado Goliat, a quien, aparentemente, le sobraba en musculatura lo que le hacía falta en cerebro. Durante mil años, los ascendientes de Raquel administraron la tierra, intermitentemente, entre invasiones asirias e invasiones babilónicas, entre dominaciones persas y dominaciones griegas. Entonces llegaron los romanos, y los sacaron definitivamente de allí cuarenta años después de que mataran a uno que había proclamado ser el rey de los judíos. Eso alegaron las autoridades judías y romanas, pero él nunca afirmó tal cosa. Con el paso del tiempo, los árabes de algunas naciones circundantes reivindicaron las tierras, edificaron ciudades, y se asentaron permanentemente en el lugar, hasta que los judíos tocaron nuevamente a la puerta, empujados por la marejada de antisemitismo que arropó a Europa en los siglos diecinueve y veinte, ignorando, como lo había hecho dios en el pasado, que Palestina no era la tierra despoblada soñada posteriormente por Herzl. En el año 1948, diez años antes de que yo naciera, proclamaron imprudentemente la independencia de su Estado, y desde entonces no ha habido paz entre los descendientes de los antiguos filisteos y los hermanos de Raquel. Es la clase de enredos que ocurren cuando el dios que promete y reparte no tiene ni idea de lo que está haciendo.

A Raquel no le hubiera interesado esta breve explicación histórica, y a mí me da igual. Como ya saben, si ella era judía, yo también lo era. Y si ella odiaba a los árabes, yo también los odiaría. Ahora los detesto, a los árabes, a los palestinos, a los musulmanes, con un odio infinitamente mayor al que sentía Raquel. Pero ya no se trata de solidaridad con la mujer que aún amo. Ahora tengo una buena razón.

"¿Qué le han dado los árabes al mundo?", solía preguntar Raquel. "Te lo diré. Veneno y terrorismo, eso nos han dado." Lo del terrorismo lo entendía, aunque en aquella época no estaba del todo de acuerdo con ella, pero tuve que pedirle que me explicara lo del veneno. "¿A qué te refieres con eso? ¿Cuál es el veneno que nos han dado los árabes?" "Petróleo, negro, sucio y maloliente petróleo. Las gentes de Occidente creen que lo necesitan porque los árabes les han lavado el cerebro. Pero quienes lo necesitan son ellos mismos, los árabes; deben venderlo para financiar su proselitismo salvaje, su expansión imperialista, sus guerras terroristas. Occidente podría sobrevivir con energía limpia proveniente del sol y del viento, pero los árabes no lo permitirán. Quieren envenenarnos, Samuel, lenta pero seguramente, mientras ellos se enriquecen a costa de nuestra destrucción. El petróleo es su excremento, su bilis, su ponzoña. La empacan en barriles y se deshacen de ella enviándosela a ustedes."

Con el propósito de evitar que otra toxina, su propio odio, la envenenara a ella, yo la exhortaba a calmarse, a aceptar con resignación que nada podíamos hacer ni ella ni yo para cambiar las cosas. "Desde que el mundo es mundo", le decía, hipócritamente, pues a mí mismo siempre me han amargado las injusticias de la vida, "ha habido quienes se enriquecen aprovechando la necesidad ajena, y siempre ha habido terroristas, desde antes de que nacieran los árabes. Piensa en Caín, que ni siquiera tuvo compasión por su propio hermano. Esto no tiene remedio. No podrás arreglarlo con tus resentimientos. Nadie lo compondrá."

"Te equivocas, ateo circuncidado", ripostaba traviesamente. "Nuestras Escrituras Sagradas, como bien sabes, anuncian la venida de un Mesías, un descendiente de David que vendrá a terminar la obra que el gran rey comenzó. Destruirá a los enemigos de Israel, expandirá nuestras fronteras hasta los confines del mundo, y gobernará con justicia y equidad por mil años. Bajo su gobierno ya no existirá el terrorismo…" Ella sabía que a mí me fastidiaba que me hablara del mesías, pero continuaba haciéndolo. Creo que lo hacía a propósito.

Temprano en la mañana de su tercer día en la ciudad me llamó a la casa, mientras ponía todo en orden en su cuarto de hotel, pues nunca soportó el regresar a un lugar desordenado y tirado. Había decidido que me contaría, paso por paso, todo lo que hiciera antes de salir de su habitación, para que yo me sintiera como si ella hubiera estado junto a mí en nuestro cuarto. Sabía que yo la extrañaba, que moría por verla, pese a que sólo había estado lejos de ella un par de días. "Me estoy mirando al espejo", reportó, como el piloto que informa a la base cada una de sus decisiones. "¿Verdad que todavía soy bonita?" ¡Vanidad, sempiterna vanidad femenina! Casi cuarenta años cumplidos y todavía actuaba como una niña que pintorrea sus labios por primera vez. Me preguntó si sentía por ella un amor tan intenso como el que nos profesábamos el uno al otro cuando nos casamos. "Deja de molestarme", contesté bromeando, pensando a la misma vez en el dineral que tendría que pagar por esas llamadas. Las mujeres y su vanidad, los hombres con nuestro pragmatismo.

De repente, me pareció que estaba conmigo en el cuarto, sentada en la banqueta frente al viejo gavetero que su abuela regaló a su mamá y ésta a Raquel, acicalándose para agradarme cuando yo abriera mis ojos y la viera. Ella se despertaba bien temprano, casi siempre antes que yo, muchas veces de madrugada, pero se levantaba de la cama muy cuidadosamente, sin hacer ruido, para no despertarme a mí, que usualmente esperaba a que un tibio rayo de sol entrara por la ventana y me sacara de entre las sábanas. En lugar de saludarme con un "buen día", hacía como si estuviera peinándose o maquillándose, y decía, como si hablara con otra persona, "Por fin se levantó el dormilón. Ya era hora, ¿no?" Entonces se acercaba a la cama para abrazarme y besarme, y yo me apartaba de ella tan arisco como un niño enfurruñado que no ha recibido el regalo que le prometieron, esperando que una vez más me persiguiera alrededor de la cama y afuera del cuarto, hasta la cocina, donde aprovechábamos para desayunar. Era un juego que jugábamos desde que vivíamos juntos, o más que un juego, un rito, tan sagrado para nosotros como cualquiera de las fiestas solemnes que invariablemente celebrábamos. Mientras ella se peinaba, de pie frente al espejo o sentada en la banqueta, yo la puyaba desde la cama. Le decía que se le estaba cayendo el cabello, que había aparecido otra arruga en su rostro, que su melena se estaba tornando blanca, que si continuaba deteriorándose me buscaría una mujer más joven y sensual que ella, y con más dinero. Ella pretendía no sentirse ofendida y me miraba a través del espejo, a la vez que me decía "dale gracias a Dios por haberme atrapado, suerte tienes, con ese cuerpo y esas canas".

No cabe duda de que Raquel estaba enamorada de mí, y yo aún más de ella. Todavía lo estoy, pero ya no puedo jugar con ella. La perdí hace quince años. Me la robaron hace quince años. Pero todos los días pienso en ella, y mi vida depende, de una o de otra forma, de la viveza de su recuerdo. Raquel llegó a ser para mí, tanto antes como después de su partida, una obsesión, una fijación tan persistente y marcada que ninguna otra mujer, ni en Israel ni aquí, pudo jamás reemplazarla. ¿Les había dicho que era hermosa? Si lo hice, discúlpenme la repetición. ¡Con un enamorado es menester ser muy paciente! Era irresistiblemente preciosa. Poseía a la vez la belleza radiante de la juventud y la hermosura serena y profunda de la madurez. En su ser convivían la frescura de la mañana y la tibieza del atardecer. Era como un torrencial aguacero formado por leves y etéreas briznas de rocío, como un vendaval de suave brisa. Poseía la serenidad de un sabio brahmán y el espíritu impetuoso de una adolescente parisina. Era Afrodita y Beatriz encarnadas en un solo cuerpo. Era un misterio, como los antiguos oráculos, insondable, inexplicable, indescifrable. Ella sigue siendo mi norte, mi estrella polar, mi arquetipo platónico perfecto, irrepetible, la personificación misma de la mujer universal, el epítome de todo aquello que la femineidad representa para el hombre. Después de su muerte, intenté enamorarme de nuevo, más no pude. Miraba a una mujer y veía en ella la mirada de Raquel; en ésta me parecía ver su forma de caminar, en aquélla veía sus gestos, y en la otra encontraba su sonrisa inocente y espontánea. Rechazaba en ellas todo rasgo personal y privado, las disecaba mentalmente (o más bien emocionalmente, pues lo hacía con mi corazón, no con mi cerebro), las sometía a un minucioso procedimiento quirúrgico, a una especie de cirugía plástica en el quirófano de mi ilusión, y de allí las sacaba, transformadas en mi imaginación en clones de mi primer y único amor. Repetí una y otra vez este procedimiento, como si hubiera querido emular al doctor Frankenstein, pero siempre terminaba tan decepcionado como él, con un monstruo en mis manos, una imposible unión de dos mujeres separadas por el tiempo y por la realidad, un híbrido irreal al que rechazaba tarde o temprano porque no correspondía a la imagen exacta de mi amada. Era a *ella* a quien buscaba en cada nuevo romance.

A veces me pregunto cómo habría sido mi vida – y la de ella – si hubiésemos podido desobedecer el mandato del destino, si ella hubiera cambiado de parecer, si a última hora hubiera decidido no ir, si yo no la hubiera llevado al aeropuerto, si su amiga no la hubiera invitado a desayunar, o si hubieran salido a tiempo del restaurante, como Michael y Liz, diez o quince minutos antes. No sé por qué me torturo. Los *si* nunca han servido para cambiar los hechos.

Aquella funesta mañana, la acompañé, telefónicamente, durante unos minutos, hasta que me vi obligado a salir de la casa para ir a buscar a unos empresarios a los que llevaría a volar sobre las regiones al oriente de Jerusalén, y sobre Gilo, más hacia el sur, pues deseaban identificar lugares apropiados para construir nuevos asentamientos. "Voy a cepillarme los dientes, no quiero que se vean como los tuyos", me dijo medio en broma. "Luego iré a desayunar. Deberíamos hacerlo a la inversa, ¿no te parece? Desayunar primero y entonces cepillarnos. No tiene mucho sentido lavarse la boca para ensuciarla inmediatamente con sobrantes de comida." "Bueno", contesté, "ya que eres tan pulcra, y tus dientes son más blancos que la nieve, ¿por qué no los cepillas dos veces, antes y también *después* de desayunar? Así nunca llegarán a verse como los de este viejo acabado al que has dejado solitario y triste. Mi dentadura tal vez esté amarillenta, pero mi corazón es más blanco que el tuyo, esposa traidora. No creas que te perdonaré el que me hayas abandonado." Nos reímos a carcajadas, cada uno de las ocurrencias del otro, mientras ella insistía en contarme sus planes y su itinerario del día. "Rosa y yo desayunaremos en un restaurante que, según me ha dicho, se encuentra en el lugar más alto de la ciudad, en el último piso de un rascacielos tan elevado que, de hecho, logra tocar las nubes. Si mal no recuerdo, creo que se llama Windows on the World. Estos hermanos tuyos, siempre han creído que *ellos* son el mundo. El lugar es caro, pero ella me dijo que se haría cargo de la cuenta. Aunque a mí no me molestaría pagar. ¡Hace tanto tiempo que no la veo!" Rosa era su amiga de la infancia. Había emigrado aquí, junto con sus padres, huyendo del clima de violencia que se respiraba en su tierra. No se veían desde que se graduaron de escuela secundaria. "Tengo que dejarte", le informé apesadumbrado, "unos clientes me esperan. Estaré en el aire las próximas dos o tres horas, así que no me llames. Regresaré a la casa tan pronto me deshaga de ellos. Si quieres, me telefoneas pasado el mediodía; recuerda que son seis horas de diferencia." "Te amo", declamó, y nunca más volví a escuchar su voz.

Mi supervisor, el dueño de la compañía, me llamó a la radio del avión a eso de las cinco de la tarde, hora de Israel: "He estado tratando de comunicarme contigo por más de una hora, pero tu aparato no respondía. ¿Dónde estás? En Estados Unidos unos locos estrellaron dos aviones contra el centro mundial de comercio. Parece un acto terrorista. Los noticieros no hablan de otra cosa. Espero que tu esposa esté bien. En cuanto bajes, llámala, por si acaso." Él sabía que Raquel estaba de visita en la gran urbe, yo se lo había informado cuando le pedí permiso para ir con ella. Luego hubo un cambio en los planes y ella se fue sola.

Le di las gracias por su interés y desconecté la radio una vez más. También apagué el sistema de intercom. En esta ocasión no lo hacía para aislarme de mis pasajeros. Ellos ya estaban cansados y no hacían preguntas. Algunos de ellos dormitaban. Sencillamente, no deseaba que me volvieran a llamar, no necesitaba que me informaran nada más. Yo lo sabía. Lo sentía. Por eso había apagado la radio una hora atrás, cuando mi jefe trataba en vano de comunicarse conmigo, para preparar mi cerebro, para darle la noticia que mi corazón ya conocía.

Me dirigí al pequeño aeropuerto privado en el que estaban ubicadas las oficinas de la empresa. Aterricé el avión, lo estacioné dentro del hangar, y me excusé con mis clientes. Afortunadamente, mi patrono estaba allí para hacerse cargo de la situación. Eran clientes valiosos, por lo que debía mantenerlos contentos. Nada le dije a mi jefe, y nada me preguntó. Ni siquiera lo saludé. Simplemente salí del lugar tan rápido como pude, llamé un taxi, y le pedí al chofer que me llevara a casa sin dilaciones. "¡Avance!", le ordené, "le pagaré el doble". Me dejó frente a la casa vigilada por el joven cedro que Raquel misma había plantado. Corrí adentro y encendí el televisor. Las imágenes se repetían una y otra vez, casi con morbo. La cabeza de un edificio arropada por el humo, la embestida de un segundo avión, mucho más grande que el mío, que casi partió en dos el otro edificio, la torre del lado sur desplomándose, luego la del norte, donde estaba el restaurante. Más tarde me enteré de que todas las personas que estaban ahí sobrevivieron al impacto; murieron durante los minutos siguientes, en la hoguera alimentada por el combustible de los aeroplanos, asfixiadas por la inhalación del humo producido por la conflagración, o porque cayeron desde lo alto, o porque se lanzaron voluntariamente. Más de doscientos seres humanos perecieron de ese modo, saltando al vacío para escapar del fuego y la humareda. Los demás murieron cuando el edificio entero se desplomó finalmente. Apagué el maldito aparato y me quedé sentado frente a él, esperando una llamada, a sabiendas de que no la recibiría.

Esa noche no lloré, y no he llorado desde entonces, al menos no cuando estoy despierto. En mis sueños lloro, abundantemente, algunas veces movido por la tristeza, otras tantas arrebatado por la alegría. Pero durante la vigilia, la fuente de mis lágrimas se seca. ¿Qué siento ahora que ella no está? ¿Qué siento? Nada, eso es lo que siento, nada. Mis sentidos siguen intactos. Oigo; veo; respiro; mi corazón sigue latiendo, mis pulmones inhalan la fresca brisa de la tarde, o el gélido suspiro que emite la noche moribunda justo antes del amanecer. Pero no siento. Nada. Nada. Raquel se marchó y se marchó con ella mi capacidad de sentir, como si su muerte me hubiera vaciado, como si hubiera desangrado mis venas, derramando en la tierra hasta la última gota del fluido que transportaba mis sentimientos, como si hubiera estrujado mi corazón, apretándolo con tal fuerza, exprimiéndolo tan rabiosamente, que de él, cual uva seca y enjuta, ya no es posible extraer ni siquiera un minúsculo residuo del aroma aquél con que lo perfumó ella misma cuando llegó a mi vida.

Ya no duermo hasta tarde. Me despierto muy temprano, de madrugada, tras una o dos horas de sueño artificial, inducido por las milagrosas píldoras que me recetó un doctor amigo de la familia de Rosa, la compañera de estudios de Raquel. Siempre me despierto triste, con el pecho oprimido por una melancolía que se le ha adherido como una hiedra que enrolla sus zarcillos alrededor de mis costillas y se trepa rápidamente hasta mi garganta; con una pena profunda y omnipresente, con el sentimiento de una pérdida irreparable, insubsanable, que ha dejado en la misma base de mi ser un hueco que no podrá ser llenado nunca más. La tristeza ata mi cuerpo a la cama; me despierto, pero no me levanto. Un dolor hondo y ancho me lo impide. Me robaron algo demasiado valioso, irrecuperable, insustituible, y experimento esa pérdida en el tuétano de mis huesos, mi corazón me la recuerda con cada latido, mis pulmones la respiran en cada bocanada de aire. Aunque sé que ocurrió hace años, siento que fue anoche cuando la perdí.

Probablemente ustedes también lo han experimentado, ese desierto, esa oquedad, ese vacío que se siente cuando el ataúd desciende hasta el fondo de la fosa y escuchamos los golpes de la tierra que cae sobre él. "Nunca más", pensamos, "nunca más". Y esa palabra, ese *nunca*, sacude con tal fuerza nuestra conciencia, que destroza todas las ilusiones que dieron algún sentido a la existencia previamente. En su caso no hubo féretro, pero la sensación del vacío es la misma. No volveré a verla, ni esta noche ni mañana. No regresará la semana que viene. No me llamará para decirme que algo la detuvo en el camino, para avisarme que llegará tarde. Nunca más, no volveré a verla nunca más. En mis sueños la veo, casi todas las noches, casi en cada amanecer, cuando los medicamentos me lo permiten. A veces no me los tomo, y trato de quedarme dormido naturalmente, para poder soñar con ella y hacer que la felicidad regrese a mi corazón. Recreo su presencia, la veo una vez más, la siento, escucho de nuevo su voz y percibo el olor característico del perfume que exhalaba su piel. ¡Es tan real mientras dura el sueño! ¡Hasta podría jurar que, de hecho, literalmente, en una especie de viaje astral incorpóreo, se ha transportado en el tiempo y ha regresado junto a mí! Pero luego se desvanece, como se esfuman todos los sueños ante la llegada de la cruda realidad del despertar. Dicen que soñar no cuesta nada, pero es mentira. Se paga un precio altísimo por el privilegio de soñar, sólo que no lo pagamos por adelantado, lo pagamos más tarde, cuando despertamos. Es entonces cuando retorna colérica la realidad a reclamar el pago debido. En mi caso, ya despierto, me niego a saldar la deuda. La considero excesiva, exorbitante. ¡Todo un día de sufrimientos a cambio de unos pocos minutos de felicidad! ¡No efectuaré el pago a menos que me den otra carrerita, como piden los niños! Me levanto de la cama y salgo a buscarla. La busco a mi lado, escondida entre las sábanas. Las retiro una a una y las arrojo al suelo, hasta cerciorarme de que, sin lugar a dudas, Raquel no está allí. Corro jubiloso por toda la casa, riendo, abriendo y cerrando las puertas de una y otra habitación, como si estuviéramos jugando a las escondidas, convencido de que la encontraré tras la siguiente puerta. Pero sólo descubro su ausencia, y con ella revive el remordimiento por mi decisión, por haberle permitido que se fuera sin mí, por no haber abordado el avión, por no haber muerto junto a ella.

La veo todas las noches, antes de acostarme, a pesar de que sé que ya no está. La veo cada amanecer, sentada en su banqueta frente al tocador, mirándome con la ternura de siempre, haciendo ruido intencionalmente para despertarme, y yo rogándole que me deje dormitar un ratito más, treinta o cuarenta minutos, hasta que la alcoba se caliente. No es mi rostro el que veo cada mañana al mirarme al espejo, es el suyo, tan angelical y radiante como cuando la vi por primera vez.

Anoche soñé con ella una vez más. Evidentemente, mi subconsciente quiere ayudarme, y, percatándose de su ausencia, y de mi necesidad, recrea a Raquel durante la noche, la devuelve a la vida, y la trae ante mí, orgulloso, satisfecho, como Eva le fue presentada a Adán el octavo día de la creación. Pero este subconsciente mío, a pesar de sus nobles intenciones, es un truhán, un ebrio de hábitos nocturnos que se retira al romper el alba. Me traiciona cuando más lo necesito, huye al salir el sol, como si fuera uno de esos vampiros de las leyendas de octubre, y se la lleva con él. No puedo quejarme, al fin y al cabo es suya, él la creó, yo no tengo derecho a reclamarle ni a reprocharle nada. Pero, ¡ay!, ¡si le pluguiera dejarla conmigo unos minutos más, sólo unos minutos, si me permitiera tocarla, sentirla, abrazarla, decirle cuánto la extraño, regañarla por haberse marchado…!

En el sueño de anoche me encontraba solo, varado en medio de un desierto interminable del que no era posible distinguir ni el principio ni el final. A mi alrededor, solamente había arena, sólo arena, y la misma terrible soledad de siempre. No había árboles ni arbustos, los riachuelos se habían secado. No había veredas, caminos ni senderos por donde transitar. Las estrellas no brillaban. La noche arropaba el cielo con un manto tan negro como las alas de un cuervo. Ni siquiera la luna brillaba en el firmamento para alumbrar tenuemente la obscuridad. Miré en todas direcciones, inútilmente, buscando una esperanza, un foco de luz en medio de aquella desolación. Mas nada encontré. La brisa no soplaba, el calor era sofocante, como un infierno de fuego que consumía todo el oxígeno disponible. El silencio era tan denso que podía palparse con las manos. Sólo se escuchaban unos angustiosos gemidos, no allá afuera, en el desierto que me rodeaba, sino en mí mismo, los gemidos de mi demencia, los ángeles de la muerte que cual buitres fantasmagóricos salidos del averno revoloteaban sobre mi cabeza, *dentro* de mi cabeza.

Entonces, inesperadamente, comenzó a llover, suavemente, aterciopeladamente, como un susurro, como el aliento de una mariposa. Más que lluvia, parecía polvo de estrellas, lágrimas, llanto de paz, como si en el cielo los ángeles lloraran de alegría, como si el duro hielo de la oscuridad se derritiera lentamente. Llovían pétalos. Llovían palabras que ahuyentaban a los ominosos buitres de mi locura. Llovía polen.

Las semillas descendieron quietamente hasta las dunas, creando una delgada capa de seda amarilla y transparente sobre la blanca arena. A través de ella, pude ver la esperanza.

Entonces, el milagro. El desierto germinó. Las arenas se transformaron en flores. La obscuridad se escondió. Y los astros, uno a uno, mostraron tímidamente sus rostros.

Sentí un céfiro límpido y refrescante, como si el mismo dios hubiese vuelto a respirar.

Aún llovía. La lluvia lo era todo. Cada gota era como un prisma del que brotaba una cascada de luz y de color.

Miré atentamente. La lluvia era ella.

Misteriosamente, volví a sentir la misma brisa suave y fresca que acarició mi piel aquella lejana mañana de sábado. Reviví en mi carne el nerviosismo y la ansiedad que me produjeron su mirada penetrante y su sonrisa cautivadora. La vi como en el pasado, como si el tiempo no hubiera transcurrido, como si una fuerza sobrenatural hubiera dado marcha atrás al reloj de su historia, como si todo hubiera sido una angustiosa pesadilla de la que repentinamente despertaba. Ella estaba ahí, parada frente a mí, vistiendo el traje blanco con encajes en el ruedo. Detrás de ella, la enorme cruz de cemento... Entonces se desvaneció, como siempre, como se esfuman todos los sueños, huyendo deprisa, asustados ante la llegada de la sádica realidad que trae consigo el despertar.

Anoche soñé con ella. Esta mañana desperté llorando. Y concluí que ella lo entendería, que tal vez incluso lo aprobaría. No lo sé con seguridad. Es más, pensándolo bien, no, no creo que estaría de acuerdo. Pero de todos modos lo haré. No puedo evitarlo. Tengo que hacerlo. Por ella. Por mí.

*****DECISIONES*****

Si mal no recuerdo, creo que fue un sociólogo, o un historiador, el que dijo, con alguna ironía, que la principal diferencia entre los cristianos y los judíos es que mientras aquéllos cometen delitos con las manos, éstos los cometen con la razón. Yo, que soy la síntesis de las dos religiones, y la negación de ambas, he usado, y usaré, los dos medios para cometer el mío, aunque en este caso no será delito, sino vindicación. Lo cometeré con mi corazón, con mi intelecto, y con un avión, como hicieron los canallas que me han obligado a dar este paso. Ya ha transcurrido mucho tiempo, he titubeado demasiadas veces, lo he considerado y reconsiderado en mil ocasiones. Pero no hay de qué preocuparse. Como decían los antiguos afganos: La venganza es un plato que sabe mejor cuando se sirve frío. Si fuera cierto este refrán, mi revancha deleitará mi paladar como si fuese el más puro néctar de los dioses. ¡Qué lástima que no tendré tiempo para saborearlo! Casi quince años llevo en esto, más de una década plagada de incontables interrupciones y frustraciones, desistimientos sin límite, tentativas absurdas. No tienen que decírmelo, yo sé lo que afirman las escrituras, "Mía es la venganza", dijo el señor; pero eso tal vez era cierto en los días de Moisés. Ahora no. Dios ya no actúa. El bien pierde y la maldad triunfa. Los malos prevalecen. Dios ha muerto, como dijo aquel filósofo prusiano del siglo diecinueve, o simplemente se cansó de intervenir. Si en el principio, cuando aún era joven, se cansó luego de apenas seis días de trabajo, no es de extrañar que ahora, transcurridos más de seis mil años de maldad humana, se haya hastiado hasta las narices, y nos haya abandonado a nuestra propia suerte. Nos toca a nosotros, me toca *a mí*, hacer justicia.

He dedicado los últimos tres años a planificarlo todo. Hoy mi plan está casi perfeccionado. Casi. Todavía recuerdo claramente las lecciones aprendidas durante los entrenamientos marciales: En primer lugar, resulta imprescindible seleccionar el objetivo apropiado; En segundo lugar, todos los detalles deben tenerse en cuenta, nada se deja al azar; Tercero, es menester diseñar y preparar cuidadosamente el medio; Finalmente, es imposible exagerar la importancia del momento, del tiempo propicio. El medio sólo puede ser uno, el que los propios criminales escogieron quince años atrás, una de las máquinas voladoras que yo tan bien conozco y que manejo con envidiable destreza, a pesar de mi edad y mi condición de salud. Si es cierto el apotegma ético que afirma que el fin justifica los medios, y en mi opinión ciertamente lo es, entonces no es posible imaginar un medio más apropiado para la consecución de este fin, de este *doble* desenlace. Fin, primeramente, en el sentido de una meta, un propósito u objetivo, el blanco hacia el que he apuntado los cañones de mi odio por más de una década. Y fin, además, en otro sentido, en la otra acepción del término, una cesación, un final, la terminación definitiva de algo, de mi vida, en este caso, y de varias otras vidas, las de muchos de ellos, los que pusieron en marcha la locomotora del destino.

El día y la hora han sido marcados en el calendario de papel brilloso que está pegado a la puerta del viejo refrigerador mediante un pequeño imán insertado en una baratija de reluciente plástico amarillo en forma de paloma, símbolo de paz, de esas chucherías que compro en las tiendas de cinco y diez cada vez que no encuentro nada bueno, ni, mucho menos, necesario, pero de todos modos me dejo llevar por el incontrolable impulso de gastar algún dinero, probablemente para justificar el viaje al centro comercial, o para no regresar a casa con las manos vacías, o simplemente para no tenerlas desocupadas mientras vago por esos modernos templos edificados en honor a Mamón.

No requirió gran esfuerzo la ideación del modus operandi. Ellos habían escrito el manual, yo sólo he tenido que adaptarlo a las nuevas circunstancias. Será relativamente sencillo, lograr acceso al hangar, apoderarme de la aeronave con mayor cantidad de combustible en el tanque, aguardar por el momento más propicio, y despegar hacia mi destino. Pero éste era, precisamente, hasta hace unos años, el único cabo sin atar, la interrogante sin contestar: ¿Dónde? Las alternativas eran tres, todas ellas viables, todas a mi alcance, aunque cada una de ellas presentaba ventajas e inconvenientes muy particulares.

Durante largo tiempo pensé en cada uno de los tres posibles blancos. Fue ésa la razón no declarada de mi segundo éxodo a Israel, para estar más cerca, para llegar a conocer detalladamente cada uno de esos lugares, tal vez incluso para poder visualizar una vía de escape, si otro hubiera sido el método. Es cierto también que regresé allá a ver a Mónica y a llorar a Raquel junto a su familia, en la fecha del décimo aniversario de su muerte, hace seis años, en el lugar donde nació y al que amó entrañablemente. No pudimos enterrar sus restos, porque éstos nunca fueron identificados, pero podemos recordarla juntos, celebrar su vida y lamentar su pérdida, llorar por ella, tal como su homónima bíblica lloró a sus hijos, como su rey David lloró a Jonatán, como el mismo dios lloró por Sión. Eran ésos los propósitos aparentes, las razones oficiales, legítimas. Pero desde el fondo de mi mente emergía otro, más legítimo, a mi entender, más sórdido, seguramente, en opinión de aquéllos que no son capaces de comprender el valor y la moralidad de la venganza. ¿Pues qué otra cosa es ésta sino la justicia misma, en su forma más pura y elemental, sin la máscara de la urbanidad y el civismo? Deseaba, primeramente, visitar esos lugares, saborear la anticipación, la expectación, como comienza la lengua a salivar de regocijo cuando presiente que el postre anda cerca.

Estoy seguro de que ustedes también habrían pensado, si hubieran estado en mi lugar, en el primer objetivo que me sugirió mi mente. La Kaaba, la mezquita más sagrada, en una fecha especial, en los días de la peregrinación. ¿Por qué no? La más conocida de las variables en la planificación militar estaría de mi lado: el factor sorpresa. ¿Quién lo sospecharía? ¿Cuál servicio de inteligencia sería capaz de preverlo? ¿A quién más podría ocurrírsele? ¡Un millón de ellos reunidos en el mismo lugar! Aun con la peor de las punterías hubiera podido acabar con cientos de ellos.

Como segunda opción, pensé en la mezquita del profeta, en Medina, construida en el sitio en el que se arrodilló la camella de Mahoma. ¡Brillante manera de seleccionar la ubicación de una casa de oración! ¡Sólo a esa gente se le ocurriría una idea tan lela! No obstante, su valor simbólico es innegable; allí se encuentra la tumba del falso profeta que ordenó la yijad, las de sus primeros sucesores, y las de doce de sus trece esposas, tan sometidas en la muerte como lo estuvieran en vida.

Finalmente, pensé en la mezquita remota, al Aqsa, la más bochornosa afrenta musulmana a Israel. ¡Un sacrílego lugar de adoración musulmán justo en el monte de David! ¿Por qué lo habíamos permitido? ¿Por qué no lo derribamos a tiempo, como hicieron con nuestro templo los soldados romanos bajo el mando de Vespasiano? ¿Por qué no lo arrasamos durante la guerra de los seis días? ¡¿Qué me ocurre?! ¡Estoy hablando como si se tratara de *mi* país, de *mi* tierra, de *mi* templo, de *mi* monte santo! ¿Me he convertido ahora de verdad? ¿Se obró el milagro soñado tantas veces por Raquel? ¿Soy acaso como uno de los condenados en el Gólgota, aquel delincuente que vio cómo se le enternecía el corazón al contemplar a su rabino crucificado? No, no ha ocurrido un milagro, soy el mismo. Sigo sin creer. Pero ese monte, no sé por qué razón, lo considero mío, mío y de Raquel, y no soporto la visión de esa maldita mezquita afeándolo, ensuciándolo, deshonrándolo. Al verlo, experimento la misma repulsión que ella sintió cuando vio la mezquita en Manhattan. Es como una verruga, como una llaga purulenta, un leproso desnudo que se acerca y abraza a los flamantes recién casados. Me da asco, me repugna. Es la mayor de las insolencias. Desde allí, según una de las tantas inverosímiles leyendas árabes, el profeta voló al paraíso cierta noche de verano, en un caballo alado. Supongo que además de alas tendría un cuerno en la frente... Cuando regresó a su casa, dijo que una oración rezada en Jerusalén casi no valía nada en comparación con una plegaria hecha en las otras dos mezquitas. En Meca, un rezo tiene el poder de cien mil oraciones repetidas en alguna otra parte; en Medina, la eficacia de mil; pero en Jerusalén, la potencia de apenas quinientas plegarias ordinarias. ¡Petulante! Pero no refutaré su cómputo. Si una oración que se eleva desde al Aqsa vale por quinientas rezadas en algún lugar común y ordinario, entonces cada muerte ocurrida en esta infame mezquita valdría también por quinientas muertes en alguna otra parte. ¡Estupendo cálculo, profeta! ¡Si allí hubiera yo matado al menos a cien de sus ciegos seguidores, en el libro de records celestial me habrían apuntado cincuenta mil! Nada mal para un terrorista amateur.

Mas fue esta tercera alternativa la que cambió radicalmente mi manera de sentir y de pensar. Me hubiera encantado volar el ofensivo recinto, no lo puedo negar, y matar de una vez a medio millar de ellos. Pero no era el blanco más conveniente. En primer lugar, existía el riesgo, más que probable, casi seguro, de que mi avión sería derribado por la fuerza aérea israelí antes de que pudiera alcanzar su objetivo, y para mí hubiera sido un golpe intolerable que el plan fuera frustrado por mi propio pueblo, mío aunque yo no sea parte de él. En segundo lugar, la tierra sobre la que se levanta el monstruoso adefesio es, a pesar de él, tierra santa, que no debería macularse ni con la suela de los zapatos, mucho menos con la sangre de gentiles incircuncisos. Ése es el monte de Abrahán, donde estuvo a punto de sacrificar a su hijo, Isaac, no Ismael como enseñan sus ignorantes propietarios actuales. Es la colina sobre la que Salomón edificó el primer templo, el más glorioso de los tres, más majestuoso y solemne que el de Esdras y el de Herodes. Es el lugar en el que se manifestará finalmente el mesías de Raquel. Yo no hubiera podido ultrajar un lugar así. Peor aún, era excesivo e inaceptable el riesgo de matar a mis propios hermanos judíos si algo salía mal. Ya estoy viejo, mis reflejos no son los de antes, no podía estar seguro de que daría en el blanco.

Fue entonces que una luz se encendió en mi mente. No tenía que ser uno de esos lugares. Son espacios sagrados, tan sagrados como la tierra que rodea al joven cedro plantado por Raquel, tan dignos de respeto como el viejo cementerio donde están los restos de mis padres. No hay razón para mancillarlos. ¿Por qué no filmar esta última escena en el mismo lugar donde se filmó la primera? ¿Cuál mejor teatro que la misma ciudad en la que ellos sembraron las semillas de este inacabable odio?

****** ZONA CERO ******

Regresé a Estados Unidos hace tres años, como les dije previamente, esta vez para permanecer aquí indefinidamente. Recuerdo muy bien cada cosa que hice la tarde de mi arribo. En el aeropuerto, tomé un taxi que me llevó al mismo centro de la ciudad. Caminé por las calles y avenidas por las que caminó Raquel durante un día, sólo un día de sus tronchadas vacaciones. Tras dos o tres horas de perdido deambular, divisé la construcción.

En el número 51 de la avenida Park, cerca de la intersección con la calle Church, la soberbia que es hermana de la ignorancia estaba edificando otro monumento en honor a la insensibilidad, una nueva mezquita, a dos cuadras, sólo dos insignificantes manzanas, de la llamada zona cero, el área en la que se encontraban las altísimas torres gemelas que el fanatismo derribó. En la ciudad ya hay cerca de treinta mezquitas, pero ellos se antojaron de construir una más. Originalmente, quisieron llamarla Casa Córdoba, como un homenaje a los emires y líderes que habían erigido en aquella ciudad de España la que fue en sus tiempos la tercera casa de postración más grande del mundo. Más tarde, como resultado de la oposición de muchos de nosotros, le cambiaron el nombre al neutral Park51, y aseguraron a los vecinos que no se trataría de una mezquita sino de un centro cultural, de una YMCA al estilo musulmán, con piscinas, gimnasios y establecimientos comerciales. Unos pocos de nosotros hemos sido capaces de ver más allá del astuto cambio de marbete. Sabemos de lo que en realidad se trata: una incubadora de radicales, un nido de fanáticos, una escuela para terroristas. No es una mezquita, ni siquiera un espacio para la oración, como hipócritamente la han llamado en días recientes. Pero, para guardar las apariencias, dicen que han separado el primer nivel para que albergue un oratorio que da cabida, de acuerdo a los planos, a más de dos mil personas prosternadas, dos mil musulmanes, dos mil sometidos, dos mil potenciales terroristas. Ése sería mi objetivo. Al fin lo había identificado.

Desde el día cuando vi los cimientos del recién comenzado edificio, he ido a visitar el lugar todos los meses, religiosamente, como suele decirse, puntualmente, el día once de cada mes, sin fallar. La semana pasada retorné al sitio, a asegurarme de que el agravioso edificio ya estuviera terminado. Parecía un enorme panal de abejas de trece pisos de altura, con su fachada repleta de cubículos de diferentes formas geométricas, recubierto de cristal y abrazaderas de acero. Permanecí parado frente a él casi media hora, contemplándolo en silencio, imaginando cómo se vería luego del impacto, anhelando que no resistiera el golpe, que se viniera abajo rápidamente, que se desplomara sobre sí mismo, como le ocurrió a la torre de Raquel. Luego de despedirme de él y decirle "hasta pronto", comencé a caminar de regreso al apartamento, pero, tras cinco o seis cuadras ya era evidente que mis piernas no aguantarían el castigo. Al doblar una esquina, frente a un viejo almacén de alfombras, justo antes de una larga hilera de parquímetros, estaba estacionado un taxi. Aunque yo no cargaba con mucho dinero en la cartera, el poco que tenía bastaría para pagar la tarifa. El trayecto no era tan extenso. Me acerqué al auto, abrí una de las puertas traseras, la del lado del pasajero, y me dejé caer en el asiento, como un saco de papas, para usar una expresión idiosincrásica de mi padre. Pero el chofer, en lugar de preguntarme cortésmente por mi destino, reaccionó iracundo, endiablado, como si hubiera cometido yo el peor de los crímenes contra su persona, como si me hubiera considerado un vulgar ladrón que intentaba robar su taxi a punta de pistola. Traté de calmarlo. Le dije que sólo estaba interesado en que me llevara a la estación más cercana del tren subterráneo, que si estaba en su hora de descanso me perdonara, que yo le pagaría el doble por la molestia. Pero ninguna de mis palabras logró apaciguar su cólera. Comenzó a insultarme, en español, aunque no parecía latino, sino más bien árabe o palestino. "¡Sálgase inmediatamente del carro!", me ordenó. "¿No se da cuenta de que esto no es un taxi? ¿Qué demonios se ha creído? ¡Ustedes los americanos son todos iguales! ¡Se creen los dueños del mundo! ¡Se creen que todos los demás somos su sirvientes!... ¡Acabe y lárguese! ¡No me interesa su dinero!... ¡Váyase, le digo!... ¡No, no me da la gana de calmarme!... ¡Usted es sólo un viejo chocho y maleducado!... ¡El malcriado es usted!"

Toleré con sorprendente paciencia su filípica. Aguanté lo más que pude. Pero luego de un rato mi serenidad alcanzó su límite. "¡Cálmese!", le grité varias veces, "Cálmese o llamo a la policía. No es para tanto. Ha sido un error, sólo un pequeño error no malintencionado. ¿Qué es usted? ¿De dónde viene? ¿Cuánto tiempo lleva viviendo en esta ciudad? ¿Todavía no ha aprendido a vivir dentro de la civilización? Me parece árabe, de los que ponen bombas o se hacen explotar a sí mismos. ¿Por qué no se quedó en su país? No necesitamos gente como usted en el nuestro. Me voy, pero no se crea que le tengo miedo. A usted y a los suyos sabemos cómo ponerlos en su sitio. Si vuelvo a verlo lo denuncio, ¡maldito infeliz!"

No les voy a decir que ese incidente fue la proverbial gota que derramó la copa, si es eso lo que están imaginando. La copa se había desbordado, o, bien dicho, el líquido que estaba dentro de la copa se había desbordado, desde hacía mucho tiempo. Pero si bien es cierto que la actitud del pendenciero árabe no contribuyó con nada a catalizar o acelerar mi decisión, no es menos cierto que tampoco hizo nada para disuadirme de ella. La decisión había sido tomada varios años atrás, y a estas alturas nada ni nadie hubiera podido alterarla.

En lugar de continuar mi camino hacia el apartamento, volví sobre mis pasos, encolerizado, a punto de estallar, y regresé a mirar la ostentosa obra arquitectónica. Me detuve ante ella, la observé detenidamente de nuevo, con una mirada ojeriza y sañosa, como seguramente miraba dios la torre de confusión a medida que Nimrod y sus hombres la elevaban hasta el cielo, y le dije, en voz alta, sin que me importara lo que los viandantes que por allí pasaran pudieran pensar: "Disfruta tu última semana. La que viene, yo me encargaré de darte una lección. Voy a tumbarte, como los antepasados de mi esposa derrumbaron los muros de Jericó, como el mismo dios derruyó la torre de Babel. No tendré misericordia de ti, no te perdonaré. Caerás, ciertamente caerás, y morirán los embriones que se encuentren en tus entrañas. Eres un adefesio, una asquerosa excrecencia. Nuestro gobierno no debió haber permitido tu existencia. Pero ya que las autoridades se equivocaron, yo corregiré su error. No te golpearé en tu cabeza, ni en el pecho, asestaré el golpe sobre tus pies, para que caigas inmediatamente, como cayó la gran estatua en el sueño del rey babilónico cuando fue herida por una piedra cortada misteriosamente. No sé de qué estás hecha, si de barro, de hierro o de oro, pero no importa. De todos modos caerás. Haré que te inclines ante mí, te obligaré a postrarte, a tocar el suelo con tu frente, a besar la tierra con tus labios. Te humillaré, monstruo vanidoso, haré que te arrepientas de haber sido colocada en este lugar. Te haré sentir el dolor que tus autores causaron a miles de mis hermanos, te atravesaré con una estaca más afilada que la usada por Yael para traspasar el cráneo de Sísara. De ti no quedará piedra sobre piedra, ni siquiera un muro sobre el que tus diseñadores puedan recostarse para lamentar tu destrucción. No eres un templo. Eres una guarida, una guarida de ladrones. No eres una casa de oración, eres un caballo, un nuevo caballo de Troya, una nave madre que transporta las tropas invasoras. Dentro de ti aguardan tus guerreros, al acecho, esperando que caiga la noche, para salir sigilosamente a conquistar nuestra ciudad. No te ilusiones, no te lo permitiré. No eres un regalo inocente, no eres un símbolo de paz y fraternidad. Tus creadores desconocen el significado de esos términos. La única paz que siempre han defendido es la paz de la espada, la paz de la conquista y el sometimiento. Pero yo no permitiré que tú y los que te concibieron nos aquisten a nosotros. ¡Ya verás! Ríete ahora. Ya llorarás."

Los transeúntes que pasaban a mi lado me ignoraban; Uno que otro se fijaba en mí y me miraba y sonreía como si pensara que yo era un loco más en las calles de la ciudad. Dos o tres de ellos arrojaron varias monedas a mis pies. Pero yo no estoy loco. Ustedes lo están, los que no actúan, los que no se rebelan, los que se han rendido ante la avanzada enemiga. Tal vez sí soy un loco, pero no de esa clase. Yo pelearé, aunque sea el único soldado en mi ejército. La semana que viene comienza el asalto. Me gustaría que esa nave estuviera repleta de soldados enemigos cuando me lance contra ella. Mas si así no fuera, la destruiré de todos modos. Lo verdaderamente útil no es matar personas; ellas se mueren sin ayuda, tarde o temprano. Lo que cuenta es matar símbolos.

***** AM NAKBAH *****

Al igual que Abraham, tanto Omar como Samuel eran extranjeros y hombres de paso por esta tierra. Ambos fueron, siempre, uno en mayor medida que el otro, forasteros y huéspedes en tierras extrañas, nómadas sin raíces, peregrinos que andaban en pos de otro mundo, un mundo por el que suspiramos muchos de nosotros, aunque en el fondo sepamos que se trata de una quimera, de un oasis improbable e imposible.

Cada uno de ellos siguió su propio camino hacia la perdición, cada uno convencido, ciegamente, de la justicia de su insensato proceder. Un avión hurtado, un automóvil amarillo disfrazado de taxi, dos seres humanos inocentes, víctimas de la vida, la única terrorista en el escenario ficticio de este relato, y en el mundo real. La rueda de la fatalidad fue puesta en movimiento, ahora sí que la suerte estaba echada, Samuel, ahora sí que no había marcha atrás, Omar.

Samuel se dirigió a un olvidado aeropuerto regional del estado de Nueva Jersey. Logró entrar a uno de los hangares y secuestró un pequeño avión, bimotor, con capacidad para diez o doce pasajeros sentados. Pero ahora estaba casi vació. Sólo tres tripulantes lo abordaron: Uno sería su último piloto, y a su lado, sentado en el asiento del copiloto, lo acompañaba su propio odio, tan intenso que parecía haberse encarnado en un ser tangible. En su mochila de arqueólogo, a la de Samuel nos referimos, pues el odio nunca lleva equipaje, todo lo que necesita lo encuentra en sí mismo, viajaba el tercero de los tripulantes, una miniatura de noble madera revestida de oro, un arca a escala que su amada le regaló la mañana del día en el que abordaría su primer y postrer avión. Raquel, ya lo sabemos, sólo llegó a conocer tres aviones: Ése que la recibió para conducirla hasta su triste sino; la avioneta en la que Samuel se ganaba el pan de cada día; y el otro, el inmenso avión que la acosaba en sus sueños. El arca, por otro lado, era un viajero frecuente, por lo que estaba familiarizado con ese tipo de vehículos alados. La habían cargado de aquí para allá y de allá para acá en varias ocasiones. Viajó dos veces a esta ciudad; voló al desierto en helicóptero, descansó de vez en cuando sobre un viejo gavetero, cruzó el inmenso océano y la mitad del continente europeo. Pero nunca había estado en una batalla, como su arquetipo bíblico. En las fronteras de la tierra prometida, en los tiempos de las conquistas hebreas, cuando el arca se movía, Moisés exclamaba "Levántate, oh Señor, y dispersa a tus enemigos, y huyan de tu presencia los que te aborrecen".

Está por verse si esta pequeña copia suya tenía los mismos poderes, si lograría despertar a ese dios que duerme desde que la caja de madera de acacia que le construyeron los israelitas fue destruida por los conquistadores babilonios.

Cerca de allí, es decir, cerca del hangar en el que Samuel examinaba los instrumentos y relojes de su último avión, a unos siete u ocho kilómetros, Omar encendió finalmente el automóvil que estaba estacionado frente al apartamento de su vecino. Se había montado en él quince o veinte minutos antes, pero ni siquiera había colocado la llave en el receptáculo de la ignición. Vacilaba. No estaba totalmente convencido de la corrección de su decisión. Esperaba, sin estar consciente de ello, un aviso, una señal que le mostrara el camino. Su corazón aún estaba repleto de odio y sed de venganza, su alma seguía clamando por justicia. Para colmo, todavía estaba molesto, sobre todo consigo mismo, por no haber matado a ese perro americano la semana anterior. Pero algo sumamente extraño le ocurría, una inquietud, un desasosiego, un *no-sé-qué*, diríamos nosotros. Samuel estaba decidido. Omar flaqueaba.

Como recién hemos dicho, finalmente arrancó el motor del auto y partió en dirección al blanco, hacia las nuevas torres, los flamantes símbolos de la soberbia del imperio, su más reciente edicto, leído en voz alta al mundo entero para proclamar la invencibilidad de esta potencia militar ante la cual toda la humanidad está obligada a inclinarse. Son hermosas, no podríamos negarlo. No son tan altas como las anteriores, pero sí son igual de altaneras. Desde el tope de una de ellas, un cegador haz de intensa luz asciende al cielo, un grueso rayo luminoso que se dirige sin desviarse ni dispersarse, a trescientos mil kilómetros por segundo, al Valhalla glorioso, a la morada de los dioses, desde donde éstos contemplan extasiados el nuevo monumento al poder.

El auto avanzaba sin vacilación, pero el ánimo de su conductor había decaído, se había debilitado, iba perdiendo fuerzas en cada hectómetro recorrido. Omar titubeaba, parecía recapacitar. Repentinamente, su conciencia había comenzado a regañarlo. Recordó los consejos de Ibrahim, y sus advertencias: "Odiar es pecado." "La venganza pertenece a Dios únicamente." "Las puertas del Jardín estarán cerradas para quienes no mostraron misericordia." "No te conviertas en uno de ellos." "No permitas que su maldad envilezca tu alma." Pero insistió y continuó adelante. Si el ángel apostado sobre su hombro derecho deseaba ganar la batalla, ya iba siendo hora de que pensara en un recurso más contundente que los mensajes del primo.

La luz del semáforo se tornó amarilla, luego roja. "¡Maldita sea!", exclamó. Apurado lo que se dice *apurado*, no estaba, pero a nadie le gustan las luces rojas, especialmente si hay policías cerca y se lleva una carga ilícita en el automóvil. Presionó el pedal del freno, el auto se detuvo. En el poste de la esquina izquierda, si miramos desde la posición de Omar, es decir, la esquina más cercana a la puerta del lado del conductor, una pequeña pantalla con un dibujo en forma de mano se apagó, y a su lado se encendió otra, color verde, con la figura de un hombre que parecía caminar. Quince o veinte personas que aguardaban por esa señal en la otra esquina comenzaron a caminar, a cruzar la avenida justo frente al automóvil conducido por Omar, seres anónimos, una o dos docenas de citadinos sin memoria, extras de un filme sin título, cuyos nombres no serán mencionados en la lista de créditos que se proyectará velozmente en la pantalla al final del largometraje, o el cortometraje, si la designación ha de corresponder a su duración real y efectiva. El símbolo de la silueta que camina se obscureció, a la vez que la forma de la mano volvió a iluminarse, con una intensa luz roja. Ya todos los maniquíes habían cruzado la avenida, todos, salvo uno. Era un niño, como de, aproximadamente, unos doce años de edad, delgado, de aspecto frágil, endeble, como si se tratara de un paciente que acabara de ser dado de alta de un hospital en el que estuvo encamado por dos o tres meses. Su cabello era largo y obscuro, aunque por largo no queremos decir tan luengo como el de una mujer y por obscuro en realidad queremos decir negro, más negro que el azabache. Sus cejas, que también eran negrísimas, pobladas y espesas, servían de tilde a unos hermosos ojos color marrón, como el color de la leche con mucho chocolate, como el del tronco de la caoba. Resplandecían cual si fueran dos luceros sobre el trasfondo de un firmamento ceniciento. Cruzó inoportunamente, descuidadamente, luego del cambio de luz. Era un niño; los niños hacen esas cosas. Omar no lo vio. Al notar que el círculo iluminado del semáforo era el inferior, de color verde, aquél en el que su mirada había estado fija durante los dos últimos minutos, aceleró automáticamente el auto, sin tomar las debidas precauciones, en el preciso instante en el que el chico se aproximaba al parachoques delantero del carro. Lo vio en el último segundo, con el rabito del ojo, como acostumbramos decir, mas no pudo detener la marcha a tiempo. Fue sólo un roce, un toque leve, un empujoncito, pero lo suficientemente fuerte para lanzar al tembloroso niño al pavimento. Asustado, nervioso, Omar movió la palanca de cambios ubicada entre los dos asientos delanteros hasta la posición marcada con una P mayúscula, pero no apagó el motor, quizá porque su subconsciente culpable le advertía sobre la posible necesidad de salir huyendo de allí apresuradamente. Abrió la puerta y se bajó, ansioso, preocupado por las posibles consecuencias dilatorias de este suceso inesperado. Se acercó al niño con aprensión, esperando lo peor, sin saber que, afortunadamente, nada malo le había ocurrido a éste, ningún hueso roto, ni fémur ni tibia, ninguna laceración, ni una magulladura, ni siquiera un rasguño; sólo un susto, sólo un gran y merecido susto. Sin embargo, a pesar de las buenas nuevas sobre la condición de la criatura, y pese a que el jovenzuelo se levantó y se irguió como movido por resortes nuevos, al verlo, el cuerpo de Omar se estremeció de pies a cabeza. Todo su ser se zarandeó, como danzan las espigas de trigo cuando el viento las sopla. Sus rodillas cedieron y cayó de bruces al suelo, como si se dispusiera a realizar una de las cinco plegarias prescritas por el gran profeta. "No puede ser", pensó, "es idéntico, es él. La misma mirada perdida, la misma expresión vagabunda. Es él."

No era él, ya lo sabemos, los muertos no regresan. Pero su presencia conmovió a Omar con un ímpetu mil veces mayor que si del ángel Gabriel se hubiera tratado, con una fuerza más grande que la de mil Mahmuds juntos. Allí estaba él, Omar, prepotente señor de la vida y de la muerte de otros, implacable y omnipotente verdugo a sólo minutos de subir al patíbulo a ejecutar a su víctima, inmisericorde ángel de la muerte enviado a matar a los mecenas y protectores de los descendientes de aquéllos que fueron perdonados por el otro ángel, lejos en el tiempo, en Egipto. Allí estaba él, prosternado, humillado por un recuerdo, o tal vez por el infinito valor de ese recuerdo.

Este niño inocente se acercó a él y le dijo, "Señor, ¿qué le pasa? ¿Puedo ayudarlo?" Como si su cabeza hubiera tenido el peso de un millón de piedras negras, con un esfuerzo sobrehumano, logró levantarla, y a través de la catarata de lágrimas que fluían de sus ojos logró ver nuevamente, borrosamente, aquel espectro, ese fantasma que regresaba del pasado, no para atormentarlo, sino para anunciarle, como si ángel efectivamente hubiera sido, como si se hubiese tratado del viejo y fiel Gabriel, que su misión había sido cancelada.

Es la antigua historia recontada, el mensajero que detiene a tiempo el puñal del sacrificio.

Ahora la duda lo detuvo, el miedo lo lastró, no miedo al acto mismo, ni, por supuesto, a las consecuencias del acto, sino miedo de matar nuevamente a su hijo. La cobardía es señal de debilidad moral, pero el miedo es un emisario enviado por el cielo. "No puedo hacerlo", reflexionó, "no debo hacerlo; No es correcto; Es pecado; Es maldad; Si lo hago, ¿en quién me convierto? ¿en *qué* me convierto? ¡No, yo no soy como ellos, yo no soy uno de ellos!" Su frente sudaba copiosamente, sus manos temblaban, sus ojos, ya lo dijimos, lloraban manantiales. Su corazón parecía haberse detenido, así como el mismo pasar del tiempo. Era como uno de esos personajes de las películas de acción a los que congelamos por unos instantes durante la proyección, mediante el minúsculo botón del control remoto. Allí estaba, paralizado, esperando, sin saber qué esperaba, una señal, una orden expresa y definitiva, un "levántate y anda", un "lo que has de hacer hazlo pronto", o un "concede una prórroga a los infieles, un poco más de prórroga".

Pasados unos minutos, algunas de sus fuerzas retornaron a su lánguido cuerpo; se levantó como pudo y corrió al automóvil, mas inmediatamente, sin pensarlo, se apartó de él y huyó hacia otra parte, lejos de allí. Dos cuadras en dirección sur, deceleró el paso, cuando sus oídos captaron un sonido familiar, reminiscente del canto del muecín cuando llama a la plegaria. Se detuvo. Se encontraba frente a un edificio nuevo, alto, de unos doce o trece pisos de altura. A él entraban cientos de personas, un continuo río de gente, como hormigas, como muñecos motorizados, como ovejas que entran sumisamente al redil. Quiso seguirlas, pero recordó la faja ceñida a su cintura y desistió de su intención. Ya no deseaba causar daño a nadie. Se dio cuenta de que no era otro centro comercial, tan abundantes en la ciudad, ni un simple edificio de oficinas. Observó nuevamente la fachada de la estructura, así como a aquellos desconocidos que se dirigían hacia su entrada. Comprendió entonces que estaba frente a la nueva mezquita de la que Ibrahim le había hablado, el Centro Islámico obsequiado a la ciudad por la Fundación Casa Córdoba como señal y símbolo de buena voluntad, una mano que se extiende en espera de otra que la estreche, un ramo de olivo, un *salaamu alaykum* hecho de concreto, acero y vidrio. Reconsideró su decisión; Después de todo, los explosivos no estallarían si él no accionaba el interruptor conectado alámbricamente al interior de la faja, por lo que no existía riesgo alguno que temer. Se propuso entrar por última vez a una casa de oración, después de tanto tiempo, esta vez a hacer las paces con dios, a pedirle que borrara el diario que llevaba escribiendo casi treinta años, desde la muerte de Ismael, las páginas de amargura, odio y resentimiento, las entradas cargadas de violencia, las palabras preñadas de una virulenta sed de venganza que se había desvanecido ante la melancólica mirada de un niño que, más que niño, era ángel.

Desde donde se encontraba, se podía percibir el ruido causado por los motores de un avión que surcaba el cielo en un espacio no muy lejano. Volaba bajo, y era evidente que se acercaba, pues el sonido se escuchaba cada vez más y más cercano. Omar dio media vuelta, sin llegar a entrar al edificio, con el propósito de visibilizar la aeronave. Mientras lo hacía, una imagen se despertó en su mente y golpeó su espíritu, no con rudeza, sino con cierta ternura, como cuando una madre sacude suavemente a su hijo que aún duerme en la cama, porque se hace tarde para ir a la escuela. Se vio a sí mismo en el extremo occidental de un largo puente, a punto de comenzar a caminar sobre él en dirección del sol naciente.

Al final del puente, en el otro extremo, había un ángel, y a su lado un inmenso cofre repleto de unos rollos que parecían diplomas o pergaminos. Bajo el puente corría un río de aguas rojas, densas, espesas, como la pintura sin diluir. Avanzó decididamente y llegó hasta el ángel. Extendió su brazo derecho y le pidió: "Dame el mío." El adusto querubín no le hizo caso. Omar siguió insistiendo, hasta que otro ángel, más grande y digno que aquél, le dijo con voz de trueno, "No es ésa la mano. Da media vuelta y extiende hacia atrás tu brazo izquierdo".

No logró divisar el avión, y prosiguió su lento caminar hacia la entrada del edificio. Pero se detuvo bruscamente cuando a lo lejos vio, en la antesala del mismo, a su primo Ibrahim, acompañado por Mashal, su hija. Ibrahim no tuvo tiempo de verlo a él, por lo que, rápidamente, en un abrir de ojos, pues ni siquiera daba el tiempo para volver a cerrarlos, giró medio círculo y corrió hacia otra parte, hasta un obscuro y solitario callejón sin salida.

Muy lentamente, con extrema delicadeza, con un cuidado casi infinito, como si hubiera estado manejando las más finas y frágiles figurillas de cristal, tan meticulosamente como al comienzo de esta historia, desabrochó la faja que rodeaba su cintura. La colocó en el suelo y se postró junto a ella. En voz alta, en el árabe más exquisito que pueda ser imaginado, pidió a dios que lo perdonara, que enviara a un ángel a limpiar su alma, a un querubín que abriera su pecho y de él extrajera el negro coágulo que le impedía amar, que lavara su corazón con agua pura del pozo de zam zam. Luego se acostó sobre el corsé de vinilo…

Pronunció otras palabras, en voz muy baja. No alcanzamos a oírlas porque, justo en el momento en que las balbuceaba, las ahogó el ruido producido por los motores de aquel avión que volaba bajito entre los edificios de la ciudad y se abalanzaba contra el pórtico del nuevo centro cultural.

No obstante, sí logramos oír sus últimas expresiones, cargadas de emoción y de alegría, antes de la pequeña explosión: "¡Alaju Akbar! ¡Alaju Akbar!"

Ahora sí, Omar, ahora sí. Dios es grande. Al fin has comprendido.

****

FIN

Made in United States
North Haven, CT
13 September 2021